いづも財団叢書 5

出雲地域の学問・文芸の興隆と文化活動

公益財団法人いづも財団
出雲大社御遷宮奉賛会
［編］

口絵１　大社八景のうちの「出雲浦漁舟」（稲佐浜近辺の風景）
藤間亨氏所蔵（出雲市大社町）
歌僧・明珠庵釣月は、京都の高名な公家衆に大社の名所を詠んでもらい、これを歌集「出雲大社八景」として出雲大社に奉納した。その後、絵師の歌川芳員が絵を添え、やがて浮世絵板画として、世に流布することとなった。（島根県立古代出雲歴史博物館提供）

口絵２　千家俊信肖像（個人蔵）

明和元（1764）年〜天保２（1831）年。国造千家俊勝の次男に生まれる。出雲国学（皇朝学）を興し、これを当地方に広めた。また、杵築（出雲市大社町）に梅廼舎塾を開き、幾多の俊秀を育てた。（島根県立古代出雲歴史博物館提供）

口絵３　手錢さの子肖像　手錢白三郎氏所蔵（出雲市大社町）
文化10（1813）年～文久２（1862）年。杵築（出雲市大社町）の豪商・手錢有鞆の妻。江戸後期になると、出雲地域でも多くの女性が和歌や俳諧を楽しむようになるが、さの子はその代表的人物である。

目次

序章

第Ⅳ期公開講座の主旨と実施状況

第Ⅳ期公開講座の主旨と実施状況

公益財団法人
いづも財団事務局

一　公開講座の主旨と計画

1　公開講座の主旨

江戸期の出雲地域には二つの文学拠点があった。一つは城下町松江であり、いま一つは出雲大社のお膝元の杵築である。「松江文学」が武士層を中心にした儒学や漢文学であるのに対し、「杵築文学」は神職や商人を中心とした国学や和歌・俳諧であったところに特色がある。

杵築文学が隆盛を迎えたのは、江戸中期以降である。杵築には、出雲国学を学ぶ梅廼舎《うめのや》塾（千家俊信）や「鶴山社中」「亀山社中」などの歌人結社、俳人結社である「大社連中」などが存在し、それぞれが切磋琢磨しながら競い合った。彼らは、上方の歌集に投稿したり、歌集を出版したりして、全国に誇る学問・文芸のまちになっていた。そのために、歌人の千家尊孫《たかひこ》・千家尊澄《たかずみ》・富永芳久・島重老《しげおい》、俳人の田中清年・広瀬百蘿《びゃくら》・中臣典膳、また女流俳人の手錢さの子や松井しげ女など、中央でも名のとおった歌人・俳人を多数輩出した。

では、江戸中期以降、杵築ではどうしてこれほど文学が盛んになったのであろうか、またその歴史的背景にはどんなことがあったのだろうか、この講座では、これらの諸点について考えてみたい。

ところで、杵築文学についての研究は、これまで人物を中心にした研究はなされているが、時代を俯瞰《ふかん》しその推移について述べたものは芦田耕一氏の『江戸時代の出雲歌壇』や桑原視草氏の『出雲俳壇の人々』くらいである。しかし、これらもその関心は江戸時代以降に限られ、文学（学問・文芸）の推移を古代から近代までをトータルに述べたものはほとんどないといってよい。

このようなことから、本講座では全体テーマを「出雲地域の学問・文芸の興隆と文化活動」とし、古代から近世までの杵築文学の推移を考えることを第一義とする。また、杵築文学が江戸中期以降隆盛になった理由を考えることを第二義とする。

2　公開講座の計画

以上のような主旨を踏まえて、全五回の公開講座の計画を次のように立案した。

第一回……「和歌発祥の地」の伝承をもつ出雲では、古代から近世初期頃にはどのような文芸活動がみられたか？

第二回……千家俊信は、どのような事情で出雲国学を興したのか、また俊信の起こした梅廼舎塾とはどのような塾だったか？

第三回……江戸後期には、出雲大社や杵築町で和歌や俳諧が盛んになるが、どうしてか？

第四回……出雲地域では神職や商人の間で俳諧が盛んになり、杵築や日御碕では〝女連〟が出来るほど女性も俳諧に親しんだが、これはどうしてか？

第五回……江戸後期に、杵築文学（学問・文芸）が隆盛になったのはどうしてか？

以上の内容を、全五回の講座をとおして明らかにする。これらを具体的に表したものが、表1の計画である。

二　公開講座の実施状況

第一回講座（平成二十八年六月十一日〈土〉）

会場　島根県立古代出雲歴史博物館

主題　和歌発祥の地出雲の文芸活動

演題Ａ　和歌発祥の地出雲と古代・中世の文芸

講師　野本瑠美　先生（島根大学准教授）

『古事記』に須佐之男命が詠んだとされる和歌「八雲立つ　出雲八重垣　妻籠みに　八重垣作る　その八重垣を」があることなどから、出雲地域は古代から和歌発祥の地と考えられてきた。

野本氏は、出雲の古代中世文芸の特質を、①伝承の中の出雲、②出雲で編纂された作品、③出雲を訪れた人物による詠作、の三点から説明された。さらに、一二世紀末に当地を訪れた寂蓮《じゃくれん》法師について言及し、彼の参詣は単なる物見遊山ではなく、和歌発祥の地で自身が進むべき道を探すためのものであったとの指摘があった。

表１　いづも財団公開講座　第Ⅳ期（平成28年度）
主題：出雲地域の学問・文芸の興隆と文化活動

回	テーマ	講演題目及び講師名	開催期日等
1	和歌発祥の地出雲の文芸活動	A：和歌発祥の地出雲と古代・中世の文芸 野本　瑠美（島根大学准教授） B：出雲大社奉納和歌と出雲歌壇 芦田　耕一（島根大学名誉教授）	【平成28年】 ６月11日（土） 13:30～16:10 島根県古代出雲歴史博物館
2	出雲国学の普及活動と梅廼舎塾	A：千家俊信の学問形成と国学の普及活動 西岡　和彦（國學院大學教授） B：梅廼舎塾の門人たちと塾経営 中澤　伸弘（都立小岩高校主幹教諭）	８月６日（土） 13:30～16:10 島根県古代出雲歴史博物館
3	出雲歌壇の発展と出版活動	A：歌風の刷新と出雲歌壇 芦田　耕一（島根大学名誉教授） B：出雲歌人の歌書・歌集の出版活動 中澤　伸弘（都立小岩高校主幹教諭）	10月８日（土） 13:30～16:10 島根県古代出雲歴史博物館
4	出雲俳壇と女性の文芸活動	A：出雲俳壇史の中の大社俳壇の人々 伊藤　善隆（立正大学准教授） B：手錢さの子と女性の文芸活動 佐々木杏里（公財・手錢記念館学芸員）	12月10日（土） 13:30～16:10 島根県古代出雲歴史博物館
5	シンポジウム	主題：江戸後期に、杵築文学が隆盛になったのはどうしてか？ ○基調講演者　田中　則雄（島根大学教授） ○司　　会　芦田　耕一（前出） ○講　　師　西岡　和彦（前出） 岡　　宏三（県古代歴博学芸員） 佐々木杏里（前出） 田中　則雄（前出）	【平成29年】 ３月18日（土） 13:00～16:10 大社文化プレイスうらら館

（注）役職名は、平成28年度当時のものである。

演題B　出雲大社奉納和歌と出雲歌壇

講師　芦田耕一　先生（島根大学名誉教授）

一七〇二年に伯耆国米子の商人である竹内時安斎《じあんさい》が出雲大社に奉納した歌集『清地草《すがぐさ》』をもとに、その内容や背景などについて解説があった。それによると、歌数は一、〇四八首。歌人は一五か国から四七三名で、うち二三二名が出雲の歌人（神職や鰐淵寺僧侶・武家・商人）であり、出雲の歌人層の厚さを指摘された。

江戸中期の出雲歌壇をリードした人物は、明珠庵《みょうじゅあん》釣《ちょう》月《げつ》法師である。彼は、江戸生まれであるが、三二歳の時に出雲にやってきて、二条家流の和歌を伝授し、それ以来出雲の和歌づくりが盛んになったとの説明があった。

第二回講座（平成二十八年八月六日〈土〉）

会場　島根県立古代出雲歴史博物館

主題　出雲国学の普及活動と梅廼舎《うめのや》塾

演題A　千家俊信《としざね》の学問形成と国学の普及活動

講師　西岡和彦　先生（國學院大學教授）

千家俊信は出雲国造千家俊勝の次男である。彼が生まれた一八世紀半ばの出雲大社は、神道は垂加《すいか》神道（儒家神道）、歌道は二条家流歌道、茶道は細川三斎流が主流であった。

長じた俊信はこれらの諸道を究めた教養人だったが、『出雲国風土記』を介して内山真龍《またつ》との出逢いや本居宣長の私塾「鈴屋《すずのや》」への入門は、彼の学問に変化をもたらした。俊信は、日本の道を明らかにする「皇朝学」と独自の神学（出雲神道）と合わせた出雲国学を興し、漢学主流の山陰地域にこれを広めていった。

演題B　梅廼舎塾の門人たちと塾経営

講師　中澤伸弘　先生

（東京都立小岩高等学校主幹教諭）

千家俊信は、五〇歳代半ばには、全国の国学者からその名が知られるひとかどの人物になっていた。彼は、杵築（出雲市大社町）に私塾「梅廼舎《うめのや》」を構え、国学の指導に当たった。

一八〇〇年～一八一三年までの門人数は二二四名を数え、出雲ばかりでなく安芸・阿波・周防・駿河などからの門人もいた。塾では、「梅廼舎三ケ条」や「塾規二十五禁」などを設け、神書の講義の時は羽織を着て出ることや私語を慎むなどの規則があったとの説明があった。

第三回講座（平成二十八年十月八日〈土〉）

会場　島根県立古代出雲歴史博物館

主題　出雲歌壇の発展と出版活動

演題Ａ　歌風の刷新と出雲歌壇

講師　芦田耕一　先生（島根大学名誉教授）

千家俊信の努力により、当地において出雲国学が普及すると、和歌も新興の鈴屋《すずのや》流（本居宣長の流派）が徐々に広がっていった。とりわけ千家俊信の門人千家尊孫《たかひこ》（78代国造）やその嫡男の千家尊澄《たかずみ》（79代国造）、また島重老《しげおい》（上官）、富永芳久（上官）などは、これまで当地の主流であった二条家流の技巧の歌よりも「ただごと」の歌（平常の言葉でありのままに詠んだもの）を重視し、歌風の刷新を進めていった。

幕末になると、杵築町には千家国造家を中心にした歌人結社「鶴山社中《つるやましゃちゅう》」と北島国造家を中心にした「亀山社《かめやましゃ》中《ちゅう》」が出来、お互いが合同で歌会を催行するなど、切磋琢磨しながら研鑽を積んだとの説明があった。

演題Ｂ　出雲歌人の歌書・歌集の出版活動

講師　中澤伸弘　先生

（東京都立小岩高等学校主幹教諭）

ある記録によれば、幕末の出雲国の歌人は三四四名であり、その内訳は出雲大社の神職、出雲の神社関係者、松江藩（広瀬・母里藩も含む）の藩士、豪商、豪農たちであったが、他所と比べて神職が多いのが特色であった。

「鶴山社中」「亀山社中」では、後進のために歌道の手引書を出版したり、出雲びとが詠んだ秀歌を歌集にまとめて全国出版するなど、歌書・歌集の出版活動が盛んに行われた。出版業者は上方の業者であるが、小売店は松江（尼崎屋喜惣右衛門《きそうえもん》…園山書店の前身）と大社（和泉屋助右衛門）にあった。

また、両「社中」で研鑽を積んだ歌人たちの秀作は、全国各地で出版される歌集に数多く入集されたとの説明があった。

江戸後期の杵築町は、全国的に見ても歌道が極めて盛んな町であった。

第四回講座（平成二十八年十二月十日〈土〉）

会場　島根県立古代出雲歴史博物館

主題　出雲俳壇と女性の文芸活動

演題Ａ　出雲俳壇史の中の大社俳壇の人々

講師　伊藤善隆　先生（立正大学准教授）

明治期以前の出雲国で俳人の活躍が目立つ地域は、松江と杵築であった。松江は、江戸期のはじめに堀尾氏がこの地を政治の拠点として以来、俳人の活躍がみられた。一方杵築は、江戸初～中期に岡垣正以《おかがきまさもち》や日置風水《ひおきふうすい》などの俳人もいたが、俳人の活躍が目立つようになるのは、江戸後期になってからである。

豪商の手銭家を中心として「大社連中《たいしゃれんじゅ》」という句会・歌会ができ、歴代の手銭家の御当主をはじめとして広瀬百蘿《びゃくら》、広瀬浦安、広瀬茂竹《もちく》、春日信風、田中安海、古川凡和、加藤梅年、中臣典膳、手銭さの子、松井しげ等が互いに研鑽を積んで技量を高め合った。また、出雲国内ばかりでなく他地域の俳人たちともネットワークを結び、互いに情報交換し合って結びつきを深めたとのことであった。

演題Ｂ　手銭さの子と女性の文学活動
講師　佐々木杏里　先生
（公益財団法人手錢記念館学芸員）

江戸期になると出雲地域の女性のたちの中にも和歌や俳諧を楽しむ人が増えたようである。近年、大社町では手錢白三郎《はくさぶろう》家蔵書の研究が進み、女性の文学活動の様子が次第に明らかになりつつある。

それによれば、杵築や日御碕には「女連《おんなれん》」という俳諧仲間が出来、「滋、米、茶遊、直、千賀、露」（濱女連）や「重、久、市、結、桜」（日御碕女連）などの俳名をもつ女性たちが俳諧を楽しんでいた。また、国造家や上官家の女性たちも、和歌を楽しんでいたようである。当地で編まれた歌集には千家国造家や北島国造家、上官の佐草家や富永家の女性たちがその名を連ねている。

このような中で、手銭家七代当主有鞆《ありとも》の妻・さの子の文芸活動が目立つ。彼女は、俳諧と和歌の両方をこなし、俳諧は中臣典膳・田中清年・富永芳久に学び、和歌は千家尊澄（国造）の薫陶を受けている。彼女の名は、杵築で発刊される句集や歌集ばかりでなく、他地域で発刊される句集・歌集にも見出すことができるとの説明があった。

第五回講座（平成二十九年三月十八日〈土〉）
シンポジウム　　　会場　大社文化プレイスうらら館
主題　江戸後期に杵築文学が隆盛になったのはどうしてか？

【基調提案】田中則雄先生（島根大学教授）
演題「大社・手錢家蔵書を通じて見る出雲の文芸活動」
シンポジスト　田中則雄　先生（前出）
〃　西岡和彦　先生（國學院大學神道学部教授）
〃　岡　宏三　先生（県立古代出雲歴史博物館専門学芸員）
〃　佐々木杏里　先生（公益財団法人手錢記念館学芸員）
コーディネーター　芦田耕一　先生（島根大学名誉教授）

田中則雄先生の出雲の文芸活動についての基調講演を受けて、江戸後期に、杵築文学が隆盛になった理由について各パネリストから見解が披露された。

西岡和彦氏は、出雲大社では中世から連歌、和歌が年中行事に組み込まれるほど盛んで、両国造家を中心に連歌や歌会の催事が頻繁に行われ、名もなき連歌師や歌人が生まれ、そうした人々が杵築文学隆盛の基礎を築いたことが一つの理由であると述べられた。

岡　宏三氏は、江戸後期になると出雲御師の活動が活発になるが、全国各地に布教に赴く御師《おし》（中級神職）たちに求められたのは現地での武家や庄屋との付き合いに必要な和歌や俳諧の教養であった。そのために、彼らは競って研鑽に励んだ。そのことが、杵築文学を隆盛にした理由であると述べられた。

佐々木杏里氏は、杵築の有力商人の間で和歌や俳諧が嗜《たしな》まれていることに着目し、杵築文学が広い裾野をもっているのは、地元に指導者が存在し、彼らの指導を受けながら和歌や俳諧を楽しんだことが理由の一つではないかと述べられた。また、有力商人は国造家や出雲大社神職とも身分を超えて交流があり、これも文学の水準を高めることに繋がったと述べられた。

三氏の提案から、杵築ではすでに中世の頃から出雲大社神職の間で和歌や連歌が盛んであり、江戸後期になると和歌や俳諧は全国に出雲信仰を布教する御師の必須教養となり、多くの神職が研鑽を積んだこと、また有力商人の間では和歌や俳諧を嗜みとする人々が増えるとともに、彼らに指導を受けた人も存在することなどが杵築文学の水準を高め、全国でも注目されることになったのではないかと考えられる。

三　参加者の状況

平成二十八年度の当財団の公開講座は、全体主題を「出雲地域の学問・文芸の興隆と文化活動」とし、全五回実施した。それぞれの講座に出席した受講者数は左記のとおりである。

○第一回講座（講演会）六月……七三名
○第二回講座（講演会）八月……七九名
○第三回講座（講演会）十月……六八名
○第四回講座（講演会）十二月……七〇名
○第五回講座（シンポジウム）三月……八一名

計　三七一名

受講者総数は、例年は六百名前後になるが、今年度は三七一名と至って少なかった。その理由として考えられることは、文学（学問や文芸）については、これまで地元の公開講座等で取り上げられることもほとんどなく、受講者にとってなじみの薄い分野だったことが挙げられる。

例年、本講座を受講いただいている方々をお誘いしたが、「文学には知見が乏しくて…」とか「和歌についてては門外漢でね」と断られた方もあった。和歌や俳諧、連歌、出雲国学などに、日頃から慣れ親しむような環境づくりの大切さを痛感した。そういった点からいえば、本講座は実施したこと自体に大きな意義があったといわねばなるまい。

さて、次に参加いただいた受講者を地域別にみると、出雲市（大社町も含む）からの受講者が圧倒的に多く、全体の七〇％であった。会場に近いということが、大きな理由と思われる。次いで、松江市、雲南市、大田市の順となる。江津市以西からの受講者はいなかった。なお、少数ではあるが、県外（広島県）からの受講者もあった。熱心な方が多く、全回出席された方もあった。

公開講座の受講風景（島根県立古代出雲歴史博物館）

第1章

和歌発祥の地
出雲の文芸活動
（第1回講座）

和歌発祥の地出雲と古代・中世の文芸

野本瑠美

『古事記』などに見られる素戔嗚尊の歌「八雲立つ出雲八重垣妻籠みに八重垣作るその八重垣を」は、平安時代、『古今和歌集』によって地上世界での「和歌のはじまり」と位置づけられ、出雲の地は和歌発祥の地として広く知られるようになった。本稿は、古代から中世にかけての出雲と文芸の関わりを、和歌を軸に論じるものである。

のもと・るみ
島根大学法文学部准教授。昭和五十六（一九八一）年生まれ。東京大学大学院人文社会系研究科博士課程修了。博士（文学）。専門は和歌文学。
【論文等】「『久安百首』の「短歌」―長歌形式による述懐の方法」（『島大国文』三五号、二〇一五年三月）、「崇徳院と長歌」（『国語と国文学』九五巻二号、二〇一八年二月）など

はじめに

出雲の地が古代から文芸と関わりが深いことは周知の事実であろう。『古事記』『日本書紀』は勿論のこと、出雲で編纂された『風土記』、最古の歌集『万葉集』には出雲国で詠まれた歌も所収されている。とりわけ、後代に多大な影響を及ぼしたのが、記紀に見られる素戔嗚《すさのお》尊《みこと》の「八雲立つ」詠《えい》である。

八雲《やくも》立つ　出雲八重垣《いづもやへがき》　妻籠《ご》みに　八重垣作る　その八重垣を（古事記・上巻）

延喜五（九〇五）年に成立した『古今和歌集』では、この歌を地上世界での和歌のはじまりと位置づけ、以後の出雲観・和歌観に多大な影響を及ぼした。出雲が和歌発祥の地であることは、和歌を詠み、和歌を学ぶ者にとっての常識となっていくのである。

本稿では、まず古代・中世の出雲の文芸の特徴をおさえ、その上で出雲が「和歌発祥の地」とされた契機と影響を考えていきたい。

一　古代・中世の出雲と文芸

古代・中世の出雲の文芸に関しては、『大社町史』下巻（第五編文化編・第一章文学、大社町、一九九五年）所収の曽田文雄氏による出雲と文学の関わりに関する概説や、小原幹雄氏の『島根の和歌を訪ねて』（松江今井書店、一九九八年）、芦田耕一氏『江戸時代の出雲歌壇』（島根大学法文学部山陰研究センター、二〇一二年）などによって、通史的な整理がなされ、古代から中世までの作品群を詳細に把握することができる。これらの先行研究に導かれながら、出雲の文芸について、和歌を軸に今一度確認しておくこととする。

出雲の文芸の特徴としては、まず、歴史の長さが挙げられよう。奈良時代の『古事記』（七一二年）『日本書紀』（七二〇年）では出雲は極めて重要な地となっている。和歌としては、先に掲げたように『古事記』の須佐《すさ》之男命《のおのみこと》の「八雲立つ」詠のほか、出雲建《いずもたける》討伐の際の倭《やまと》建命《たけるのみこと》の歌「やつめさす　出雲建が　佩《は》ける太刀　黒葛《つづら》多纏《さはま》き　さ身無《みな》しにあはれ」（中巻・景行天皇）が見え、『日本書紀』にも「或に云はく」として素戔嗚尊の「八雲立つ」詠（巻一・神代上）が記され、出雲飯入根《いずものいいいりね》を兄の出雲振根《いずものふるね》が殺した際の時人《ときひと》の歌（崇神天皇紀）として「八雲立つ　出雲武《いづもたける》が　佩ける太刀　黒葛多巻《さはま》き　さ身無しにあはれ」が記されている。

『出雲国風土記』（七三三年）には和歌や歌謡は登場しないが、たとえば、八束水臣津野命《やつかみずおみづののみこと》の国引の場面で「国の余りありやと見れば、国の余りありと詔《の》りたまひて、童女《をとめ》の胸鉏《むなすき》取らして、大魚《おふを》の支《き》太衝《だつ》き別《わ》けて、波多《はた》須々支《すすき》穂振り別けて、三身《みつみ》の綱打ち挂《か》けて、霜黒葛闇《しもつづらくる》や闇やに、河船の毛曽呂毛曽呂《もそろもそろ》に、国来国来《くにこくにこ》と引き来縫《きぬ》へる国は」といった表現が繰り返されるなど、歌謡的な表現も散見される。

『万葉集』（七五九年以後、奈良時代末に成立）には、出雲守門部王《かどべのおおきみ》（天武天皇の曾孫、生年未詳～七四五）による赴任地出雲で故郷を偲ぶ歌や、出雲国の娘子への恋歌が見える。

　出雲守門部王の京《みやこ》を思《しの》へる歌一首　後に、大原
　真人の氏を賜へり
飫宇《おう》の海の河原の千鳥汝《な》が鳴けばわが佐保河の思ほゆらくに（巻三・雑歌・三七一）

門部王の恋の歌一首
飫宇の海の潮干《しほひ》の潟の片思《かたもひ》に思ひや行かむ道の長道《ながて》を（巻四・相聞・五三六）
右は、門部王の、出雲守に任《まけ》らえし時に、部内《ぶない》の娘子《をとめ》を娶《ま》く。いまだ幾時《いくばく》ならずして、既に往来《かよひ》絶えたり。月を累《かさ》ねし後に、また愛《いつくしみ》の心を起す。よりてこの歌を作りて娘子に贈致《おく》れり。

「飫宇の海」（入海。宍道湖・中海のこと）のほとりで千鳥の声を聞き、故郷である大和国の佐保川に思いを馳せ、あるいは、入り海に表れた干潟から「片思」の語を導き出し、一度は足が遠のいた出雲娘子へ、再び愛情を訴えている。

平安時代以降も、数は多くはないが、出雲を訪れた人々の歌が残されている。承保四（一〇七七）年に出雲守に任じられた源経仲《みなもとのつねなか》（『水左記』）は、出雲国の地名を詠む歌合を催したらしいことが、『夫木和歌抄《ふぼくわかしょう》』から知られる。詠まれた地名は、判明しているだけで、出雲山・出雲川・出雲浦・焼島《たくしま》・長田の五箇所。たとえば、出雲川（斐伊川）は、次のように詠まれている。

いづも川底の水屑《みくづ》の数さへに見えこそ渡れ夜半の月影（夫木抄・一〇九一九・禖子内親王家中務《ばいしないしんのうけなかつかさ》）

歌合の催行が赴任前か赴任後か、また、歌人らが実際の出雲の地を実見していたかどうかは確認できない（禖子内親王家の女房も出詠しているため、出雲の地で詠まれたものではない可能性が高い）。だが、残されている歌のほとんどが、経仲の任地出雲の国の美しさや豊かさを讃え、寿ぐ内容となっている。

応徳三（一〇八六）年に成立した『後拾遺和歌集』には大江正言《おおえのまさとき》（生年未詳～一〇二一？）が出雲へ下向する際、能因《のういん》へ送った歌「ふるさとの花の都に住みわびて八雲立つてふ出雲へぞゆく」（別・四九六）が見える。

文治六（一一九〇）年には寂蓮《じゃくれん》が出雲へ下向、大社に参詣し「和ぐる光や空に満ちぬらん雲に分入る千木《ちぎ》の片削ぎ」「出雲川ふるきみなとを尋ぬればはるかに伝ふ和歌の浦浪」などの詠歌を残している（寂蓮法師集・三五四、三二〇。後述）。

時代は降り、天文三（一五三四）年、越前国福井の大森正秀が、五月五日から七月中旬に出雲大社に参拝した。紀行文『出雲紀行』には十五首の和歌が見られるが、大社参拝の折には寂蓮と同じく、「あふぎ来て見ればいひし（ママ）五月雨《さみだれ》の雲間に高き千木のかたそぎ」と社殿の千木を仰ぎ見て詠じ、大社の西方の出雲浦では「出雲がた海路はるかに行《ゆく》舟の泊まりやいづこ和哥の浦波」と、和歌の歴史に思いを馳せている。

天正十五（一五八七）年、細川幽斎《ほそかわゆうさい》が九州へ向かう際、大社に立ち寄り和歌を奉納、国造《こくそう》の千家《せんげ》・北島《きたじま》両家から連歌の発句を乞われている（『九州道の記』）。

廿九日。朝なぎのほどに、回しつるものども巡り来て、「急ぎ舟に乗れ。日もたけにけり」と言へば、心あはただしくて、

この神の初めて詠める言の葉を数《かぞ》ふる歌や手向《たむけ》
なるらん

「逮三于素戔嗚尊到二出雲国一、始有二三十一字詠一（素戔嗚尊の出雲国に到るに逮《およ》びて、始めて三十一字の詠あり）」とあれば、やうやう字の数を合するばかりを手向けにしたりといふ心ざしばかりになむ。この短尺《たんざく》を千家方へ遣しけるに、「両司なれば一方へはいかが」と主の言ひけるに、俄《にはか》なれば同じ歌を書きてやりける。また、当社本願より発句所望なれば、

卯花や神の斎垣《いがき》に木綿鬘《ゆふかづら》

かやうに書きやりけるに、千家方より、「今の発句は、北島にて連歌たるべし。わが方にても同じく張行すべし」とて、舟に乗る所に追ひつきて発句所望なり。いそがはしきに成りがたきよしたびたび申せしかども、所の習ひにや、わりなく申されけるほどに、人の心を破らじとて思ひめぐらす折ふし、郭公《ほととぎす》の名乗りければ、

郭公声の行方や浦の浪　（『九州道の記』）

以上のように、古代から中世まで、出雲を訪れた人々の詠作が残されており、出雲に住まう人々の文芸との関わりも窺われる。出雲には、古代より『風土記』の編纂を行えるだけの素地があり、『九州道の記』でも、千家・北島両家が盛んに連歌の会を催していたことが知られる（『出雲紀行』にも国造屋敷に「連歌の間」があったことが記されている）。歴史の長さに加え、この地を訪れる者、この地に住まう者の双方によって作品が生み出されてきたことが、出雲の文芸の特徴と言えるであろう。

二　和歌発祥の地・出雲

（一）『古今和歌集』

記紀に登場する素戔嗚尊の「八雲立つ」詠は、『古今和歌集』（以下『古今集』と略す）によって、地上世界での和歌の始まりとして位置づけられた。

『古今集』の序文（仮名序）には、次のように記されている（〈　〉は後代注と考えられている部分）。

この歌、天地《あめつち》のひらけ初まりける時よりいできにけり。…（中略）…しかあれども、世に伝はることは、久方の天にしては下照姫《したてるひめ》に始まり…（中略）…、あらかねの地にしては、素戔嗚尊よりぞ起《おこ》りにける。ちはやぶる神世には、歌の文字も定まらず、素直にして、言の心わきがたかりけらし。人の世となりて、素戔嗚尊よりぞ三十文字《みそもじ》、あまり一文字《ひともじ》はよみける。〈素戔嗚尊は天照大神の兄《このかみ》なり。女と住み給はむとて、出雲国に宮造りしたまふ時に、その所に八色《やいろ》の雲の立つを見てよみたまへるなり。／八雲立つ出雲八重垣妻籠めに八重垣つくるその八重垣を〉

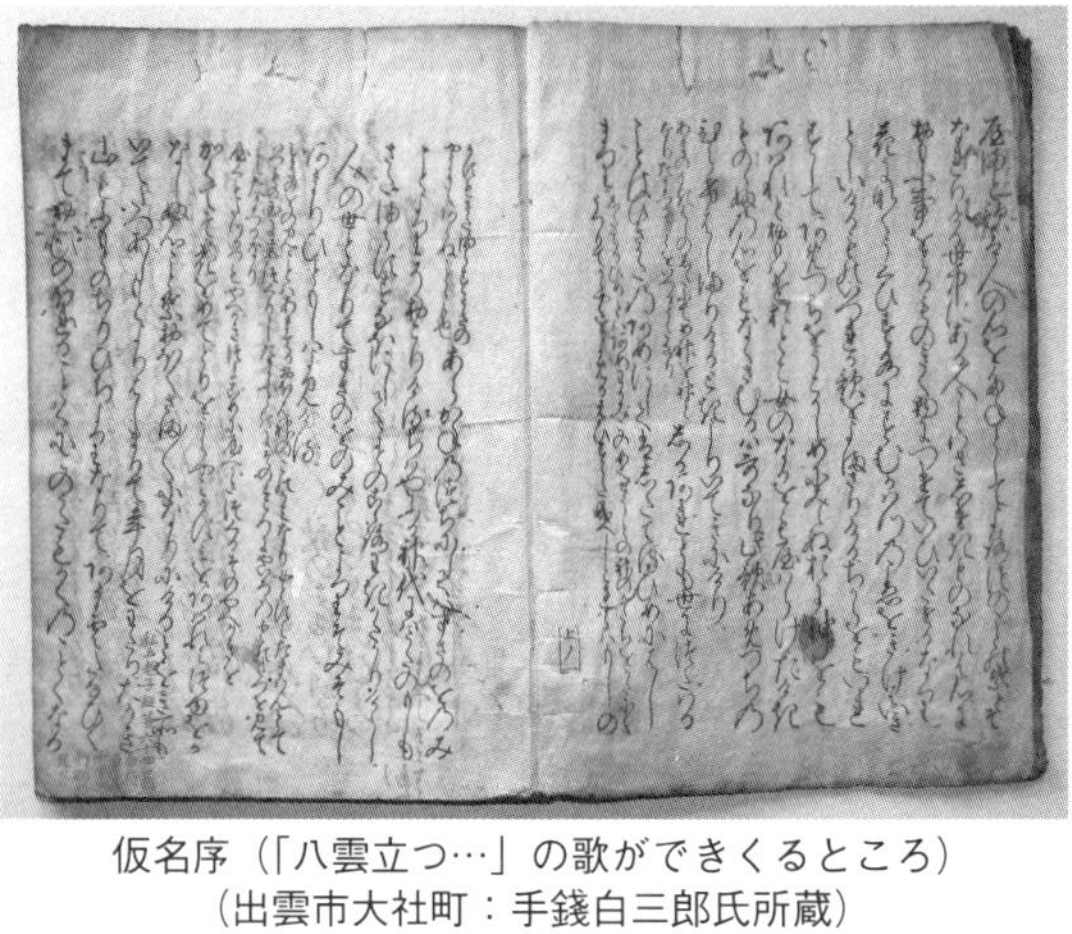
仮名序（「八雲立つ…」の歌ができくるところ）
（出雲市大社町：手錢白三郎氏所蔵）

出雲の地で読まれていた
古今和歌集（刊本）
（出雲市大社町：
手錢白三郎氏所蔵）

『古今集』では、天地の始まりとともに歌は生まれ、天上世界では下照姫の歌、地上世界では素戔嗚尊の歌が世に伝わる最初と述べる。また、神々の時代には歌の字数も不定であったが、五七五七七の三十一字と定まったのは素戔嗚尊の歌からだと言う。

記紀にはこのような和歌誕生の伝承は見られず、『万葉集』等にもこのような認識を伺わせる例は確認できない。和歌の形式にしても、不定型から五七五七七の定型へと収斂したのは、七世紀前半頃と考えられる。

和歌の始まりを語る「歴史」が『古今集』に記されたのには、『古今集』なりの思惑があったのであろう。

『古今集』は延喜五（九〇五）年、醍醐《だいご》天皇の命令によって、紀貫之《きのつらゆき》ら四人の撰者によって編纂された第一番目の勅撰和歌集（天皇や上皇の命令によって編纂された歌集）である。『万葉集』に見られた公の場での和歌は、平安期に入るとすっかり廃れていた。平安時代の初期は優れた詩人でもあった嵯峨天皇のもと、漢詩文に堪能な官人が集い、『凌雲新集《りょううんしんしゅう》』を初めとする勅撰漢詩集が編纂された。『古今集』以前の勅撰集と言えば、勅撰漢詩集であり、平安時代の男性貴族にとっては、漢詩こそが第一の文芸であった。

醍醐天皇の治世になると、揺らぎ始めた律令国家体制への対処が図られ、『延喜格』『延喜式』等の法令整備、国史『日本三代実録』の編纂等が行われた。日本の実情に合わせた対応が取られていくなか、日本初の勅撰和歌集の編纂が企図されるのである（鈴木宏子氏『王朝和歌の想像力　古今集と源氏物語』笠間書院、二〇一二年）。

『古今集』は醍醐天皇を「万《よろづ》の政《まつりごと》をきこしめすいとま、もろもろのことを捨てたまはぬ余りに、古《いにしへ》のことをも忘れじ、旧《ふ》りにしことをも興《おこ》したまふ」（仮名序）と、良き伝統の再興に取り組む理想的な君主として讃美する。延喜五年時点では、弱冠二十一歳の醍醐天皇にそこまでの考えはなかったかもしれない。だが、撰者たちはこの機を捉え、和歌が公的文芸と成り得ることを証し立てていくのである。

『古今集』の序文はこのように始まる。

> やまとうたは、人の心を種として、万《よろづ》の言の葉とぞなれりける。世の中にある人、ことわざ繁きものなれば、心に思ふことを、見るもの聞くものにつけて、言ひ出せるなり。…力をも入れずして天地を動

かし、目に見えぬ鬼神《おにがみ》をもあはれと思はせ、男女の中をも和《やは》らげ、猛《たけ》き武士《もののふ》の心をも慰むるは歌なり。（仮名序）

夫《そ》れ和歌は、其の根を心地《しんち》に託《つ》け、其の花を詞林に発《ひら》くものなり。…感は志《こころざし》に生《な》り、詠は言《こと》に形《あら》はる。是《ここ》を以《も》ちて、逸《いつ》せる者は其の声楽しみ、怨《ゑん》ぜる者は其の吟悲しむ。以ちて懐《おもひ》を述べつべく、以ちて憤《いきどほり》を発《おこ》しつべし。天地を動かし、鬼神を感ぜしめ、人倫を化し、夫婦を和ぐること、和歌より宜《よろ》しきはなし。（真名序）

この部分が、『毛詩《もうし》』（詩経）大序に拠ることはよく知られている。

詩は志の之《ゆ》く所なり。心に在るを志となし、言に発するを詩となす。情、中に動いて言に形はる。…治世の音は安んじて以て楽しむ。其の政和すればなり。乱世の音は怨んで以て怒る。其の政乖《そむ》けばなり。亡国の音は哀しんで以て思ふ。其の民困しめばなり。故に得失を正し、天地を動かし、鬼神を感ぜしむるは、詩より近きは莫《な》し。先王、是を以て夫婦を経《ただ》し、孝敬を成し、人倫を厚くし、教化を美にし、風俗を移す。

他にも、漢詩の「六義」を下敷きに和歌の歌体「六つのさま」を説くなど、和歌が、漢詩に匹敵する、意義ある文芸であることを、漢詩の論理を援用することで証明しようとした。そのような目論見の中で、記紀に記された「八雲立つ」詠が、和歌の持つ歴史の証左として急速にクローズアップされていくのである。

（二）正統性の保証

『古今集』以後、和歌は漢詩と並ぶ公的文芸としての地位を獲得し、室町時代までに二十一の勅撰和歌集が編纂された。『古今集』は和歌の手本として尊重され、『古今集』に記された和歌の歴史が、以後の詠作に多大な影響を及ぼしていく。

たとえば、和歌関連の書物に和歌発祥の地を意識した命名が見られる。順徳院（一一九七〜一二四二）が編纂した歌学書『八雲御抄《やくもみしょう》』、真観《しんかん》（一二〇三〜一二七六）が編纂した歌学書『簸河上《ひのかわかみ》』（「簸河上」は素戔嗚尊が天上から降り立った場所と『日本書紀』は記す）など、和歌を論じようとするとき、和歌発祥の地出雲が想起されるのである。

出雲の想起は命名だけにとどまらない。和歌の歴史や伝統に連なることが歌人たちに意識されたとき、「八雲立つ」詠が呼び起こされた。

平安時代末期、崇徳《すとく》院は十三人の歌人にそれぞれ百首詠ませ、自身も詠歌した。久安六（一一五〇）年に一応の完成を見たこの百首は、『久安百首《きゅうあんひゃくしゅ》』と呼ばれ、七番目の勅撰和歌集『千載《せんざい》和歌集』の重要な撰集資料となった。『百人一首』の「瀬をはやみ岩にせかるる滝川のわれても末に逢はむとぞ思ふ」（崇徳院）や「秋風にたなびく雲の絶え間より漏れいづる月の影のさやけさ」（藤《ふじ》原顕輔《わらのあきすけ》）などもこの時の詠歌である。

さて、崇徳院は、この『久安百首』企画の意図を次のように和歌で説いている。

敷島や　やまとの歌の　伝はりを　聞けばはるかに
久方の　天つ神代に　はじまりて　三十文字あまり
一文字は　出雲の宮の　八雲より　おこりけるとぞ
しるすなる　それより後は　ももくさの　言の葉繁
く　散り散りに　風につけつつ　聞こゆれど　近き
ためしに　堀川の　流れを汲みて　さざなみの　よ
り来る人に　あつらへて…（久安百首・一〇〇）

崇徳院はまず「やまとの歌」が「天つ神代にはじま」ると歌い起こし、「出雲のみやの八雲」で歌われた素戔嗚尊の神詠より三十一字に定まったという、『古今集』仮名序などが記す和歌の起源から語り始める。神代より伝わる和歌が人の世で様々に詠まれ、隆盛を極めるさまを歌い、「近きためしに堀川の流れを汲みて」と、祖父堀河天皇の和歌活動を継承する意図と、自らのもとへ集う人々に和歌撰進を命じた経緯を説明する。「末代の賢王」（『続古事談《ぞくこじだん》』）と讃えられた祖父堀河天皇の和歌活動に倣い、神代の昔から続く和歌の伝統に連なる意識が、この長歌に表れている。

実際のところ、崇徳院は父である鳥羽《とば》院の下、政治的な実権を握れぬままの日々を送っていた。鳥羽院がさほど和歌に熱心でなかったのに対し、崇徳は和歌にのめり込んで行く。崇徳院が着目したのが和歌の力であった。崇徳院は百首歌を人々に詠進させ、勅撰集編纂を計画した。天皇にしか為し得ない「勅撰」の「和歌」に、帝としての権威と自負を託したのである。

同じく、和歌の力に着目したのが、鎌倉時代初期の後《ご》鳥羽《とば》院である。源平の争乱のただ中、平家と共に西国へ落ちた安徳《あんとく》天皇に代わり、僅か四歳で即位、長じて、和歌への関心を高め、『古今集』成立から三〇〇年後に、新たな勅撰和歌集の編纂を企図した。三〇年以上治天の君として君臨した祖父・後白河《ごしらかわ》院亡きあと、上皇となり院政を執り始めた後鳥羽院は、外戚や姻戚の貴族達を押さえ、鎌倉幕府方の動きにも注視しつつ、天皇（上皇）親政を志向した。そのような状況下で編纂されたのが『新古今和歌集』である。

　やまと歌は、昔、天地開《あめつちひら》け始めて、人のしわざいまだ定まらざりし時、葦原の中つ国の言の葉として、稲田姫、素鵞の里よりぞ伝はれりける。

（新古今和歌集・仮名序）

『新古今和歌集』の序文もまた、『古今集』と同じく天地開闢以来の和歌の伝統を説くことから始める。傍線部分は、『日本書紀』が記す、奇稲田姫《くしいなだひめ》との婚姻と「八雲立つ」詠を指す。

　然《しか》して後《のち》に、行《ゆきゆ》き婚《みあはし》せむ処を覓《もとめ》め、遂《つひ》に出雲の清地《すが》に到《いた》りたまふ。〈清地、此には素鵞と云ふ。〉…彼処《そこ》に宮を建てたまふ。〈或に云はく、時に武素戔嗚尊、歌《みうたよみ》して曰《のたま》はく、や雲たつ　出雲八重垣　妻ごめに　八重垣作る　その八重垣ゑ　とのたまふといふ。〉

（日本書紀・神代上・第八段）

中世までの和歌とは、単なる優雅な趣味ではない。時には、天皇の権力の表象として機能した。鎌倉時代、皇室が二系統に分裂し皇位継承を交互に行った時（両統迭立）、大覚寺統と持明院統の天皇はそれぞれ勅撰和歌集を編纂させた。南北朝時代、北朝で『新千載《しんせんざい》和歌集』『新拾遺《しんしゅうい》和歌集』が撰ばれたのに対して、南朝では『新《しん》葉《よう》和歌集』が編纂された。また、足利尊氏は勅撰和歌集を撰ぶべきことを天皇に執奏し、武家執奏によって勅撰和歌集が撰ばれる端緒が開かれたという（渡部泰明氏「天皇と和歌―勅撰和歌集の時代」天皇の歴史一〇『天皇と芸能』講談社、二〇一一年）。

勅撰和歌集の編纂は、天皇の権威の象徴でもあり、とりわけ、他の権力に対して自身の正統性を主張する際に、神代から始まるという和歌の歴史が顧みられ、注視されていく。素戔嗚尊「八雲立つ」詠や和歌発祥の地・出雲は、王権が揺らぎ、対立する時に、正統性や歴史性を保証・強調するために呼び起こされてきた。

正統性の保証としての「八雲立つ」詠の利用は、勅撰和歌集だけに限らない。神々に奉納される和歌においても同様であった。

寿永元（一一八二）年賀茂別雷社に奉納された『月《つき》詣《もうで》和歌集』の序文を見てみよう。

出雲八重垣の宮柱建てはじめし心匠《こころだくみ》は、世にある人の思ひを述ぶることとわざとぞなりにける。しかればば、末の世までもその道に心をかけ、情けあるともがらは、神の御心もなごみて、その憐れみ深かるべし。

『月詣和歌集』は「八雲立つ」詠と『古今集』が記す和歌の起源を踏まえつつ、和歌は人の思いを述べる手段であり、和歌に心を入れて励む人々に対し、神の心も和み、憐れみを垂れるであろう、と歌集奉納に至った経緯を述べている。

和歌が心中の思いを神に訴えるにふさわしい方法であり、神々の心にも叶う祈願方法であることを保証するように、「八雲立つ」詠と和歌の起源が引用されるのである。

三　和歌発祥の地を目指して――寂蓮

（一）寂蓮が目にした出雲の大社

文治六（一一九〇）年、寂蓮という一人の歌人が出雲国へと下向した。出雲の大社参詣のためである。

出雲の大社に詣でて見侍りければ、天雲たなびく山の半ばまで片削ぎの見えけるなむ、この世のこととはおぼえざりける

和ぐる光や空に満ちぬらん雲に分入る千木の片削ぎ

（寂蓮法師集・三五四）

（仏が姿を和らげた出雲の神、そのご威光が空に満ちているのだろうか。大空に漂う雲を分けて高く伸びている、千木の片削ぎ。）

寂蓮の目に映ったのは、雲のたなびく山、その山の中ほどにまで届くばかりの大社の千木（棟の上で交叉した材木）であった。眼前の「雲に分け入る」ようにそびえ

る千木と、和光同塵（仏が威光の光を和らげ、仮に神の姿をとって衆生の前に現れること）の発想に拠りながら、空に満ちた光を神の威光かと詠じてみせている。

この歌は、鎌倉初期の出雲大社の高層神殿を示す歌としてよく引かれる（佐伯徳哉氏「鎌倉・室町期の出雲大社の造営遷宮」いづも財団叢書一『出雲大社の造営遷宮と地域社会（上）』今井出版、二〇一四年など）。寂蓮の下向は『拾玉集《しゅうぎょくしゅう》』の詞書から文治六年（建久元年、一一九〇）と判明する。佐伯徳哉氏が指摘するように、寂蓮が見た神殿は、同年六月二十九日に実施された遷宮後のものであったのだろう。

寂蓮（一一三九〜一二〇二）は、俗名藤原定長《さだなが》。父の兄弟である藤原俊成《しゅんぜい》の養子となり、従五位下中務少輔に至った。承安二（一一七二）年頃出家。後鳥羽院の命により和歌所寄人《よりうど》に任じられ、『新古今和歌集』の撰者の一人となったが撰進途上で亡くなってしまう。後鳥羽院歌壇で詠まれた「むら雨の露もまだひぬ真木の葉に霧たちのぼる秋の夕暮」（老若五十首歌合・二四九）は後に、『新古今和歌集』『百人一首』にも採られ、よく知られている。

同時代においても寂蓮に対する評価は頗る高い。『後鳥羽院御口伝《ごくでん》』では

寂蓮は、なほざりならず歌詠みし者なり。…折につけて、きと歌詠み、連歌し、ないし狂言（※稿者注…狂歌カ）までも、にはかの事に故あるやうに詠みし方、真実の堪能と見えき。

と絶賛され、鴨長明の『無名抄《むみょうしょう》』（「隆信定長一双事」）でも「寂蓮左右なし」（和歌で寂蓮に並ぶ者はない）と世間から評されていたことが見える。

（二）寂蓮の出雲下向関連歌

寂蓮の出雲下向に関する和歌は、『寂蓮法師集』や同時代の歌人の家集から八首集めることができる（寂蓮詠は五首）。以下、出雲下向関連歌を掲げ、各歌頭には丸数字で通し番号を付した。

出雲の大社へまゐりける道、美作国に懐綱《かねつな》が侍りける、かくと聞きてなど伴はざりしなど言ひつかはして

①いにしへを思ひいづもの甲斐もなく隔てけるかなその八重垣を（寂蓮法師集・三五一）

（昔のつきあいを思い出し、出雲国に行かれる甲斐も

なく、美作国にいる私にお声がけしてくださらないとは、あの八重垣で心を隔ててしまったのですね。）

返し

②思ひあれば隔つる雲もなかりけりつまもこもれり出雲八重垣（同・三五二）

（変わらぬ友情があるので、「出雲」とは言いますが私達の仲を隔てるような雲もありませんでした。素戔嗚尊の愛しい妻も中にいて、心が隔てられることなんてなかったでしょう、出雲の八重垣では。）

（詞書等前掲）

③和ぐる光や空に満ちぬらん雲に分入る千木の片削ぎ（同・三五四）

出雲の杵築の宮にまゐりて、出雲の川のほとりにて

④出雲川ふるきみなとを尋ぬればはるかに伝ふ和歌の浦浪（同・三二〇）

（出雲川の古からの河口を訪ねてきてみると、遥か神代から和歌が伝わってきたように、遥か彼方から打ち寄せてくる出雲の浦の波であるよ。）

出雲の大社より下向して侍りける比、兼宗《かねむね》の申しつかはしたりける

⑤かくばかり深き思ひをしるべにて八雲のそこに尋ね入りけん（同・一二三）

（これほど深い思いを案内役として八雲の底の出雲の国まで訪ねて行かれたのでしょうか。）

返し

⑥聞く人も八雲のそこは知るものをたづぬる道ぞ迷ふなりける（同・一二四）

（聞いて知っている人でも八雲の底〈和歌の道の奥深さ〉を知っているだろうが、私はその道を実際に訪ねても迷うことでした。）

文治六年、寂蓮入道思ふ事ありて出雲の大社へ詣でて帰りて後、文遣りたりし返事にかく申したり

⑦むかし思ふ八雲の空に立つものは色をわくべき君が面影（拾玉集・五一七八）

（素戔嗚尊が歌を詠まれた昔へと思いを馳せる、あの八雲の空に立ち浮かぶものは、物事〈和歌の道〉を解するあなた〈慈円《じえん》〉の面影でした。）

返事

⑧とまりゐる心に常にかかりしは八雲の空に出でし面影

（同・五一七九）

（都にとどまっていた私が常に心にかけていたのは、八雲の空の下へと旅立っていたあなた〈寂蓮〉の面影でした。）

①②は、出雲国へ向かう際に、美作国にいた懐綱との贈答歌、③④は大社参詣の折の詠歌、⑤⑥は兼宗との贈答、⑦⑧は慈円（一一五五〜一二二五）の家集に見られる帰京後の寂蓮と慈円の贈答である。

文治六（一一九〇）年「思ふ事ありて」（⑦）出雲大社へと向かった寂蓮は、素戔嗚尊が「八雲立つ」と詠じたいにしえに思いを馳せ（⑦「むかし思ふ」）、出雲大社の神々しいたたずまいに圧倒され（③「この世のこととはおぼえざりける」「空に満ちぬらん」）、出雲川のほとりで神代から伝わる和歌の歴史（④「はるかに伝ふ」）を思い起こし、下向後、和歌の奥深さを改めて実感している（⑥「八雲のそこ」「たづぬる道ぞ迷ふ」）。

ちなみに④の出雲川（斐伊川）であるが　現在は宍道湖に向かって東流するが、かつては西流し、神門水海に流入し、日本海へと繋がっていた（奈良時代と比較すると神門水海はかなり縮小し、「川」のようになっていたとも言う。井上寛司氏「古代末・中世成立期における簸川平野の開発—中世杵築大社領十二郷の成立過程との関係を中心に—」科学研究費補助金研究成果報告書（六一四〇〇〇六）『古代出雲文化の展開に関する総合的研究—斐伊川下流域を中心として—』一九八九年、島根県古代文化センター『解説出雲国風土記』今井出版、二〇一四年など。）。

さて、『寂蓮集』では参詣の理由は明確にされず、『拾玉集』でも「思ふことありて」と朧化されているが、③④⑥⑦の寂蓮の歌からは、和歌発祥の地・出雲への尊崇の念と、歌道への深い志がうかがえる。寂蓮の出雲参詣について、安井重雄氏は、出家の事情と関わらせながら、「自ら極めようとする歌道の源を実際に訪れ、歌道が素戔嗚尊の昔より遥かに伝えられるものであることを実感し、自己の進む方向を確認したかったからではなかろうか」と推測している（『藤原俊成　判詞と歌語の研究』笠間書院、二〇〇六年）。

寂蓮の出家は承安二（一一七二）年頃とされる。俊成の養子となった寂蓮（定長）の出家について、真相は明らかではないものの、室町時代の歌学書『兼載雑談《けんさいぞうたん》』（猪苗代兼載《いなわしろけんさい》の談話を筆録したもの）には、俊成の長子に和歌の才が無かったため寂蓮を養子としたこと、その後、定家が生まれたため定長は身を引き出家したと伝える。石田吉貞氏（『藤原定家の研究』改訂版、文雅堂銀行研究社、一九六九年）は俊成の実子・定家の成長が要因と推察し、久保田淳氏（『新古今歌人の研究』東京大学出版会、一九七三年）は、寂蓮の出家前後の詠作から俊成一家の内の事情と出家を関連させて捉えている。

【御子左家系図】

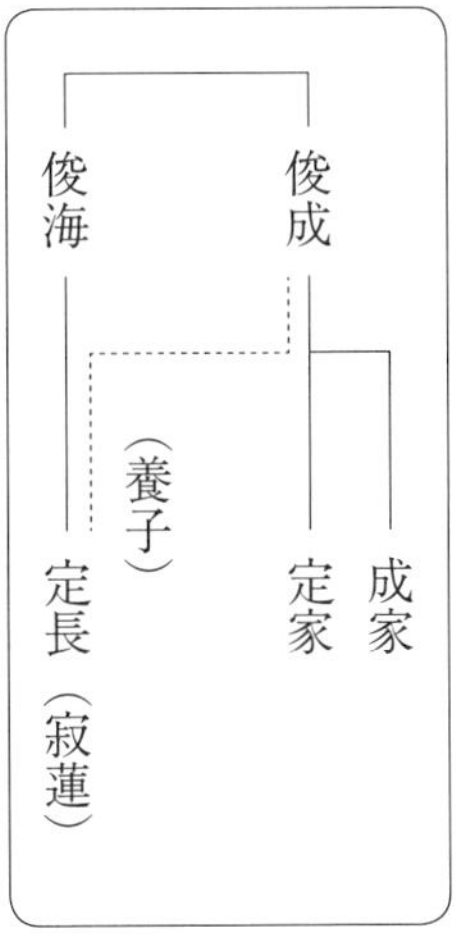

前掲の安井重雄氏も、石田氏・久保田氏の論を引きつつ、出家後間もない寂蓮の詠歌から、出家によって御子《みこ》左《ひだり》家《け》から離れ、歌道に邁進する決意を読み取っている。寂蓮は出家を「和歌の浦に入りにし道」（寂蓮法師集・六九）、すなわち歌道に深く入り込むことと表現しており、さらに柿本明神（神となった柿本人麻呂を祀る社）参詣の折には、

　思ひかね昔の末にまどひきぬとどめし道の行へしらせよ（寂蓮法師集・七八）
　（思いかねて、和歌の栄えた昔から遠く隔たった今の代の私は、進むべき道を失ってここまでやってきました。あなたが残した和歌の道の行く先をどうか教えて下さい。）

と、歌聖人麻呂に対して進むべき和歌の道を示すよう願っている。

　寂蓮は出家後、業平の垣内、三輪山、石上寺、柿本人麻呂の墓など、和歌にまつわる旧跡を訪ね歩いている（『寂蓮法師集』）。寂蓮にとっての和歌旧跡探訪は単なる物見遊山ではなく、自身が進むべき和歌の道を探すためのものであった（前掲安井氏）。都近辺の旧跡を探訪した寂蓮が次に向かったのが、和歌発祥の地・出雲であった。寂蓮が出雲に向かったのは文治六年（建久元年）のこと。承安二（一一七二）年に正殿が顛倒し、十五年の歳月を経て、建久の遷宮が成った年でもあった。承安二年頃に出家した寂蓮がこの年に参詣の旅に出たのも、遷宮が契機だったのではないだろうか。

おわりに

記紀の時代より、出雲は文芸の舞台であり、作品が誕生する地であった。『古今集』によって、出雲が和歌発祥の地として語られ出すことが、その後の和歌文学に大きな影響を及ぼしたと言えよう。和歌が公的文芸としての地位を確立し、王権との結びつきを強めていくほど、和歌の始原が人々に意識され、出雲と素戔嗚尊の「八雲立つ」詠は、和歌の正統を保証する役割を担ってきた。

そのような「はじまりの地」出雲は、歌人たちの心を捉え、歌人としての進むべき道を見出だすために遙々出雲の地を目指す者も現れたのだった。

古代・中世の出雲で生み出された文芸の様態を知る資料は、豊富に残されているとはいいがたい。しかし、その後の和歌史や文学史を考える上で、和歌発祥の地としての出雲は大きな影響を与えたのである。

※引用は『古事記』『日本書紀』『出雲国風土記』『古今集』『新古今和歌集』『九州道の記』は新編日本古典文学全集（小学館）、『続古事談』は新日本古典文学大系（岩波書店）、『出雲紀行』は『神道大系』（神道大系編纂会）、『後鳥羽院御口伝』『無名抄』は『歌論歌学集成』（三弥井書店）所収の本文に拠る。『毛詩』は『十三経注疏整理本　毛詩正義』（北京大学出版社、二〇〇〇年）を私に訓読し、漢字は通行の字体に改めた。『万葉集』の引用と歌番号は中西進『万葉集　全訳注原文付』（講談社、初版一九七八～一九八三年）、その他の和歌と歌番号は『新編国歌大観』に拠る。ただし、句読点の位置や表記を改めた箇所がある。

出雲大社奉納和歌と出雲歌壇

江戸時代前〜中期の出雲歌壇を二つの事柄を挙げて述べる。一つは出雲大社に奉納された『清地草《すがぐさ》』である。入集歌人の約半数の二三二人が地元であり、しかも諸階層にわたっており、歌人層の厚さに瞠目させられる。一つは釣月法師である。堂上の二条派を出雲に将来させ、種々の伝受を授けるなど出雲に和歌を根付かせた功績はすこぶる大きい。

芦田耕一

あしだ・こういち
一九四六年、大阪市住吉区に生まれる（本籍は兵庫県丹波市）。神戸大学大学院文学研究科修了。一九七八年に島根大学に赴任し定年まで勤める。島根大学名誉教授。専門は平安時代の和歌文学。
【編著書・論文等】
『六条藤家清輔の研究』『清輔集新注』『江戸時代の出雲歌壇』

はじめに

出雲地方でなぜ和歌が盛んであったのかをまず述べてみよう。これには三つの要因が考えられる。

まず、和歌発祥の地であった。最初の勅撰和歌集である、延喜五（九〇五）年成立の『古今集』の仮名文の序文（紀貫之作）に、和歌の起源を説明した箇所で「人の世と成りて、素戔嗚尊《スサノヲノミコト》よりぞ、三十《みそ》文字あまり一文字は詠《よ》みける」として「八雲たつ出雲八重垣妻ごめに八重垣作るその八重垣を」をあげる。「雲がむらがり立つ出雲国の幾重にも垣を巡らした御殿よ、妻をこもり住まわせるために御殿を造るのだ、そのすばらしい御殿よ」というような意味である。「人の世」は「神の世」と対応し、アマテラスオオミカミ以後をいうと解されており、「三十文字あまり一文字」は短歌形式（五七五七七）を和歌の本体とする立場からの謂いである。

二つ目は、風土記が残っていることである。和銅六（七一三）年に各国に制作の勅命が出されたが、天平五（七三三）年に成立の『出雲国風土記』が全国で唯一完全な形で残っている。和歌とのつながりはない感じはするが、風土記にみられる特に地名が貴重であり、これを和歌に詠むことが盛んに行なわれるのである。

三つ目は、出雲大社が存在することである。大社の神官が中心になって和歌発祥の地であることを顕彰するべく競って和歌を詠みあい奉納するのである。

本論考では、江戸時代前～中期の出雲歌壇を二つの事柄に焦点をあてて論じてみたい。

一　奉納和歌集『清地草』

出雲大社に、元禄十五（一七〇二）年成立の和歌集『清地草』（写真１）が奉納された。「すがぐさ」あるいは「すがちぐさ」と読み慣わしている。これは、本集の跋文に「神代の巻をかうがへ侍れば到出雲之清地と有にまかせ清地草と名づけ侍らんかし」とあるように、素戔嗚尊が出雲の地に櫛名田比売との新婚生活のための宮を造る折に「吾ここに来て、わが心すがすがし」と言い、「八雲たつ」の歌を詠んだことにより（『古事記』上巻）、この「すが」を「清」にあてて命名されたのである。奉納者は伯耆国米子の竹内時安斎（一六三八～一七〇八ころ）（写真２）で、編者でもある。時安斎については、『伯耆《ほうき》民諺記《みんげんき》』巻四に次のように記載されている。米子の鹿島分家（下鹿）所蔵の写本によって紹介すると、「米子竹内治安風雅」という見出しのもと、

寛文より元禄の年中の者なり。誕は米子にして唐物屋治兵衛と云。後入道して治安と称す。此者幼年の頃より風雅に心をよせ、歌詠む事を学び、盛年の頃、此道を略得て都に登り、中の院大納言より和歌の浦と云題を下し賜るに依て直にし詠じ上る。

和歌浦　かしこきや海士の捨草捨やらでかゝる世にあふわかのうら浪

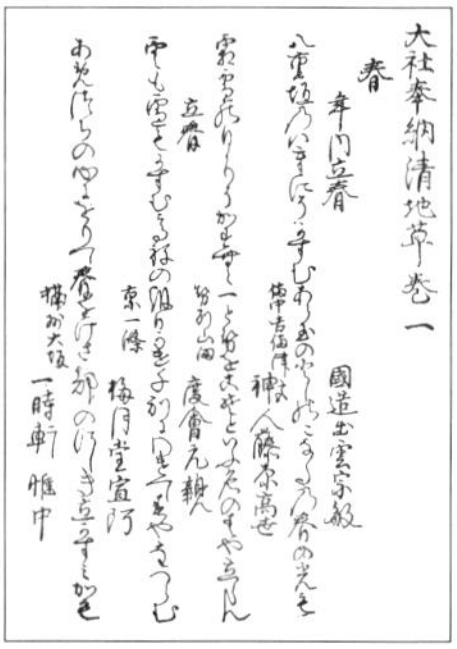

写真１『清地草』
（佐太神社蔵）

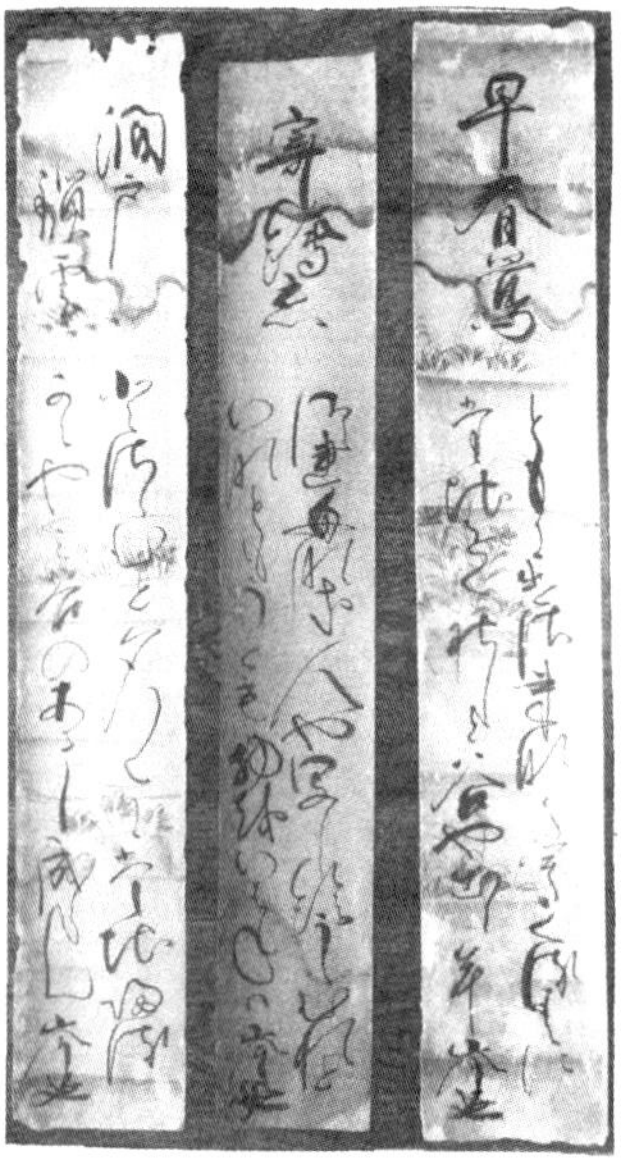

写真２　竹内時安斎自筆短冊
（原豊二氏蔵）

大納言殿甚感賞あって重て数々の題を下されど又詠上る。其後奉納千種といふ歌書を編梓して献ず。元禄七年の春、国の一の宮倭文の神社に参篭す。是和歌大祖の神なるが故也。此年漸々耳順に余、夫より残る五社に詣て又名高き仏閣を廻りて詩を賦し歌を詠じ、社毎に是を奉るとかや。治安六社廻りと号して書物など残る。（句読点は私に付す）

とある。京都の堂上《とうしょう》（公卿）と関わっていたことが分かる。和歌以外にも漢詩・狂歌をよくし、『神路山紀行』『伯陽六社みちの記』等の著作がある。

本集は版本（木を刻し、紙面に印刷した書物）である。写本とは違ってマスプリが可能であるにもかかわらず数本しか知られておらず、後に時安斎が佐太神社に奉納する（途中で没したので歌友の佐太神社神主勝部芳房が遺志を継いだ）版本の『神始言吹草《かみはじめことぶきぐさ》』（後述。**写真3**）は一本しか知られていない。一本のみの出版は当時それほど珍しいことではなかったのであるが、本集は神社に奉納することが目的なので多く刷る事は憚られたものではないかと思量される。それにしても、刊行に際してはかなりの費用を要するが、いくら裕福な商人とはいえ、すべてを賄いきれないだろう。投歌料があてにされたのではなかろうか。

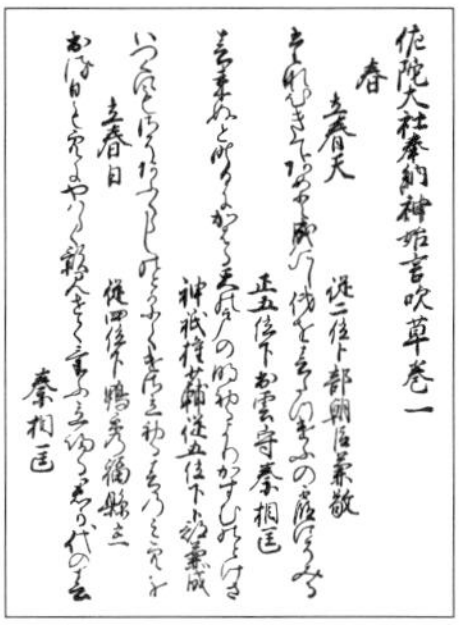

写真3『神始言吹草』（佐太神社蔵）

春部・夏部・秋部・冬部・恋部・雑部の典型的な六部《ぶ》立《たて》の六巻、二冊から成り、各部は歌題ごとに分類するいわゆる類題和歌集と称されるもので江戸時代に盛んに行なわれた形式である。歌数は一〇四八首の大部な歌集である。歌人は四七三人、地元の出雲・伯耆が圧倒的に多く、因幡・隠岐・石見は当然のことながら、山陽や近畿地方、遠くは遠江・武蔵・佐渡・出羽まで一五箇国に及ぶ。香川宣阿《せんな》（一六四七～一七三五。香川景樹《かげき》に至る梅月堂の祖として重要な歌人である）や岡西惟中《いちゅう》（一六三九～一七一一。談林派を代表する俳人でもある）などの著名人の名もみられる。なお、時安斎が貞享元（一六八四）年に上洛して歌道を学んだのは時宗の僧相阿弥であり、一方宣阿は貞享四年に出家して時宗の僧となっており、二人は知己であった可能性がある。

刊行までの経緯を『清地草』によって窺ってみよう。

此たび大社神納の歌とりあつめける心せちに覚えて願主のもとへよみて送りける　黒田朝張

ことの葉の玉をあつめて八雲立神代のひかりなをぞ
あらはす

同じ心を　　佳木軒政義

菅の根の長きたからとしき嶋や千々のことのはかき
あつむらん

諸国の歌人への応募を呼びかけたことは、編者自身の奥書に「元禄戊寅秋発二素願一達二都鄙《とひ》一」とみえることから分かり、また元禄十一（一六九八）年の発願であったことも知られる。当歌はこれに応えて願主である時安斎の許に送った寿ぎの歌である。朝張は松江の人で時安斎と連れ立って佐太神社に花見に行く昵懇の間柄であり、時安斎と同じく商人であろう。本集に数多く入集する。政義の在所は入集する最初の歌から「美作」であることが分かるが、戯号を使用しており、詳細は不明である。遠方からの投歌もみられることから、出雲大社のネームバリューを最大限に用い、かつ時安斎の人脈を活かしたものであろう。

最終的に編纂し終えたのは奥書によれば、発願から四年目の元禄十五年三月である。その後、堂上から「清地草」と命名された。上梓のため、時安斎が上洛した折のことは、

此奉納和歌開板のため京にのぼりし比、しるべと
頼みし御家より、いそぎまかれとの仰せをうけ給
りて又の日にまみえ奉るによみて奉る

時安斎岑延《みねのぶ》

ひかれ来るめぐみかしこし和歌の浦によらん便りも
浪の捨舟

とある。「しるべと頼みし御家」とは跋文を記した「水木子」こと入江相尚《すけひさ》（一六五五～一七一六）であろう。相尚は時安斎の師で、御子左家《みこひだりけ》の分派藤谷家出身、入江家を興す。二条派の歌人として著名である。

奉納できる喜びは、

この千首和歌の願ひ、おほけなきわざながら、ほ
いのまゝに相かなひて、神納し奉る事、神の御恵
ならではといと有がたく覚え奉りて

時安斎岑延

本立てひろくさかふる道ぞこれ神代の八雲人の言の
葉

とある。当初の目論見の千首を少し超過したものとなったが、選歌し、分類し（あるいは歌題も付し）、配列するという大変な作業であったと推測される。

最後に、地元の歌人を述べよう。

地元の歌人は四七三人中、確実なのは半数の二三二人の多くを数える。

まず、出雲大社に関わる歌人を挙げていこう。七十一代国造《こくそう》千家宗敏《せんげむねとし》（一六六三〜一七〇一）の詠が春部の巻頭にある。

年内立春　　国造出雲宗敏

八重垣の八重にぞかすむあら玉のとしのこなたの春の光も

と当然のことながら大社奉納に相応しい歌人である。

二、三番目の歌は、

年内立春　　備中吉備津宮神人藤原高世《たかよ》

霜雪のひかりぞかすむ一とせをこぞといふ名の春や立らん

立春　　勢州山田度会元親

雲も雪もかすむ高ねの朝日かげ千別にわけて春やたつらむ

と有名な神社の歌人を配している。

四、五番目の歌は、

立春　　京一条梅月堂宣阿

あめつちの心にをりて春をけさ都のにしき立かすみかも

立春　　摂州大坂一時軒惟中

のどけしな光うるほふ玉垣の内なる園の春をむかへて

であり、香川宣阿と岡西惟中を置く。

これら巻頭部分には特に目配りのきいた配列がなされており、時安斎はこれらの歌題による歌を当初に依頼していたのではないかと思われる。

さて、他の神官を挙げると、「雲州大社上官　出雲光宇」として多く入集するのは七十二代国造の千家広満（一六七二〜一七〇二）、そして「雲州大社上官　出雲光深」「雲州大社上官　出雲兼岑」「雲州大社上官　出雲資重」「雲州大社上官　出雲重長」はおのおの中氏、中氏、島氏、赤塚氏である。

出雲大社以外の出雲の神社からは、比布智《ひふち》・知井宮・佐太・神魂《かもす》・熊野・八重垣・末次・白潟等の神官が詠んでいる。

寺僧をみると、鰐淵寺《がくえんじ》の僧が五人みられるが、出雲大社との関係からして当然であろう。他に清水寺・願楽寺や隠岐島の金光寺の僧が出詠している。そして伯耆の大山寺の僧の名も多くみられる。

武家はいかがであろうか。

まず、源幸弘を挙げよう。さきほど紹介した宣阿・惟中に続いて六番目にみえるのである。

　立春　　　　　　　　　　雲州松江源幸弘

春の来るしるべとやみむ消初て雪に道ある門の松かげ

そして、最後の歌として、

　寄国祝　　　　　　　　　源幸弘

ことの葉も代々にぞさかふ葦原や国といふ国に道を伝へて

とみえる。出雲での和歌のさらなる隆盛を寿いでおり、最後を締めくくるに相応しい歌となっている。その配列からみて幸弘がいかに重視されていたかが分かるであろう。幸弘は実は松江藩家老乙部《おとべ》幸弘であり、その活躍時期から判断するに第四代乙部九郎兵衛（生年未詳、一七二〇までは存命）であろうと思われる。彼は本集にも多く入集する佐太神社神主勝部（朝山）芳房を師と仰いでおり、享保五（一七二〇）年の正月と三月の二度にわたって自詠五十番の判を芳房に依頼している。他に多く入集する武士に猿木為貞がいる。椎の本花叔《かしゅく》編の『雲陽人物誌』に「為貞　国府之家臣　氏ハ猿木、和哥に名あり、東武紀行など著ハせり、妻女も和歌をたの《詠》しむ《ず》」とあり、ここにいうように妻もそして妹も入集する。武家として他にも該当するかと思しき者はいるが、神官や寺僧とは異なり、在所しか示されていない作者表記であるのでその姓名からの認定ははなはだ困難である。

　商人等はどうであろうか。

　黒田朝張は時安斎と連れ立って佐太神社に花見にきており商人の可能性があることは前に述べたが、この花見は、『朝山芳房報賽和歌集』によれば、宝永四（一七〇七）年のことで、時安斎と同道したのは朝張の他にはいずれも松江の人で間宮重安・斎藤高儀・重村就賢・村尾佳格であり、このうち重安・佳格の二人は本集に入集する。彼らも商人であろう。他に小豆沢《あづきざわ》良充（松江）・木佐真久と木佐尚久（平田）・藤間《とうま》安久（大社）がいる。これらの経済的に豊かな商人が物心両面で本集のために時安斎を支えたことは充分に考えられる。

　最後に、書家を挙げよう。山中通道《ゆきみち》は『雲陽人物誌』によって説明すると次のとおりである。通称は忠左衛門、外世とも。杵築に住んで千家国造に書を学び、のち上洛して高野山の僧春深に筆法の教えを受けた。備前公の臣となったが、出雲に戻って書記になる。尊円流の書をよくし、一家を成して山中流と称したという。和歌にも名を成した。正徳二（一七一二）年十月十四日卒する。子息の章弘《あきひろ》も書をよくし、佐太神社へ奉納の「三十六歌仙額」の筆者であり、また歌人としても有名であった。

その他、「山翁子」「山栄子」「幸其堂」「可以軒」「弘毅軒」等の戯号で記されている人が多くおり、在所が記されていないので地元ではないかと思われるが、これ以上のことは不明である。徳川家康は「武士には武士の勤めあり、公家には公家の勤めあり」と語ったといわれており、和歌は公家の勤めにのみ限られていたこともあり、武士が照れ隠しに戯号でもって歌を詠んだのではないかと想像を逞しくする。

以上、地元の歌人を概見してきたが、二三二人の歌が挙がり、しかも諸階層にわたっていることに驚く。出雲の歌人層の厚さに瞠目させられるのである。

二　釣月法師

江戸時代中期に出雲の歌道に大きな影響を与えたのは釣月《ちょうげつ》法師である。実は彼の歌が『清地草』に三首みられる。

大社に詣で丶社頭花　　武州産釈釣月
人の世の言葉の種とさかへけり花も八雲の春をかさねて

夜虫　　釈釣月
きりぎりす霜夜を寒《さむ》み壁に生《おふ》る草に鳴《なく》ねも哀《あはれ》いつまで

恋雑物　　釈釣月
とばかりのあふごもあらば身の上の恋の重荷のうさも休めむ

最初の歌は出雲大社に参詣した折の歌であるが、歌詞から考えて出雲が和歌発祥の地であることを知っての物謂いである。「武州産」と記されるのは、出生地を示し、当時は出雲に住んでいなかったのであろう。

釣月は万治二（一六五九）年に江戸に生まれ、享保十四（一七二九）年二月二十三日に七十一歳で没する。明珠庵・白翁・然住斎と多くの号を持っている。さらに、手錢白三郎《てぜんはくさぶろう》家所蔵『元可法師家集』の奥書には「宝永二年乙酉仲夏於第五橋下旅亭染筆　水柳軒釣月」とあり、宝永二（一七〇五）年五月に書写したというが、ここに「水柳軒」の号もみられる。

釣月の経歴や事績をうかがうに、比布智神社の社家春日易重《やすしげ》の随筆「備忘五」に「松江法眼寺門内明珠庵白翁釣月法師墓碑銘写」という非常に貴重な資料が残されており、やや不審な箇所もあるが、適宜引用しながら時系列的に説明していきたい。

素生は武州江戸の産にして、幼児より天然和歌に心染、人となるに及て歌道は京師に学ばざれば道を得る事難きことをさとり、三十有二歳にておもひの宅を出、姿を墨染にかへ花洛に逍遥し、

とまず出家し上洛までの経緯を述べる。このことを手銭家所蔵『安永二卯月三日開講　百人一首聞書　季硯《きけん》』で詳しくみよう。なお、「季硯」は三代目手錢白三郎である。

抑私師釣師ハ江戸也。常々申サル丶、和歌ニ執心アルナラ、堂上ニテ不被立入デハ用ニ不立ト被申也。釣師、妻ヲ一子へ遣シテ遁世スト也。釣師ノ前ハ浄土宗也。旦那寺ニて剃髪シ、夫ヨリ京都へ登リ、辛労アリ。

「私師」は季硯の師小豆沢常悦《じょうえつ》のこと（後述）である。

「墓碑銘写」に、続いて、

清水谷亜相実業卿の御門下に列し褒貶の御会まで召加られつる中、実業卿御逝去にて、空く江戸に帰り、八町堀茅場丁に住庵の折、武者小路正二位実陰卿関東御下向に逢て、御旅館にまうのぼりつつ御門弟となり、修行星霜を経ぬる中、

とある。師事する霊元院歌壇の清水谷実業《さねなり》（一六四八〜一七〇九）の没に会い、江戸に帰るが、たまたま関東に下向中の同じ霊元院歌壇の武者小路実陰《さねかげ》（一六六一〜一七三八）に会って入門したという。およそ二〇年在京したことになる。

続いて、

おもへらく出雲国は八雲神詠根本の地たるに、歌道行れざる事念なく覚へて、宝永の頃当国に下向し、道を弘め、猶道の奥秘を極む事を思ひ、再び京師におもむき、中院内府通茂公へも御立入を免さるとみえる。和歌発祥の地であるにもかかわらず、歌道が隆盛していないことを無念に思い、宝永の頃に初めて出雲にやって来て和歌を広めていったという。釣月は出雲に情報網を張り巡らしていたのであろう。入雲の時期については、宝永六（一七〇九）年九月に実業が没して江戸に戻った後というので、宝永七年か八年（四月二十五日に正徳に改元）のこととなる。しかし、それにしては江戸で実陰の門人となってから入雲までの期間はわずかであり、「修行星霜を経ぬる」とするのは不審である。

あるいは歌道に入ってからのことを総括した文言なのであろうか。

釣月は歌道をさらに究めるために再び上洛して霊元院歌壇の中院通茂《みちもち》（一六三一～一七一〇）に入門したというのであるが、通茂は宝永七（一七一〇）年三月二十一日に卒しており、釣月の入雲から再上洛までの期間はほとんどないことになる。没後入門なのか、あるいは誤りであろう。釣月を簡略にあげる『雲陽人物誌』の島根県立図書館本は「宝永ノ比当国ニ下向ス」の部分を抹消しており、誤りと認めての所為であろうか。

この釣月の入雲に関わって、佐太神社に奉納された和歌集『神始言吹草』を取り挙げたい。これは『清地草』刊行後に時安斎は佐太神社にも千首和歌奉納を発願するが志半ばにして没したため、時安斎とは歌友の佐太神社神主の勝部（朝山）芳房が遺志を引き継いだものであり、稿本が完成したのは宝永八（一七一一）年三月である。両歌集に共通する歌人が多くみられるにもかかわらず、本集には不思議にも釣月の歌がみられないのである。ここで七首入集する「玄牝子《げんぼうし》」なる者に注目したい。「玄牝子」の在所は最初にみられる歌に「同（注、雲州）松江　玄牝子」と記されている。「玄牝」は『老子』にみえる神で、あらゆる物を生み出す源泉である。釣月の号「白翁」とはおおよそ対照的であり、「玄（黒）」と「白」、「子」と「翁」、物を造り出す神とその力を有さない「翁」というふうにである。そもそも釣月は多くの号を使っている。さらに、

神祇　　　　　　　　　　　玄牝子

あまねしや昔のまゝに今とても神の光の出雲八重垣

が入集しており、「出雲国は八雲神詠根本の地」とする釣月に相応しい歌ではないだろうか。推測を重ねてきたが、これが正しいとすると宝永八年三月以前には松江に在住していたことになる。

再上洛して通茂の高弟松井幸隆（一六四三～一七一七までは存命）から教えをうける。このことは、

釣月深くちなみ、懇に教をうけ、中院家えも頼参殿、一道悉く相伝、こゝを以往年の志し終に功を得たり。

とあり、歌道相伝という目的を果たしたのである。そしていつのことか不明ながら再び出雲にやってくる。続いて、

よて出雲に帰り数多伝書を講習し、弘く教をほどこし、皆伝の好士六七輩の中、俗名小豆沢浅右衛門勝

　興出家して百忍庵常悦と号す。此僧伝統なり。

とみえる。この入雲は、享保八（一七二三）年三月十九日には益田の高津にある柿本《かきのもと》神社に和歌を奉納するために大社を出発しており（後述）、これ以前のことであろう。これによると、「皆伝」つまり歌道の伝受がなされているのである。「皆伝の好士六七輩」の中心人物は松江の小豆沢常悦（一七〇六〜七六）である。末次の酒造家、後に札差を営み、松江商人の歌道のリーダーとなる。江戸中期の越中文化を代表する歌人として著名な富山の内山逸峰《はやみね》（一七〇一〜八〇）に松江・杵築への紀行『西国道紀』がある。逸峰が出雲街道を経由して松江に着いたのは明和二（一七六五）年八月九日であるが、まずこの常悦に会っている。

　此常悦といふ人は、雲州松江の町、小豆沢浅右衛門といふ人の隠居にて、十四五年斗先より出家せられて、本宅小豆屋より五六丁もへだてゝ、いとしづかにきれいなる家作りしてぞすまれける。歌の門弟おほく、会などの時、つかへのなきやうにぞ作りなしける也。

と述べている。経済的に豊かな商人が地域文化を牽引する構図をここにみることができる。

　さて、釣月自身は幸隆からは「古今伝受」「管哉而爾《つつかなてに》遠《を》者《は》伝巻」の伝受を受けている。前者は『古今集』に関する伝受、後者は助詞「つつ」「かな」の用法に関する伝受である。釣月の常悦への伝受は、たとえば釣月は享保八（一七二三）年冬に明珠庵（松江にあったか）で弟子たちを集めて「伊勢物語全部講義」を行なっており、常悦はこれを聴講していたが、のちに一人だけで『伊勢物語』の伝受を乞い、数年かけてようやく相伝を許されている。また、『源氏物語』については、「揚名の介」「ねこのこ三がひとつ」「とのゐの袋」に関する「源氏物語三箇之大事」の伝受がある。これは享保十二（一七二七）年四月に「大社八景」奉納の最終段階により京都に出立する前夜に訪ねてきた常悦を密かに部屋に通して伝受を行なったという。常悦は晩年の安永年間（一七七二〜八〇）に大社に来て和歌の勉強会の講師になり、釣月からの教えを手銭季硯たちに講釈したこともあった。また、常悦が発起人になって、安永二年三月十八日付の「石見国柿本社千五十年御祭祀詠百首和歌」を柿本神社に奉納する。藩の重臣、千家・北島の両国造家、社家の人々、「町連中」など、当時の出雲地方の主要歌人一〇〇人を網羅した和歌集となっている。

伝受において、釣月はいずれの場合でも覚書等を用いず口承形式で行なっており、伝受者に対しても教戒により記すことを禁じたが、常悦は伝の消滅を惜しんで聞書を著わすのである。松江藩はこれらの聞書を書写させたり、あるいは伝書として与えたりしたようである。

伝受された「六七輩」は他に勝部芳房、山中通道の子息山中章弘（前述）が考えられるが、これ以外は明らかにしがたい。

さらに、釣月は出雲大社に「大社八景」を奉納することを企図し上洛するのである。「八景」は、中国の「瀟湘八景」が起源で、日本では「近江八景」から始まり、各地に八景が選定されていったのであるが、釣月もこの流行に倣うのである。「墓碑銘写」の前文に続いて、

数年を経て歌道絶ず、かく道に志の厚き余り、杵築大社名勝八景の和歌を当朝の名卿にすゝめ奉らばやと、享保十一の夏、百たらす八十の隈地を分、又都に登、風早《かざはや》三位実積《さねつむ》卿をかたらひ、冷泉黄門為久卿につきて八の題を乞、縉紳の家々に分つ事、其景勝八つ也、新玉の年を越、卯月ばかりに事調ひぬ、内府通躬《みちみ》公巻頭より正二位実陰卿巻軸に至り、菅原黄門長義卿跋の辞を加へ給ふ、押題は兵部卿のみこ御筆を染給ひぬ、是を早く神に捧げ奉らばやの志し深く、取帰て同じ年文月に清地に詣て、玉垣の宮のうちに納め、松府に帰庵し、猶教てうまざる内、

と記され、享保十一年夏から十二年七月の奉納までの経緯を窺知しうる。「大社八景」に添えられた菅原長義の跋文では、奉納は享保十二年七月ではなく、享保十三年一月下旬であり、跋文を信用するべきか。また、大社から「松府に帰庵」とあるので、釣月のその時の住居は松江にあり、和歌を教授していたことも分かる。

八景とその作者を順に紹介しよう。

社頭夜燈《やとう》／中院通躬　八雲山晴嵐《せいらん》／烏丸光栄《みつひで》
素鵞川千鳥／飛鳥井雅香《まさか》　御崎山秋月／冷泉宗家
真名井清流／冷泉為久　出雲浦魚舟／三条西公福《きんとみ》
関屋翠松《すいしょう》／久世通夏《みちなつ》　高浜暮雪《ぼせつ》／武者小路実陰

これらが八枚の金泥模様の色紙に書かれ、今も千家国造家に所蔵されているという。のちに幕末から明治時代にかけて活躍した歌川芳員の彩色を施した絵を伴って「出雲　大社八景」として流布する。

最後に、続いて、

享保十四年二月二十三日、春秋七十又一歳にして終命、円輝山法眼禅林に葬、此僧なからましかば一国

和歌の正風をしらんや、門葉連綿して歌道絶ざる事、奇異の大功をしらしめんと、道脈の門人石を建て、後世に伝る而已。

と釣月の没年と葬られた寺をあげるが、「法眼禅林」は松江の曹洞宗寺院法眼寺である。出雲での功績を顕彰するために門人が墓碑を造ったと説明して終わる。

上記の「墓碑銘写」にはみられないが、釣月にはもう一つ大きな事績がある。柿本神社に参詣し和歌を奉納するのである。『鴨山参詣記』によれば、享保八（一七二三）年三月十八日には柿本人麿の千年忌の大祭が催行されるが、これを機に参詣を思いついたという。三月十九日に大社を船（老齢のため）で出発し、二十五日に高津に到着し、翌日に和歌を奉納する。同行者は同志の友北島孝和であった。孝和は「北島蔵人」であり、宝永二（一七〇五）年には造営遷宮願いの国造名代として上官の孝和が上官の中兼岑とともに江戸に派遣されており、重責を担った人物である。奉納の事情について、

千とせふべき松江の府、神のます素鵞の里、八雲のみちにこゝろをよする人々をすゝめて、言葉の林をわけ、こゝろのいづみをくみ、鳥のあとにまかせ、もしほ草かくあつめて、かれこれをのをのふたもゝちの和歌をふた巻として鴨山の社におさめたてまつる。

とみえる。松江と大社で和歌に心得のある人々から募ったところ各二〇〇首集まり、二巻に分けて奉納するのであるが、多くの歌が集まったことに注目したい。道中での二人の多くの詠歌は記されているが、残念ながら奉納歌集の作者も歌もまったくみられないのである。また、この奉納歌集は現存していないという。

帰着は三〇日のことである。

晦日風よくはべれば、日のさし出るころ舟に乗てをし出す。けふしも弥生も尽ければ

ゆく春をしたふならひにさしかへる舟のなごりぞおしむ人なき

この津より杵築の浜までは十五里の海ぢなるを真帆のかぜたゆみなくすゝみければ、巳の時なかばばかりに帰帆して草庵につきぬ

ふなでせし日かずかさねてあまごろもきづきのうらにかへるうれしさ

とみえ、一二日間の長旅であった。また、これによれば、釣月の草庵は大社にあったようだ。前述の『安永二卯月三日開講　百人一首聞書　季硯』には「釣師、初ハ

西代持円寺ニ居ス。釣師内存、八雲之地出雲ニ残ストノ念願也」とあり、最初の居所は平田西代の持円寺（慈円寺）であると思われるが、これが大社の草庵を指すか否かは不明である。

以上、限られた資料で説明してきたが、種々の伝受を授け、当時の堂上歌壇の二条派の和歌を出雲に流布させ、根付かせたことは釣月の大きな業績である。このことを、島多豆夫撰『類題正葩集《せいは》』の「島重老翁の畧伝」での説明で代弁してもらおう。島重老《しげおい》（一七九二〜一八七〇）は千家家の上官で歌人として著名な人物である。

翁いまだ若かりし時、出雲国は二条家の詠歌流行して釣月あり常悦あり。時の宗匠家としてこれにしたがふ門生あまたなりき。ことに杵築には千家長通氏北島孝起氏等前後にいでて専ら二条家を唱へ、時の国造千家尊之宿禰君も芝山三位持豊卿の教をうけさせ賜ひければ、歌よみといへば一向二条家ならざるはなかりき。

と、江戸時代末まで出雲歌壇を隆盛ならしめた二条派の第一人者が釣月であり常悦であると述べている。

【参考文献】

『手錢家資料を活用した江戸時代の出雲文化の発掘と再生事業』（平成26年度出雲文化活用プロジェクト実施報告書）（二〇一五年三月三十一日）
拙著『江戸時代の出雲歌壇』（二〇一二年三月三十一日）

第2章

出雲国学の普及活動と梅廼舎塾
（第2回講座）

千家俊信の学問形成と国学の普及活動

西岡和彦

出雲国造家に生まれた千家俊信は、家の学問でもあった山崎闇斎の学問（垂加神道・崎門学）を修得し、祖先の心を明らかにするため本居宣長の国学をも修学した。これにより、独特な出雲神道や出雲歌壇が生まれ、それが近代神道への橋渡しとなるばかりか、出雲大社の台頭をも果たすことになった。本稿は、彼の学問がそこに至るまでの形成過程を、近世の出雲大社史を踏まえて論じたものである。

にしおか・かずひこ
昭和三十八年兵庫県生。大社國學館を経て國學院大學文学部神道学科入学。同大大学院博士課程後期を経て現在、國學院大學神道文化学部教授。専攻は神道神学、神道思想史。
【編著書・論文等】
『近世出雲大社の基礎的研究』、『建国の使命―「大祓詞」の神学―』。編著に『大社町史』中巻、『生田神社史』、『出雲大社の寛文造営について―大社御造営日記の研究―』など

はじめに

寛政四（一七九二）年、二十八歳の千家俊信《せんげとしざね》は、伊勢松坂の国学者本居宣長《もとおりのりなが》（六十二歳）に入門する。その後、次第に鈴屋《すずのや》で頭角を現し、彼の評判を聞いて入門する者が出雲国内外から押し寄せた。なかでも弟子の岡熊《くま》臣《おみ》（石見国、富長《とみたけ》八幡宮）は、その代表的人物の一人である。彼は晩年、津和野藩藩校養老館の国学教授として藩内に国学を広め、彼に師事した福羽美静《よししず》は、明治神祇制度設計の中心的役割を果たした[1]。また、出雲大社にも明治時代を代表する宗教家千家尊福《たかとみ》が、俊信によって明らかにされた「出雲神道」を、全国に布教したのである[2]。

しかし、そこに至る迄の道のりは、決して平坦なものでは無かった。たとえば、俊信が鈴屋に入門した二年後、同門の小篠《おざさ》大記（浜田藩儒医）と沢真風《さわまかぜ》（京都）が、宣長の代理で古学普及を目的に出雲へ下向したところ、当地の特異さに彼らは失望し、宣長に次の報告をしたのである。

（出雲国は）何れも垂加流ニ而、講尺も聴衆無レ之、古学弘マリかね申候、[3]

すなわち、出雲国は垂加神道の神学が蔓延していて、講釈を開いても聴衆する者はなく、古学[4]を普及させるには極めて難しい土地柄である、と。この報告で俊信の苦心をはじめて知った宣長は、当地は「大切成（る）地」であるだけに、垂加神道のような「穢敷漢意《けがらわしきからごころ》之神学」のみが行われているとは残念でならないが、時が経てば地元の人々も必ずやその誤りに気付いて古学に改まるので、無理に成果を急がぬように、と手紙で諭し慰めたのである。

そこで本稿では、次の二点に焦点をあてることにした。

①出雲国にいつ頃から垂加神道が入り蔓延したのか。

②そうした状況下で、俊信はどういった学問を形成したのか。

この二点を課題にして、出雲大社の歴史的背景を視野に考察してみようと思う。

一　千家俊信誕生以前の歴史的背景

まず、千家俊信誕生前の歴史的背景を確認しておこう。俊信は、明和元（一七六四）年一月十六日、国造千家俊勝の次男（一説三男）に出生し、天保二（一八三一）年五月七日に帰幽した。享年六十八。幼名は世々丸、名は俊信、字は清主《きぬよし》、通称は主水、号は葵斎・梅《うめ》舎《のや》・建玉。兄は国造俊秀、弟は清足、嫡子は俊清[5]。

出雲大社での役職は「別当」[6]とある。それが当時どういった役職であったのかは不明だが、彼が生まれる九十年ほど前の延宝七（一六七九）年、出雲大社が幕府へ提出した『出雲国造等勘文案』「別当并社僧之事」の条に、左の条文が見られる。

古来禁三僧尼入二瑞垣内一故、社域外東西八町、南北六町之間、無二寺院一、最無二別当社僧一、[7]

文中の「最無二別当社僧一」とは、寛文二（一六六二）年、幕府によって本願が追放されたのを機に、出雲大社が幕府の許可を得て古来の姿に戻すべく神仏分離を実施し、鰐淵寺《がくえんじ》との長年の関係をも解消して、出雲大社周辺の僧坊を撤去したことを意味する。よって、ここに見える「別当」とは、かつて出雲大社にいた社僧の本願を指したものと思われる。

出雲大社の本願は、千家・北島両国造方に原則所属しない中立の立場にあった別火職や、両国造方の「社奉行」（各国造方筆頭上官に充当する）とともに、「松江藩から公認された管理運営のための最高機関を構成し、杵築大社および杵築を支配」[8]する上級の役職であったという。すると、俊信の「別当」とは、出雲国造に次ぐ上級職であったと推測できよう。

その仮説を裏付けるのが、文化度の出雲大社修造遷宮の行列次第書[9]なる史料である。当時、俊信（四十六歳）は参列せず、嫡子俊清が代わりに参列したが、彼の装束は、国造千家尊之（俊信の甥）同様束帯とある。それに対し、かつて本願と同等の地位にあった別火や、両国造方の各社奉行、そして千家国造方では破格の二〇〇石（別火は五〇石。なお俊信の受領高は不明）を受領した東上官《あずま》の千家長通《ながみち》の装束は、いずれも衣冠とある。装束とは、端的にその人物の身分を表現するものだけに、俊信の嫡子が国造同様束帯を着装していたとは、俊信の「別当」という地位が、出雲大社では国造に次ぐ別格の地位にあったことを物語るものといえよう。

さて、彼の青年時代には、当時の出雲大社周辺の代表的文化、すなわち「神道・歌道・茶道（の）達人」[10]として尊敬されていた十七歳年長の叔父千家長通がいた。

当時出雲大社周辺では、「神道」は垂加神道、「歌道」は二条家流歌道、「茶道」は細川三斎流茶道を指した。

垂加神道とは、京都の山崎闇斎が提唱した理論神道で、神道の諸流を集大成し、朱子学に基づいて概念化したものである。ゆえに宣長はそれを「穢敷漢意之神学」と称したのである。出雲大社に垂加神道を伝えたのは玉木正英で、弟子の千家貞通（智通）を経て子の長通に至る。

次に、二条家流歌道とは、宮中における歌道で、出雲大社に参拝したことのある細川幽斎の古今伝授の逸話で有名な歌道である。出雲大社には明珠庵釣月《ちょうげつ》が伝え、弟子の百忍庵常悦を経て長通に至る。

細川三斎流茶道とは、幽斎の子忠興に始まり、松平不昧公の命で藩士荒井一掌がそれを修め、弟子の高井草休を経て長通に至る。

このように、千家長通は当時の大社の代表的三文化すべてを修得した達人として、周囲から尊敬されていたのである[11]。

一方の俊信は、『忌日帳』に「古学者、達諸道高名之御人也」[12]と評されている。すなわち、古学者にして、大社の代表的三文化においても達人であり、殊の外評判の高い人であったという。実は、俊信もかつては上京して、望楠軒《ぼうなんけん》で崎門《きもん》学を学んだこともあった。崎門学とは、浅見絅斎《けいさい》の弟子熊谷《くまたに》常斎が出雲大社に伝えた山崎闇斎の朱子学研究である[13]。その後、俊信は「出雲神道」研究のため、内山真龍《またつ》や本居宣長に師事して国学を学ぶようになるが、俊信はそれによって従来の大社文化を否定したり排除したりすることはなく、それらを継承しつつも国学を受け入れていったのである。そうした俊信の学問形成を、より具体的に探るため、次に俊信の家系を通して俊信が育った歴史的背景を探ることにしよう。

千家俊信の家系図

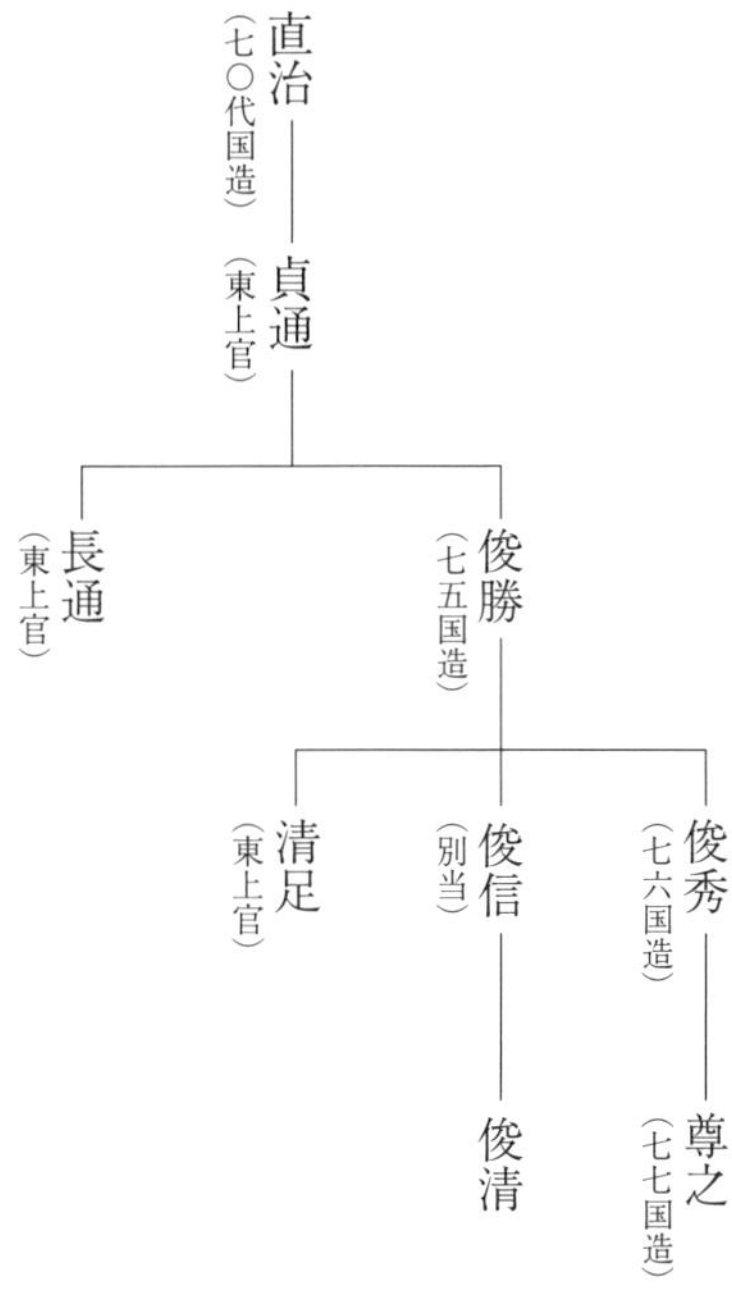

千家直治

俊信の曾祖父は、七十代出雲国造直治である。しかし、嫡子の貞通は国造職を継承せず、その子俊勝が七十五代出雲国造を襲職した。この変則的な事情は、俊信を理解する上で重要なので、簡単に説明しておこう[14]。

元禄八（一六九五）年九月七日（俊信誕生七十年前）、寛文度の造営遷宮の功労者で上官の佐草自清《さくさよりきよ》が帰幽した。自清は幕府や松江藩の首脳部も一目置くほどの交渉に長けた学者神職であった。そのため、自清在世中は、出雲大社に争論を仕懸けても勝ち目は無かった。ところが、自清が帰幽するや翌年の七月二十二日、両国造名代は佐陀神社との争論の件で、幕府寺社奉行に呼び出されるのである。

江戸時代、出雲国内（全十郡）では、一部の有力社を除く神職は、出雲国造から免許を取得するのが慣例であった。それに対し、佐陀神社は以前から、当社の御座替え神事に奉仕する三郡半の神職に限っては、佐陀神社の神職と共に京都の吉田家から免許を取得すべきである、と主張してきた。この問題は、自清在世中にも取り上げられたことがあったが、その時は藩が不問に付していた。しかし、今度は幕府側から直接問合せが来たのである。それは京都の吉田家側から幕府への働きかけがあったことと、出雲大社を支援してきた寺社奉行の井上正利が辞職したこととも関係していよう。

そうした状況を察した藩は、幕府への上訴を制止するが、出雲大社は頑なに拒否した。その結果、元禄十（一六九七）年八月、幕府は出雲大社の上訴を棄却して両国造を罷免に処したのである。その時の国造の一人が、俊信の曾祖父直治であった。

出雲国造が権力者によって罷免されるとは、前代未聞である。幕府がここまで厳しい判決を下した理由は、出雲大社側が君臣間の秩序を軽視したからであろう。当時、神社の領地は、将軍や藩主からの預かり物とされ、出雲大社も代々の松江藩主から社領を安堵されてきた。そのため、神社にとって藩主の命令は絶対服従であった。それに対し、出雲大社は藩主の制止を振り切ってまで幕府に上訴したことが、君臣間の秩序を軽視したとされたのである。

同年八月三十日、松江藩は出雲大社神職にも制裁を科し、杵築町からの不要不急な外出を禁じた。さらに、幕府や藩との交渉につとめた佐草自清の嫡子直清と長谷《ながたに》正之は、国造名代として国造に諫言すべきところを、かえって「邪義」を勧めたとの罪で、最も重い閉門に処せられ、彼らは失意のうちに生涯を閉じたのである。

熊谷常斎

敗訴から六年後の元禄十六（一七〇三）年、熊谷常《くまたにじょう》斎《さい》が京都から招かれ出雲大社の儒臣になる。彼の父は杵築出身の熊谷玄喜で、京都で医を開業していた。母は中川氏で、京都東山出身である。常斎は、名を金平・源太、諱を一徳とし、号を常斎とした。山崎闇斎の高弟浅見絅斎《けいさい》に師事して崎門学を修め、二十六歳の時、出雲大社に招かれた。

当時の出雲大社は、前述の敗訴の影響で誰もが萎縮していた。そうした重い空気を一新するため、出雲大社は杵築とも縁のある常斎を招いたのであろう。だが、残念なことに彼が大社でどういった教育活動を行ったのか、残された史料が乏しく不明である。恐らく再起をはかる出雲大社神職の大きな支柱になったことは想像するに難くない。たとえば、彼の易簀《えきさく》（享保十一年十二月十三日歿）後、出雲大社は「熊谷孝三良一徳先生」と称えて、毎月忌日（命日）に慰霊祭を行っていたことが、前掲『忌日帳』から確認できる。しかも、その帳簿に「先生」

と敬称されたのは彼のみであることから、常斎が出雲大社の失地回復に貢献したことは疑いなく、その功績を出雲大社は末永く「先生」と敬称して讃えたのであろう。

千家貞通・俊勝父子

千家貞通（智通）（一六八九―一七五五）は、国造罷免となった直治の嫡子である。そのため、国造に襲職できず、二百石を受領する東《あずま》上官に下った。だが、享保十（一七二五）年五月、彼の嫡子俊勝が幼くして出雲国造に襲職したことで、国造後見役として千家国造方を指導する立場に上った。それから六年後の同十六（一七三一）年、彼は上京して玉木正英に神道誓紙を提出し、本格的に垂加神道を学ぶのである[15]。

玉木正英（一六七〇―一七三六）と出雲大社との関係は古く、それより二十五年以上前の宝永二（一七〇五）年八月、出雲亀卜《きぼく》の調査で弟子四名を引き連れて出雲大社を訪れたことに始まる[16]。その時、出雲大社は彼らを大歓迎し、神職全員が彼に弟子入りしたという[17]。

その七年後の正徳二（一七一二）年四月、幕府寺社奉行との交渉で江戸滞在中の上官千家正延が、旗本で垂加神道家の跡部良顕《よしあきら》に見せた『出雲大社記』は、正英が出雲大社に依頼されて編纂したものである[18]。だが、この由緒書には、出雲大社が自負してきた、出雲国造が霊元天皇より賜った「永宣旨《ようせんじ》」や出雲国惣検校職《そうけんぎょうしき》の件が記載されていなかった。その異例さが当時の出雲大社の状態をよく反映しているといえよう。なお、その二点が由緒書に記されるのは、さらに二十年後の享保十七（一七三二）年、大社儒官の松井訒斎《じんさい》[19]（一六八七―一七六三）が編纂した『大社志』まで待たねばならず、それは千家貞通が上京して正英に師事する翌年のことであった。

このように『大社志』編纂と貞通上京の二件は、出雲大社がある程度失地回復したことを示す象徴的な事例なのである。ただし、失地回復の兆しはそれ以前から徐々に見られた。たとえば、次期造営遷宮の資金集めの一環として、幕府から「日本勧化《かんげ》」の許可を得た出雲大社は、享保十一（一七二六）年一月から江戸を皮切りに全国勧化を実施したことが挙げられよう。こうした全国勧化は伊勢神宮以外では極めて珍しく、この一件だけでも、幕府や藩による制裁措置が緩和されはじめた証といえよう。

出雲大社はこの「日本勧化」を通じて、神有月《かみありづき》とともに玉持大国神像《たまもちだいこくしんぞう》の布教にも努めたと思われる。神有月とは、旧暦十月を神無月というのに対し、出雲地方では全国の神々が出雲大社のもとに集まることから名づけられた名で、その名称は古く、鎌倉時代以前まで遡るといわれる。そこで出雲大社は、神有月に全国の産土神《うぶすながみ》が集まって会議する当社に造営費を寄付することは、産土神の恩頼《みたまのふゆ》を得ることにも繋がる、と教化したのである[20]。

次に玉持大国神像とは、出雲大社と垂加神道の理念との協働でなったものである。ダイコク像と言えば、大きな袋を肩に掛けたイメージが一般的だが、出雲大社のダイコク像には、両手で玉を抱えた像が見られ、それが主流となっている。その玉は当初赤く塗られ、心臓にやどる魂をイメージしたが、具体的には幸魂《さきみたま》・奇魂《くしみたま》を表す。『日本書紀』によると、大己貴神《おおなむちのかみ》（大国主大神）は、この魂のお告げで、幸魂・奇魂に活かされてきたことを悟り、厚く感謝したとある。山崎闇斎は、その大神の謙虚さとそのご神徳とを高く評価し、われわれの生きる指針と教えた。それを図像化したのが、この玉持大国神像である。

現在、玉持大国神像の原初的な姿を残しているのは、安芸国竹原の礒宮《いそのみや》八幡神社所蔵のものである。これは恐らく、貞通の子俊勝国造（一七二〇—七六）と親交のあった当社祠官の唐崎士愛《ことちか》（一七三七—九六）が、出雲大社に所蔵する玉持大国神像の簡単な線画とその情報にもとづいて描写したものと思われる[21]。ちなみに士愛は、青年時代を谷川士清《ことすが》のもとで修養し、成人後は上京して、松岡雄淵《おぶち》や竹内《たけのうち》式部と交わった垂加神道家であり、後述する鎌田五根《いつね》と千家俊信との交流を誘導した人物でもあったと思われる[22]。

ところで、出雲大社は日本勧化を通じて出雲大社の重要性を全国民に布教する機会を得たものの、この全国勧化で造営遷宮に必要な資金を集めることはできず、それから約二〇年間、募金活動は停滞する。

その間の元文五（一七四〇）年閏七月二十二日、元国造千家直治（のち直種に改名）が、遷宮を見ることなく帰幽した。彼は現人神の地位を剥奪されたため、国造専用の墓地に葬られることなく、家族墓地に歴代国造と同型の墓石をもって葬られた。ただし、唯一南向きではなく、異例の北向きに設置されている。それは顕幽の境を異にしても、北側にある千家国造家を見守り続ける、との遺志からであったという。なお、その墓地を挟んで子の貞通と孫の俊信の墓地が配置されていることに注意したい。

それから四年後の延享元（一七四四）年十月七日、出雲大社は延享度の正殿式遷宮を斎行する。その時、出雲大社は幕府への御礼使に貞通を推薦したところ、藩はそれを認めた。そこで貞通は参府して将軍に独礼し、翌年の二月一日には禁裏へ玉串を献上している。それは出雲大社にとって画期的な事件として注目できよう。なぜならば、かつて徳川家継の将軍就任に際して、出雲大社は貞通を御祝使に推薦したことがあったが、当時の藩は、直治元国造の嫡子という理由で許可しなかった。それが、このたびは幕府や朝廷への御礼使として、貞通を派遣することを藩が拒否しなかったからである。ここに佐陀神社争論以後の藩と出雲大社との関係は、完全に修復したといえよう。

次代を担う千家長通（貞通三男）は、それから三年後の延享四（一七四七）年に、俊信（貞通孫）は、二〇年後の宝暦十四（一七六四）年にそれぞれ誕生する。

二　千家俊信の学問形成

俊信が修めた崎門学と垂加神道・橘家神道

俊信が誕生する四年前の宝暦十年、京都では宝暦事件が起こり、桃園天皇側近の廷臣等が一掃され、彼らの師竹内式部が京都から追放された。この事件は、出雲大社にも少なからず影響を与えたと思われる。その二年後、桃園天皇が崩御《ほうぎょ》し、姉君の後桜町天皇が践祚《せんそ》なされた。ここに皇統の危機が始まる。

その翌年十一月四日、『大社志』を編纂した松井訒斎が亡くなった。以前から出雲国造は、彼の私塾「蒙養斎」の存続を図り、望楠軒より講師大村蘭林（のち津山藩儒）を招くなど対策を講じていた[23]。訒斎の墓碑銘は西依肥水が記したとあるが、肥水とはおそらく蘭林の師西依成斎であろう。訒斎が師熊谷常斎の推薦で若林強斎の塾に入った時、机を並べて受講したのが青年の成斎であった。彼はそうした縁から出雲国造の依頼を受けると、弟子の蘭林を大社へ派遣し、訒斎が亡くなると、恐らく国造の依頼で墓碑銘を記すなど、出雲大社との親交を深めたのであろう。のちに俊信が大坂で成斎に師事[24]するのも、そうした縁から実現したものと思われる。

明和八（一七七一）年、桃園天皇の嫡子後桃園天皇が即位なされた。本居宣長は、男系相続が戻り、皇統の危機が回避されたことの感動から、神道論『直霊《なおびのみたま》』を記す。しかし、それを出版することはなく、『古事記伝』

第一巻に、それを改訂した「直毘霊《なおびのみたま》」を収め、『直霊』後記の日付をそのまま残した。これは本居国学を考える上で注目してよい事例と思う[25]。なお、その年、出雲大社では国造家と上官家との間で争われた「君臣一件」解決に、中心的役割を果たした千家長通が、両国造名代として年頭御礼に参府し、着実に出雲大社における実力者としての地位を築いていた。

安永五（一七七六）年四月二十一日、実父国造俊勝が帰幽し、その二日後、兄の俊秀が出雲国造に襲職した。当時俊信十三歳。この年、大社町に二条家流歌道を伝えた百忍庵常悦や唐崎士愛の師谷川士清《ことすが》が亡くなっている。

その二年後、京都では宝暦事件で連座した廷臣が赦免された。これは建国を徳川家康ではなく神武天皇に見る彼らの国体観が、幕府を憚りながらも暗に主張できるようになったことを示していよう。だがそれも束の間、翌安永八年十月二十九日、皇統の危機を救った後桃園天皇が、二十二歳の若さで崩御すると、再び皇統の危機が起きた。閑院宮家より光格天皇が践祚されるのは、それから一月後のことである。

ところで、千家国造館には天明三（一七八三）年に俊信が書写した山崎闇斎著『敬斎箴《しん》序・仁説問答』合綴（五月二十五日付）が所蔵されている[26]。当時二十三歳の俊信は、崎門学の研究に邁進していたのである。その二年後、俊信は望楠軒で、儒教における孔子や先師の祭りを記した『釋奠《せきてん》次第及図』（都立中央図書館所蔵）を書写す。その奥書は左記の通りである。

天明五　菖蒲月於望楠軒写之畢

千家葵斎蔵書

菖蒲月《あやめつき》とは、五月を指す。当時俊信は葵斎と号していた。この「葵」とは、「負日」のことであり、天照大神《あまてらすおおみかみ》（日神《ひのかみ》）の恩恵（「日御《ひのみ》蔭《かげ》」）を受ける（負う）こと、と垂加神道では教える。すなわち、われわれ日本人は誰もが天照大神の恩恵を受けて正しい生き方をしてきたからこそ、異国とはちがって革命の無い、世界に誇るべき国を維持してこられたのであり、それを日本人に正しく示してきた規範がこの「日神之道」である、と教えたのである[27]。ただし、天照大神の恩恵は、日本人に限らず地球上のあらゆるものに与えられている。しかし、「日神之道」は日神の子孫である天皇を通してしか受けられない、とするのが垂加神道の教えであり、その後に俊信が師事する本居宣長の教えでもあった。よって、その道を体認実行し、さらに堅持しようとすれば、当然「日神之道」の体現者であり伝道者である天皇を護らなければならない、という考えが起きよう。したがって、垂加神道と本居国学は、ともに尊皇護持を学問の主目的にするのである。とすると、号に「葵」を付けた俊信の当時の心境も推し量ることができよう。同年九月二十七日、俊信はそれに関連した跡部良顕著『葦原中国神聖日徳之説』を書写している[28]。

なお、俊信が望楠軒で『釋奠次第及図』を書写する一月あまり前の三月二十四日、伊豫国櫛生の三嶋神社祠官鎌田五根《いつね》（当時六十六歳、正忠・忠寿）が、同じく京都で、唐崎士愛所持の『玉籤集《ぎょくせん》』を書写していた[29]。唐崎士愛（当時四十九歳、信徳・赤斎）とは、俊信の父国造俊勝と親交のあった安芸国竹原の礒宮八幡社の神職で、五根と同じく谷川士清に師事した垂加神道家である。士愛は天明五年春、「乙巳之春過闇斎先生旧宅」の漢詩[30]を作っていることから、在京中であったことが確認できる。その間に、五根は士愛の旅宿を訪ね、彼から直接『玉籤集』を伝授され、即日潔斎して書写したのである。また、士愛は望楠軒とも親交があったことから、当時俊信と遭遇していた可能性も高い。とすると、俊信と五根は、お互い士愛を介して存在を知らされていたと思われる。

だからこそ翌年の九月、五根は出雲大社を訪れ、そこで「初メテ千家俊信君ニ謁」[31]したにもかかわらず、同月八日、俊信は五根にすぐさま入門し「橘家神道相伝、恩儀之至、忘申間敷事」と誓約したのではないだろうか[32]。

ただし、橘家《きつけ》神道は、出雲大社ではすでに受容されており、五根からはじめて導入したものではない。おそらく、玉木正英に師事した俊信の祖父貞通の頃に導入したものと思われる。その証拠に、同月二十五日、五根が俊信所蔵『橘家神祟鎮之法式』を書写したことがあげられよう[33]。これは、五根未見の橘家神道書を、出雲大社が所蔵していた事を意味する。それにもかかわらず、正式に五根に入門し、改めて橘家神道を学び直したところに、俊信の出雲大社神職としての、また垂加神道家としての真摯な姿勢が伺えるといえよう。

俊信と国学

ところで、鎌田五根が出雲大社に参る七ヶ月前の二月二十二・二十三日の両日、遠江の国学者内山真龍が出雲国内遊学のため、大社町に宿泊している。出雲大社ではおそらく俊信が対応し、彼との間で『出雲国風土記』研究の話が交わされたことは想像するに難くない。ここに俊信と国学との関わりが始まったといいえよう。とはいえ、俊信はその七ヶ月後に五根に入門誓紙をすぐさま提出し、翌年には『神代瓊矛草《ぬぼこぐさ》』（著者不明）を書写するなど、その後も垂加神道家であり続けたのである[34]。

だが、国学は日々進展する学問である。『神代瓊矛草』を書写した年の二月十四日、内山真龍は『出雲風土記解』を撰した。その情報は、直接真龍から受けたであろうが、その書を直ぐに入手したか否かは不明で、それを積極的に入手しようと努めた形跡も未見である。だが、それから四年後、本居宣長畢生の大著『古事記伝』が出雲大社に奉納されると状況が一変した。

『古事記伝』第一帙《ちつ》の刊行年月日は不明だが、寛政二（一七九〇）年九月十二日付横井千秋宛宣長書状に、伊勢神宮や熱田神宮に奉納したことが記されていることから、その年の九月頃に刊行されたのであろう。出雲大社へは、その翌年奉納され、社家の間で読まれたという。なかでも、真っ先に読んだのは、おそらく俊信であろう。俊信は、いままで明らかにされてこなかった『古事記』を、異国の宗教や思想にとらわれず一言一句精査する緻密さで、古代人の心を正確に理解しようとする宣長の学問に強く衝撃を受けたに違いない。また、神代から続く社家に生まれた彼は、祖先の心を正しく理解するためには、その学問は究めて重要である、と確信したことであろう[35]。その翌年の寛政四年から、ようやく俊信は積極的に彼らを訪問し師事していくのである。

よって、寛政四年は、出雲大社の国学元年といえよう。その春、江戸へ下向した俊信は、三月二十八日、弟の清足とともに遠江の内山真龍宅を訪ね、『出雲国風土記』と『出雲国造神賀詞』の教授を請うた。その時、俊信は『出雲風土記』の検証を通じて、独自で「地理吟味」していることや、出雲から『出雲風土記』の開版を計画していることを真龍に語ったという。その帰途、今度は名古屋に宣長を訪ねるが、それは果たせず、馬嶋明眼院で治療中の宣長の長男春庭《はるにわ》と面会し、鈴屋入門の意志を彼に伝えている。以上のことを真龍から書面で、春庭からは直接知らされた宣長は、出雲大社にも古学が起こったことを確信したのである[36]。

同年九月、内山真龍は俊信の要望で『出雲国造歴代神号解』を著した。翌月には宣長から、刊行予定の『出雲国造神賀詞後釈』に、出雲両国造の序文を請う願書が届けられた。この頃、俊信は鈴屋に入門願書を送り正式に入門している。その年末、真龍は俊信を介して前述した『出雲風土記解』の出雲大社奉納の手続きをとり、翌年夏には『出雲国造系譜御嗣考』を奉納した。

宣長や真龍の研究に強い衝撃を受けた俊信は、本格的に大社への国学導入を図り、その手始めに寛政五年、宣長に出雲大社参拝を要請する。おそらく、保守層に国学を理解させるためには、直接宣長の力を借りるしかない、と考えたからであろう。だが、宣長は老衰を理由に謝絶し、代わりに浜田藩の小篠大記を紹介した[37]。そこで、その翌年、小篠大記と沢真風が下向してきたのであるが、彼らにとってはその荷があまりに重すぎたことは、冒頭で述べたとおりである。

鈴屋遊学

翌寛政七（一七九五）年二月、宣長は俊信に出雲での古学普及の困難を慰めた書状を送るが、そのなかで松坂に来て直接教えを受けるよう強く勧めている。大社での国学研究は始まったばかりで、書物も不足しており、研究者も弟清足を入れてほんのわずかであるため、大社で国学の真髄を究めるには限界があったはずである。そうした中、同年三月二十六日、兄の国造俊秀が帰幽し、その嫡子尊之が出雲国造に襲職した。千家国造方では新国造を中心に改めて組織編成されるなかで、前国造の弟たちは、尊之とほぼ同世代といえども、社頭での奉仕を遠慮するようになったのかもしれない。その一月《ひとつき》あまりのちの五月、まず清足が鈴屋を訪問し、九月には俊信も訪問して直接宣長の教えを受けた。俊信は、翌年一月まで松坂に逗留し、その間に『延喜式祝詞』や『源氏物語』などの講習を受け、国学の基礎と宣長や門人らとの絆を固めたものと思われる。

翌年、宣長は京都で開講した。俊信はそれにあわせて上京し、宣長に再会している。この時は一月十四日から二月二十七日まで京に滞在した。同年九月二十四日、宣長から前国造俊秀の序文を付した『出雲国造神賀詞後釈』が出雲大社に奉納され、両国造と俊信にも寄贈された。

寛政九（一七九七）年七月十五日、『古事記伝』に強い衝撃を受けて以来六年間、国学の研究方法を享受してきた俊信は、『出雲国風土記』研究の成果『訂正出雲風土記』の校合を終える。その頃には、鈴屋一門でも俊信の評判はひときわ高くなり、本居大平《おおひら》は渡辺重名《しげな》（豊前の神職）宛書翰で、俊信を「神学・詠歌共に達人なり」と評すほどになっていた。

寛政十年冬、鈴屋を再訪する。これが松坂での最後の受講となる。それから三年経った享和元（一八〇一）年、宣長最後の京都講義に参加した。この時は、四月十七日に着京し、五月六日まで滞在している。ところが、その四ヶ月後の九月二日、宣長が急逝した。享年七十二。俊信は、玉鉾社を邸内に建て、そこに宣長の書状や『古事記伝』清書に用いられた筆などを納めて、宣長の御霊を祭り追慕した。ところが、前述の『忌日帳』二日の条に、宣長の名籍は記載されていない。ここに当時の出雲大社における国学の位置付けが窺えるのではないだろうか。

俊信の学問

ところで、俊信は、寛政八（一七九六）年十二月七日付宣長宛書翰で、自身の手の筋に「建玉」の文字が浮かび出たことを報告している。それに対し、宣長は明けて三月十一日付書翰で、その件は秘匿せよ、と忠告した。ここに両者の神道観における相違が見られよう。

そもそも宣長は文献学の専門家であり、神を祭る神道家ではない。古典をいかに正しく読み、それをもって古代人の心をいかに正しく理解するかを目的とする。そのため、仏教や儒教の説を主観的に用いていわゆる神道古典（神典）を解釈する従来の学問方法を穢らわしいと忌み嫌い、可能な限り客観的かつ合理的な学問姿勢を貫いた。したがって、俊信におこった特異な現象も、宣長にとって非合理的かつ主観的なものに捉えられたのであろうか、具体的な回答を示さず、ただ口外せぬようにと忠告するに留めるばかりであったのである。

それに対し、俊信はその現象を神道家として修養してきた成果として真摯に受け止めたに違いない。たとえば、『出雲国風土記』研究において、そこに祖先が残した「伝」があると見、それを得るためには文献学のみならず、祖神を「祈願」することで、直接祖先の教え、すなわち「神力」を賜らなければ、「伝」の真理はつかめない、と主張し、かつ弟子等にもその方法を勧めてきたのである[38]。また、「清主」という名も、「御神鬮《ごしんきゅう》」、すなわち神託によって名付けられたという[39]。

このように俊信は神を祭り、神の声を聞く神道家であった。よって、掌に浮かび出た「建玉」の文字を口外せぬようにと、尊敬し神として追慕する宣長の忠告にもかかわらず、俊信は宣長が亡くなって十年後の四十六歳の時、左の掌を上に向けた自画像を描き、そこに次の歌を自賛したのである。

くすしくも吾手のうちに玉ちはふ神のみわざを見るがたふとさ

意訳すると、まことに不思議なことだが、わが掌に神さまの御業《みわざ》、すなわち恩頼《みたまのふゆ》の御《み》働きを見るかのように「建玉」という文字が浮かび出た。なんと尊くめでたいことよ、と。

俊信にとって、古代人とは単なる古典上の人物ではなく、生き通しの祖先であった。よって、祈りをすれば必ずや祖先はそれに答えてくださるのであり、文字の穿鑿《せんさく》だけでは祖先が残した「伝」を理解することはできない、と考えた。だが、俊信は師の十年祭を迎えるまでは、師の忠告を守って一部の人以外は口外せず謹んでいたのであろう。

ところで、掌に玉が建つ、すなわち掌の上に魂が浮かび出るとは、あの玉持大国神像を髣髴《ほうふつ》させよう。大国主大神の掌の上に赤い魂、具体的には天つ神から賜った日本人としての正しい生き方へと導いて下さる幸魂《さきみたま》・奇魂《くしみたま》を持った像である。その魂に生かされていることを悟れば、自ずと人は謙虚になり、その霊魂を大切に守りたくなる。しかも、幸魂・奇魂とはわが国土に生まれ育った者ならば誰もが共有するであろう尊皇護持を発揮させる魂である。そう教えてきたのが垂加神道であった[40]。俊信も自身の掌に「建玉」の文字が浮かび出た時、とっさにそのことを想像したであろう。垂加神道では、それを体認した時、天照大神の御徳義と同じ水準に達したと教える[41]。俊信の学問を理解するには、この点を軽視するわけにはいかない。

また、俊信は言う。『出雲国風土記』は「出雲神道」の趣旨にもとづいて編纂されたものゆえ他の風土記と違い、ことごとく「吾日本ノ道」を伝えた特別の書である、という[42]。そして、それを明らかにする学問を、俊信は「皇朝学」と称した[43]。「皇朝学」とは、漢学と区別するための日本人の「物学び」を指す名称だが、同時に日本人としての生き方を学ぶ「道の学問」でもある、と師の宣長は云う（『うひ山ふみ』）。しかもその道とは、「天照大御神の道」であり、「天皇の天下をしろしめす道」であり、そして「四海万国にゆきわたりたる誠の道」である、と教える。われわれが神代以来変わりなく平和で、心豊かに暮らしてこられたのは、まさしく天照大御神が与えてくださった教えがあったからであり、その教えをその子孫である天皇が継承して、わが国を変わりなく統治してこられたからである。しかもそれは、四海万国にあまねく受け入れられるべき誠の教えであるから、われわれ日本人は、この教えを人事で変えることなく、ありのまま学ばなければならない、というのが宣長の国学であった。

　そして、それを徹底的に学んだ俊信にして、次の歌が詠まれるのである。

　天津神御子の命のあもります国としもへばあやにた
　　ふとき[44]

　意訳すると、わが国は、「天津神御子《あまつかみみこ》の命《みこと》」が高天原《たかまのはら》から天降《あまくだ》りされ、天照大御神《あまてらすおおみかみ》が高天原をご統治なさるように統治されてきた大御国《おおみくに》であり、今の陛下も「天津神御子の命」として、すなわち血統を同じくする天つ神さまとして神代と変わることなく御統治なされる大御国である。だからこそ、神代より変わりないこの大御国に、わたくしどもも祖先同様に平和で心豊かに暮らせるのである。そう反省した時、その御恩はなんとも不思議で尊く有難いことであろうか、と感嘆せずにはおられない、そういう気持ちを素直に歌ったものなのである。

　わが国が天孫降臨以来天照大御神の御子である天皇が、天照大御神の教えのまま統治してきたことを誇るとともに感嘆してきたことは、古くは北畠親房《ちかふさ》が『神皇《じんのう》正統記《しょうとうき》』で「大日本国は神国なり」、すなわちわが国は天照大御神が統治する国である、と宣言したことに見られる。そうした事実は、世界万国見渡しても我が国以外どこにも存在しないことから、本居宣長は「直毘霊《なおびのみたま》」冒頭で、わが国を「皇大御国《すめらおおみくに》」と宣言したのである。それらの感動は、いずれも天照大御神とその御子天皇のお蔭を実感した時に湧き出るものであろう。俊信が望楠軒での修養期に、号を「葵斎」と名づけたのもまさしくそこに通じるものと思われる。

　換言すれば、祖先が残してくださった『出雲国風土記』や「出雲国造神賀詞」を今も変わりなく読むことができるのは、国学の研究成果であろうが、それ以上に日神のお蔭（負日）があったからである。もし、そのお蔭がなければ、天皇も、それを戴く我が国も、我が出雲国造家も、そしてそれらを明らかにする国学も存在しないであろう。よって、そのお蔭の有り難さを反省すれば、わが国はなんとも不思議で尊いことかと、感嘆せずにはおられなくなるのである。

出雲国学元年の寛政四年、鎌田五根から俊信に橘家《きっけ》鳴《めい》弦《げん》蟇目《ひきめ》之伝とともに「宝祚長久、天下泰平の御守」である生弓《いくゆみ》・生矢が届けられた[45]。皮肉と言えばそれまでだが、俊信にとってその伝授は全く無意味なものになってしまったのであろうか。谷省吾先生はそれを疑われる。俊信が修養した垂加・橘家両神道は、「神霊の勧請、なかんづく人間の霊の勧請といふ問題について、最も深刻にして、しかも最も具体的な研究をとげた神道」であったからこそ、俊信は宣長を玉鉾社に祭ったのであり、その実行に、俊信の潜在的にこうした神道の影響があったからだと見ておられる[46]。

かつて、千家国造館の文庫に俊信の調査で入った森田康之助先生は、そこで『風葉《ふうよう》集』『風葉集拾遺』『玉籤《ぎょくせん》集』『三種宝物伝』の四部のみ、俊信が「丁重に漆の塗りも鮮やかな函に収めて紐をかけ、別置されてある」のを発見報告された[47]。筆者もかつて唐崎士愛の調査で、竹原の旧本陣吉井家に入ったとき、垂加神道関係の文書のみ黒漆の櫃《ひつ》に納められ、当主はこれが家の魂である、と語られたのが印象深く記憶に残っている。

おそらく、俊信は国学を熱心に取り入れた後も、たとえ垂加神道や橘家神道の批判をしても、それを排除しようとはしなかったのであろう。だからこそ、現在も出雲国造館では蟇目《ひきめ》の祈祷が厳かに執り行われているのである。

おわりに

岡熊臣は、俊信入門後江戸へ出て大国隆正の影響から平田篤胤に入門私淑し、晩年隆正の推薦で藩校養老館国学教授になり、津和野藩主亀井茲監《これみ》の命により養老館国学部の学則を撰した。その第一条は、

道は
天皇の天下を治め給ふ大道にして開闢以来地に墜ず
人物の因て所立にして今日万機即其道なり[48]

とある。これは俊信の学問「皇朝学」を髣髴させよう。また、熊臣は著書『学本論』一之巻「学問せざる者の心得」のなかで、

我が国の道は、決して書物の上の事にては之無く候。古代より神ながらなる道と申し候。是は、天皇の天下を治めさせ給ふ道を申す詞に候。（中略）天子は、神の御意を伺ひ給ひて、其の御意のままに万機を治め給ひ、臣下万民は、各々夫々その上なる

人々の御意の儘に道を承奉して世を渡る事に候。これ、御国の大道にて、此の外は何もかも知らずても
　相済み候事に候。[49]

と記している。こうした宣長や俊信の影響を受けた学問論が、その後の明治国学へと継承されていったのである。[50]

【注】

1　阪本健一『明治神道史の研究』（国書刊行会、昭和五十八年）、加藤隆久『神道津和野教学の研究』（国書刊行会、昭和六十年）、武田秀章『維新期天皇祭祀の研究』（大明堂、平成八年）参照。

2　『千家尊福』（出雲大社教教務本庁、平成六年）参照。

3　『本居宣長全集』十七巻（筑摩書房版）二七三号参照。

4　垂加神道では、谷秦山が自分達の学問を「日本学」と呼び、吉見幸和は、それを「国学」と呼んだ。それに対し、本居宣長とその門人らは、それら和魂漢才の学問と区別するため、「古学」または「皇国学」と呼んだのである。だが、本論では一般に通用する国学を用いる。

5　『忌日帳』（旧上官赤塚家文書所収。書名はないが、出雲大社で行われた霊祭の月命日が纏められた史料で、近世出雲大社の関係者を見る上で貴重）七日の条による。なお、「千家清主俊信伝」（『千家七種』所収、東京大学史料編纂所所蔵史料目録データベース№14.）には、「母は松江藩天野某の女にて妾腹なりき、兄弟九人ありて男子五人・女子四人也、大人ハ其第七子にして其第八子を清足翁となん云ひける」とある。

6　同右参照。

7　村田正志編『出雲国造家文書』（清文堂、昭和四十三年）二八八号参照。

8　山﨑裕二「杵築大社の本願」（『大社町史研究紀要』三、昭和六十三年所収、一一七頁）参照。杵築大社とは、江戸時代までの出雲大社の正式名。

9　「文化六年（一八〇九）己巳七月廿一日大社御遷宮行列附」（赤塚家文書）参照。

10　前掲『忌日帳』参照。

11　拙著『近世出雲大社の基礎的研究』（大明堂、平成十四年）「第五章　出雲大社の国学受容と千家俊信」参照。

12　前掲『忌日帳』。

13　前掲『近世出雲大社の基礎的研究』「第一章　近世出雲大社の思想史的研究」参照。

14　詳細は、拙稿「日本勧化と延享の造営遷宮」（いづも財

団叢書2『出雲大社の造営遷宮と地域社会（下）』今井出版、平成二十七年所収）等参照。

15　誓約

一神道御相伝難有恩義忘却仕間敷事
一異国之道習合附会仕間敷事
一不可示以非其人堅守此訓無許可者猥開口相伝仕間敷事
右条々於相背者可蒙
伊勢石清水伊豆箱根惣日本国中大小神祇之御罸者也
享保十六年八月十七日　雲州大社千家雅楽智通（花押）
玉木五鰭翁

（『牛玉宝印―祈りと誓いの呪符―』（町田市立博物館図録七八、平成三年）四〇頁参照。）

16　上山直矩著『亀卜伝口授』（國學院大學図書館（旧河野省三記念文庫）所蔵に、「葦斎、此道（亀卜）ニ心ヲクダキ、出雲ニ行テ出雲亀トト云ヲ伝へ、対馬ノ国ノ亀トヲ伝へ集メテ大成シ、今コヽニ全備セリ、サレドモ外ノ伝ニハ書ト云モノナシ、皆口伝ニ存セリ」とある。上山直矩は松岡雄淵（正英の高弟）の弟子、玉木葦斎は正英のこと。前掲『近世出雲大社の基礎的研究』「第三章　『出雲大社記』と玉木正英」参照。

17　「徳弘惣右衛門宛玉木正英書状」に、「社中残らず入門致され、殊の外、馳走に預か」った、とある（拙稿「玉木正英と出雲大社―出雲大社参拝を示す書状を補足して―」『國學院雑誌』一〇七―一一、平成十八年参照）。なおその時、彼らは出雲大社の祭神名に因んだ左記の歌を奉納していた（岸大路洗斎編『洗潮斎藻塩草』（松本丘編『垂加神道未公刊資料集二』皇學館大学神道研究所、平成二十八年所収八六～八七頁）参照）。

「七名之和歌

歌ハ五鰭翁ヲ出雲両国造ヨリ迎玉フ時、大己貴神ノ七名ヲ題ニシテ詠ズル和歌ナリ。此和歌ニ七名ノ伝ヲヲヒタリ。

大国主神　五鰭翁正英
ものいいし草木なびきて大地の宮治むる神や国主

大物主神　諸持
行末もあだしの心の何かあらんよにむつまじき物主の神

国造大己貴命　道規
まつろはぬ物こそなけれ細戈や千足の国となせし広戈

葦原醜男　正家
御心のいろに恋つつしとふぞやよし葦原の醜男ともいへ

八千戈神　正英

こととひし岩根木の下払ひむけくだきふせたる八千戈の神

大国玉神　　正言

いやことにあふげ高日の国玉や神の身室にみがく光りを

顕国玉神　　諸持

身に負ひし玉の光りをあふぎ見んその顕露のことの葉のすへ」

18　前掲『近世出雲大社の基礎的研究』「第三章　『出雲大社記』と玉木正英」参照。

19　訶斎は、地元遥堪村出身。諱は守正（強斎の霊社号「守中」の守を受けたか）、通称は百次郎。熊谷常斎や若林強斎に師事。

20　拙稿「神在祭と近世出雲大社」（『國學院雑誌』一〇四―一一、平成十五年所収）参照。

21　拙稿「大国神像考―出雲大社と垂加神道との関係から―」（『神道文化』一七、平成十七年所収）参照。ほかに、俊勝は竹原市内の出雲神社建立にも関わっていた。

22　出雲大社の日本勧化については、前掲『近世出雲大社の基礎的研究』「第四章　出雲大社の「日本勧化」―延享度の造営遷宮考―」や前掲「日本勧化と延享の造営遷宮」等参照。ただし、玉持大国神像がこの「日本勧化」時に配布されたかは不明で、次の文化度の遷宮時であったかも知れない。なお、出雲大社にその像を伝えたのは、千家貞通であろう。

23　『大社町史』中巻（出雲市、平成二十年）三三一～三三三頁参照。

24　千家尊澄『建玉大人略伝』に「大人若年ヨリ儒学ヲ松江其外ニテモ学ヒ玉ヘリ。後大坂ニ昇リテ西依儀兵衛ニツキテ学ヒ玉ヘリ」（森田康之助翻刻「史料紹介　梅舎自記抜萃」（『神道学』九一、昭和五十一年所収）参照）とある。西依儀兵衛とは西依成斎のこと。

25　拙稿「本居宣長の「神の道」論―「君は古への道の全体也―」（『明治聖徳記念学会紀要』復刊第三五号、平成十四年所収）参照。

26　森田康之助「出雲国造家の伝統と学問」（『日本思想の構造』国書刊行会、昭和六十三年所収）三九九～四〇一頁参照。

27　谷省吾「鎌田五根と千家俊信」（『垂加神道の成立と展開』国書刊行会、平成十三年所収、初出昭和四十四年）、前掲『近世出雲大社の基礎的研究』「第五章　出雲大社の国学受容と千家俊信」注（26）参照。

28　前掲森田「出雲国造家の伝統と学問」三九七頁参照。

29　國學院大學図書館（旧河野省三記念文庫）所蔵『玉籤

集』の奥書によると、それは玉木正英から谷川士清へ伝授された転写本であったことがわかる。それを鎌田五根は唐崎士愛（柄崎赤斎）から直接伝授されたのである。その奥書には、「於平安城旅屋而柄崎赤斎翁直授即日潔斎写／天明五乙巳三月末四日　鎌田五根謹識」とある（國學院大學日本文化研究所編『河野省三記念文庫目録』〔錦正社・平成五年刊〕五四六号参照）。

30　唐崎常陸介士愛顕彰会解読、久保昭登・菅脩二郎・加藤俊彦編『草莽の士唐崎常陸介資料集（下）』（市立竹原書院図書館、平成二十二年）一八六頁参照。

31　前掲谷「鎌田五根と千家俊信」六四〇頁参照。

32　同右六三八頁参照。

33　同右六四一頁参照。

34　前掲森田「出雲国造家の伝統と学問」三九九頁参照。

35　俊信は自身のことを「吾は是れ、出雲国造の神胤なり」と称していた（前掲森田「出雲国造家の伝統と学問」四〇七頁参照）。

36　筑摩版『本居宣長全集』第一七巻、二〇八号（横井千秋宛書状）参照。

37　筑摩版『本居宣長全集』第一七巻、二四七号（俊信宛書状）参照。

38　千家俊信『出雲風土記』（森田康之助翻刻、『神道学』一五一、平成三年所収）に「コノ風土記ヲ承ルニモ、見ニモ、一ツノ伝来ガアル、先ツコノ広嶋・全《ママ》太理ノ二神へ、風土記ノ伝ヲ得ンコトヲ祈願シテ、ソフシテ拝見スルコトナリ、神力デナイト正シキトコロハ窺ハレヌコトゾ、私モケ様ニイタイタナレバ、ソノ伝ヲウクル人ハ皆コノ神ヲ拝テ、右ノ筋ヲ祈願スルコトゾ」（六三頁）とある。

39　前掲森田「出雲国造家の伝統と学問」四〇三頁参照。前掲「千家清主俊信伝」参照。

40　拙稿「山崎闇斎と三輪《みむろ》」（『大美和』一三二、平成二十九年）参照。

41　山崎闇斎は、素戔嗚尊や大己貴神は苦労の末「日神ノ御一体ノ御徳義ニナラセラ」れたという。そして、そこに至るまでの修養が、「神道」の大切なところであると教えた（山崎闇斎講述・浅見絅斎筆記『神代記垂加翁講義』〔近藤啓吾校注『神道大系垂加神道（上）』神道大系編纂会、昭和五十九年所収〕参照）。

42　前掲千家俊信『出雲風土記』参照。

43　「文化十年十一月十五日付岩政信比古宛俊信書翰」（原田宣昭編『岩政信比古著作集（二）』出雲大社玖珂教会、平成六年所収）参照。

44　拙稿「あやに尊き天孫降臨の国―永遠の感嘆―」（『幽顕』一二二七、平成二十七年）参照。

45　前掲谷「鎌田五根と千家俊信」（『皇學館論争』二一―一二三三頁（註三）に、五根の師兵頭守政敬著『橘の雫』の一文が抜粋されているが、同論文を『垂加神道の成立と展開』に収める時、削除されたので（全文は同書後篇「三、橘家神道蟇目の伝と玉木葦斎自作の秘弓」に収められている）、当該箇所を掲載論文から引用する。「葦斎玉木兵庫正英は、橘家の庶流たるのゆへ、以貞浪人の間、親炙する事廿九年、鳴弦蟇目等の伝を得たり、正英みつから弓をうち、矢をはき、錦の袋に納め、座鎮弓と称し、宝祚無窮、天下泰平の御守とそあかめける、もし朝家を恨み奉る人も出来なは、此矢さきにかけん　神慮なるへし」とある。なお、以貞とは薄田以貞のこと（松本丘『垂加神道の人々と日本書紀』弘文堂、平成二十年参照）。

46　前掲谷「鎌田五根と千家俊信」六四七頁参照。

47　前掲森田「出雲国造家の伝統と学問」三九八頁参照。

48　前掲加藤『神道津和野教学の研究』一七九頁参照。

49　加藤隆久編『岡熊臣集　上　―神道津和野教学の研究―』（国書刊行会、昭和六十年）三九一頁参照。

50　岡熊臣は千家俊信と同じく社家であり、父忠英は垂加神道家であると同時に、本居宣長の学問に傾倒した学者であった。熊臣はその父より和漢の学を習い、長じては兵学者となった。その間に、俊信や隆正、篤胤等の国学者にも師事したのである（松島弘『藩校養老館―哲学者西周　文豪森鴎外を生んだ藩校―』津和野歴史シリーズ刊行会、平成十二年参照）。

梅之舎千家俊信と皇朝学

中澤伸弘

出雲の地に本居国学を移入し、根付かせたのは千家俊信である。俊信は七十五代国造俊勝の子として生まれ、若い頃は崎門の学を奉じたのであったが、二十九歳の時に本居宣長に入門した。それは『出雲風土記』と『出雲国造神賀詞』と言う国造家ゆかりの古典を校訂、解釈するためでもあった。俊信は宣長の許に学び、その信頼を得て、杵築に私塾梅之舎を開いたのである。そして更に多くの著作をなし、また門人の育成にも力を尽くしたのである。しかるにその細かな点では不明の点も多い。本稿では宣長入門以降の俊信のことどもをできる限り取り上げて、様々な角度から俊信の人生のあゆみを考察してみた。後に俊信の教えを受けた千家尊孫らにより、この地に出雲歌壇が形成されることを思うとその影響力は大いなるものがあったと思われる。

なかざわ・のぶひろ
東京都立小岩高等学校主幹教諭（国語）國學院大學兼任講師　昭和三十七（一九六二）年東京都生まれ。号は柿之舎《かきのや》。

昭和六十年國學院大學文学部文学科卒業。研究対象は国語教育及び国語学史、国学及び国学思想史、近世後期和歌と歌壇、祭祀学、書誌学など広汎。高校教諭として教鞭をとる傍ら、国学と歌人、またそれに関する書物の蒐集と研究とを深め、その成果などを論文に発表してきた。（参照　国文学研究資料館電子資料論文目録）博士（神道学・國學院大學）。

【主要著書】

『徳川時代後期出雲歌壇と国学』（錦正社）、『大社町史』中巻・共著、『やさしく読む国学』（戎光祥出版）、『図解雑学日本の文化』（ナツメ社）、『宮中祭祀』（展転社）、『類題餽玉集作者人名索引』（私家版）、『村上忠順論攷』（私家版）、『一般敬語と皇室敬語がわかる本』（錦正社）など

一　千家俊信

出雲の地に国学を根付かせた千家俊信《せんげとしざね》（梅之舎・主水・清主・葵斎・建玉とも称す）は明和元（一七六四）年正月十六日に七十五代国造俊勝の次男として生まれた。天保二（一八三一）年五月七日に六十八歳で帰幽するまでの人生の半分以上を国学の師として、特に出雲風土記を中心とする古典の解釈、校訂に努め、いかに出雲の地に国学（皇朝学）を広めるかに腐心したものであっ

千家俊信像

た。俊信の伝については明治七（一八七四）年に千家尊澄が書いた「梅舎自記抜粋」（「神道學」九一号に翻刻）がある。

国学は、徳川時代に契沖《けいちゅう》や荷田《かだの》春満《あづままろ》、その教えを受けた賀茂《かもの》真淵《まぶち》などにより研究が深化し、本居宣長によって大成された、主に我が国の古典によって、未だ外来思想が齎《もたら》される以前の我が国民の思想や古代における文学語学、法制や神祇関係のことを研究の対象とした学問である。当時は主に古学、皇朝学と呼ばれ、国学と言う名称に定着するのは幕末、明治初期のことである。それゆえに本稿の標題は皇朝学とした。

国学を語る時には本居宣長を欠くことはできない。事実宣長の業績は偉大であり、徳川時代の中後期に、伊勢の松坂にあって文献をもとに自ら学んだ態度は賞讃に値するが、特に『古事記』の注釈書『古事記傳』を著したことは今日に至るまで宣長の国学者としての地位を揺るぎないものにしている。また宣長も偉大であるが、その教えを奉じ、各地に国学を広め、教授した門人の存在も大きい。宣長一人の学問的な魅力は言うまでもないが、その活動を支えた門人があってこそ国学は全国に伝播したのであった。本稿の千家俊信もまたその一人であり、出雲の地に国学を広めた苦労と功績をいま少し顧られてもよいのではないかと思う。国学者としての俊信の名は安政六年序のある、西田惟恒編の『國學人物志』の出雲の筆頭に見られ、明治になり小澤政胤著『慶長以来國學家略伝』（明治三十二年）に、山陰道に国学が興ったのは俊信の功績と書かれたが、『國學者傳記集成』同続編にも同様なことが見えるに過ぎない。

俊信の父は七十五代の出雲国造であり、大社の社家というある種の特異な家庭環境で育った。これがまず俊信にとっての幸いであり、同時に何かしらの自覚が生まれたことと察せられる。松江で漢学を学び、次いで大坂へ出て西依成斎につき崎門学を修めたが、崎門学では古典の校訂、解釈に限界があることを悟ったのではないだろうか。若き日の俊信は国造家の遠く長い歴史を顧みた時に、自らの遠祖に関りの深い『出雲風土記』と『出雲国造神賀詞』とを校訂し解釈することを自らの使命と感じたことは想像に難くない。折りしもその頃は国学と言う学問も爛熟期を迎え、様々な古典の注釈が盛んになされる時期となっていたのである。

俊信が注目した『出雲風土記』は奈良時代に諸国の土地状況、風土物産、また伝承などを書いて朝廷に献ぜよとの命のもと、国造出雲臣廣嶋が天平五（七三三）年二月に勘進し献じた地理書である。全国でこのような書物が編まれたかは定かではなく、現在では出雲の他に常陸、播磨、豊後、肥前の五カ国が残っているにすぎない。しかもこの五カ国の中で出雲のみが完全な形で伝えられていて、他は欠落や不足がある不完全本である。俊信がこのような『出雲風土記』に注目したことは言うまでもなかろう。また『出雲国造神賀詞』は、平安初期、醍醐天皇の延喜の御代の諸事の施行細則を纏めた『延喜式』（延長五・九二七年）五十巻中、巻八の「祝詞」の中に所収されている文章で、国譲りをした出雲の、その国造が新たに襲職した時に一年間の潔斎を経てから朝廷に趣き、天皇の御代の磐石に栄えますことを祈願奏上する言葉で、出雲の神々からの祝福の詞であり、古代の寿詞の形をよく伝えるとともに、この奏上は国造家にとっても大事な儀礼であった。神賀詞のみ残り、その儀礼は奈良の終りには絶えたものの、歴代国造にはその復活の思いも存したことであろうし、まず以て正しく校訂し、古語をいかに読み、解釈するかが重要な課題であった。これも国造家に生まれた俊信が重く心を寄せたものであったと言えよう。そして風土記や神賀詞から独自の「出雲神道」を構築しようと考えていたのではなかろうか。

二　本居宣長への入門とその後

俊信が自らの遠祖との関わりからこの二著に格別の思いを抱きつつあった頃、それとは別に『出雲風土記』や『出雲国造神賀詞』の研究は始まっていたのである。賀茂眞淵の門人で宣長とは同門である遠州の内山《うちやま》眞龍《またつ》は、天明六（一七八六）年に出雲を実地踏査した。『出雲風土記解』と言う注釈書を書くためであり、この時俊信に会ったようで佐比賣山の条に俊信の名が見える。本書は翌年に成り、これを契機として俊信が眞龍の存在、即ち国学的な研究手法を知ったのであった。さらにその五年後の寛政三（一七九一）年に、本居宣長は『古事記』の解説書である『古事記傳』初帙（五巻五冊）を刊行し、出雲大社へ奉納したのであった。『古事記』は出雲とは深い繋がりのある神話を載せていて、また出雲へ本居国学が伝播することを願っての奉納であった。当然、俊信はこの『古事記傳』を目にし、宣長の学風に打たれ、それに魅力を感じたに違いない。翌寛政四（一七九二）年十月に宣長の門人となったのである。尤もこの年俊信は江戸下向の折に遠州の内山眞龍の門を叩き、その門に入ることを願ったのであったが、眞龍は宣長への入門を奨めたのであった。このことは眞龍から早くに宣長の耳に入り、寛政四年六月、尾張の横井千秋宛宣長書簡に「出雲大社千家國造之下社人両人眞龍方へ参り、段々出雲風土記之事相談之有、出雲ニ而も尚又地理吟味いたし、出雲ニ而開板も可致由相談有之候由」とあり、俊信の訪問と、風土記の話、出雲で風土記を出板するとの俊信の思いが語られている。なお書簡はこのあと出雲で古学が興ったことを感激し、またこれは先年『古事記傳』を奉納したことにより、社家が見た結果であろうと書き付けている。

宣長にと薦められた俊信は折りしも名古屋に講義旅行中の宣長に会おうとしたが既に帰った後で会えず、眼病治療のため尾張の馬島明眼院に療養中の長男の春庭《はるにわ》に面会しそのことを取り次いで貰ったのである。宣長の門人帳の寛政四年十月の条に「出雲大社千家國造俊秀舎弟千家清主出雲臣俊信　二十九歳」と見え、ここで正式に宣長の門人となったのである。俊信二十九歳の時のことであった。宣長は俊信に深い思いを寄せていたようであり、特にこの年の十月十五日俊信宛書簡には、出雲が「別して格別の神迹《しんせき》」であることを強調し、古事記傳執筆に使った筆二本を贈り、「古学発興仕り候様に御励成べく候」とこれからの努力精励に大いなる期待をかけたのであった。それゆえ、宣長は俊信に松坂逗留を勧め、宿のことや費用について語り（寛政六（一七九四）年六月三日付俊信宛）、それを受けて俊信は直に松坂の宣長のもとを訪うたのである。松坂の鈴屋留学は二度（寛政七年九月から八年正月・同十年冬）であり、その様子は

「出雲より清主入来（略）毎夜源氏トいせ物語をよみ申候」（同年九月十六日付春庭宛）、「出雲千家清主も緩々逗留に而、出精被致候、此仁も甚篤志懇實之人に御座候」（翌八年四月三日付栗田土満宛）と言った宣長の書簡から伺える。寛政十年渡辺重名に送った本居大平の書簡には「出雲宿禰俊信といふもの大人門人也、去々年松阪に百余日逗留也神学詠歌共に達人也」と記していることも注目できる。この寛政八（一七九六）年の帰国の折に宣長が離別の長歌を詠み、養子の本居大平も八首の歌を詠んで別れを惜しむなど格別な関係であった。この帰国後に出雲に私塾「梅之舎」を開いたのである。

更に享和元（一八〇一）年春、宣長は最後の上京の旅に出たのであるが、出発前の四月朔付の俊信宛書簡には上京の事を告げ、何卒上京して欲しい、お待ちしていると書かれている。俊信はこの呼びかけに応じ出雲から駆けつけて行動をともにし、（四月一七日～五月六日）宣長は俊信の為に「神賀詞」を講釈した。詳細は同行の石塚龍麿《たつまろ》の『鈴屋大人都日記』に詳しい。都では元気な宣長であったが、この年の秋に体調を崩し、終に九月二十九日に歿した。誰もが予想だにしないことであった。俊信の悲しみはなお深いものがあった。門人であること僅かに九年であったが、この九年間の精励ぶりは宣長の賞讃するものであった。

俊信が宣長に与えた期待も大きなものがあったし、また宣長が俊信に及ぼした影響も大きいものであった。宣長亡き後、俊信は宣長からの書簡三十三通と先に頂戴していた古事記傳執筆の筆二本とを神体として、自邸内に宣長を祀る「玉鉾社」を創建したのであった。神として宣長を祀った嚆矢であり、これは神職である家柄の然らしむることであった。同門である肥後の長瀬眞幸もこのことを聞いて宣長を神として祀ろうとしたが果たせなかった。後に出雲を訪う国学者歌人は、玉鉾社に詣で宣長の学恩に感謝したのである。石見の岡熊臣は「出雲国梅舎翁の御許に玉鉾神社ときこゆるは鈴の屋翁の御霊を祭らせ給へば殊更に拝みて」と題して「玉鉾の宮をろがみてふりし世の君を見るごとおもほゆるかも」と詠んでいるし、宣長の上京時に同行した石塚龍麿の参詣時には玉鉾社の垣内に自づから生えた櫻に初めて花が咲いたとあって「櫻根の神のみたまのちはひにて花もけふこそ盛なるらめ」と詠んでいる。櫻根の神は宣長のことである。

三　神賀詞と風土記と

先にも触れた寛政四（一七九二）年十月十五日附の俊信宛書状は、その入門を感謝し、格別の神迹である出雲大社との関係の生じたのを喜び、更に次の様に綴る。

一、神賀詞注解之義當春相認申候而森山氏入來之節遣し可申
一、右神賀注解之義尾張門人之内梓行致度願申候者有之愈々上木仕候積りニ御座候（中略）
一、神賀詞本文計其地ニ而板行被成度思召候由珍重之御義ニ奉存候神庫などに古写之善本御座候ハヽ能々御校合被成上木可被成候右序文致し申候様被仰聞致承知候

ここに言う神賀詞は宣長著『出雲國造神壽後釈』の事で、俊信が宣長に入門した時に既に脱稿をしていたことが分かる。俊信は宣長にその注釈があった事を入門早々知ったのである。宣長は本書を出板したいと言う尾張門人（河村正雄）の存在を示して、俊信より兄國造俊秀の序文を願い出てほしいと告げた。また一方で、この書簡から俊信は神賀詞の本文のみの書物を出雲で出板したい意向があった様で、宣長は大社の神庫に古写の善本があったら、それとよく校合する事と、その出板の折は序文を承知したと告げているのである。入門早々相互の利点が一致したわけである。俊信は出雲風土記と並ぶ重要な、出雲國造神賀詞にも早くから注目していたのである。

さて宣長の『出雲國造神壽後釈』はその出板間際の俊信の入門を受けて、国造俊秀の序文を依頼したが、それでも中々国造からの返事がない、痺れを切らした宣長は自ら序文を代作し（自筆のものが神宮文庫にあり）せめて花押だけでも頂けないかと何度か催促をしている。花押の大きさはこの程度だと円でその大きさを伝えた書簡が残っている。このころの書簡には宣長の焦りと喜びが伝わるものである。かくして『出雲國造神壽後釈』は寛政八年の秋に上梓されたのであるが、配送には殊の外時間がかかり、翌九年の初夏に至って俊信の許に届いたようである。最後まで気を揉んだ著作であった。

一方、俊信が神賀詞のみを校訂した『神賀正文』については、入門早々にその志を告げられた宣長であったが、其の後の進捗の詳細は不明である。僅かに寛政七（一七九五）年二月廿一日附俊信宛の宣長書簡に「一、

神賀正文御印行愚序ノ事いまだ得相認不申候其内相考認可申候」と、宣長が頼まれていた序文がまだできないことを俊信に告げている記述があるだけである。先の寛政四年の書簡にある通り、俊信は神賀詞の注釈の稿本（写本の『出雲國造神壽後釈』のこと）を大社の社人森山氏を通して既に見ていた事であり、その訓に従った「神賀正文」を刊行しようとしたことは理解でき、宣長に序文を催促した事と思われるが、終に刊行には至らなかった。

また、俊信の『訂正出雲國風土記』は順調にことが運び、奥書によれば寛政九（一七九七）年七月十五日に校合が終了した。とは申せ、完璧であった訳ではなく、宣長はその前後に、その稿本に目を通し、添削を加えていることが寛政九年から十年にかけての書状からうかがえる。俊信はそういう意味で脱稿後も師である宣長を頼り、宣長もまたその門人の尽力に協力を惜しまなかったのである。寛政九年六月十九日附の俊信宛宣長書簡に

去る三月貴翰被下出雲風土記正文御改板被成度思召ニ而二郡之分御認被遣落手仕候其後訓点少々添削いたしかゝり候へ共（中略）近キ内相改終り申候ハハ返上可仕候左様思召可被下候右風土記御開板愚序之

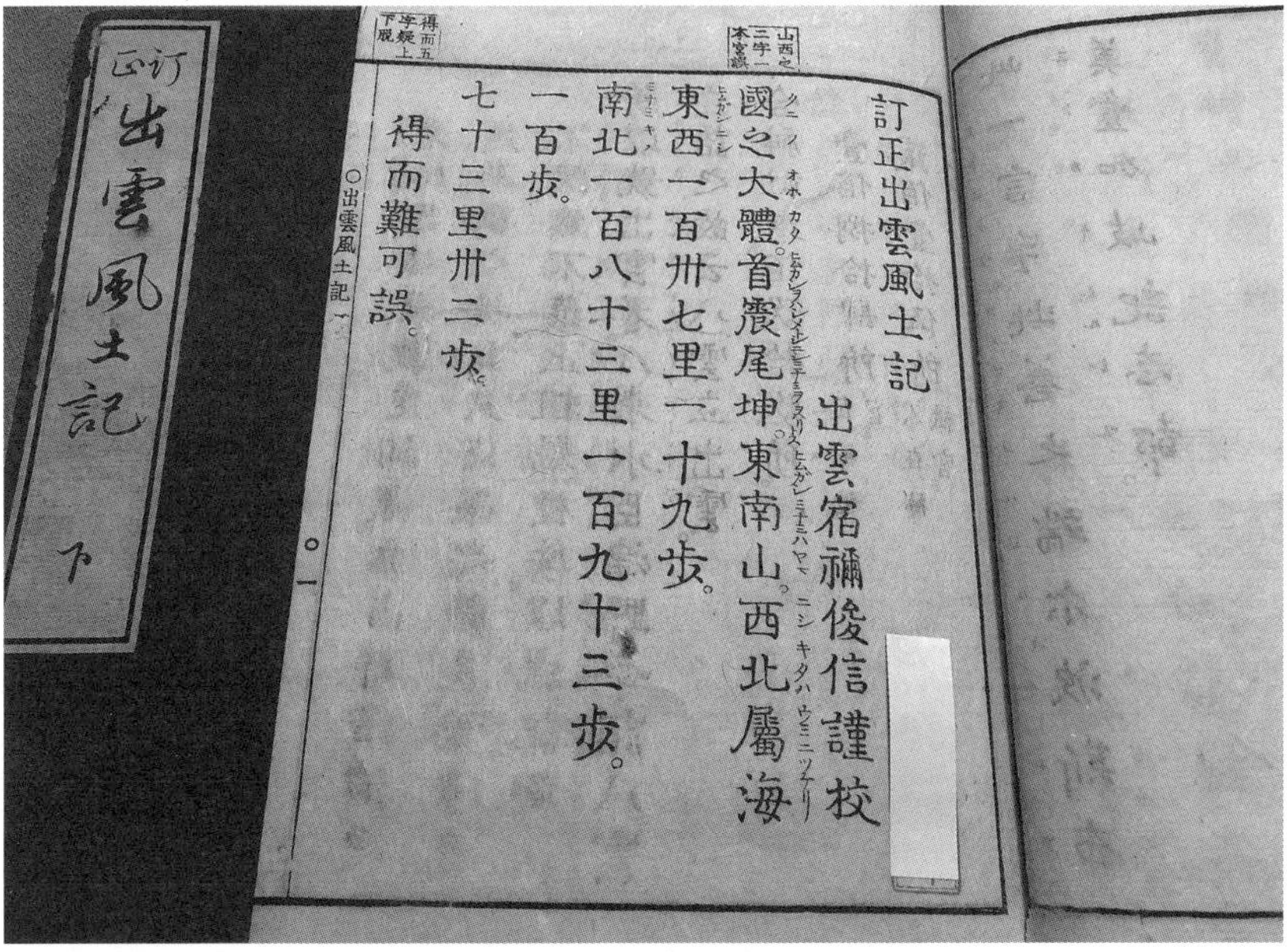

訂正出雲風土記（千家俊信著）筆者所蔵

義被仰聞致承知候

とある。ここに言う出雲風土記正文は、俊信の『訂正出雲風土記』の事であり、宣長が俊信の訓点に添削を施していた事がうかがえる。古事記同様に漢字の音を宛てて書かれている表記を、どのように読むかは、『古事記傳』を書いた自信から来るものである。また俊信は宣長に序文を依頼していたのであった。校合が終了した九月以降にも宣長に稿本を送っていて、教えを乞うていたことは「出雲風土記訓点之儀存知寄書入返進仕候」（寛政九年十一月三日附俊信宛宣長書簡）、「出雲風土記御改正御訓点致拝見少々存寄り書入返上仕候何とぞ正文御上木可被成候愚序之儀致承知候」（寛政十年五月廿八日附俊信宛宣長書簡）などの宣長の書簡に見える。俊信の『訂正出雲國風土記』に宣長の求めたものは「正文の訓点」であり、この正文とは、宣長の『訂正古訓古事記』の名称からも窺える様に、古い時代の訓に従うと言う意味である。この考えは当然俊信のまた欲するところであった。宣長はこれより先の安永八年五月に『出雲國風土記』を春庭に写させ、校合を済ませている。

宣長が「承知」していた序文は、出板までに時間がかかった為であろうか、数年後の宣長の死によって空しくなり、代って嗣子大平が書いて出板されている。宣長の歿後は大平との交流が続いたようである。

ところで、風土記の稿本を作成した俊信は、更に細かな考証にも手をつけたのである。彼の手元には宣長の著である『出雲風土記意宇郡古文解』（出雲風土記之内意宇郡国引之古文之考）一冊が伝わっていたようであり、『出雲風土記』（昭和四・一九二九年島根県皇典講究所刊）の解題に次のようにある。

宣長翁が國引の條を考証せられたる者にて寛政八年十一月廿五日に脱稿せる者なり　大家の著述なれば必ず参考す可き良著なり　千家男爵家には著者自筆の原本を蔵す

この本は筑摩版の『本居宣長全集』には未載であるが、宣長の『玉勝間』に同様な考証があるのでそれであろうか。また同書には俊信の『訂正出雲風土記傳』という著作の解題がある。

訂正出雲風土記傳　　写本　　千家俊信著

著者は正文校訂に力を盡しゝ如く、此の註釈にも努力せし者なるも、惜哉いまだ完結し居らざる者の如し、梅廼大人著述目録には、本書目あるを以て諸處捜索せるにいまだ見当らず、よりて千家國造家の鶴山文庫主任なる廣瀬魚淵氏に照會せしに、氏も未だ其書を見ず、然れども該書の原稿と見る可きものは、同文庫内に出雲風土記、出雲風土記席録、出雲風土記愚考と記されたる俊信自筆の三書あり、察するに此等の三書を統一して訂正出雲風土記傳を著述する考ありしならむ、而して此三書は俊信より千家國造家に納本せられて今も尚ほ保存せりとの回答を得たり。

本書の書名は俊信の『訂正出雲風土記』の奥付にある「梅之舎大人著述書目」に「同（訂正出雲風土記）傳十冊」とある、これであろうか。なお出雲風土記席録、同愚考は国造家にその草稿が伝えられている。

宣長と俊信との関係で是非触れなくてはならないものは『玉勝間』巻十三に載る出雲大社に関する「出雲の大社の御事」、「同社金輪の造営の図」についてである。前者は虫食の託宣についてで、俊信の語りであるとし、「俊信は今の国造の叔父にて宣長がをしへ子也」と書いている。態々このように書いた宣長の気持ちを推し量るべきであろう。また後者については国造家伝来の「金輪の造営の図（実物にある彩色はない）」を「此図千家国造の家なるを写し取れり。心得ぬことのみ多かれど、皆たゞ本のまゝ也」と書いて紹介している。宣長も首を捻った三本の大きな柱を束ねての造営図であるが、先年境内から出土したことご承知の通りである。今から二百年以前にかような国造家の重要な伝承の記録を宣長に伝えていたことも二人の仲を示す貴重な事実であった。

四　俊信の名声

俊信在世中の名声はいかがなものであったのであろう。それを示す幾つかの資料をみてみよう。

伯耆の衣川長秋は俊信より一年早い寛政三（一七九一）年に宣長の門に入り、俊信に先立ち文政六（一八二三）年に五十八歳で逝いた。彼は文政元（一八一八）年七月二十七日に伯耆を発ち八月四日に出雲大社に参拝、次いで俊信の許を訪うた。この時の紀行文が『田蓑紀行』である。

四日　大神の宮にまうづ（省略）俊信翁の梅の屋をとぶらふ（略）又年経て古事学びのさかりになりぬる事など　その方の物がたりして暮すぐるころやどにかへりぬ（略）その大神に仕へ奉る出雲宿祢俊信翁は学びの兄弟にて殊にしたしく京に物せられしつ

いでに三度立ちよられしを　おのれはさはることのみありてえ物せざりしを　今年三月ばかり物のついでに今年はかならずと　いとねんごろにいひおこせければ（後略）

これによると、俊信は三度上京しているようであり（寛政八年正月十八日、京都で衣文方高倉永範に入門）、その都度伯耆の長秋の許を訪うていて、長秋は「学びの兄弟」との認識であった。出雲への参拝はこの時が初めてであったようだが、二人の話題は「年経て古事学びのさかりになりぬる事」であり、伯耆では長秋、出雲では俊信がそのことにあたった自負が語られたのであろう。

備中の藤井高尚は俊信と同齢であり、備中の吉備津神社の神職であり、社家としての立場も同じであった。二人の仲は親密であったようで、文政十一（一八二八）年春に高尚は出雲大社へ参拝した。その時の紀行文が『出雲路日記』であり、二月二十八日俊信を訪うた。

廿八日　雨はれぬ　梅のやのあるじ清主、千家のをぢをとふ。まちとりて、よろこびの心いろに出てみゆ、ものがたりども、むかし今のとりあつめ、こまやかにきこえかはすほどにかはらけいづ云々（中略）此をぢは鈴の屋の友のあるが中に、したしくわが松のやをもとひきて、まなびの道にははらからのつらに、かたみにとしごろ思ひてあればかくよみかはせるになむ云々

とある。俊信は岡山吉備津の高尚のもとを訪うたことがあったようで、また長年同門であった関係、お互いに親しかったことがわかる。これより先の文化九（一八一二）年、高尚著の『浅瀬のしるべ』（文政二・一八一九年刊）に俊信は序文を書き、そこにもこの一巻は「おのが學びのはらからなる紫の花のはえある藤井の主の言の葉なりけり」とある。同門の意識が明らかである。

阿波の岩雲花香は各地を巡歴して国学者や歌人と交流した人物である。その歌集に『花鏡歌集』があり、各地の国学者歌人とのやり取りの歌が見える。「出雲の國の古事を千家の俊信主よりききて」と題した歌、また「出雲の國の千家の俊信主のこれの出雲の國には神代の古事多しとて其の物語したまひければ」と題する長歌がある。俊信の名声を聞き、花香は出雲に来た折に立ち寄ったのであろう。その他岡熊臣との交流は後に触れるが、文化十一（一八一四）年、熊臣ははじめて俊信を訪い、その帰途に浜田の、宣長門の小篠御野《ささみぬ》（敏）の後嗣、小《さ》篠紀《さのり》へ寄るべく紹介状を持たせた。予め俊信は紀に通じ

ていて、熊臣は御野手沢本の『日本書紀』を譲られたのであった。かように後進への配慮も怠ることはなかったのである。

五　俊信の著作

俊信の著作で出版されたものは『訂正出雲風土記』と『道の八千草』の二種である。

『訂正出雲風土記』（上下二冊）については、奥書に「寛政九年七月十五日校合畢／出雲国杵築人千家清主出雲宿祢俊信」とあり、この日に校訂が終了したことがわかる。然しその後も宣長による校訂作業が行われたことは先に書いた。序文には「文化三年春、紀之殿人本居三四右衛門平大平」とあり、本居大平が書いた。最終丁表に「梅之舎蔵板（朱印「梅舎蔵板」）」として「梅之舎大人著述書目」があり、刊記は「文化三年寅七月刻成」とあり、粕屋利兵衛（京師三条通）・須原伊八（東都）・片埜東四郎（尾陽名古屋）・柏谷兵助（勢陽松坂）・森本太助（浪華心斉橋唐物町）・高橋平助（同心斉橋南久宝寺町）等六軒の版元の名がある。俊信が出雲風土記を校訂、出板して世に広めた業績は大きく、風土記研究の大

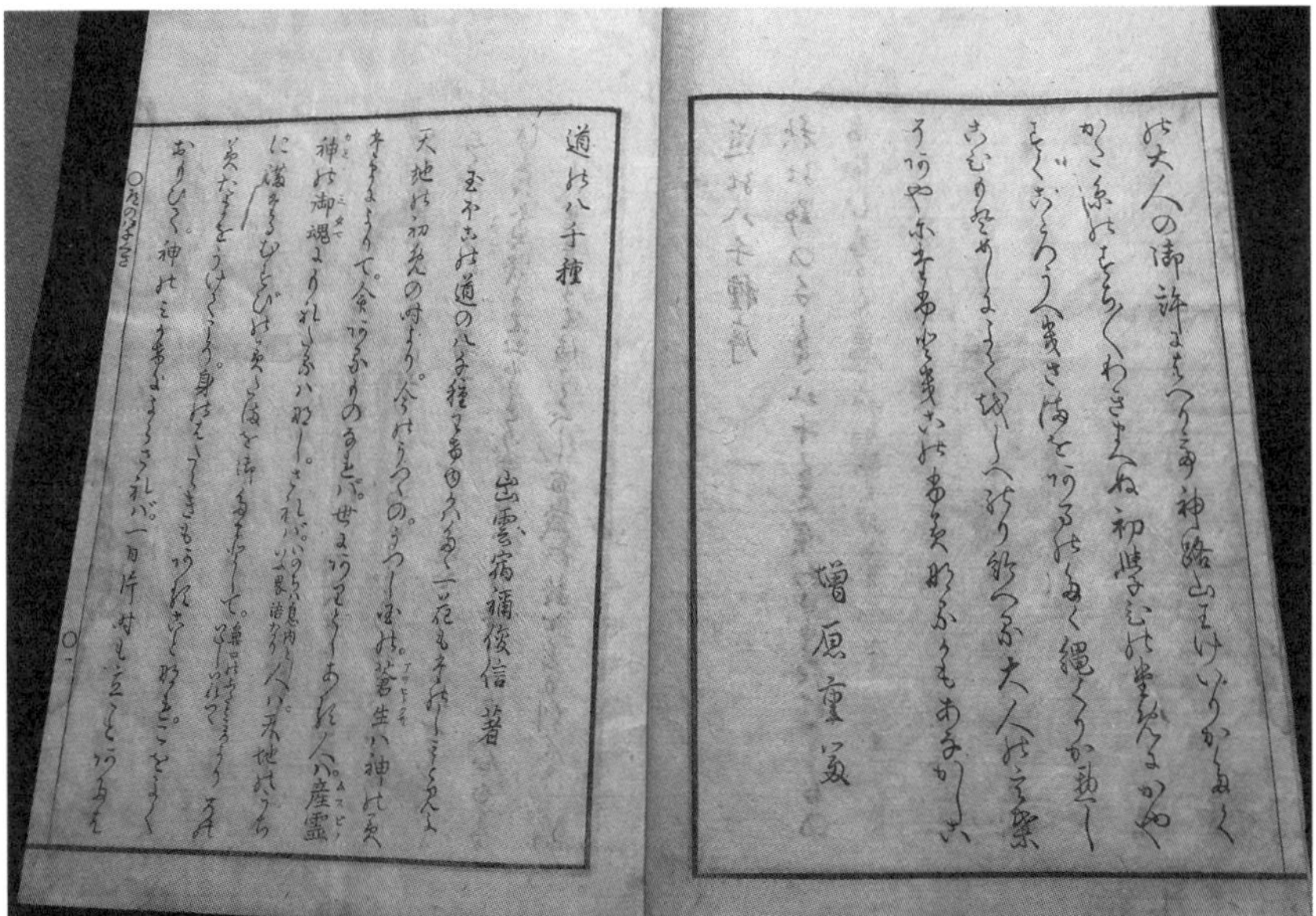

道の八千草（千家俊信著）筆者所蔵

いなる基礎となった書物である。本書は国会図書館ほか多くの図書館に所蔵されている。

『道能八千草《みちのやちぐさ》』（一冊）は俊信の「神道」の教えをまとめたもので、巻末に「さまざまの道はあれども皇神の教へたまひし此道をわけゆく人ぞ倭たましひ」とあるように、人が生きていく上での心の持ちようを分かりやすく説いたものである。「梅の舎の大人のかたはらに侍りて、玉鉾の道のことをも、なにくれと問けるとき筆もて書しるせよと大人ののりたまふままに」書いたものであると跋文にある。

刊記は「伯耆國定常村冨《ママ》延蔵板／文化八年未正月刻成」として河内屋吉兵衛（大坂心斎橋筋）・今津屋辰三郎（大坂江戸堀）の二書店を版元として刊行された。この蔵版主は俊信の門人帳に「伯耆国定常村細田喜太郎富延」とある人物である、序文は増原重富、跋文は菅野春満、石田昌満が書いている。希購書で國學院大學河野文庫　岡山大学業合文庫　玉川大学と私の手許にある。また天保三年に富永芳久が写した本が名古屋大旧皇学館本であり、これは「神道学」九三号（神道學會）に翻刻されている。

その他の著作は写本として未刊のままである。国文学研究資料館の「日本古典籍総合目録データベース」によると『天穂日命考』『阿波國杉之小山之記』『出雲國式社考』『古訓祝詞』『訂正出雲風土記伝』『日本文字伝来考』七点の著書の存在が認められる。

『天穂日命考』は活版として『百家叢説』二編（明治四十四年）に翻刻されたが、底本についての記載がない。『阿波國杉之小山之記』（『杉の小山の記』とも）は天保二年四月、本居大平の序があり、阿波国名西郡矢野村に鎮座する式内社、杉尾大明神の縁起書である。「神

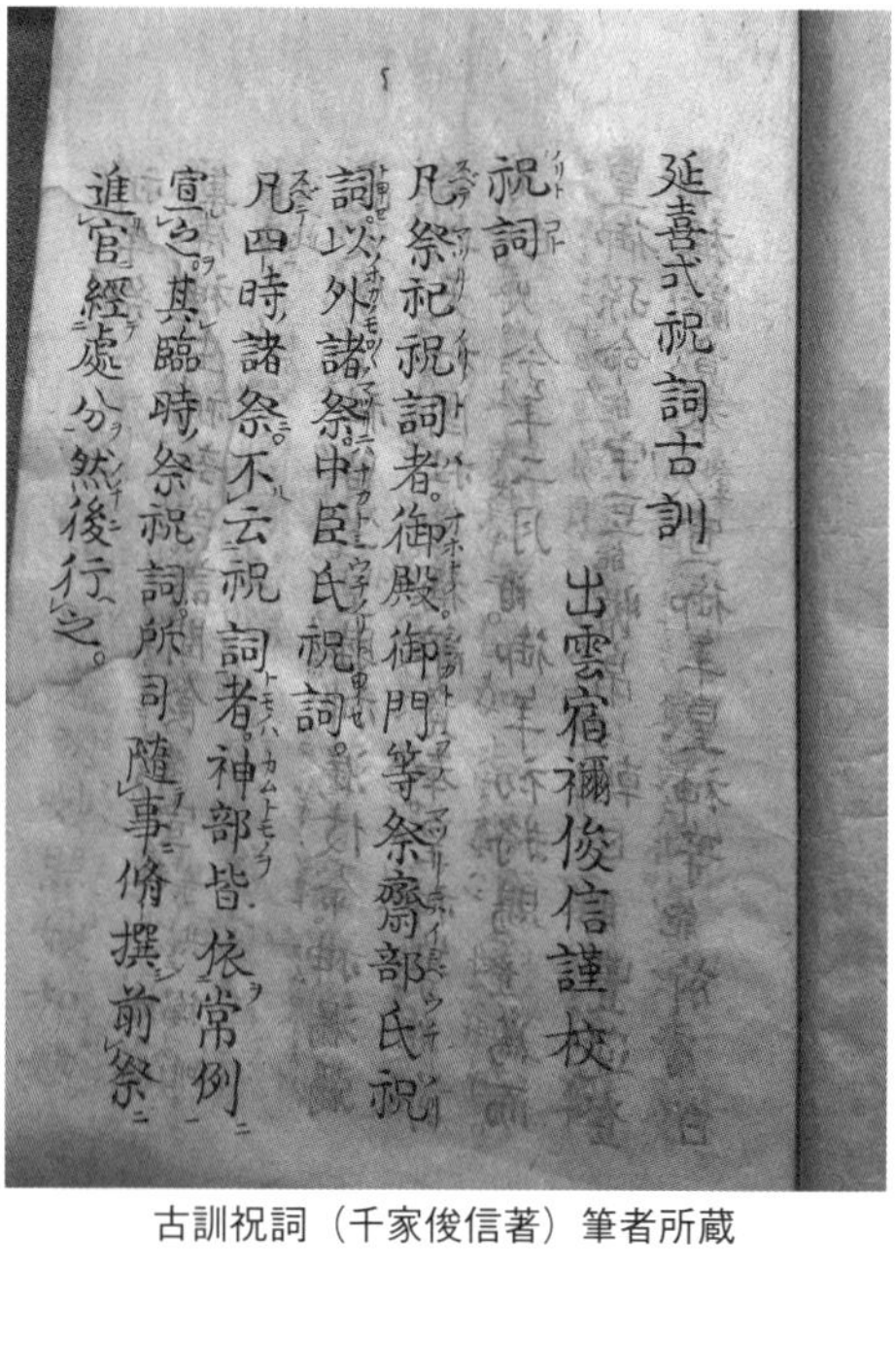
延喜式祝詞古訓　出雲宿禰俊信謹校
祝詞
凡祭祀祝詞者。御殿御門等祭。齋部氏祝詞。以外諸祭。中臣氏祝詞。
凡四時諸祭。不云祝詞者。神部皆依常例宣之。其臨時祭祝詞所司。随事脩撰。前祭進官。經處分然後行之。

古訓祝詞（千家俊信著）筆者所蔵

道学」九五号に翻刻。『出雲國式社考』（別名『出雲国式社考証』）は門人の岩政信比古による校訂を経て、天保十四年成る。活版として『神祇全書』五巻（明治四十一年）に翻刻。

『古訓祝詞』は『大阪出版書籍目録』によると文化四年に成る。該書にあたると、版元を大坂の河内屋喜兵衛（北久太郎町五丁目）として、出板願を文化四年五月に届出したことがわかるが未刊。写本が一冊私の手許にある。それには田中清年の次の様な序文がある。

此書は延喜式の祝詞にていにしへより訓はた仮字つけ出し人もかれこれとあめれど　こゝかしこよみたがへ　仮字たがへるところ多かめるを　吾梅の舎大人伊勢の國に旅ゐし玉ひし頃あやまれるを昔時仮字いにしへよみにかへして　梓にゑり玉はむとみやこ人何かしにあとらひ玉ひしかば　字うるはしくかきいでゝすでに世にひろめ玉はむも　何ゆゑにかたゞにうちおき玉ひてとし月経たりき　さるを友人中臣正蔭許にひめもたるを乞て　嫡公年十日ばかりがほとにうつしてなむ　此中の殊すぐれたる大祓祝詞のもれたるをおもふにかの祝詞は加茂翁本居大人註訳ありて　あげつらひをも櫻木に彫て世にひろまりたれば　この書を求てみるべきなりと此一冊にはもれたりとなむおぼゆる　はた訓仮字にたがへるところしあらば見直し玉ふべき人をまつのみ　清年

架蔵本にはこの序文の通り、大祓祝詞が抜けているが、俊信が古訓の祝詞を刊行する意志があったことが分かる。『訂正出雲風土記伝』は刊記などから『訂正出雲風土記』と同じものと思われる。『日本文字伝来考』は享和元年成立で京都大學所蔵である。

更に堤康夫氏の許に俊信著と明記はないが、写本『伊勢物語梅之舎抄』（森脇孝尊旧蔵）がある。後述の「梅之舎大人著述書目」に同名の著があるので俊信著の可能性はある。〔参考「文政十年六月、梅の舎大人『伊勢物語』講釈に関する考察伊勢物語梅之舎抄」。（『文化史料考證』平成二十七年）〕

また「神道學」（神道學會）の九十四号に「皇学口授伝」、八十六号に「梅乃舎答問書」、八十八号に「梅の舎哥集」、一一七号、一二二号、一五一号に、『出雲風土記』の講義、一四九号に「出雲風土記愚考」が翻刻されている。

なお『訂正出雲風土記』の巻末「梅之舎大人著述書目」には訂正出雲風土記二冊・同傳十冊・出雲式社考二

冊・延喜式祝詞訓点・出雲名寄草一冊・梅乃舎謾筆・伊勢物語梅之舎抄・百人一首梅之舎抄・伯耆國粟嶋考一冊・八雲の道芝一冊・玉のみすまる二冊・神代紀正訓二冊・梅乃舎答問書・神道三箇條一冊・短冊板乃考一冊・火守社乃傳一冊・幽顕考一冊・正誤大和詞二冊の十八種の書名が見え、また刊本『道能八千種』の巻末の「梅之舎藏板梅之舎大人著述書目」には正誤大和詞二冊を除く上記十七種の俊信の著書が記されている。この間五年であるが、書目に大方の相違はなく、亡くなる六年前なのでこれが俊信の著作として纏まったものであったのだろう。冊数が定かではないものは書く予定であったものかもしれない。

また、千家尊澄著『松壺文集』所収の「梅之舎雑録序」によると、尊澄は俊信の掌編をも集め『梅之舎雑録』と名付けたことがわかる。更にこの序文に、当時三著のみ残っていたとあり、その当時これらの俊信の著作が千家国造家に伝来していたことがわかる。なお『古語拾遺訓点』は先の著述の書目には見えないが、『本居宣長稿本全集』二輯一五八頁に「山口村田植歌解」とともに紹介されている。

昭和十九年に国学大系が企画され、千家尊宣編により『千家俊信集』が刊行される予定であったが、戦災により中止になってしまったことは惜しまれる。出雲国学の研究の基本資料として是非とも編纂の企画ができないものかと思われる。

六　俊信の教えと歌道

俊信が梅廼舎の塾で、どのような講義を行なっていたのかは、先述の「出雲風土記」講義（神道學に翻刻）から断片的に知る程度である。また先に著作に挙げた『伊勢物語』の講釈が俊信のものであれば、そのような講義が行なわれていたことは想像できる。

『道能八千種』を出板した細田富延は宣長の『神代正語』を解説した『神代正語常磐草』（文政十・一八二七年跋）を出板しているが、本書の註には宣長のものには鈴屋《すずのや》に因み鈴、俊信のものには梅之舎《うめのや》に因み梅の図が書かれている。本書の「この書をよまむ心得」には次のようなことが書かれている。

> 俊信大人は出雲の國杵築の郷國ノ造の弟天之菩卑命の御子孫にして　御かばねは宿禰その御名は清主家

の號は梅之舎といへるゆゑに　とき諭されしことかきしるせるところにはうめのかたの印を居置けるなり

また、次のように俊信の教えを述べている。

としざね大人の諭したまふには　國の主等凡て貴とき君等の御詞をなも　かうふりはへ承りける時はたふとくかしこく思ほへなむを　こは其のごとくその大御おや天照大御神　伊邪那美神　伊邪那伎神　神産巣日神　高御産巣日神等を始八百萬の神たちの大御口御づから仰られし御ことは殊に行せたまふありさまを今の御世にうつし詞ひしらむ事いとかしこきといふもあまりありて　このふみをよみきかむ人はわきてたふとみ奉るべきことなりとをしへたまへり

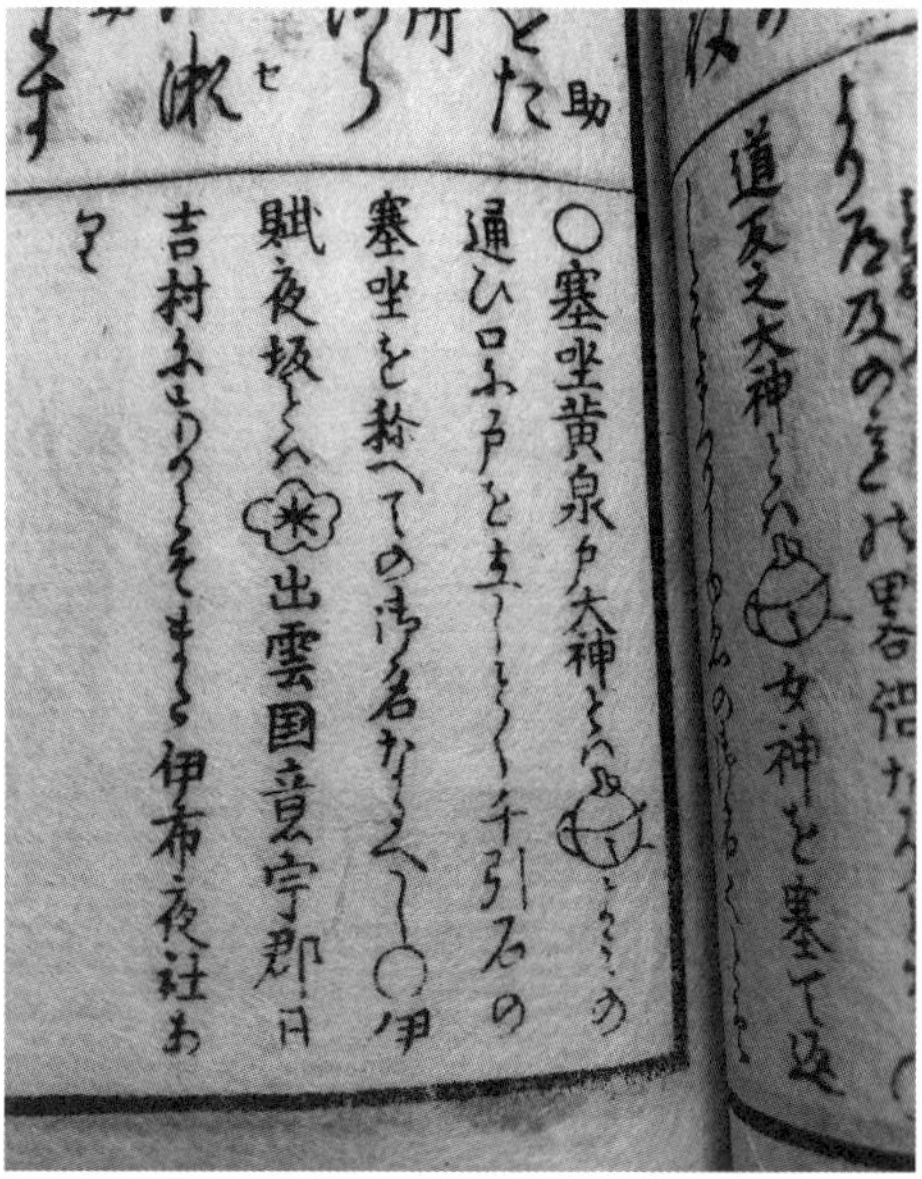
神代巻常磐草　宣長（鈴屋）の教へには鈴の印、俊信（梅舎）の教へには梅の印が付いてゐる　筆者所蔵

これはいま、領主や殿様から仰せを承る時に、有難く勿体なく思うように、この本に記載された神々の御言葉もそのように慎んで受けよとのことである。

俊信の「梅之舎三ケ條」は、先に見た著述書目にあった「神道三箇條」のことであろうと思われる。それは、

一、御政事をよく守り、上の御恩を忘れまじき事
一、家業出精の事
一、神の御所為を知る事

の三か条であり、俊信の基本的な思想はここにあるといえる。全て宣長の『玉鉾百首』に見える教えで、其の中でのこの三つに重要性を見出したのであろう。第一に世の中の規則に遵うべきであると説き、「上」の御恩に報いることが大切と言うのである。この「上」は先述した通り、領主からひいては皇室、天皇にまで至る考えである。第二の家業を怠るなとの教えは、勤労の喜びについてであり、第三の神の御所為を知る事は、神慮と言うものを畏れかしこむことである。社家の出身の俊信にはこ

のことは当然のことであり、産霊の神の御所為により生かされている自覚をもち、感謝が必要であると説くのであった。これは後に述べる幽冥観へも繋がる考えでもあった。

俊信が歌学びに志したのは宣長入門後のことであろうか。また、門人にその指導をしたのであろうが、添削の史料は見出されていない。その一方で、宣長の歿後、文化三年六月の上京時に有栖川宮織仁親王に歌道入門をしている。（『織仁親王行實』巻末歌道入門者）その意味では堂上の歌を学んだこととなる。また歌集も桜乃垣内（岩政信比古か）編の『梅の舎哥集』が残るが、文一編、短歌百二十四首、長歌二首と断片的であり、またいつの時代のものか判然とせず、纏まって整理されたものではない。

俊信の歌は千家尊孫が編んだ『類題八雲集』、富永芳久が編んだ『出雲名所歌集』には当然のことながら見えるが、他の歌集に投じたものとしては寛政十（一七九八）年に周防の上田堂山が求めた『延齢松詩歌集』前編（天保十・一八三九年刊）に見え、加納諸平の編んだ『類題鰒玉集』二編（天保四・一八三三年刊）には二首のみ採られている。更に嘉永四（一八五一）年に刊行された周防の鈴木高鞆編『類題玉石集』に三首載る程度である。当時盛行した類題の和歌集は、大方現存の人物の歌を採る方針によって、故人である俊信の歌は見出せない。これらの歌集を網羅して俊信の歌集を備えておくことも必要であろう。

七　俊信の幽冥観

国学の研究の一つに幽冥観（幽顕観）と言うものがある。幽はかくり世＝あの世、顕はうつし世＝この世、のことである。これは人が亡き後のあの世をどのように考え、そのため今をどのように生きるべきかと言った思想である。外来思想である仏教に於いては、全てが輪廻転生であると説き、前世で善行をしたので人間として生まれ替ったとする。よって悪業をすれば地獄へ堕ちそこで苦悩を負うこととなる。六道絵や地獄絵などを見せられて説教されれば自から身を正すであろう。しかし我が国が仏教を受容する以前にはどのような幽冥観を持っていたのであろうか。それを文献の中から探ろうとした、国学の宗教観である。

宣長はそれを『古事記』の黄泉の国に見出したが、そこは穢れの国であり、死後の世界であるとした。人は死んだ後誰もが黄泉へ行くとしたのである。その教えを更に深化させたのが門人の服部中庸であった。中庸は天地黄泉（幽）の三世界を『三大考』と言う著作に纏めたのであり、宣長の踏み込めなかった世界を書いたのである。宣長はこれを激賞し、自著『古事記傳』の巻十七に附載として刊行したのである。これが宣長の歿後、門人たちにとって論争の火種となるとは気づいていなかったようである。

鈴屋の学風は古典と言う文献に準拠するものである。しかるに『三大考』は中庸個人の考えであり、古典から逸脱したものであるとの批判が出たのである。一方で藤井高尚や平田篤胤は宗教学的に大いに称賛し、更に幽界の存在を確立して行ったのである。このような時代に、宣長の教えを受け、さらに出雲大社の社家と言う出自を持つ俊信がどのように考えたかは大きな問題である。先に見た「梅之舎藏板梅之舎大人著述書目」に、現在は存在が確認されないものの『幽顕考』と言う著作があったことも、俊信が幽界と顕界のことに関心を持っていた証である。

石見の岡熊臣は現存する俊信の門人録に名前はないが、文化四（一八〇七）年に入門したことは『岡熊臣集』所収の年譜にある。その親密な状況は熊臣の歌文集『櫻舎文集』に次のような歌文があることからもわかる。

おのれは早う梅舎翁の御をしへ子の端つかたに加へられて、道の御つたへも歌の御をしへも聞こえうけたまはる（本居大平翁に贈る文）

おのれ早くより出雲の梅舎翁の御をしへをうけたまはり、翁はたねもごろにおぼしめぐませ給ふ（平田篤胤翁の許に贈る文）

やむことなき御をしへどもうけたまはり、誠や父母にもまされるおほんめぐみ（梅舎翁に贈る文）

大人の御もとにまゐりこむ事のいつとも思ひ定めぬこと・・・いかで今一たび大人の御もとにまゐり聞ゆべきにこそ（梅舎大人の御もとに）

天翔りても　八百丹よし　杵築のさとにゆかましを（出雲国梅舎翁の許に贈れる歌）

熊臣は俊信にかなりの学恩を抱いていたことがわかる。熊臣はこの入門の年に服部中庸の『三大考』をもとに『三大考追考』を著してそれを俊信に見せたのである。もし俊信が幽冥界に興味がなかったら一瞥もしなかったことであろう。

また平田篤胤は文化十年に『霊《たま》の真柱《まはしら》』を出板したが、熊臣は本書を俊信のもとに送り、その感想を「何くれ聞えまほしくて」と書き送っている。

　平田篤胤ぬしのあらはせる『霊の真柱』てふ書見せ侍り。ゑり本に侍れば、大人も見給ひつらむを、いかにめづらしき説ども侍るものかな（梅舎翁に贈る文）

とあるこの文中に「高角人麿の社奉納の事」とあり、これは柿本人麻呂の千百年忌にあたっての奉納歌のことなので、文政六（一八二三）年のことであった。更に熊臣は自分で幽冥思想を書いた『霊《たま》の梁《うつばり》』を文化十三年に書き、俊信に見せている。（先の『三大考追考』を文化五年に俊信に見せたことが奥書にある。）

　平田翁の『霊の真柱』を見侍りて、おろかなるおのが本性に早く思ひひがめたる趣の　今更にえおもひ直さぬ説ども聊書き出でて、『霊の梁』となづけたる一巻御覧ぜさす（梅舎翁に贈る文）

　俊信はそれを見て、後に感想を付けて返却したようである。「いともかしこき御せうそこ、あはせておのがあらはしし霊の梁一巻かへしたまはり・・・おのがをぢなきかうがへども、大人の御心にもかなひ侍るよし、おほせのたまはするままに、すなはち清書して一巻ささげたてまつりぬ。」（梅舎翁に答へまつる文）かように俊信は熊臣のこの著作に満足したようである。さらに『霊の梁』に「大人見させ給へるしるしばかりを唯一くだり御序書きそへさせ給はりなば」と序文を乞うたのである。またこの時に長歌を贈っているのである。熊臣の『櫻舎集』の長歌の中に「文政四年水津照彦が出雲大社に詣づとて、歌乞ひけるに、よみてつかはす歌二首」があり、そこに「同時梅舎翁におくる文の端にかく歌」が載せてあり、それをこの時と考えると文政四（一八二一）年となる。何れにしろ文化十一（一八一四）年の初対面から文政にかけて熊臣とは積極的に交流がなされていたのであって、文政初年に熊臣は幽冥思想について俊信の考えを聞き、また俊信も熊臣からもたらされる、このような考えに注目したようである。それは幽界を治め給うとされる大国主神に天穂日命以来奉仕してきた国造家の出自であることが、この考えを受容することに繋がって行ったと思われるのである。

　俊信とつながりのあった藤井高尚は平田篤胤と深い交流があり、彼も幽冥界には特別な考えを持っていた。俊信同様、現在その所在は確認されてはいないが、『幽冥考』と題する本を書いたと言う。高尚が文政十一（一八二八）年に出雲大社に参詣した時の紀行が『出雲路日記』であることは先に触れたが、そこに大社の大前において高尚が奏上した祝詞が著録されている。高尚は神職であり、直接の奏上が許された身であったのだろう。それには、

大國主神波幽事乎治勢賜倍婆誰之乃人毛尊比齋比祭流倍支神者此大神爾奈母・・（大國主神は幽事を治《しら》せ賜へば誰しの人も尊び齋ひ祭るべき神は此大神になも）

とあって、大國主神を幽事をお治めになる神と称え奉るのであった。尤もこの考えは『古事記』にあるものだが、高尚は殊更それを大前に奏上したのであった。平田篤胤の『霊の真柱』の幽冥観の情報は熊臣や高尚により、俊信に齎されたのである。そしてこれは「梅之舎三ケ條」にある「神の御所為を知る事」と深く関連してくるのである。ここには深く述べることは出来ないが大國主神を基とする幽顕分任の思想は出雲においては俊信により確立されたと考えられるのである。後に千家尊福によって大国主神を幽冥主宰の大神と崇め奉る大社教が設立されるに至るにはこれらの幽冥観が俊信以降に更に深められ、一つの信仰となって行く思想形成が国造家周辺にあったからであろうと思われる。

八　俊信の教導と影響

宣長は晩年、自ら打ち立てた古学（国学）が、広まりつつあることを喜びながらもまだ不完全なことに不満があったようで、それを嘆いた書簡がある。この思いは俊信のもとにも齎されていて、俊信は宣長の在世中も歿後もその伝播に心を砕いたのであった。そのような折に俊信の掌に「建玉」の文字が浮かぶと言う奇瑞が現れた。これこそ我が奉じる古学がこれから益々栄える兆しと喜んだ俊信は宣長にこのことを伝えたのであった。それに対し宣長は次のような返事を寄せて、その口外を戒めたのであった。

貴君御手之筋ニ、建玉之文字、又玉ノ字顕候よし、誠に奇妙之御事、神之御賜物とたふとく目出奉存候、（略）ケ様之祥瑞メキタル事ハ随分隠密ニ被成、あまり御沙汰不被成候方可宜奉存候（略）同門中より称賛いたし、世間へ言ひふらし申候義ハ、宜からざる事と奉存候（略）道之障ニモ相成申候義ニ御座

候（寛政九年三月十一付俊信宛宣長書簡）

宣長はまずは建玉の文字が現れた瑞祥を神の賜物と誉めたのである。このことは石見の門人小篠御野（敏）からも聞いていたのであるから門人間でも噂となっていたのであろう。しかし、このようなことは同門中から称賛し喧伝することは古学普及の障害になるから慎むべきだと言うのである。古学普及に尽力する自分への神の幸いと感じた俊信と、その噂の広まりを警戒する宣長との考えの差が明らかである。

宣長は古学が幕府の朱子学から見れば異端のものであることを十分承知しており、おのれが広める「道」の学問と、その実践、または宗教的な事とは距離をおいていたのである。宣長は幕府の体制を容認せざるを得ぬ立場であり体制下に生きる人物であった。それゆえ表立ての徳川幕府批判はしていない。宣長はこのような瑞祥めいたことを同門が囃すことにより、「道」の学問が神秘宗教的な方面に推移することを恐れたのである。俊信は社家と言う宗教的な家庭に育ったのであり、その瑞祥を喜びとしたのであって、手に建玉の文字を書いた自画像が残っているのである。ここにおいて俊信は宣長を超えて或は神秘宗教的なものをもその学問の対象としたのである。先に述べた幽冥観などもこれと同じことであった。

俊信が出雲に梅之舎を開いた寛政八（一七九六）年から、亡くなる天保二年までの三十余年、その門人がどの位の数になったかの全体像は把握できない。僅かに寛政十二（一八〇〇）年から文化十三（一八一六）年までの十七年間の『梅舎授業門人姓名録』が残り、そこには二百二十四人の名が書かれている。しかもその地域は出雲に留まらずに安芸・阿波・周防・駿河などに及ぶのであり、他にも多くの門人のいたことが察せられるのである。俊信亡きあとの天保二（一八三一）年八月に営まれた百日祭に献詠された歌をまとめて『梅の下かげ』と題した歌集には、その和歌四十八首中、先の門人録に見えない人名は三十九人であり、千家尊孫、尊澄の父子はここに名を見出せるのである。天保四（一八三三）年五月の三年祭献詠歌集には富永芳久など四人、十七年祭献詠には中言林、白石元重、吉川景明など一六名が見えるのである。これらの後の出雲歌壇を形成した人物の多くが俊信の晩年の、謂わば円熟した教学、歌の境地を学んだのであって、それは先の門人帳以後の文政期のことであったと言えよう。

晩年の俊信は、また晩年の宣長と同じく古学普及のなかなかままならぬことを託つのではあるが、なおそこには自信があった。門人中格別の精励であった岩政信比古へも某年十一月十五日書簡で「一、皇朝学追々御出精の趣き、歓び入申し候、何分追々御引立成さるべく候、愚老儀大々老年に及び万々不都合に罷り成り迷惑申し候」「一、雲州は以前の通りの如く、兎角神道者計りに御座候」とまだ垂加の学が盛んな事を嘆息しているのであった。それでもなお漢学が盛んな松江の儒者松原基と論争したりと、古学普及への思いは止むことがなかった。

九　俊信の帰幽後

俊信帰幽ののち、梅之舎の名籍は俊信の子、俊清《としきよ》（日古主）が嗣いだが子がなく、その後は尊孫の二子俊榮《としひで》に嗣がせたのであった。尊孫の俊信に対する思いが篤かったことがわかる。俊信追慕の情はその著書をはじめ、ありし日の面影を書き留め、後世に残す作業へとなって行った。それが尊孫の子で俊信の晩年の教えを受けた尊澄による『梅の舎雑録』と『梅の名残香』の編纂である。

『梅の舎雑録』は「故大人一葉二葉ノ紙ニ書給ヒシ物ヲ、俊榮ト共ニ集」めたものだが、現存はしていない。本書は賀茂真淵の『縣居雑録』に倣っての書名であるが、『松壷文集』二巻にその序文だけが伝えられている。

まなびのおやとたのみまゐらせし梅舎翁の學びの道のおほきなるいさをハ、宿の名におふ梅がえの、かぐはしく四方にかをりみちてなんありける。をぢなき身にて花紅葉とりにあげつらはんは、ながくのものそこなひなるべし。若竹の若かりし時より何くれとかきおかれしもの、文箱の中、あるはふぐらのかたつ方のほごにうちまぢりてありしを、かくてはつひにちりうせなんあたらしくて、うたひひろひあつめしたためしかなど、俊榮にはかりてひととぢとせるにつけて、梅舎雑録と名づけたるは、縣居雑録といふ書のあるにならひてなり。

そしてこの当時既に、『出雲國式社考』『延喜式祝詞訓点』『古語拾遺訓点』の他が見つからないと嘆き「ひとひらふたひらと筆すさみにかきとめられし花のさ枝をも、残るかたなく折とらまほしく」思い、本書をまとめたと記している。

また『梅の名残香』は「そも故梅舎大人より、をしへみちびき給へりしことどもを、かいしるして梅の名残香、続梅の名残香など名づけたる」（『櫻の林』巻末）とあり、俊信から教え導かれた事どもを書いたものであり、続編のあった事も察せられる。かように俊信亡き後二十余年を経たあとも、なおその偉業は忘れ去られる事なく、大いなるいさおと認識されていたのである。

十　毎朝神拝式と出雲

最後に宣長の学問が俊信を通していかに杵築に根づいたかを示す一例を富永家蔵「毎朝拝神式」から伺いたい。この「毎朝拝神式」は宣長が毎朝の神拝に用いたもので、本書には

右の件の一巻は神風の伊勢の国ときはなる松坂の鈴の屋の大人の日に　皇神達を拝み給ふ式なりと、稲掛の大平より己に伝へけり、そをかくは写し置ぬ
　寛政七年十月晦日梅の舎のあるし出雲宿祢俊信

と巻末にある。年紀から俊信の松坂留学中のことがわかる。宣長から大平、そして俊信へと齎された宣長の祝詞はその後、大社の平岡秀業《ひでなり》が写し、さらに俊信帰幽後すぐに尊澄によって写されたのであった。

上のくたりは平岡秀業がりもてり、しかるを大人の大御筆にや、はたちちのみの父のうつせしか、などかたりけるをかりえてかたはらの人にうつさしめき、時は天保二年九月廿五日の日かくいふは千歳の舎あるし出雲宿祢尊澄

そして更にまた「天保四年九月十二日　菊垣内のあるし源芳久」こと富永芳久が写したのであった。同様なことは岩政信比古の文政末、天保初期の雑記である『遊雲視聴録目録』に「鈴屋大人毎朝神拝式」とあり、宣長の教えは俊信を通してこの出雲の地に広まったことを如実に示しているのである。

むすびに

一人の人物の学問に寄せる情熱とそれを受け入れて更に発展させてゆく研究熱は既に徳川時代の中期から芽生えていたのであり、私はそれを出雲の地に見るのである。かように本居国学が全国へ展開できたのはそれを支える地方門人と言う、大きな裾野の存在があったからである。しかもその裾野において多くの人物が書簡を往復させて情報を交換し、学問を深化させていたのである。徳川時代後期の国学、和歌の発展の研究には、このよう

な視点が大切なのである。それにしてもかように多くの人物が和歌の創作や古典の注釈（をする、または聴く）に関心を抱いたのは何故であろうか。時代の然らしむる所とは言え、それは如何なる時代であり、如何なる情熱であったのだろうか。今後の大きな課題である。

参考文献

千家尊宣「本居宣長と千家俊信」『芸林』二巻五号
平田俊春「千家俊信と本居宣長」『神道論文集』神道學會編
平田俊春「千家俊信について」『神道學』五二号
森田康之助「出雲国造家の伝統と学問」『出雲学論考』神道学會編
森田康之助「千家俊信」『日本歴史』三五〇号
史料紹介「千家俊信『出雲風土記』」神道學一一七号、一二二号、一五一号、同「千家俊信『出雲風土記愚考』」神道學一四九号、同「梅舎授業門人姓名録」神道學八六号、同「梅乃下果希」神道學一一三号
『本居宣長全集』第十七巻（書簡）
『岩政信比古著作集』二巻　原田宣昭編　平成四年
『岡熊臣集』上下　加藤隆久編　昭和六十年

◎本原稿は歴史的仮名遣で書かれていたが、編集の都合上著者の許可を得て現行の仮名遣に改めさせていただいた。

第3章

出雲歌壇の発展と出版活動
（第３回講座）

歌風の刷新と出雲歌壇

芦田耕一

江戸時代の中期から幕末にかけて出雲歌壇の隆盛に貢献した四人を取り挙げる。千家俊信は本居宣長の教えを私塾で広め歌壇隆盛の基礎を築いた。千家尊孫は俊信を襲って歌風の世代交代に尽力し、歌論書や歌集を上梓し、また鶴山社中という歌人結社を作った。富永芳久は『出雲国風土記』研究に従事し、この成果を活かした名所歌集や出雲歌人だけの歌集を多く編纂した。千家尊澄は大社での歌会の様子を詳しく窺い知ることのできる和文集や歌学書を著わした。

本稿では、江戸時代の中期から幕末にかけて出雲歌壇の主流をなした千家《せんげ》俊信、千家尊孫、富永芳久、千家尊澄を取り挙げて、この時期の歌壇の概要を説明していきたい。

一　千家俊信

俊信《としざね》（一七六四～一八三一）は七十五代国造《こくそう》千家俊勝の次男として生まれる。兄は七十六代国造千家俊秀、生母は松江藩医天野某の娘である。若くして分家。字は清主、葵斎・梅之舎《うめのや》・建玉と号する。出雲大社別当。近世出雲大社に関係する主な人の忌日を記した『忌日帳《きじつちょう》』（旧上官赤塚家文書）に、俊信を「古学者、達諸道、高名之御人也」と紹介しており、国学・和歌・茶道だけではなく天文学や槍術にも通じていた。性格温厚で強記絶倫であったという。

幼少より学問に志し、松江で漢学を学んだあと、京都や大坂に遊学し、西依成斎（一七〇一～九七）に垂加神道、三島神社（愛媛県）の神主鎌田五根《いつね》（一七二〇～一八〇一）には橘家神道の教えを受ける。

俊信にとって、二人の師との出会いが進むべき道を決定するのである。

まず一人は国学者内山真龍《またつ》（一七四〇〜一八二一）である。真龍は遠江国天竜の庄屋であり、二十一歳の折に同じ遠江国浜松の賀茂真淵《まぶち》（一六九七〜一七六九）に師事する。

真龍は伊勢の谷川士清《ことすが》（一七〇九〜七六）から借りた『出雲国風土記』が手持ちのものと少し違い、分からないところも多くあるので以前から興味を持っていた出雲に実地検証へと旅立つのである。その旅日記として『出雲日記』があり、文と絵が交互に並べられており巻子本の形をとる（現存本は自筆本ではないだろう）。天明六（一七八六）年一月二十一日に同志の三人と出発し、山陰・博多・長崎・日田・山陽を通っての八十九日間の旅程である。出雲国には二月十六日に能義郡に入り、大社に到着したのは二月二十三日、国造の神楽などを鑑賞し、翌日は石見へという慌ただしい日程であった。この調査を活かして翌年の二月に書き終えたのが『出雲風土記解』である。これはその後写本が多く作成されるほどの評判をとる。出雲大社には寛政五（一七九三）年十一月に千家・北島の両国造に奉納される。

真龍の名声を知った俊信は寛政四年三月に江戸下向の折に天竜を訪問して弟清足（一七七〇〜一八五一）とともに入門、主に『出雲国風土記』を学ぶためである。自国の「風土記」を知らないことに忸怩たる思いがあったのであろう。その後も特に俊信は真龍に書簡でもって絶えず疑問な箇所を問い質している。『出雲風土記解』の奉納手続きも俊信を介してであった。

なぜ俊信は『出雲国風土記』にここまで拘泥したのであろうか。地名（名所）の発生は宗教的神話的なものに依拠するとされており、おのおのの地には霊が宿っているといわれる。このため、諸国の「風土記」には、必ず土地の伝承や山川原野の名の由来を記すことが要求され、それらの霊のために歌を詠んで捧げるのである。各地で名所なるものを詠みこんだ歌が存し、また「名所歌集」が生まれるゆえんである。

さて、俊信は研鑽の成果を世に問うのである。『出雲風土記解』の注釈を基本にし、千家国造家に伝わる写本を底本として諸本を参看し、寛政九（一七九七）年七月十五日に校合を終える（奥書）。必要に応じて訓点を付し、振り仮名を施すなど解読の利便性を考えたもので、注釈書ではない。校合からほぼ十年後、文化三（一八〇六）年春の本居大平《もとおりおおひら》（一七五六〜一八三三。宣長《のりなが》の猶子）の序を付して同年七月に『訂正出雲風土記』上・

下二冊（写真1）が上梓された。「弘所書林《ひろめどころ》」（販売を主とする本屋）として江戸・京都・大坂の三都以外に名古屋・松坂、地元の「和泉屋助右衛門」（大社。後述）、「澤屋卯兵衛」（松江）が挙がっており、多くの需要が見込まれたのであろう。

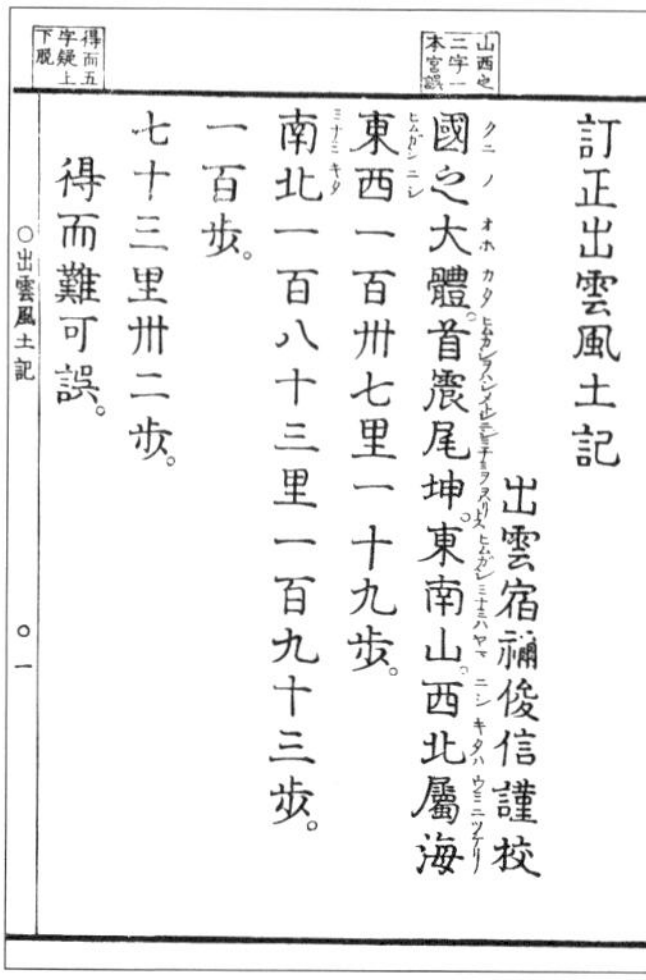
訂正出雲風土記
出雲宿禰俊信謹校
國之大體首震尾坤。東南山。西北屬海
東西一百卅七里一十九歩。
南北一百八十三里一百九十三歩。
一百歩。
七十三里卅二歩。
得而難可誤。

写真1　『訂正出雲風土記』

　俊信にとって、いま一人の師とは本居宣長（一七三〇〜一八〇一）である。宣長への入門は真龍の奨めによる。入門は、松坂にある宣長の私塾「鈴屋《すずのや》」の「授業門人姓名録」に「出雲大社千家国造俊秀舎弟　千家清主　出雲臣俊信」とみえ、寛政四（一七九二）年十月のことであり、書簡を通じてであったが入門を許可されている。弟の清足は寛政七年五月、伊勢神宮の途に「鈴屋」に立ち寄り、入門を果たす（「授業門人姓名録」には「千家茂加美」として挙がる）。宣長にとって、出雲の地は「別而格別之神跡に御座候へば」と揚言するように特別の地であった。『玉鉾百首』に「八雲たつ出雲の神をいかに思ふ大国主を人はしらずやも」と出雲大社の祭神を褒め称え、『出雲国名所歌集』初編に「杵築宮」として「たちかへり春はきづきの宮柱あふぐ軒端もかすみそめつゝ」と詠む（宣長は出雲を訪れたことはないが）。寛政三年には、『古事記伝』初帙を出雲大社へ奉納している。宣長は特に俊信の入門をことのほか喜んだに違いない。

　入門を果たしたものの直接に会うことはなかなか叶わず、入門三年後の寛政七年九月十日に初めて「鈴屋」を訪問し、翌年の一月十二日まで滞在する。その出会いはドラマチックに伝えられている。門内に入ると石臼を引く翁がいたので宣長が在宅か否かを問うと、その翁が自分が宣長だと言ったので、俊信は恐縮して来意を告げたという。その日の夜から早速講筵に列するのであるが、北村季吟『湖月抄』をテキストにしての『源氏物語』葵〜明石巻、『伊勢物語』『延喜式』『百人一首』が今回の講義内容であった。特に『百人一首』が松坂来遊の目的とされていたという。二回目の来遊は寛政十年冬であるが、詳細は明らかでない。三回目の師弟の出会いは京都であり、享和元（一八〇一）年四月十七日から五月六日まで滞在して講筵に列し、俊信の要望による『古語拾遺』「出雲国造神賀詞《いずものくにのみやつこのかんよごと》」を聴講している。その間、堂《とう》上《しょう》（公卿）の芝山持豊《もちとよ》（一七四二～一八一五）に宣長とともに拝謁している。持豊は伝統的な二条派和歌の宗匠とされており、宣長とは歌風等は異なるが、宣長学のよき理解者であった。また同じく堂上の中山忠尹《ただまさ》（一七五六～一八〇九）の御前に随従陪聴を許されるのである。俊信にとっては充実した遊学であったが、これが宣長との最後の交歓となる。この年の九月二十九日に師は没する。

これら以外にも書簡での往返がなされている。ごく簡単にその内容を紹介すると、

・国学の勉強に『古事記』『日本書紀』『万葉集』の読書を奨める。
・歌の詠み方を尋ねたり、自詠の添削をうける。
・詠歌の勉強に『万葉集』『古今集』『古今和歌六帖』を奨める（『古今和歌六帖』を奨めるのはさすが宣長と思わせる）。

宣長没後、俊信は師の書簡三三通をご神体として自邸内に玉鉾社と称する霊社を建てて祀るのである。

その後は大社に腰を落ち着けて、寛政八（一七九六）年には開塾していたと思《おぼ》しい「梅廼舎《うめのや》」での教育に邁進するのである。この私塾は千家国造館のすぐそばにあり、門弟に真龍・宣長などから学んだ国学（宣長は「古学」という）を教授する。寛政十二年二月から文化十三（一八一六）年まで十七年間の記載がある「梅舎授業門人姓名録」によれば、二二四名の門弟がおり、これは藩校に劣らない人数であり、そして女性がいないことが特徴である。これ以外にも未記載の門人が多くいたとされる。山陰地方はもとより中四国・東海地方からも遊学する者が後を絶たず、身分についていえば、武士・町人・神主などの幾人かは判然とするが、身分が記載されない者が多くを占めており、医師・僧侶・庄屋、そして残りの多くは両国造家に関係した人々であったと考えられる。ここから、出雲大社の国造・上官などのほか、岡熊《くま》臣《おみ》（一七八三～一八五一。津和野藩養老館教授）・岩政《いわまさ》信比古《さねひこ》（一七九〇～一八五六。山口・柳井、庄屋・国学者）らの俊秀が輩出する。信比古にいたっては、文化七（一八一〇）年に入門後、十数回にわたり入雲して俊信

の謦咳に接し、俊信没後は三度出雲を訪れて教授する。『古事記伝異考』などの著作がある。

入塾の際には、「梅廼舎三ヶ条」を定めており、御政事を遵守して御恩を忘れないこと、家業に精を出すこと、神の御所為を知ることを誓約させている。また、入塾した暁には守るべき禁止事項を設けている。いくつかを摘記すると、「塾規二十五禁」には、

・講席で私語することや扇を使用すること。
・古学は専ら神道の基本で、異学異風のように心得ること。
・和歌は古体近体ともに稽古するべきで、近体のみを学ぶこと。
・当流には秘伝秘説は無く、秘伝と称して人を迷わすこと。
・講説の不審な個所をそのままにしておくこと。
・門弟同士がお互いを敬わないこと。

などがみられ、特に宣長の学問「古学」が「神道」の基本と揚言されていることに注目したい。また、千家尊孫撰の『類題八雲集』（一八四二年成立）には「吾もとに物学びする人々に」という詞書《ことばがき》で「いざや子等堀江こぐてふ五手舟《いづてぶね》梶とる間なく学事《まなびごと》せよ」と詠んでおり、寸暇を惜しんで勉学せよと諭している。

最後に、俊信の出雲の学問に果たした功績を簡単に述べていこう。

出雲はそれまで垂加神道の勢力が強く、寛政六年に古学普及のため出雲に下向した宣長の門人二人の報告をうけて、同年六月三日付で宣長は「何れも垂加流ニ而、講尺も聴衆無レ之、古学弘マリかね申候」と俊信に書簡を送っており、俊信の宣長入門一年半後のことであるが、古学講釈に人が参集しないと嘆いている。しかし、俊信の一回目の松坂遊学からの帰郷は寛政八年一月であるが、同年七月七日付の宣長の俊信・清足兄弟宛の書簡では「御帰国後追々、国造様始古学段々発《おこ》り申候後様子」と好転している様子を窺知でき、さらに翌年三月十一日付の俊信宛の書簡には「追々古学志之人々出来申候由、扨々《さてさて》致二大慶一候」とみえ、宣長をして「大慶」と言わせている。俊信の「梅廼舎」での古学教授が奏効したのであろうが、この後、出雲において着実に古学が普及していく。

歌においては、宣長は「古体」「近体」を満遍なく学べと教えていたが、出雲では伝統的、守旧的な二条派が主流であった。先述したように、宣長が京都で芝山持豊

や中山忠尹の堂上と会って親しく歌を詠み講じたりしており、都でも少しずつではあるが古学や新興の鈴屋派和歌が理解され出したのではなかろうか。出雲でも和歌刷新の萌芽は確実にあったであろう。古学の普及とともに鈴屋派の和歌に対する抵抗感が徐々に薄らいでいったことが考えられる。

　俊信は歌にも格別の愛好を示し、実作者として各地方で上梓される諸歌集に多く入集しており、幕末の出雲歌壇隆盛の基礎を築いたことにおいても高く評価されるのである。

二　千家尊孫

尊孫《たかひこ》（一七九六～一八七三）は七十七代国造千家尊之の嫡男として生まれる。七十八代国造として天保三（一八三二）年から明治二（一八六九）年一月に嫡男尊澄に譲るまで長くその任にあった。

　尊孫は国学を「梅廼舎」で学び、俊信に心酔していたようである。「梅廼舎」の経営を俊信の子俊清を襲って次男俊栄に継がせるのである。

　和歌は出雲大社の東上官千家長通《ながみち》（一七四七～一八一九）に師事したとされているが、俊信の可能性も大いにあるだろう。長通は俊信の十七歳年長の叔父であり、『忌日帳』には「神道・歌道・茶道達人」と記され、歌は百忍庵小豆沢《あずきざわ》常悦《じょうえつ》（一七〇六～七八）に学び幽深軒《ゆうしんけん》と号する。当然のことながら二条派和歌を踏襲していた。尊孫自身が編纂した『類題八雲集』に一八首も入集させており、長通を高く評価していたのであろう。長通が活躍していたころの出雲歌壇の様子は、島多豆夫撰『類題正葩《せいは》集』（写真2）の「島重老翁の署伝」に、

　翁いまだ若かりし時、出雲国は二条家の詠歌流行して釣月あり常悦あり。時の宗匠家としてこれにしたがふ門生あまたなりき。ことに杵築には千家長通氏

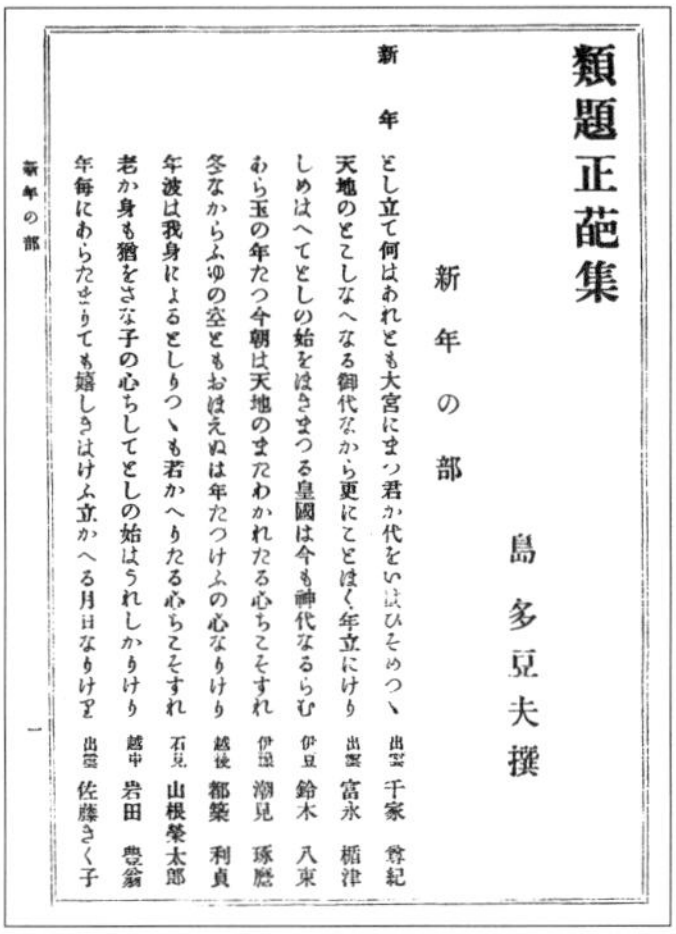
類題正葩集

島多豆夫撰

新年の部

新年

とし立て何はあれとも大宮にまつ君か代をいはひそめつゝ　出雲 千家尊紀
天地のとこしなへなる御代なから更にことほく年立にけり　出雲 富永楯津
しめはへてとしの始をほきまつる皇國は今も神代なるらむ　伊豆 鈴木八束
あら玉の年たつ今朝は天地のまたわかれたる心ちこそすれ　伊豆 潮見琢麿
冬なからふゆの空ともおほえぬは年たつけふの心なりけり　越後 都築利貞
年波は我身によるとしりつゝも若かへりたる心ちこそすれ　石見 山根繁太郎
老か身も猶をさな子の心ちしてとしの始はうれしかりけり　越中 岩田豊翁
年毎にあらたまりても嬉しきはけふ立かへる月日なりけり　出雲 佐藤きく子

新年の部　一

写真2　『類題正葩集』

> 北島孝起氏等前後にいでて専ら二条家を唱へ、時の国造千家尊之宿禰君も芝山三位持豊卿の教をうけさせ賜ひければ、歌よみといへば一向二条家ならざるはなかりき。

とある。重老《しげおい》（一七九二～一八七〇）は千家家の上官で歌人としても著名。重老が若年のころ、釣月《ちょうげつ》（一六五九～一七二九）や常悦の影響を受けた長通や孝起（生没年未詳。一七五七～七五ころ活躍）、そして七十七代国造尊之（一七六五～一八三二）もすべて二条派であった。

尊孫は結果として師に叛旗を翻すのである。前文に続いて次のようにみえる。

> 此時にあたり、翁ひとり古今新古今集の歌風をしたひ、頻に二条家の弊を矯めむとつとめられけれども、長通孝起氏の先輩ありてこれを攻撃すること甚しかりき。時に尊之国造君の令息国造千家尊孫宿禰の君いまだ若くておはしゝほど、ひそかに翁と心を合せ中つ世の風を尊とびたまひければ辛うじて杵築の歌風を一替せられたりき。其間のいたづきたとへむにものなし。

これによれば、尊孫は長通生存中に行動を起こしたことになり、大変な勇気を要したであろうが、ここに歌風の世代交代がなされたと説明している。四歳違いの若い重老と尊孫はいずれも俊信門下であり、俊信の教育が効を奏したものか。では、どういう歌風が庶幾《しょき》せられて刷新がなされたのであろうか。尊孫は香川景樹《かげき》（一七六八～一八四三）の歌を理想としている。景樹は『古今集』を理想としており、歌の本質は人間の真情からでた調べであり、古今調の優美な調べを貴ぶとされている。一方、俊信の師宣長は「今の人の心を今の詞もてありのままによみたらん」歌はよくないとし、技巧の価値を認めるのである。重老はこの鈴屋派の詠風を理想とすると考えられるが、必ずしも明らかではない。二条派は古典主義的な守旧派でその枠内での新しさが求められたとされており、尊孫らはこの微温湯的な歌風に反発したのであろう。

尊孫の歌人としての事績を問題にしたい。

幕末近くになると、各地方に歌集が出来《しゅったい》するのであるが、これ以外にも歌題ごとに分類した類題和歌集が多く編纂された。これは全国の歌人を網羅した歌集で、歌人評価のバロメーターになる。

最大の類題和歌集である和歌山の加納諸平《もろひら》編『類題鰒《ふく》玉《ぎょく》集』の入集歌人数は一七六〇名を数えるが、尊孫は一四四首の第一一位である。伊勢の出版である佐々木弘綱編『類題千船集』では第五位、そして鈴木重胤編『近世名家歌集』は江戸時代の多くの歌人を取り挙げているが、後期の歌人だけに限れば第二位であり、当時において尊孫は高い評価を得ていたことが分かるであろう。

また、尊孫は個人の歌集である私家集の『類題真璞《またま》集』（写真3）『自点真璞集』（写真4）を世に問うている。両集には重複する歌もあるが、前者は三七九二首、後者は二四一六首の大部な歌集である。

『類題真璞集』は嘉永六（一八五三）年五月の千家尊澄（尊孫男）の跋文によれば、

この三巻の歌は父の若かりし時より、折にふれ事にあたりて嘉永のはじめつかたまでによみ出給ひたるを、中臣正蔭に書あらためさせたるになむ。なほ鶴山松の数つもらむことの葉はつぎつぎ拾ひあつめてむかし。

とみえ、嘉永初めころまでの歌を収めたものである。「中臣正蔭」は通称は典膳、一八〇二～六三年の人で、出雲大社権禰宜、和歌・俳諧・書など三六芸に通じる才人であり、俊信・尊孫を師とする。書の達人である正蔭に版下《はんした》（版木に文字などを彫刻するために用いる下書き原稿のこと）を書かせたのである。

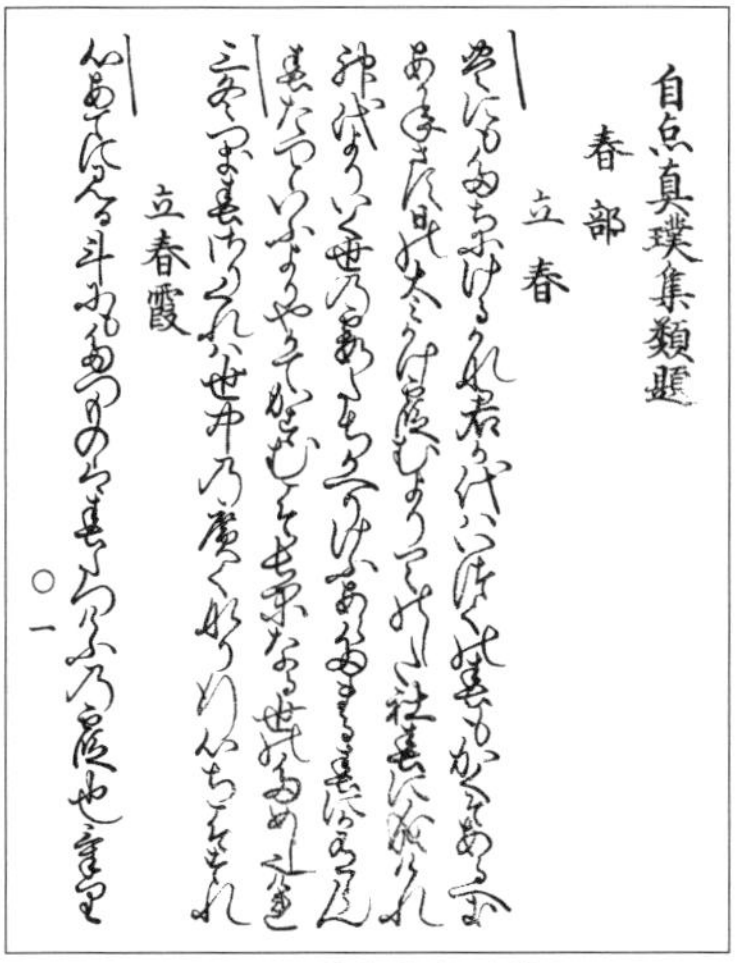
写真4　『自点真璞集』

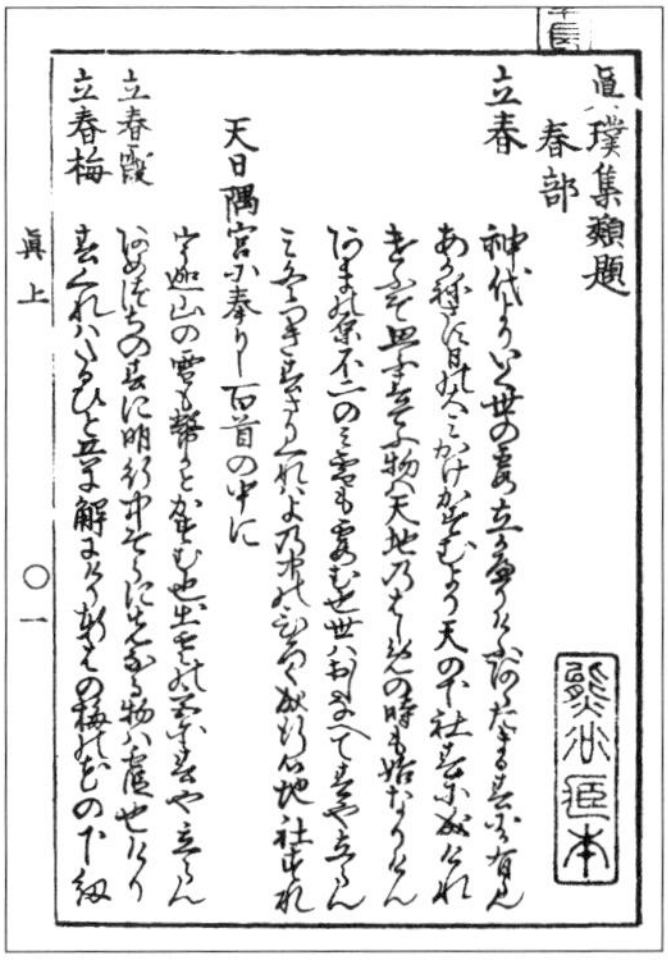
写真3　『類題真璞集』

刊行は安政二（一八五五）年五月である。「弘所」として三都のほか名古屋・和歌山・姫路の各拠点となる本屋がみられる。そして地元の「出雲大社　和泉屋助右衛門」が上がるが、この店は出雲大社前の四つ角で小間物屋を営んでおり、他の多くの書物も扱っていることから兼業であったのだろう。表表紙の見返しに「出雲国杵築　鶴山文庫」とある。

『自点真璞集』は、慶応元（一八六五）年九月の尊孫の自序に、

この歌はおのれ年来よみおける歌の中より、一わたり聞えたるさまなるを社中の男どもにえり出させたるなり。それがなかにみづからもいさゝかよしとおもへるにつまじるしをつけゝるになむ。

老のひが心にてあしきにしるしをつけ、よきにしるしをつけざるはおほからむかし。

とあり、最後に

と謙遜している。「社中の男」にあらかじめ選歌させたのに自ら合点《がってん》を付したという。

刊行年時は記載されていないが、幕末近くである。「弘所」は三都のほかは名古屋・和歌山の本屋で、姫路・大社はみられない。注意したいのは、表表紙の見返しに、「出雲国杵築…鶴山社中蔵」とみられることである。これは「鶴山社中」（後述）が版木の持主、つまり版権者であることを示している。版権者が杵築という一地方であるので本集は地方版（三都および名古屋以外で刊行された出版物）ということになる。

「弘所」の前丁に「鶴山社中蔵板書目」として「既刻」五点、「近刻」三点の広告がみられ、多くの版権を所有していることが窺える。なお、「既刻」のなかに『類題真璞集』があり、「出雲国杵築　鶴山文庫」と見えていたが同じ鶴山社中が版権者であることが分かる。「鶴山文庫」は「鶴山社中」が有する私的文庫であろう（「鶴山社中文庫」もみられる。後出）。

尊孫は『類題八雲集』という類題和歌集を編纂している。その序に「八雲集と名付けて歌巻とせられたるは大社につかへまつらるゝ尊孫宿禰の此道に心ざしあつきによりてなるべし」とあり、また本集に尊孫詠が入集していないことからも尊孫撰と考えられている。一三二〇首から成る大部な歌集なので、『自点真璞集』が「社中の男ども」に選歌させたように本集も「鶴山社中」の協力なくしては刊行できなかったのではないか。

歌人は「八雲集作者姓名録」（鶴山社中編）によれば出雲国人ばかりの三四四名であり、その内訳は出雲大社の神官、出雲の神社関係者、松江藩（支藩の広瀬藩と母

里藩を含む）の藩士、豪商豪農であり、本集からも出雲の歌人層の厚さを窺い知ることができる。

刊行は天保十三（一八四二）年である。「書肆弘所」として三都以外に名古屋・和歌山の各拠点となる本屋、そして地元では前述の「和泉屋助右衛門」と「松江　尼崎屋喜惣右エ門」が上がる。松江の本屋は元園山書店の前身である。

表表紙の見返しに「出雲国杵築…鶴山社中蔵板」と『自点真璞集』とほぼ同様にみえる。また「書肆弘所」と同じ丁に「鶴山社中蔵板書目」とあり、「既刻」二点、「近刻」三点等の広告があり、本集も鶴山社中が版権を持っていたのである。

尊孫は歌論においても一家言を有しており、『比那能《ひなの》歌語《うたがたり》』という歌論書を刊行している。鶴山社中での講義録が基になっており、主に歌詞の文法を論じたもので、見出しでもってその内容を説明すると、「上代の歌と近世の歌との論」「書写の誤の論」「せしとししとの論」「古歌を解に心得あるべき論」などである。本書は誤用や誤写をその証拠となる歌詞を挙げて正すのが目的であるという。一例だけを挙げると、「古歌を解に心得あるべき論」の「さなきだに」について

> 近世の歌に此詞をりをり見ゆ。古歌には、さらでだに、さらぬだに、またさらずても、さなくてもなどよめり。さなきだにはいとさとびたり。読べからず。

と例を挙げて「さなきだに」は詠んではいけないとする。

上梓は天保九（一八三八）年十一月であり、「弘所」として、前述の「和泉屋助右衛門」「尼崎屋喜三右衛門」そして「伯州米子　佐々木屋平八」の三店がみえる。表表紙の見返しに「出雲国杵築　比那能歌語　鶴山社中文庫」とみえ、「鶴山社中蔵板書目」として「既刻」二点、「近刻」三点の広告があり、本書も鶴山社中が版権を持っている。

ところで、これらの版権をもつ書物の工程はどうであったのだろうか。版下は、『類題真璞集』は前述のように中臣正蔭が筆者であり、『自点真璞集』については「雑部」に「此集を島重稔にか丶せけるに」とあり、出雲大社権宮司の島重稔（多豆夫）（一八四一～一九二二）が筆者と分かる。版下はこのように地元で書くことができるが、それ以降の彫刻・印刷・製本などの作業はどうであったか。地元にもこれらの優れた技能を有する人が

いた可能性はあるが、三都のどこかでこれらの作業がなされたと考える方が無難ではないだろうか。

最後に、尊孫の事績として、頻出した「鶴山社中」を述べよう。「社中」とは地域を拠点にした同門の集まりをいうが、これは歌人結社で、千家国造館の裏山「鶴山」による命名である。この主宰者が尊孫と考えられ、天保年間（一八三〇～四四）の初めころに結ばれたと思しく、明治時代（一八六八～一九一二）初めころまで活動したとされている。実は大社にはもう一つ社中が存在していた。『自点真璞集』に「両社中の男どもつどひて、山松といふ題をよみける日」として「鶴かめと名をわく山も松風の千代よぶ声はへだてざりけり」があり、この「両社中」「鶴かめ」から亀山社中もあったことになる。「亀山」は北島国造館の裏山であり、「亀山社中」の詳細は知られないが、鶴山社中に合わせて結ばれたのではないか。

このように、一地域に和歌の二社中が存在したことは類例をみないであろう。安政五（一八五八）年には両社中が合同で歌会を催行しており（出雲市立大社図書館蔵「両社中内会兼当和歌控」）、社中がお互い切磋琢磨しながら研鑽を積んだ様を窺知できる。

このように、尊孫は江戸時代末期の出雲歌壇に隆盛をもたらした人物である。

三　富永芳久

芳久《よしひさ》（一八一三～八〇）は道久の嫡男として大社に生まれる。代々北島国造家に仕える社家の家柄である。多計知（多介知）、楯津と号する。

「富永楯津履歴書」によれば、六歳で家督を相続、八歳で和歌を詠み、また素読と絵画を学ぶ。十四歳で広瀬領（現、安来市）切川村神官で俊信の門人吉田芳章《よしあき》（一七九七～一八三一）に師事する。ある年の六月に俊信に入門するが、芳久十九歳の時に俊信は没する。二十二歳の天保五（一八三四）年に本居内遠《うちとお》（一七九二～一八五五）の門人となる。内遠は宣長の養子大平（一七五六～一八三三）の養子となり和歌山に在住していたが、和歌山は大平が移り住んでから古学研究の中心となっていたのである。師俊信の教えどおりに古学をここで学ぶため何度も訪問しており、三十歳の時に、北島家より「紀州ニテ学問出精」につき賞状を賜っている。また三十七歳で内遠より「古学道教諭専に可致」の免許状を得る。

造北島全孝《たけのり》（一八〇三～八五）は「富永芳久が博く書ども学びたるを」として「朝な夕なちふみやちふみまなびえし身は世の人のたからなりけり」と万巻に通じた芳久を賞賛するのである。国造の千家尊澄（一八一〇～七八）が芳久に本の借用を所望するなど、かなりの蔵書家であった。晩年は松江藩より藩校修道館に学師として招聘されたが断わり、社家の師弟教導と古学の研究に没頭し、出雲大社権禰宜として没する。松江藩の儒者雨森精翁（一八二二～八二）は親友として不朽の文事を褒める讃文を送り哀悼の意を表するのである。

芳久の文事の事績として二つの事柄を挙げたい。一つは『出雲国風土記』の研究である。国学者は概して「風土記」に関心をよせており、真龍も俊信も熱心であり、芳久も同様であった。「風土記」を知らない者が多いと芳久は嘆いており、その啓蒙のためもあろう、『出雲風土記仮字書』《いずものふどきかなふみ》（写真5）を著わす。これは漢字仮名交じりの読み下し文で、漢字にはすべて片仮名でルビを施しており、大変読みやすい体裁になっている。俊信の『訂正出雲風土記』の解読を主に、宣長『古事記伝』、岸崎時照『出雲風土記鈔』、内山真龍『出雲風土記解』などを参酌したものである。安政三（一八五六）年八月二十八日の芳久序が付されており、刊行は同年末か翌年であろう。地方版ではなく、『出雲風土記鈔』『出雲風土記解』などを扱っている大坂の「河内屋茂兵衛」からの出版であり、多くの需要が見込まれたのであろう。本書は地元にも好評で各村に配布されるという栄誉に与っている。

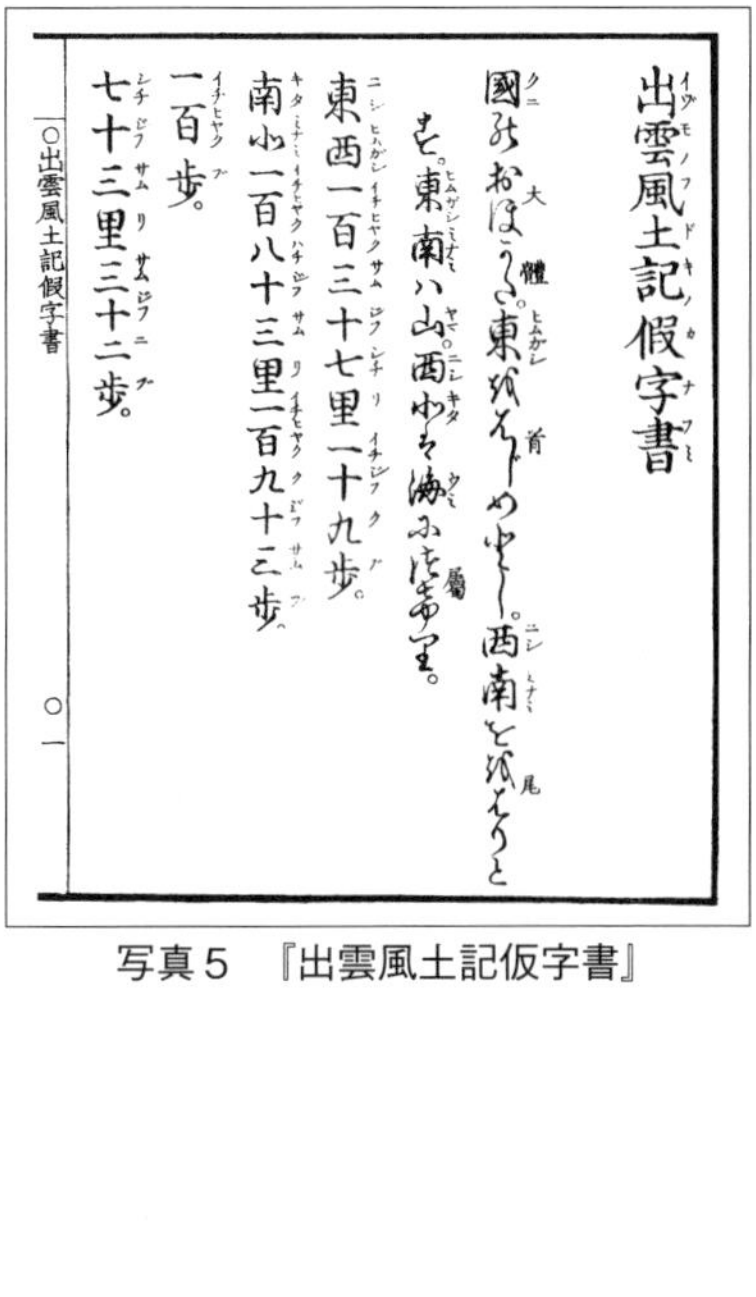

写真5　『出雲風土記仮字書』

前述のように、「風土記」は地名の起源や地域の伝承が主な内容であり、芳久はことに地名に興味を示し、『出雲国名所集』や『出雲国名所歌集』などを編纂しているのである。

『出雲国名所集』（写真6）は出雲の名所を山・谷・

関・川・海・浦などの多くの項目に分け、おのおのの名所を列挙する。編纂意図は、嘉永五（一八五二）年三月の国造北島脩孝《ながのり》（一八三四～一八九三）の序を借りると、

　おほよそ歌よみの見るものきくものにつけておもひいでむ神代の故事なむおほかれば、そをやがてこゝろのたねとしてよくこそかむならはめ。

であり、歌人が地名を詠もうとするとそれに因んで思い出す神代の故事が多くあるので、地名をよるべとして故事を学んでほしいという。名所と歌との密接なつながりを説くのである。上梓は序の年よりも四年後の安政三年十一月であり、河内屋茂兵衛を責任者とする全国の一五書肆が名を列ねている。

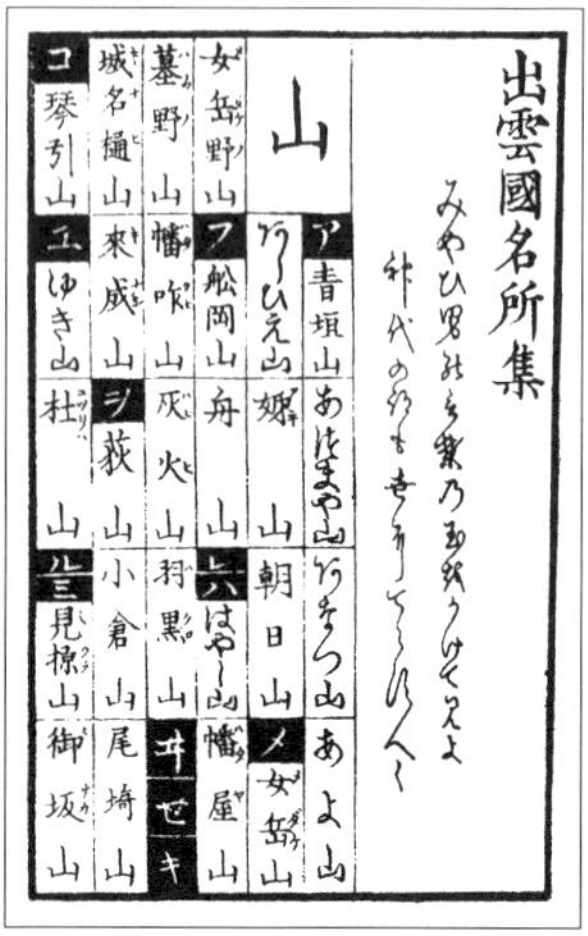

写真６　『出雲国名所集』

　いま一つは、歌集を多く編纂していることである。『出雲国風土記』に関わるものに『出雲国名所歌集』（初編、二編）（写真7）がある。芳久にとってはもっともやりがいのある仕事であったと思しい。その意気込みは、「初編」の巻末の広告に、芳久が、

　此国、神代の遺蹟許多《あまた》伝りて名勝かぞへがたく、古今歌人の風詠史籍諸集に残れるを始、旧蹤佳境のいりたるは、今古にかゝはらず悉くあつむ。猶、諸君子のよみ出給はん玉詠、書林へおくり給はらば、次々編輯すべし。

と述べることにより窺知できる。出雲は史跡に恵まれていることで歌も多くあるので収集しており、また読者の

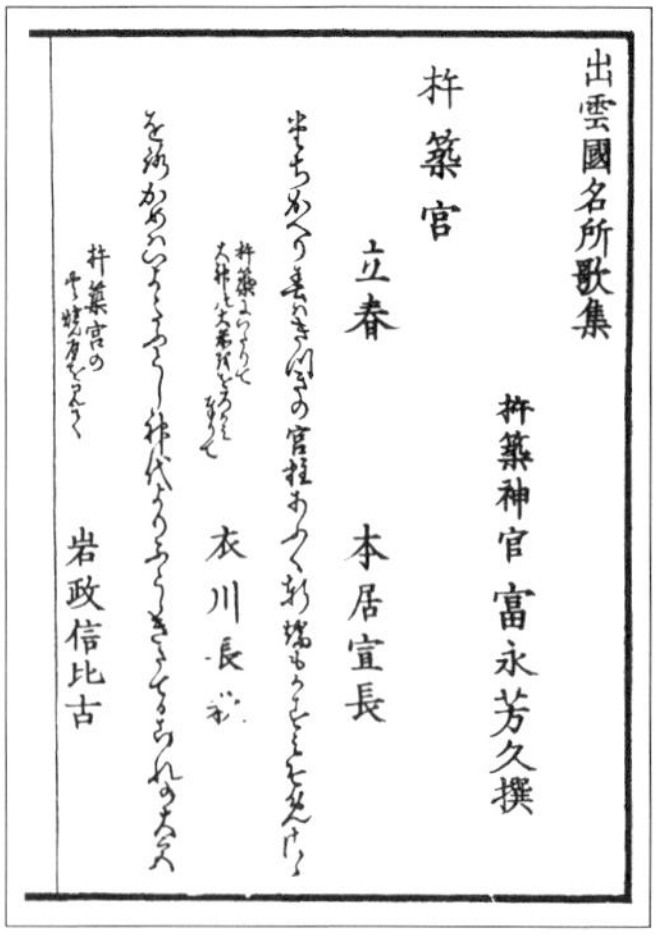

写真７　『出雲国名所歌集』初編

詠歌を募集している、そして集まれば次々と編纂していくとある（実際は二編で終わる）。また、「初編」の芳久の序にも、『出雲国風土記』により古い名所が多く伝えられていることに触れ、歌集を編んだ経緯を説明している。

「初編」は七五箇所の地名、一五二首、「二編」は一二一箇所の地名、一九四首から成り、『出雲国風土記』や『出雲国名所集』にみられる地名がほとんどを占める。歌人は地元が圧倒的に多く（特に神官）、芳久の遊学先の和歌山、俊信を師とする門弟の多い山口、真淵や宣長を師とする門弟の多い静岡など鈴屋派色の濃厚な歌集となっており、鈴屋派のネットワークを活かしたものであろう。

刊行は「初編」は嘉永四（一八五一）年であり、「書林」として河内屋茂兵衛と京都・江戸・和歌山および大社の和泉屋助右衛門の五書肆が挙がっている。「二編」は「初編」より五年後の安政三年十一月であり、「発行書房」として「出雲国名所集」と同じ書肆が挙がり、このうち、松江の「尼埼屋喜三右エ門」および福島・岐阜・徳島・姫路・岡山・広島・山口・熊本・長崎の各書肆は「初編」にはみられなかった。多くが加わったのは「初編」が好評であったからに違いない。

芳久はまた出雲歌人だけの歌集を編纂している。尊孫の『類題八雲集』に倣ったのであろうが、三年続けて刊行しているものの各々の歌数は少ない。まず安政三（一八五六）年に『丙辰出雲国三十六歌仙』を刊行する。文字どおり三六名の歌を一首ずつ収めたもので、大社の人が半数以上である。序は芳久と和歌山の西田惟恒《これつね》（一八一一～六五）、跋は八雲琴の創始者中山琴主《ことぬし》（一八〇三～八〇）である。芳久の序に「いとはかなきすさびなれども年毎にかゝるさまにものせんとて」とあり、毎年の歌集編纂が予告されている。出版元は明記されておらず、かつ五〇部しか刷っていないので私家版（書肆以外の個人が出資して刊行するもの）であろうが、河内屋茂兵衛が関わっていることは確実である。翌年には『丁巳出雲国五十歌撰』が上梓された。和歌山に遊学中にまとめられたもので、五〇名の歌を一首ずつ収めている。大社の人が約半数を占める。序は芳久と和歌山の熊代繁里（一八一八～七六）、跋は七代手銭白三郎有鞆《てぜんはくさぶろうありとも》の妻さの子（一八二三～六二）である。出版元は「大阪　群玉堂梓」とみえ、これは河内屋茂兵衛の店名である。さらにこの翌年には『戊午出雲国五十歌撰』が出版される。五〇名の歌を一首ずつ収めており、大社以外の人の歌が多い。序は芳久、跋は江戸の鈴木重胤（一八一二～六三）で、出版元は同じく「大阪　群玉堂梓」である。このように、三年続けての歌集刊行は珍しく、芳久の精力的な仕事に驚くばかりである。

これら三集合わせての実人数は一二六名に及び、天保十三（一八四二）年刊行の『類題八雲集』から安政五（一八五八）年『戊午出雲国五十歌撰』までの出雲の歌人は四四一名の多きを数える。出雲歌壇のさらなる発展をみることができるように思う。

今まで、歌集編纂者の芳久を紹介してきたが、実作者としても各地で編纂された類題和歌集にも多く入集しており、また自詠の歌集が八冊残されているという。また、歌人結社「亀山社中」の指導者であったことは間違いあるまい。

四　千家尊澄

尊澄《たかずみ》（一八一〇～七八）は千家尊孫の嫡男として生まれ、七十九代国造として明治二（一八六九）年から明治五年十一月に嫡男尊福《たかとみ》に譲るまでその任にあった。松《まつ》壷《つぼ》、千歳舎《ちとせのや》と号する。幼少より学問を好み、俊信に入門し、没後は岩政信比古につき、芳久とともに本居内遠にも師事する。また大社の権禰宜で後に松江藩修道館教授となる中村守手（一八二〇～八二）にも学ぶ。

和歌や和文にも秀でているが、まず和歌の事績を取り挙げていこう。自詠の『松壷歌集』があるとされているが、詳しくは分からない。当時の華やかなりし類題和歌集に多く入集しており、全国的にもトップクラスの歌人である。出雲で編纂された歌集にも多く採られ、たとえば父尊孫撰『類題八雲集』には二四首入る。また芳久撰『出雲国名所歌集』においては、特に「二編」では二二首とトップであり、これは三歳年下の芳久との親しい関係にも拠るかもしれないが、尊孫七首、俊信五首と比べても圧倒的に多い。尊澄が編纂したとされている歌集に『はなのしづ枝』がある。これは副題に「出雲国杵築現存五十歌仙」とあるように大社に在世する五〇名の歌を一首ずつ採り入れた歌集であるが、芳久撰『丙辰出雲国三十六歌仙』を批判して翌年に刊行されたという。安政四（一八五七）年春とする序は「すみかげのおきな（注、赤塚澄景か）」、跋は尾張藩士の市岡和雄の手に成り、名古屋の書肆から出版された。

尊澄は『歌神考《かしんこう》』（写真８）という歌学書を著わしている。文政十三（一八三〇）年、二十一歳の時に書かれたが、上梓されたのは文久二（一八六二）年九月頃と随分遅い。「松壷御蔵板」とあり、「発行書肆」として三都と名古屋の本屋が名を列ねる。これは、住吉神社・玉津島神社・柿本人麿を和歌三神とする従来の説に疑問をもった尊澄がこれを正すべく論じたものであるが、では尊澄は歌神をどう考えるのであろうか。

みそぢ一文字の歌は須佐之男命にはじまり…長歌は大国主大神の高志《コシノ》国の沼河比売《ヌナカハヒメ》の御もとにいでましてよませ給へる、八千矛の神の命（注、大国主大神）は八島国云云といふ大御歌にはじまれば…この二大神をなむ此道の祖神《オヤ》とはあふぎ奉るべかりける。

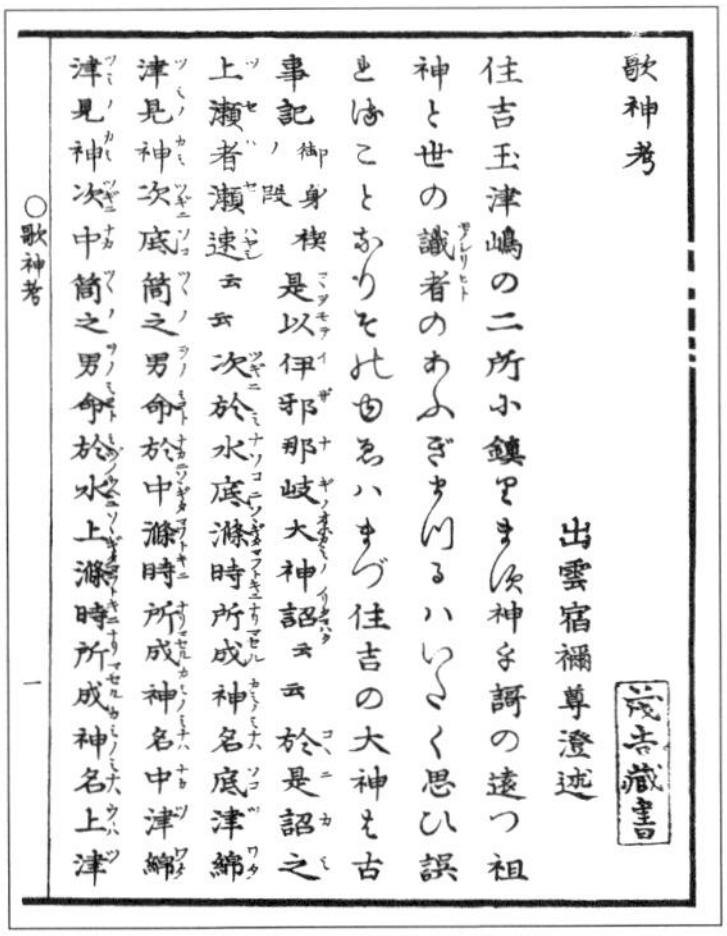
歌神考
出雲宿禰尊澄述
住吉玉津嶋の二所小鎮りまし須神多謌の遠つ祖
神と世の識者のあふぎ奉るいとくと思ひ誤
りたることありてそれ由なハまづ住吉の大神を古
事記ノ御身禊是以伊邪那岐大神詔云云於是詔之
上瀬者瀬速云云次於水底滌時所成神名底津綿
津見神次底筒之男命於中滌時所成神名中津綿
津見神次中筒之男命於水上滌時所成神名上津
○歌神考　一

写真８　『歌神考』

と述べるように、素戔嗚尊と大国主命を歌の祖神とするのである。素戔嗚尊が詠んだ歌は例の「八雲立つ出雲八重垣妻ごめに八重垣つくるその八重垣を」、大国主命の歌は『古事記』上の「八千矛の神の命（注、大国主命）は八島国妻枕《ま》きかねて…」の三九句からなる長歌である。尊澄としては、和歌発祥の地出雲であるから歌神は当然素戔嗚尊であるし、そして出雲大社の祭神大国主命でなければならなかったのである。

次に、和文集である『松壷文集』（写真９）を紹介しよう。明治二年の時点で上梓されたのは版本三冊（全三巻）であるが、刊行されることなく四冊ほど残されている可能性がある。一巻は文久三（一八六三）年九月の跋、二・三巻は慶応三（一八六七）年の跋がみえ、「松壷御蔵板／松壷文集／名古屋書肆　奎文閣《けいぶんかく》製本」とあり、これにも「松壷御蔵板」とみえるが、発行元は不明であり、「奎文閣」は文字どおり製本だけを担当したというのであろうか。

本書は尊澄が永年書き溜めた和文から西郁公群らが選

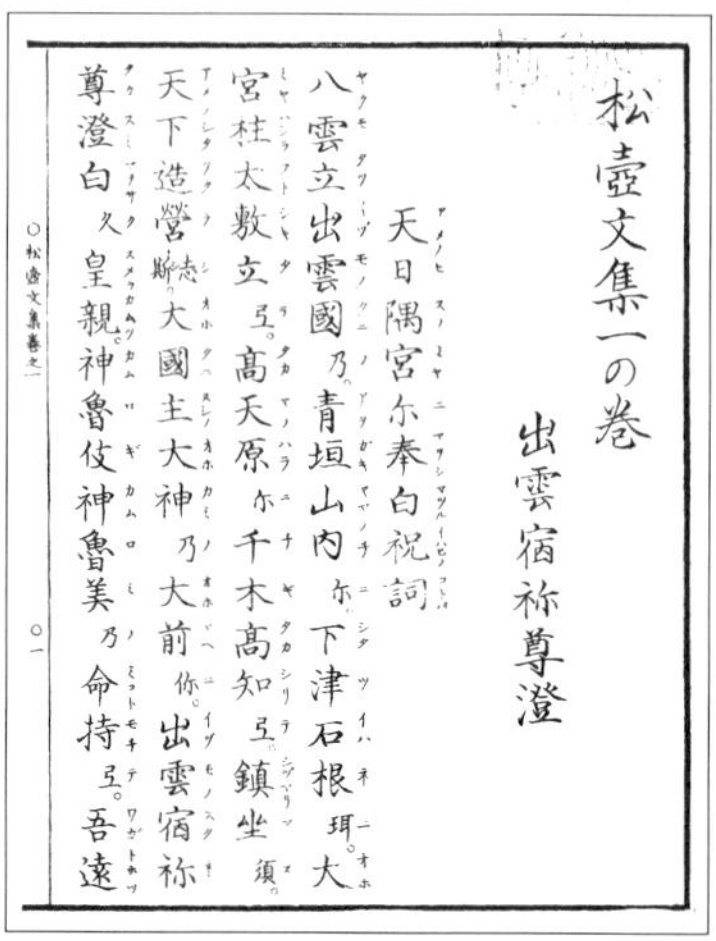
松壺文集一の巻
出雲宿祢尊澄
天日隅宮尓奉白祝詞
八雲立出雲國乃青垣山内尓下津石根珥大
宮柱太敷立弖高天原尓千木高知弖鎮坐須
天下造營將大國主大神乃大前仁出雲宿祢
尊澄白久皇親神魯伎神魯美乃命持弖吾遠
○松壺文集卷之一　一

写真９　『松壷文集』

んだもので、本居大平『餌袋《えぶくろ》日記』や中山琴主『八雲琴譜』などの序文、「岩政信比古碑詞」などを含む多彩な内容から成っている。ここでは、特に大社における文芸に関する記事を取り挙げていこう。「秋の暮に人の許にてといふことを」に、

　みやびこのめるなにがしがもとにて、秋のなごりをしむ歌よまんとてかれこれあひしれる人々ものしけり。いづれもをかしうもあはれによみ出たれど、こゝにしるさんはとかきもらしつ。されどありしことゞもはかつがついはんとす。たゞに歌のみにて秋のわかれを、しまんはかひあらじとて何がしは竹取物語、くれがしは大和ものがたりをときてよと、おのがじしくさぐさの物語ふみをとうでてものゝあはれをいひしらひけるは、みやびなるまとゐなりきかし。（二巻）

とある。尊澄の知友宅での集いであり、歌会がメインとなっている。多くの秀歌が詠まれたが心残りであるとし、その後に各自が得意とする『竹取物語』『大和物語』などの講説があったという。『松壷文集』にはこれら以外にも『源氏物語』『伊勢物語』『狭衣物語』や近世の擬古物語かと思われる『樗の中納言物語』『松かげの物語』が話題になる記事がみられ、尊澄はこのような場でしばしば学ぶ機会があったと考えられる。「みやびこのめるなにがし」は「萩を」に「このさとに中臣の何がしとてみやびこのめるをのこあり」（二巻）とある諸芸に秀でる中臣正蔭であろう。参会者や詠歌が記されていないのは残念であるが、おおよその雰囲気は想像されよう。この場を尊澄は「みやびなるまとゐ」というが、「まとゐ」とは円居で車座のことであり、多くの者が一同に会することである。同様のことは、たとえば「雪を」に「雪見のまとゐをせんとて、むつましきかぎりうちつどひて盃めぐらしつゝ…何の物語にはかゝる折には

しかぞあるとさまことなる雪のあげつらひして…」(二巻)とみられ、知己との雪見会という趣であるが、文芸のことが話題になり、多くの物語を俎上に載せ、最終的には『源氏物語』を賞賛するのである。歌会のことは、「寄雨恋《あめによするこい》のこゝろを」に「けふの歌のまとゐは寄雨恋といふ題なるを…」(二巻)、「草を」に「この頃何がしが我友のもとに来て歌ものがたりのかうぜちのひまには歌のまとゐをなんものしける…」(三巻)とあり、「歌のまとゐ」がみられる。「歌のまとゐ」という措辞は他の資料によっても窺い知ることができる。手銭家に「ちとせの舎(注、尊澄)御せうそこ」という書簡書きとめが残されている。たとえば、「人のもとへ紫文消息をかりに遣しける時」とある書簡に「…さてはとしのはじめの歌まとゐものしはてたれば、少しはこゝろのどまるやうにはべれば…」、「文ことばのまとゐをものせんとておなじ人のもとに遣しける」という一月の書簡には「…きのふは歌のまとゐのはじめにて侍りしかば、おもしろき御ことのはどもをうけたまはりて、けふも猶くりかえしずしはべる…」とみえる。ただし、これらは普通の歌会ではなく、「としのはじめの歌まとゐ」「歌のまとゐのはじめ」であり、歌会初めであったと思しい。つまり、これは月次《つきなみ》(毎月)の歌会が行なわれていたことを推測させる物謂いである。大社という狭い地域でたとえば「鶴山社中」「亀山社中」の同志などがこれら定例の歌会以外にも「歌ものがたりのかうぜちのひま」など事あるごとに歌会を催行していたのであり、出雲はかくまでに和歌の盛んな地であったことを改めて銘記しておきたい。

【参考文献】

「手銭家資料を活用した江戸時代の出雲文化の発掘と再生事業」(平成26年度出雲文化活用プロジェクト実施報告書、二〇一五年三月三十一日)
中澤伸弘『徳川時代後期出雲歌壇と國學』(二〇〇七年十月十七日)
拙著『江戸時代の出雲歌壇』(二〇一二年三月三十一日)
拙稿「大社地方における文芸環境―「まとゐ」を中心にして―」(「島大国文」三十四号、二〇一四年四月一日)

出雲歌人の歌書・歌集の出版活動

中澤伸弘

千家俊信によって導入された「本居国学」はその後、七十八代国造である千家尊孫によって継承発展され、歌壇結社である鶴山社中が結成された。一方北島国造家を中心に亀山社中が結成され両社中は大社における大きな歌壇となった。その動きは大社を始め、松江、広瀬の藩士をも含めた広い範囲に及び、天保期には大きく活発な出雲歌壇が成立していた。その証しが『類題八雲集』の刊行である。

また尊孫は歌学書『比那能歌語』を出版し、歌学びを奨励した。ここに出雲歌壇は出版と言う大きな流通により、全国の歌人、歌壇に影響を及ぼし、一目置かれる存在となった。尊孫の歌才と出雲大社を中心に、歌壇を支えた門人の活動により、幕末期には大社歌壇は不動の位置にあった。本稿では尊孫を始めとして、大社歌壇の活動、中でも出版との関わり、また大社に存在した書店についても触れ、その概観を俯瞰したく思う。

一　大社歌壇と出板

近世後期の出雲（杵築）歌壇が世に知られるに至ったことは、出板（明治初年まで板を使って刷るためこの字を用いる）と言う媒体に拠ったことがその一つである。出雲歌壇関係者における、歌書・歌集等で、出板されて世に出たものは主に次の著書である。

千家尊孫　撰歌集『類題八雲集』編、歌論『比那能歌語』、家集『類題眞璞集』『自点眞璞集』の二種

千家尊澄　考証『歌神考』『櫻の林』、文集『松壷文集』、撰歌集『花のしづ枝』

千家尊朝　遺家集『類題杵舎集』（尊孫撰）

富永芳久　撰歌集『丙辰出雲國三十六歌仙』『丁巳出雲國五十歌撰』『戊午出雲國五十歌撰』『出雲國名所歌集』初・二編、歌枕地名集である『出雲國名所集』、考証『出雲風土記仮名書』

これらの人物と著作について以下述べてみる。

①千家尊孫

尊孫は寛政八年三月十三日に生まれ明治六年元日に七十八歳で帰幽した。尊孫は千家俊信が帰幽した翌年の天保三年十月、父国造尊之の後を受けて、三十六歳で七十八代国造を襲職、明治二年まで在職した。尊孫の俊信に対する思いは篤く、俊信の後嗣、俊清（日古主）の後の梅舎の統を自分の二子俊榮に嗣がせた。尊孫について長門の国学者近藤芳樹は大社参詣の様子とともに次のように述べている。

出雲大社参詣仕候而、彼方ニて少々講尺など仕候、両国造へも度々講尺ニ而出会、歌会なども仕候、千家国造之歌一葉、此度晋上仕候、国造ハ神代より嫡々相承之人ニて、全く生神と世上ニ崇敬仕候事故、御身之守ニも可相成奉存候而差上申候、御春之歌ニて御座候故、御表装被成候而正月御用意可被成候、歌ハ小生などが弟子にして、相応の読手ながら身分が神ニて是故尊とく御座候（安政三年八月二十八日付　大坂の書肆秋田屋太右衛門宛近藤芳樹書簡）

これによれば尊孫は「生神」であり、短冊が「身之守」になるとされていたようである。「歌ハ小生などが弟子」とあるのは芳樹の思い上がりであろう。

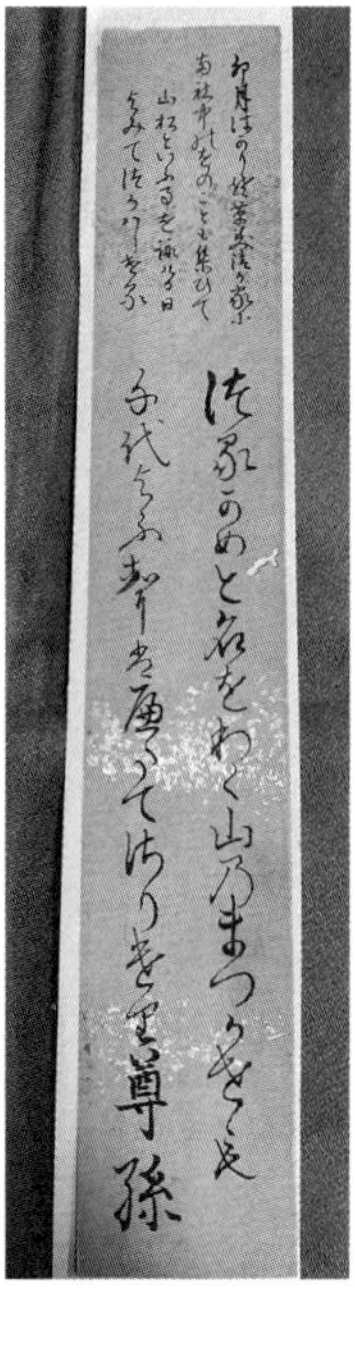

（短冊解説）
卯月ばかり佐草美清が家に両社中のをのこども集ひて山松といふ事を詠ける日よみてつかはしける
つるかめと名をわく山のまつかぜも千代よぶ聲はへだてざりけり　尊孫
歌にある「つるかめと名をわく山」は千家国造家の鶴山、北島国造家の亀山を意味し、この名を負う両社中が存在し相互に歌の研鑽をしていたことがこの短冊からわかる。
（筆者所蔵）

イ『比那能歌語』とその評価

尊孫の歌論である『比那能歌語』は刊記によれば天保九年十一月の刊行である。見返しには「出雲國杵築／比那能歌語／鶴山社中文庫」とあって、千家の鶴山社中が刊行に積極的であったことがわかる。序文は天保九年三月に千家尊晴が書き、尊孫の執筆態度と本書の特色を述べている。

吾兄あかぬことにおもほして、御杖代の職いまだ継玉はざりける程のいとまのまにまに　石上ふるき御代々この書どもを賎のをだ巻きくりかへし、まそみの鏡つばらかに見あきらめ玉ひて、いにしへにたがへる詞てにをはを、くさぐさの品をわかち、証のうた詞さへえり出て、手引の糸のいとこまやかに書顕し玉へる此ひなの歌語になむ有ける、うひ学の人々朝なけにひらき見て、心をしとどめなば、まどの蛍をむつび枝の雪をならしし程のいさをはあらずとも、言の葉の道をふみまどふことはあらざらむかし

奥付には「比那之歌語二編／言語躰用論　嗣出」とあり、尊孫には歌論の続編の刊行の意志があったようであるが、これは未刊（書かれたのかも不明、現存せず）である。また巻末の売弘書肆も架蔵本によれば刊記に二種類ある。一つは「雲州杵築　和泉屋助右衛門／同松江　尼崎屋喜三右衛門／伯州米子　佐々木屋平八」とあり、以下黒の板木のままのもの。もう一つはそこを「大阪心斎橋通順慶町　柏原屋清右ヱ門」とするものである。これから天保九年の刊行時には杵築、松江、米子の出雲、伯耆の三書店を主とし、のちに全国的な流通書肆が加わったようである。また巻末の「鶴山社中蔵板書目」には「類題柞舎集　一冊　既刻　類題八雲集二編一冊　近刻　類題鶴山集　一冊　同　比奈能歌語　一冊　既刻　同二編三編　各一冊　近刻　言語躰用論　嗣出」とあって、先の尊孫の著作をはじめ、積極的に歌書歌論の刊行が予定されていたことがわかる。（実際には『類題柞舎集』以外は未刊）

この歌論の反響はいかがであったのであろうか、尊孫の『類題眞璞集』に「備中國人小野務が我あらはせる鄙の哥がたりをみて」と題して「あまざかる鄙とないひそ言の葉のにほひは花の都なりけり」の歌が見える。年月は不明だが、務は『類題八雲集』を板元である大坂の河内屋儀助から三匁五分で購入している（倉敷市総務課歴史資料整備室蔵・小野家文書29-4、29-7）。また、文法に精しい義門《ぎもん》は『活語雑話』三編の「七四　みだす　みだる」の条に城戸千楯の言を引き「出雲の國造のきみより、此自著をみて思ふところもあらば」と「みかたらひのせうそこ」とともに『比那能歌語』を送ってきたことを記し、それを見て、この千楯の言はこれであったかと思いついたと述べている。更に義門は門人の新居守村に本著を勧めたとみえ、天保十三年七月十五日付け義門宛守村書簡には、

出雲國造殿　御高名は兼而及承候へども比那能歌語

とまうすも何も一見仕候義無御座候

と未見のことを告げ、それならばと義門は守村に「出雲國造殿より来候一冊　此度入御覧候」と送り、相談の上「ソレヲ又刪補シテ可入四編」するように指示し、『活語雑話』四編への書き加えを依頼した。然しながらこの四編は刊行されなかった。

難波の歌人国学者、萩原広道は中西多豆伎の詠草『花百首』の評に、

近世の歌ニハかゝる姿なきにしも侍らねど、そはすべて連歌の体よりうつりたるならん、と出雲國造尊孫のいはれたる事侍る、さもあるべきニや

と書いている。これは『比那能歌語』の「歌躰の替しは連歌の起しよりの論」によるものである。

本書は明治以降も評価されていて佐々木信綱の『日本歌学史』には「宣長の学統をうけし千家尊孫に、比那能歌語一巻あり。主として歌詞の文法を論じたるものなるが、其のうち冒頭の二章に於いて、上代の歌と近世の歌との別を、てにをはの少きと多きとより論じ、又歌体のかはり来しは連歌の発生に基すと説ける。やや注意すべしとす。」とある。

ロ　尊孫の歌の評価

それでは尊孫の歌はどのような評価を得ていたのであろうか。当時歌人の登竜門とも見做された『類題鰒玉集』は紀州の加納諸平が七編まで刊行したが、尊孫の歌は天保四年刊の二編に八首採られている。その三編の編輯にあたり、諸平は遠州の門人石川依平に宛てて尊孫の歌について次のような書簡を送っている。

翌朝枕上ニ一封あり、封見るニ出雲之国造尊孫と被申候人及其社家の歌なり、ふりはへて遠行おこせ候も珍敷、且国造を尊し定而元ならすよ位之歌ならんと詠草を開き見るに、おもひきや句々金玉之響に而、麓気益散し、かかる上手もありけりと驚候而、早速社友を呼ニ遣し候処、いつれも感に堪て一言も申もの無之魂を奪れ申候、依之其内少し書抜先奉入御覧候、三篇ニハ不残入れ候歌ニ御座候へとも、あまりめつらかにめてたく、国から人からすべてあかぬ事なしと奉存候、留学生に写させて奉入御覧候、高林翁及御社友又八木美穂等にも見せ給へ、其上高評も承度候、千家清主俊信等よほと下手と存候ニ、かゝる名吟ある人出雲ニハあらんとも存不申事くやしく奉存候、其御地及諸家の歌、又鰒玉の為ニ御聞

置可被下候

既に二編に採った尊孫の歌に気づかなかったのであろうか、この賞讃の仕方は普通ではない。これにより三編には五十六首もの尊孫の歌がある。それのみならず、尊之（十首）、尊晴（十二首）、尊朝（二首）、尊澄（二首）といった千家一門の歌も採られているのである。

吉備の平賀元義は、同じ頃の天保四年に大社に参詣し、尊孫と面会している。独特の歌境を開いた元義も尊孫と関連するのである。嘉永五年、元義のもとにに大社ゆかりの出雲熊野大社大宮司孝繁の二男意宇麿が入門した。後に北島上官家の富（向とも言う）家に入り、富村雄と称した人物である。大澤深臣の編になる『巨勢総社千首』初編には「年のはに十一月の中つ卯の日に　わか神山火きり板をこひ受て出雲の国造意宇の郡大庭といふ所に来りて火をきり出て神を祭る事いにしへよりの例なり、その火きり板を国造がり贈りけるときのうた」と言う長い詞書の歌が見えている。

文久三年武蔵の歌人井上淑蔭《いのうえよしかげ》は、六十賀を迎え、全国の歌人に祝賀歌の短冊を求めた。四百三十三人の集った短冊をまとめたものが『近葉六帖』（静嘉堂文庫蔵）で、その巻頭は尊孫の「立春」詠の短冊である。これをとっても当時の尊孫の評価がわかるものである。

ハ　尊孫六十歳とその賀歌

安政三年に尊孫は還暦を迎えた。その折に祝歌が全国から送られて来ている。その一端を見てみる。まず自家集『自点眞璞集』に「安政三年三月我が六十賀の歌々あまたおこせたるを悦て」と題する自詠がある。ついで紀州の熊代繁里の編になる『類題清渚集』にも同じ題で別の尊孫の歌が載る。また同書に若山の石田春雄が「出雲国造尊孫君の六十賀にかの国の名所によせて」と題した歌がある。因幡の飯田年平の『石園集』にも「千家国造の六十の賀によみておくれる」と題する長歌があり、伯耆の門脇重綾の『蠖園集』にもある。因幡伯耆は出雲に近いが、遠く豊後の物集高世もこの時に門人に「寄出雲名所祝歌」を詠むべく連絡している。（大分県立図書館蔵、安東正之宛て　物集高世書簡）更に常陸水戸の歌人間宮永好（江戸住）も常陸歌人の歌集である『類題衣手集』（朝比奈泰吉編）に「出雲宿禰尊孫が六十賀に」と題して、歌を載せている。この還暦の年に大社に詣でた、近藤芳樹の祝歌は、『武蔵野集』二編に尊孫の返歌とともに記されている。

平賀元義は「出雲国造出雲宿禰尊孫の六十賀に詠て贈

る歌一首并短歌」と題する長大荘重なる長歌を詠み、門人に「国造出雲宿禰尊孫の六十の賀に出雲名所に寄せて」を題にして歌を詠ませ、自ら添削しているのである。他にも探せばまだ見出すこともできるが、斯様に全国歌人から注目されていた事実はこれからも明らかであろう。更に言えば尊孫の序文を擁する、当時の国学者歌人の著作には、橘守部の『稜威言別』、同じく『難古事記傳』、八田知紀『千代のふる道』、近藤芳樹の『大祓詞執中抄』、秋元安民編になる『類題青藍集』などがある。遠州の石川依平の『柳園詠草』によれば、書斎「柳園書室」の篇額は尊孫の染筆であったと言う。

二　尊孫の歌風

『國學者傳記集成』の海野遊翁（幸典）の項に、その門人として尊孫を挙げている。しかし遊翁の編になる『現存歌撰』初二編には尊孫の歌はなく、嘉永五年の七回忌に編まれた『類題現存歌撰』に尊孫の歌が採られているが遊翁門である確証はなく、この記事が何によるかは不明である。尊孫は千家俊信に歌を教わったと言う以上、その歌の学統は本居学派となるのであろうが、一概にそうとも指摘できない。例えば桂園派歌人の八田知紀の著『千代のふる道』に尊孫は序文（弘化三年の二月）を寄せている。

（略）其さまといへるは躰のことにて、其躰のよきとあしきとは詞のしらべのすみやかなると、とどこほれるとにあり、調すみやかなれば其躰めでたし、しらべとどこほれれば其姿めでたからず、躰めでたからざればうたにして歌にあらず（略）ことばのしらべいと弱く、ぬるくなりにしのみならず、てにをはの路さへみだれて、式しまのうたのあらす田あれになむあれ行ける　かくてそこばくの世を経たりけるに治れる大御代となりて　いそのかみふること学びの興りけるにより古へをこのむ輩、　樛の木のいやつぎつぎになりいでて繰糸のよりよりにひろごりしなど、なほ歌のさまを得たるものはなかりけるを、近き世には八穂なす稲葉の国よりいでてうち日さす都なる梅月堂をつげりし香川の景樹ひとり紀氏の高調をしたひて、歌のあらす田いにしへぶりにすきかへしつつ　まことのうたのさまをなむ得たりける　さりければ其教子の中には歌のさまはしもしる事の心をも得たる博士これかれいで来にけり（略）

ここでは自らの歌論を展開し、知紀の師である香川景樹の調べを高く評価している。尊孫は一つの統によることなく、歌そのものに向き合う姿勢をもっていたと言えよう。守部の『難古事記傳』に序文を寄せたのも、鈴屋の学統では解釈できぬ幽冥論を展開する守部の学風に惹かれたことによると思われる。

ホ　『類題八雲集』について

『類題八雲集』は天保十三年に刊行された出雲地方の歌人を集成した家集で尊孫の撰となる。当時はこのように地方歌壇の歌集が刊行され始めた時期であり、中島広足による、長崎歌人を集めた『瓊浦《けいほ》集』に次ぐ、その初期のものとされる。一つの特徴としては『類題八雲集』には公卿の千種有功《ちぐさありこと》の序文があることである。

大八嶋の国々おほかれど出雲のくには神代のふること　国の古事さはなる国にてかのやくもたつの御歌は　三十もじあまりひともじのみなもととなりてことの葉の道にはわきてゆゑよしふかき国なりけりしかはあれどうち日さす都にとほきくになれば国人のよみとよみ出るうたどもの中には　千酌の浜の貝や玉なども拾ひてもてはやすべきもあべかめるをおほく人にもしられず　大野の猪のあとうせなむことをあたらしみて　行水のはやくより思ひおこして河ふねのもそろもそろに心のひきのまにまにかきあ

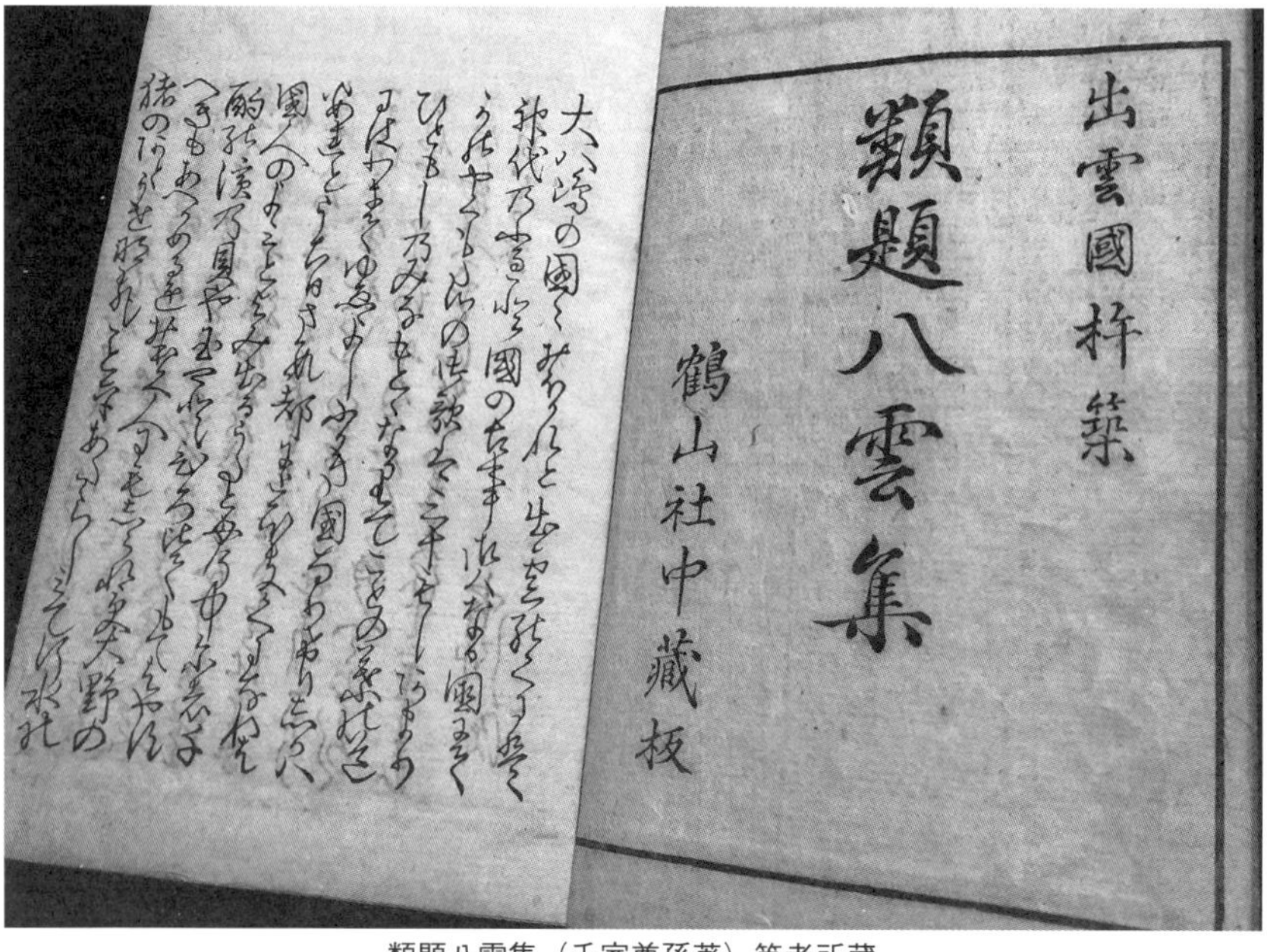

類題八雲集（千家尊孫著）筆者所蔵

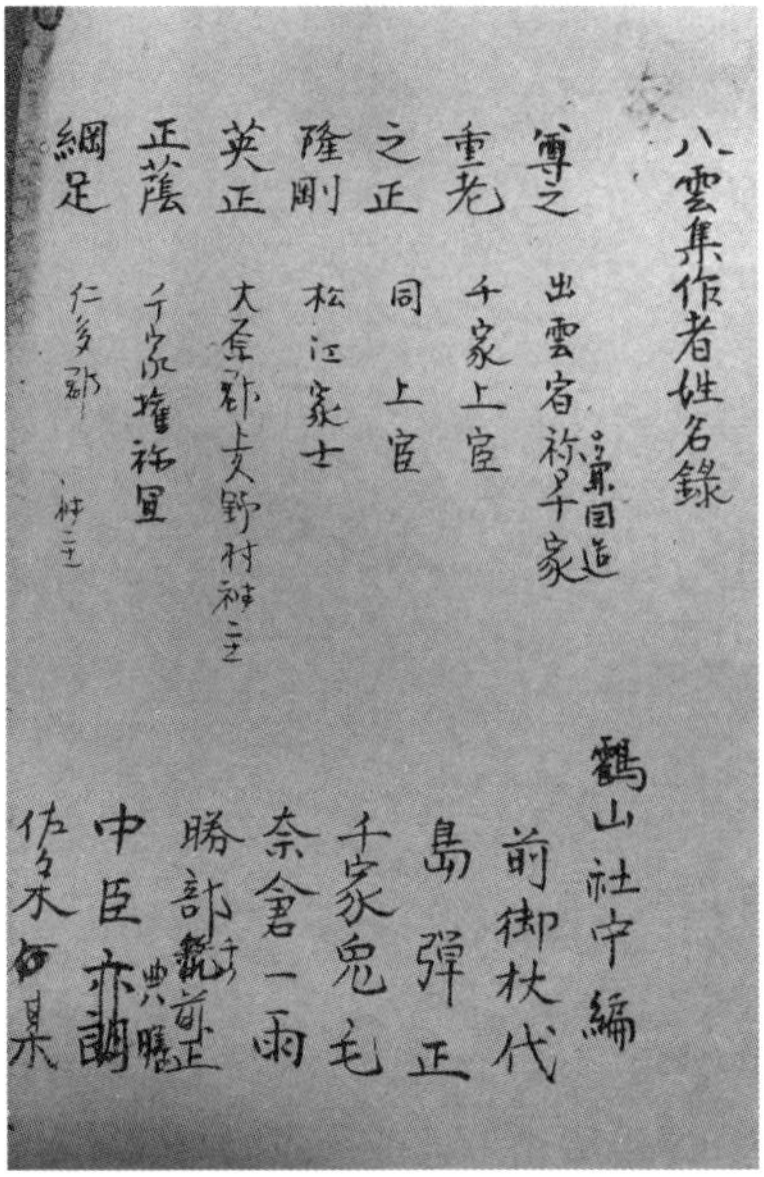

類題八雲集作者姓名録（鶴山社中編）千家家所蔵

つめつゝ　八雲集と名づけて哥巻とせられたるは大社につかへまつらるる尊孫宿禰の此道に心ざしあつきによりてなるべし　もとよりしひてえらびたるにもあらざめればさまざまのすがたをれまぢり　さればよしやあしやのさたはみむ人々のこころこころになん有べきとぞ

かくいふは天保十三年の五月ばかり　有功しるす

ここで注目すべきは千種有功と千家一族との関係である。

弘化元年の年次のある有功の門人帳である『御門人方校名並居処之控』（大阪市立大学森文庫）には一五六名の門人名が書かれているが、その中に「雲州國祖千家三人」と言う記述があり。この三人が誰であるかは定かではないが、尊孫または近辺の人物がその門人であったことは明らかである。但し、尊澄の有功入門は『松壺文集』に天保十一年と明記されている。有功は公卿でありながら堂上の詠風に飽き足らず広く歌人と交わった。その中に千家一統がいたのであり、それがここに序文を書く契機となったのである。

へ『類題眞璞集』について

尊孫の類題和歌集である『類題眞《ま》璞《たま》集』三冊（題ごとに歌を分類　旋頭歌も含めて三七九二首）は、刊年不明だが、『自点眞璞集』巻末の「鶴山社中蔵板書目」には『類題八雲集』と並んで『類題眞璞集』三冊が既刻とあるので、『自点眞璞集』出板時（慶應以降）に既に『類題眞璞集』は刊行済みであったようだ。ここには尊澄の序文があり、「この三巻の歌は父の若かりし時より折にふれ事にあたりて嘉永のはじめつかたまでによみ出給ひたるを、中臣正蔭に書きあらためさせ（嘉永六年五月）」たものであると言う。若い日の歌から、嘉永初年までを対象として纏め、そのうち香川景樹が「三代集に入るとも恥べからぬ歌なり」と讃えた

心ある海人の寝さめやいかならむ千鳥なく夜の松が
　うら島

の歌も（『類題鰒玉集』二編初出）ある。

ト『自点眞璞集』について

尊孫が自ら、「いさゝかよしとおもへるにつまじるしをつけゝる」と秀歌に合点を付けた『自点眞璞集』は四冊で歌数二四一六首ある。尊孫は「年来よみおける歌の中より一わたり聞えたるさまなるを、社中の男どもにえり出させたるなり」と書く。時は「慶応元年長月ばかり」であった。『類題眞璞集』との重複歌もあり、先の「心ある」の歌などもある。巻四の巻末には自らの歌集を「眞璞」と称した理由を尊孫が次のように説明している。

　此集の名を眞璞としも名づけるは、おのが一字名を眞と父のつけられしにより、眞玉とたゝへよとをしへ子どもがいひけるに云々

父尊之が尊孫に「眞」と言う一字名を付けたことに因むのである。

②千家尊朝

千家尊朝は尊孫の子で尊澄の弟である。薫丸と称した。歌については早くから秀歌を詠んだが、天保十一年四月二十七日、二十一歳の若さで帰幽した。

　三郎成ける尊朝　天保十一年正月十日斗より煩ひけるに二月なかばよりはおこたりければ猶病□に便りにも成べしとて弥生の十日斗旅に出立せけるを　卯月廿六日帰りての又の日身まかりければ

　やみつつも昨日は家に帰りしを今日はかへらぬたびに出ぬる　　　尊孫『類題眞璞集』

父尊孫の嘆きは深く遺歌集『類題柞舎《ははそのや》集』の編輯刊行となる。折りしも『類題八雲集』の編纂刊行と時期は重なっていてこちらの千種有功の跋文も「天保十三年五月ばかり」とあって、『類題八雲集』の序文と同時期に依頼したことがわかる。

イ『類題柞舎集』には、七歳の詠四首、八歳の詠三首を収め、総歌数一二六八首である。序文で島重老は「なぎみの御歌にも今だにおとりたまはず、ゆく末いかならんなど人々みなあふ」いだとその秀才ぶりを偲び、跋文では京の千種有功が夭折の尊朝を悼みつつ「近きころおのがもとにはるばるとふみのいできて何くれとこととはれける」と記し、また「尊澄宿禰のひと言そへよと乞るるにかかるちなみあればいなみがたく」と記している。兄弟と有功との関係が思われる。尊孫は「柞舎集のなれ

るを見て」と題して

作葉の名におふ書は万代もくちぬ形見と成にける哉

と詠んだ。またその秀歌のさまを

天保十一年六月十日斗重老と物語のついでに尊朝が去年よめりし苅萱の歌に「かるかやの常也けりとおもへどもあなことごとし今朝の乱は」といへる歌はすぐれし歌にて古歌の中にも稀にておのれ等がよめる歌にはかの歌のかたはらにたつべき歌なし　人に乞れたる時物のはしにもかいつくべき苅萱の歌いかでよまばやとかたらひつつ

秋風に下をれめやは苅萱も薄にならふ心なりせば

とよめれど猶尊朝が歌のかたはらに立べくも思われず

と『類題眞璞集』に書き留めている。

ロ　尊朝の評判

若くして逝いた尊朝の歌の評判は先にも述べたが、なお幾つかのものがある。その百日祭にむけて島重老が諸国の歌人に向けた案内は次のようなものである。

残暑甚敷御座候処弥御安静被成御勤欣幸之至ニ御座候　然者薫丸様御事　来月九日百ケ日ニ相あたり申候　御承知被成候通此御方ハ格別歌道御執心ニ付御手向ニハ詠歌之上有之間敷と御□被存候他所へ迄も頼被遣候　然所貴様御事も　薫丸様ニモ格別に被存候ゆゑ御詠御手向被下候様篤御頼可申遣旨被仰付候間甚乍御面倒御出吟被成下度　一入御頼申候　通題は　往事　ニ御座候　其外長歌成共文章成共御心任に可被成下候　尤是ハなくてもよろし　且外ニ御出詠之御方も御座候ハバ貴様より可然御取斗可被下候右能々御頼申遣候様被仰付如此申上候以上

（天保十一年）七月廿五日　　島重老

薫丸は尊朝の名である。ここに「此御方ハ格別歌道御執心ニ付　御手向ニハ詠歌之上有之間敷」とあり、尊朝の歌への執心について述べ、献詠を促すものである。

周防の近藤芳樹は『寄居歌談』（天保十三年）に亡き尊朝の神童の噂と追慕の情を記したのちに『類題作舎集』の刊行にふれ、更に尊朝の歌三首を記し、二十一歳で帰幽した事を嘆いた上で「ゆくりもなきものからくちをしうおぼえしか、よみおかれし歌ども板にゑりて世に出たりといふはまことにや」と記している。『類題作舎集』が刊行されたことは知っていたのだが、まだ手にしてはいなく、また同じ頃に世に出た『類題八雲集』は知らないらしい。何れにせよ芳樹の初の出雲詣は安政三年で、この時尊朝とは面識もないが、その評が芳樹の許に届いていたことはわかる。芳樹が尊朝の歌を知ったのは、これ以前に刊行されていた、『類題鰒玉集』三編（天保七年刊）によってであろう。

紀州の本居内遠は歌集『榛園集』に「出雲千家國造尊孫の息薫丸尊朝四月廿七日身まかられけるに」と題して

桃の実のならむもまたで何にかくよもつひら坂たちならしけむ

と面識はなかったはずであるが、追慕の歌を詠んでいる。

天保十一年五月、内遠の門人の紀州の熊代繁里は出雲へ旅した。その時の紀行文が『安芸の早苗』である。大社への参拝は五月十七日尊朝帰幽後間もない頃で、尊孫は服喪中であった。

五月十七日（前略）今日ハ、日和ならましかば、日の御崎の御社にもうで、海辺にいでてこゝかしこをみてましを、など語りあふ。未時、嶋重老ぬしの家にゆくに、今なん、國造家よりとみの事にて、参りつるよしにて、なき程なりければ、子息重胤いであひ、かれこれ語るほどに、重老主かへりて、國造尊孫ぬしの歌を参らすべしとて、とりいでてさてたいめの事ハ本意ならねど、さはる事ありて、えなん玉はらぬ。さるハ、國造家の愛子尊朝にわかれて、いまだ物なげかしき程に侍ればとて、こまごまとことづていふ。やゝ歌語古へまなびの事どもかたりて、酉の時、旅居にかへれり。（省略）

内遠が尊朝の死を知るのは繁里からの情報であったのかもしれない。のち尊澄が内遠に教えを乞うのも縁であったのであろう。何れにせよ尊朝の死は当時の歌人を残念がらせたのであった。以後十五年祭には「安政二年四月千家薫丸尊朝祭日に寄道懐旧」と題する歌が詠まれ、「同人の祭日に卯日懐旧」と言う別の歌も尊孫の『自点真璞集』に収められている。

③千家尊澄

千家尊澄は尊孫の長男で、明治になり尊孫のあとを受けて七十九代国造を襲職した。教えは俊信、尊孫、中村守臣、中村守手、岩政信比古、本居内遠らと多い。神社改革で国造職を尊福に譲り、明治十一年に六十九歳で帰幽した。

イ　出版された尊澄著作

尊澄は歌も詠んだが、文章にも優れ、また考証にも秀でてその関係の著作が多く国学者としての面目がある。

そのうちまず刊行された四点の著作の概要をしるす。

一、**歌神考**　尊澄の歌論。板本一冊　表紙裏には「松壺御蔵版／歌神考／名古屋書　萬巻堂製本」とある。序文は「文久二年といふとしの長月はかり　平豊穎」「嘉永七年六月　岩政信比古」である。本文十五丁　跋文は「神門（中村）守手」でその後に「松壺君御著述書目」が二丁。この書物は歌の神を住吉三柱の大神ではなく、須佐之男命であると論じたもので文政十三年尊澄二十一歳の時の著である。出板されたのは、それから三十年余以降。（文久二年以降）その間岩政信比古、本居豊頴《とよかい》、中村守手等が目を通し、序跋文を付けた。

二、**松壺文集**　尊澄の文集。板本三冊（明治二年の時点で三冊が上梓。『國書総目録』は本書を「文久三年跋」とするが、これは巻一の西村公群の跋文によったもので誤り）巻二は慶応三年霜月の源壽忠、巻三は慶応三年十二月の嶋重稔（のち多豆夫）の跋文がある。七冊ほどあった中から摘出して三冊を出板。一巻一冊と、二、三巻二冊が別に刷り立てられた。（巻二の跋文に於て「さきにわが友西村公群が心にもめできこえかまけおもひて、こひきこえまをして、初御巻を公にものしつるを、今またさるうるはしき」とある）主な内容は、本末歌解

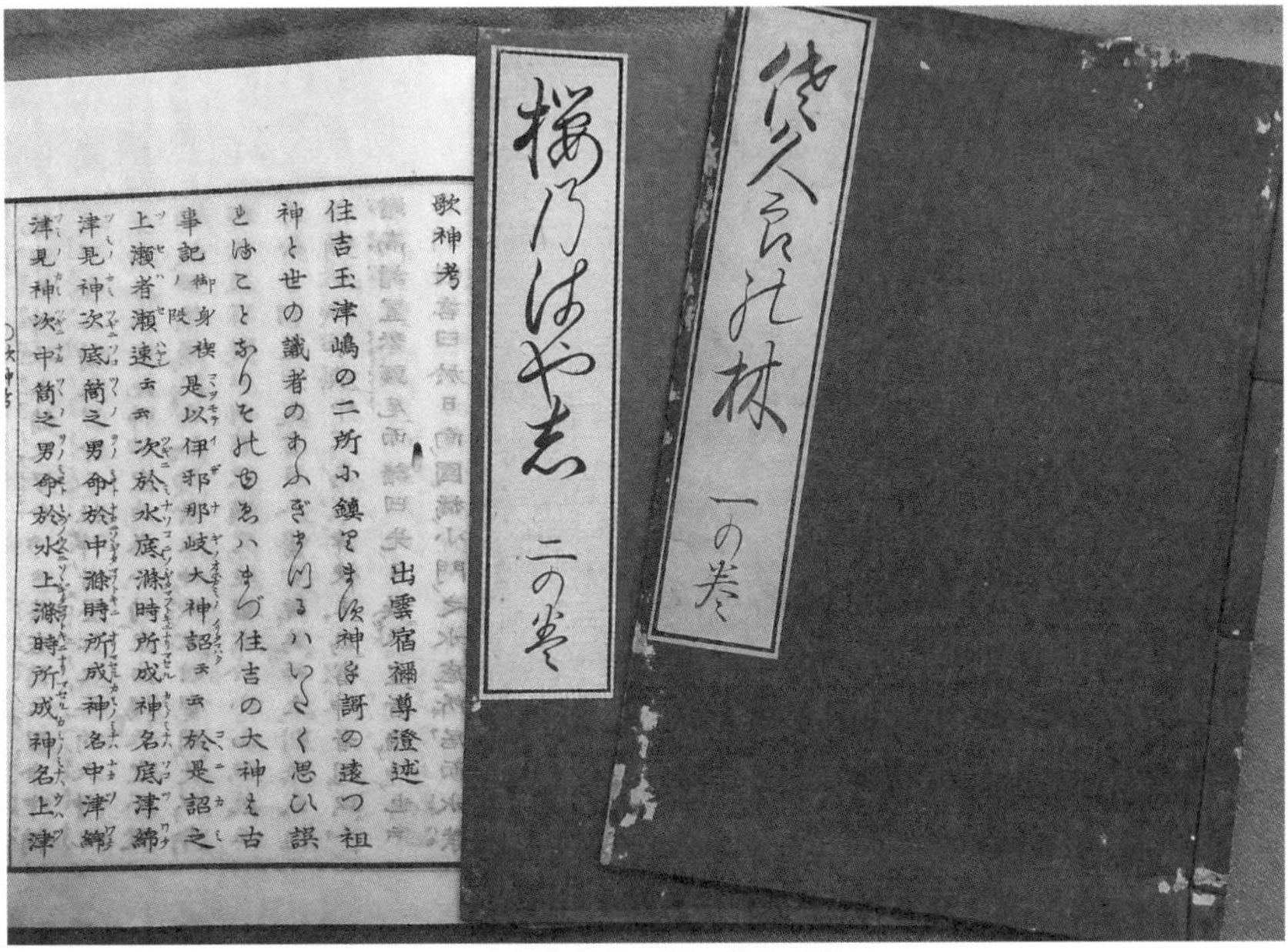

千家尊澄著作二種　筆者所蔵

序（岩政信比古）　能原考序（西原晃樹）　防府天満宮御年祭歌集乃序（鈴木高鞆）　古事記傳異考序（岩政信比古）　餌袋日記序（本居大平）　八雲琴譜序（中山琴主）　玉藻集乃序（村上忠順）　梅舎雑録序（千家俊信）　千種三位有功卿の御歌を集めたるゆゑよし（尊澄編）　てらつゝきの序（岩政信比古）　学びの費の序（岩政信比古）　玉襁糸のまよひの巻序（中村守臣《もりおみ》）　書画譜の序（加藤叙恭）　門田の鴫の序（戸谷知義）　夜の寿佐備三百詞序（尊澄編）　などで未刊の書物の序文などがあり貴重である。

三、櫻の林　板本二冊　考証の随筆である。

　師である岩政信比古との筆録。現在巻一、二が板行されているが、「とり凡ていふことども」に於て、全てで二十八巻ある中より出川道年が抜萃したことがわかる。即ち刊行された二巻は全二十八巻の中からの抄出した一巻で『櫻の林』原本の一、二巻とは内容は違っている。

初編　安政二年　市岡和雄の序　跋文は出川道年

二編　安政三年　植松有園の序　跋文　西村清臣

四、『花のしづ枝』　撰者は明記されていないが尊澄であろう。副題に「出雲國杵築現存五十歌仙」とあり、当時現存の杵築の歌人五十八人一首の歌集、安政四年春赤塚澄《すみ》景《かげ》序文、市岡和雄《にぎお》の跋文がある。前年富永芳久が編んだ『丙辰出雲國三十六歌仙』を意識したものか。→後述

未刊の尊澄著作

　以上四点の他、書名などが著録されている尊澄の著作を挙げておく。出雲大社琵琶叡覧記一冊　稲荷神霊考付、宮向山考　神恩記五冊（活字本一冊）　古語拾遺参解二冊　古今詞略解一冊　詞集解一冊　杜撰典梯一冊　千家秘訣録　學士評論六冊　雲居の月　鶴の羽衣三冊　梅の舎雑録一冊　梅の名残香一冊　同続編　ゆかり草一冊　おなじねざし一冊　おひさき草一冊　河の渕瀬　筆のすさび一冊　若の浦鶴十五冊　學號輯録一冊　懐橘談辨論二冊　三寶鳥考一冊　松壺物語一冊　千年舍記一冊　松壷記一冊　松壷長歌集巻数未定　元祖神功考一冊　宇迦山考一冊　神向山考一冊　ふみの林一冊　相撲縁由一冊　湯あみの紀行一冊　ねがひの言草一冊　千種のねさし二冊　松の雁がね　なすらひ草一冊　遠止美水の考一冊（附、神壽要解）　斥歌人一冊　千歳舍雑録二十三冊　旅のすさび一冊　出雲大神宮宮号考一冊　出雲大神宮宮地考一冊　敷地神社記　都稲荷神社記　火守神社記　建玉大人御傳記略　世々のかたみ　松のみどり　千家奇事談　出雲國實事録　神壽詞後々釈（『神壽要解』の改名

か）　まなびの当都伎注一冊　山路の日次一冊　鶴亀山考　出雲大神宮銅鳥居銘注解　すまひ考　古言集　古事記序考　長歌伊知志ノ花　近葉端文集　鴈の一つら　文章あしまの月　詞言集　鈴舎翁書翰集　諸先生書翰　花押鏡　書画譜　狂歌秋の花野　儒道論草稿　神乃八重垣神能八重垣草稿　神の御壽知　懐橘談辨論一冊。総合計七十七点となる。（書物の詳細は拙著『徳川時代後期出雲歌壇と國學』を参照）

本居内遠と尊澄

尊澄は信比古の歿後は本居内遠についた。これには富永芳久の仲介があった。教授は主に書簡の遣り取りであり、問答を筆録したものが『若の浦鶴』である。そのことを内遠は歌文集『榛園集《はりぞのしゅう》』に「出雲の千家尊澄ぬしよりくさぐさの問をわかの浦鶴とつけたる一巻をはじめて、しはすの朔日、芳久にあとらへおこせられしを年のはてに答書してかへすとてその奥書にしるす詞」と題して

> はじめての門條一巻見まゐらせたるに年ごろ書ども心をひそめて深くあぢはひとりいぶかしきを□□□などとひおこせ給へる　とりどりの御心しらひどもあなめでたく見えてかまけ侍るまゝに　たゞちにかたはしよりおのれが思ふことどもを言葉をもつくろはず書くはへるを　ふたたびかへしみればあなうたておかし心してなくも□べかりけれとおもへど　何かはかくむつびそめつるさへは　つくろひ過すべきにもあらず　遠きさかひは行かひに月日へて便かへすべきならひなにいかでまたせまゐらせし……

この年代が明確ではないが、斯様にして師弟関係が結ばれていったのである。なお『本居大平内遠全集』所載の『若の浦鶴』は膨大な量の中からの抄出であり、全てではない。

④富永芳久

芳久は文化十年に、大社の北島家の社家に生まれた。明治十三年九月に六十六歳で帰幽。多計知（多介知）、後に楯津と称した。俊信に学び、また天保七年には内遠の門に出雲人としては最初に入門した。北島家の学士となったが、杵築以外にも広く全国に交友を持ち、出雲国学を支えた重要な人物である。

イ　出板された芳久著作

芳久は歌にも考証にもすぐれ、国学者歌人として名を馳せた。多くの著作を残したが、明治末年名古屋の其中堂によって買い取られて散逸した。（芳久旧蔵書『楯之

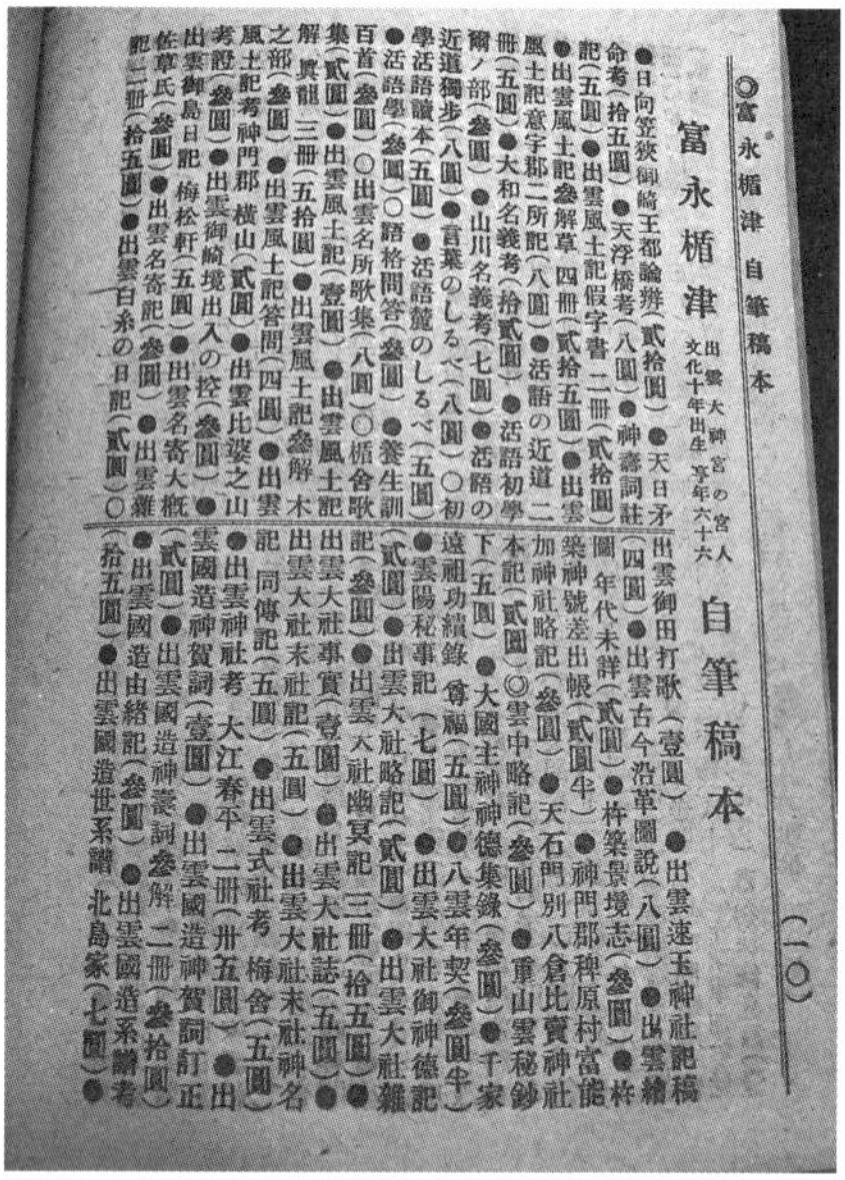
◎富永楯津自筆稿本
富永楯津　出雲大神宮の宮人　文化十年出生　享年六十六　自筆稿本
（一〇）
●日向笠狹御崎王都論辨（貳拾圓）●天日矛命考（拾五圓）●天浮橋考（八圓）●神壽詞註記（五圓）●出雲風土記假字書 二冊（貳拾圓）●出雲風土記參解草 四冊（貳拾五圓）●出雲風土記意宇郡二所記（八圓）●活語の近道 二冊（五圓）●大和名義考（拾貳圓）●活語初學爾ノ部（參圓）●山川名義考（七圓）●活語の近道獨歩（八圓）●言葉のしるべ（八圓）○初學活語讀本（五圓）●活語麓のしるべ（五圓）●活語學（參圓）○語格問答（參圓）●養生訓百首（參圓）○出雲名所歌集（八圓）○栢舍歌集（貳圓）●出雲風土記（壹圓）●出雲風土記解 異龍 三冊（五拾圓）●出雲風土記參解 木之部（參圓）●出雲風土記答問（四圓）●出雲風土記考神門郡 横山（貳圓）●出雲比婆之山考證（參圓）●出雲御崎境出入の控（參圓）●出雲御島日記 梅松軒（五圓）●出雲名寄大概 佐草氏（參圓）●出雲名寄記（參圓）●出雲雜記 二冊（拾五圓）●出雲白糸の日記（貳圓）○
出雲御田打歌（壹圓）●出雲速玉神社記稿（四圓）●出雲古今沿革圖説（八圓）●出雲綸圖 年代未詳（貳圓）●杵築景境志（參圓）●杵築神號差出帳（貳圓半）●神門郡稗原村富能加神社略記（參圓）●天石門別八倉比賣神社本記（貳圓）◎雲中略記（參圓）●重山雲秘鈔下（五圓）●大國主神神德集錄（參圓）●千家遠祖功績錄 尊福（五圓）●八雲年契（參圓半）●雲陽秘事記（七圓）●出雲大社御神徳記（貳圓）●出雲大社略記（貳圓）●出雲大社雜記（參圓）●出雲大社幽冥記 三冊（拾五圓）●出雲大社事實（壹圓）●出雲大社誌（五圓）●出雲大社末社記（五圓）●出雲大社末社神名記 同傳記（五圓）●出雲式社考 梅舍（五圓）●出雲神社考 大江春平 二冊（廿五圓）●出雲國造神賀詞（壹圓）●出雲國造神賀詞訂正（貳圓）●出雲國造神壽詞參解 二冊（參拾圓）●出雲國造由緒記（參圓）●出雲國造系譜考（拾五圓）●出雲國造世系譜 北島家（七圓）●

其中堂発売書目　昭和十六年　富永芳久の旧蔵書の売立目録（部分）　筆者所蔵

舎書籍目録』〈國學院大學日本文化研究所紀要九十七輯に翻刻〉あり。また売捌き目録あり）刊行されたのは次の六種七点である。

一、『出雲國風土記假字書』三冊

俊信の『訂正出雲風土記』を漢字かな読みにしたもの。安政三年刊。

二、『丙辰出雲國三十六歌仙』

安政三年芳久撰。杵築をはじめ松江をも含んだ出雲国の三十六人の一人一首。序文は紀州の西田惟恒《これつね》、跋文は中山琴主である。序に「いとはかなきすさびなれども年毎にかゝるさまにものせん」と記すことから毎年の出板を意識していたようである。

三、『丁巳出雲國五十歌撰』

翌安政四年芳久撰。出雲歌人の五十人一首であり、杵築が約半数を占める。序文は紀州の熊代繁里、跋文は出雲の手銭さの子である。自序に「年毎の春のはじめのことほぎ草に桜木にゑりて、千里にも匂はせ、萬代にも傳へてしか」と記している。前年の三十六人を五十に増やしたが、同様に年々の刊行を意識している。

四、『戊午出雲國五十歌撰』

安政五年芳久撰。これも出雲歌人の五十人一首であるが、杵築以外の人々の歌が多い。自序と跋文（歌、鈴木重胤）がある。序文で「年ごとのほぎ歌」とあるのでやはり年々の刊行を意識していたが本書を以て途絶えた。斯様にこの地に三年間続けて歌撰の歌集が刊行されたのは全国的にも珍しく、歌人の水準の高さと出板という事業への執着が言えるであろう。ただこれらの書は広く頒布しなかった様でもあり、現在では稀購書の部類に入る。

五、『出雲國名所歌集』

初編　嘉永四年撰。序文は源成名と自序、跋文は紀州の

高階三子。（後の西田惟恒）巻末に「出雲國名所歌集初編刻成　一冊　同二編三編　嗣刻　此國神代の遺跡許多

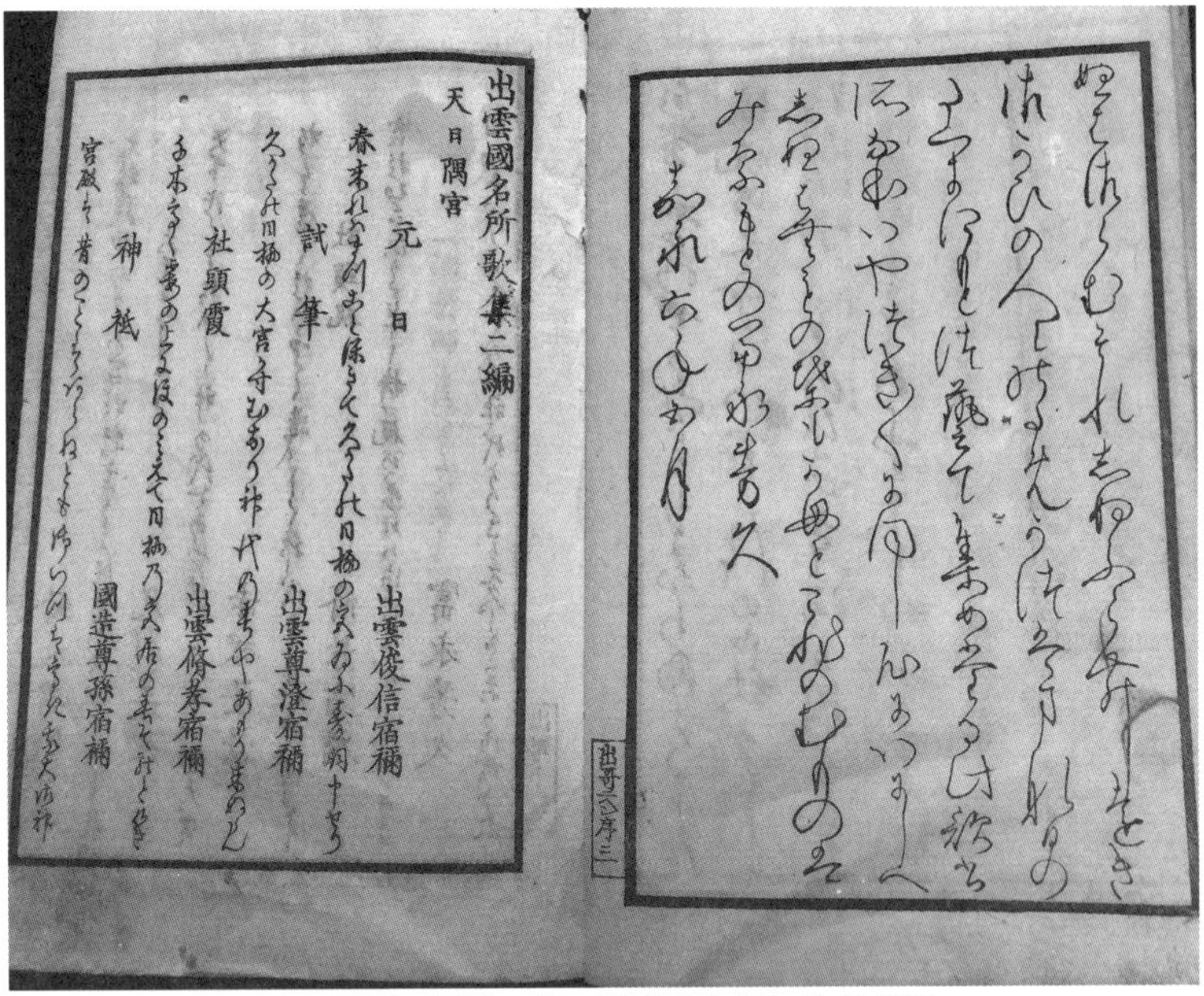

出雲國名所歌集二編（富永芳久編）筆者所蔵

侍りて、名勝かぞへがたく、古今歌人の風詠史籍諸集に残れるを始、旧縦佳境のいりたるは、今古にかゝはらず悉くあつむ。猶諸君子のよみ出給はん玉詠書林へおくり給はらば次々編輯すべし」とあって、全国から歌を集めて二、三編をもまとめる計画を述べている。

二編　嘉永六年撰。序は醍醐忠順（歌）と本居豊穎、自序が備わる。芳久は初編序に「風土記に見えたる野のさき山のさき、いれひものおなじ心にわけみん」と述べ、また二編序に「これの出雲國の神代のことのあとふるき名所ども誰かはしぬばざらむ、それしぬぶらむ、遠きさかひの人々のよめかつはまなびのたつきにもと…」との編輯の意図を延べている。『出雲國風土記』記載の地名をはじめ、名所を詠んだ歌は、初二編合計で百六十箇所になる。

六、『出雲國名所集』

本書には北島脩孝《ながのり》の序文がある。芳久はここに記す出雲の地名を歌人の題詠の材料に提供して、歌道奨励を促したい思いがあった様である。序文に「皇神のぬひたらはしましたる嶋の埼、いそのさきおちず、これの名前ともに八雲の御歌に神習はむうた人のことの葉の、眞玉しら玉五百津集につどえて、拷縄のいやひろに伝へなば

……」と記している。本書に著録された歌枕は七百十八箇所である。但し重要な「神祇の部」を記さず、自著の『出雲国神社記』を参照せよと書いているが、該書は名のみ伝える芳久の著で内容は不明である。歌枕名所の配列順に五十音を用いず、宣長作の「あめふれはゐせきこゆる……」の順を用いるなどの特徴がある。

『丙辰出雲國三十六歌仙』以下年々歌集について

芳久の撰になる『丙辰出雲國三十六歌仙』は地元杵築にも刺戟を残したが、また全国の地方歌壇にも三十六（又は五十）歌仙を選ぶと言う影響を与えた。周防の鈴木高鞆の撰になる『佐波のあら玉』は安政四年に周防の三十六人の歌人を撰んだものであるが、その自序には出雲との関係を次のように述べる。

> この頃、出雲の國杵築の人々の三十六歌選といふものをみて、やがてそれをまねびて、この里の人のを書きつらねてみるに似るべくもあらねど、よきまねしたりと

即ち前年に芳久が刊行した『丙辰出雲國三十六歌仙』の影響を受けたものであり、更に佐伯鞆彦《ともひこ》と渡邊敬澄《たかすみ》の跋文にも「おのれら二人過しふみ月の頃、出雲の大神に参詣し、折から尊澄宿禰の何くれとねもごろにもてあつかひまして、家づとにとてくさぐさのものたまひたる中に、かの里の三十六歌選又五十歌選といふうた巻のありしを、家にかへりて大人にみせまゐらせしかば、それにならひてこの里びとのうたを三十六首集めて、徳永秀信に書かせ　かのいやびの文つかはさむ折にそへてつかはすべしとてたまひたるを、ねがはくはすり巻となしていひければ」とあり、この二人が出雲大社に参詣した折に尊澄から『丙辰出雲國三十六歌仙』と五十歌撰（尊澄『花のしづ枝』か『丁巳出雲國五十歌撰』の何れか）を家苞に貰ったとある。『佐波のあら玉』は出雲の歌撰の影響の下になったのは明らかである。ついで防長では文久二年に同じく萩の楢崎景海《かげみ》が『萩城六々歌集』を選び、未刊に終ったが鈴木高鞆《たかとも》は『防府五十歌撰』を計画していたのであった。同時期には豊後で後藤真守が『豊國三十六人撰』を選び、姫路で秋元安民《やすたみ》が『嘉永三十六歌撰』、三河では慶応二年前に石川千濤《ちなみ》が『三河三十六歌撰』などを撰び、三十六人撰が全国に流行したのである。これもその影響であろう。

芳久によって安政三年以後に刊行された『丙辰出雲國三十六歌仙』『丁巳出雲國五十歌撰』『戊午出雲國五十歌撰』の三冊と安政四年の千家尊澄撰と思われる『花のし

づ枝』の四種の三十六人、五十人の歌人を見ると興味深い。当時出雲大社は千家・北島の国造家が奉仕していたのであって、それを念頭に入れるとある傾向が伺える。一つは大社の千家尊孫と北島全孝が四種全てに採られていることである。また三種に亘るものが千家家が尊澄、尊茂《たかしげ》、富子の三人であるのに対して、北島家は重孝、昌孝、勝孝《かつのり》、内孝《うちのり》、脩孝の五人となっている。芳久は北島家の祢宜職であった為、人選に当たり北島家側への思い入れがあったのかもしれない。他に手銭さの子、別火吉満、田中清年、佐草文清、中臣正蔭、島重老、中言林の七名が三種に亘っている。また『丙辰出雲國三十六歌仙』『丁巳出雲國五十歌撰』は杵築歌人の方が多いが、『戊午出雲國五十歌撰』では松江及び他の出雲歌人の方が杵築より多くなっている。いずれにしろ芳久の何かしらの考えが反映されているのである。一方『花のしづ枝』は「杵築現存」と銘うち、その地の歌人を採ったので、出雲大社近辺の杵築と言う狭い地域に限定されている。また問題なのは『花のしづ枝』に載せる次の序文をどう読むかである。

そが中に出雲國丙辰三十六歌仙といへるは、此さとの何がしが撰びたりとて、八雲の道のさかえをおもふこゝろざしはふかげなれど、おのが山のいたゞきにはかざすべき花をかざゞせ、よそにみわたす高嶺には雲のみかけたるをあなあやしとうちみるひともありけらし。こたびある若人どちのかの山べにさきみてる言葉のはなはおくかもしらずおほかれど、まづめにちかき下枝の花を一枝づゝ手をりきてかき数ふればやがて五十にみちぬるを、かのさきに何がしが撰びけることをもおもひあはせて、風雅の道にあそばむ人は、ひかひがしき心のちりを出雲の海にはらひやり、くむやうしほの清くのみあらせまほしさに…

ここに「此さとの何がし」「何がし」と言った人物は『丙辰出雲國三十六歌仙』を選んだ人物であるから、芳久のことを婉曲的に指摘したものである。即ちこの序文は、杵築だけでも十分であるのに松江歌人にも及んだ芳久の撰定基準への批判となっているのである。「ひがひがしき心のちりを……はらひ」などとかなり厳しい批判となっていて、四種の同様の歌撰の歌集のうち、本書のみ編輯方針が違っていた事を示している。三十六や五十という数で人選をし、また現存という基準もあり、歌集の特色を出そうとすれば、そこには一筋縄でいかぬ人間関係が現れて来よう。芳久はこのあと二種の五十歌撰を編んだが、それ以降は絶えてしまった理由もこの辺にあったのではと思われるのである。これもまた出雲の歌壇の特異性とも言えよう。なお『花のしづ枝』の奥附には「出雲國百歌仙嗣出」と言った広告がある。この撰者は更にまた百歌仙を編むつもりでいたのであるがそれも空しくなった。

二　出雲歌壇と全国歌集

次に出雲歌壇が全国の歌人・歌壇が編んだ歌集（撰集）にどのような影響を与え、どのような地位にあったのかをこの時代の類題の撰集から考えてみたい。

地方歌壇の歌集の刊行

徳川時代後期は国学の影響から全国の歌壇が撰集を編んだ時代であった。それはかなりの数のものとなる。そこには編輯の方針があり、その対象を㋑地方限定の歌人とする、㋺全国の歌人とする、の二種類に大きくわけられる。またそれぞれにおいて①現存者のみに限る、②故人現存を構わず、の二種類に分けられる。ただ①は生死が定かでなかった場合もあり、厳密性には欠けることもある。『類題八雲集』は㋑①と分類できる。

天保期から地方の歌人の歌を集めた撰集が現れ、文政十三年の近藤芳樹撰の周防歌人の『類題阿武の杣板《そまいた》』を嚆矢とし、天保五年には難波の山本春樹による大坂歌人の『和歌類題浪花集』が出た。天保十一年には中島廣足が長崎地方歌人を選び『瓊浦集《けいほしゅう》』を刊行した。『類題八雲集』はこの後に位置する。時代はこの後、地方歌人の撰集をそのままにして全国歌人を対象にした撰集が編まれるようになって行った。全国の歌人・歌壇に呼びかけ歌を取りまとめたのである。これらは通信の発達、書物の刊行流通と言った経済面での発展によって展開したのである。

以下述べる撰集は出雲歌人の詠を載せ、主に全国の歌人を対象にしたもので、徳川時代後期から明治までのもので管見に及んだものである。なお人数は出雲歌人の数である。

イ、『類題鰒玉集』

紀州の加納諸平《かのうもろひら》編　嘉永七年の七編まで二十六年に亘って編まれ、八編草稿が残る。歌を全国に呼び掛けて送って貰い、それを編むと言う新しい企画がうけ、本書の継続的刊行が徳川時代後期の地方歌壇の結成を促し、和歌を全国に奨励すると言った影響を与えた。初編は文政十一年に刊行された。

二編（天保四年）出雲歌人の初出　俊信、尊孫の二人。俊信は二首、尊孫は八首、俊信の詠は巻頭二首め、尊孫の詠は次の丁と、諸平の格別の配慮が伺われる。

三編（天保七年）二十八人の出雲歌人が載る。

四編（天保十二年）既出者の他に、三十五人の出雲の新人歌人を載せのべ六十人となる。松江や広瀬に及び小泉真種、細野安恭《やすのり》、森爲泰らの藩士の歌人としての活躍が伺える。

五編（弘化二年）新たに出雲歌人二十七人、のべ八十七人に増える。

六編（嘉永五年）十四人。七編（嘉永七年）十三人。但し六、七編は作者姓名録がないため新出の出雲歌人が網羅できない。尊孫の歌は二編八首、三編五十六首、四編十八首、五編二十九首、六編十六首、七編十七首で三編が一番多い。合計百四十四首、上位から十三人目に当る。（歌人については拙著『類題鰒玉《ふくぎょく》集人名総索引』私家版　参照）

ロ、『近世名家集類題』

鈴木重胤撰　天保十四年刊。先行歌集などからの抜書きして編輯した撰集。尊孫の歌は百十三首、大江広海の二百十七首に次ぐ。

ハ、『類題鴨川集』

加納諸平の盟友である紀州の長澤伴雄が京都において編輯した撰集。当然のことながら『類題鰒玉集』を意識して同様の手法で五編（五郎集）まで刊行された。

三編（嘉永四年）尊澄以下二十三人の出雲歌人が初出

四編（嘉永六年）尊孫初出でしかも巻頭第一首に置く配慮。出雲歌人六十七人で松江の歌人が多い。

五編（嘉永七年）新出歌人七人の増加。

ニ、『鴨川詠史集』

『類題鴨川集』編輯中に歴史上の人物の歌を詠んだ詠史和歌を独立させた撰集。初編（嘉永六年）七人、二編（歿後大正期に翻刻刊行）には二十二人。

ホ、『類題玉石集』

嘉永四年、周防宮市の松崎天満宮社司鈴木《すずき》高鞆《たかとも》の編。防長歌人百三十七人を含んだ全国七百五十三人の歌がある。『鴨川集』の編纂の残りを使ったことがこのように多くの歌人を採るに至ったのである。出雲歌人は尊孫以下杵築を中心に二十七名。

へ、『打聴鶯蛙集《うちぎきおうあ》』

嘉永五年、紀州の本居豊穎《もとおりとよかい》の撰。作者五百三十二人中、出雲歌人は尊孫以下四十二人。鈴屋一統の歌集の意味をもたせ、巻頭に宣長の師眞淵の歌、二首目に尊孫、四首目に大社の上官島重老を置く。豊穎の父内遠が祖父宣長、父大平の教え子や、歌を通わせた人々の歌稿をまとめておいたものを、自分（豊穎）のものも混ぜて撰集したと言う。鈴屋一統の類題の和歌集の性質を持つ。

ト、『五十鈴川』

嘉永三年、紀州の本居豊穎の撰。同年は本居宣長歿後五十年祭に当ったので、全国に呼び掛けその追善歌集として編んだ。出雲歌人は十七名で尊孫、尊澄、俊栄、尊茂、中臣正蔭、佐々木定礼、千家之正、島重老、島重胤、平岡雅足、中言林《のぶしげ》、赤塚孫重、富永芳久、田中清年、朝山喜古《よしひさ》、吉川景明、中村守手と何れも大社関係者で占める。

チ、『類題武蔵野集』

江戸の仲田顕忠《なかたただあき》の編。名前通り江戸武蔵を中心に初編（嘉永五年）は顕忠の先行歌集の手控えから編んだから出雲歌人の歌は当然ない。二編（安政四年）に尊孫と中巨正蔭（典膳）の二人が載るが、顕忠の目に止まった歌人なのであろう。

リ、『類題採風集』

武蔵忍の黒澤《くろさわ》翁満《おきなまろ》の編。翁満は北勢の出で独自の人間関係を築いたので、この撰集のみに見える歌人がいる。初編（嘉永四年）には出雲歌人は見えないが、二編（安政四年）には松江・広瀬に限定されるが十四人の出雲歌人が見える。但し大社関係者はいない。

ヌ、『類題現存歌選』

海野《うみの》遊翁《ゆうおう》（幸典）編。遊翁は江戸の人であり出雲との関係はなく、初編（天保七年）、二編（同九年）には当然出雲歌人はない。但し嘉永七年の遊翁の七回忌追悼の『類題現存歌選』には尊孫はじめ十九人の出雲歌人が載る。尊孫を遊翁の門人とする説もあるが謎である。

ル、『類題春草集』

豊後の物集高世《もづめたかよ》の編。初編（安政四年）は、出雲の七人は杵築人であったが、二編（文久二年）は松江も含め三十三人増。その理由は自序に「紀の国の熊代大人も此度清渚《せいちょ》集と名づくる集物せるなればかの鴨河と玉石との例にならひて、その清渚集と此春草集とのれうにあつまりたらむ詠草どもをば今よりかたみに取かへてその歌えりくはへられ」とあるとおり熊代繁里の『類題清渚集』

とそれぞれの残りの歌稿を交換したことによる。

ヲ、『類題清渚集』

紀州の熊代繁里《くましろしげさと》の編。安政五年刊。尊孫以下四十四人の杵築松江の歌人が載る。富永芳久が内遠の門に入ったことから、出雲と紀州との関係が緊密になり、その関係が現れた形である。序文は尊孫が書き、「しげさとはひとたびもあへることなけれど」と記すが、芳久の仲介があったのであろう。のちに二、三編が纏められたが上梓には至らなかった。

ワ、『三熊野集』

紀州の西田惟恒《にしだこれつね》の編。安政五年刊。惟恒は内遠の門人であり、千家尊澄とは同門の関係となる。その為か出雲歌人が九十名にもなる。惟恒はもと高階（堀尾）氏で出雲との所縁もあると言う。

カ、『安政年々歌集』

同じく西田惟恒の編。『安政二年百首』を編んで以来八編の『文久二年八百首』に至るまで、八年間も年々百首歌集を継続して編む。出雲歌人は『安政二年百首』十六人、『同二百首』十四人増、『同三百首』十人増、『同四百首』二十四人増、『同五百首』十一人増、『万延元年六百首』二十二人増、『文久元年七百首』十三人増、『文久二年八百首』三十八人増で、初編以来百五十人余を数える。

ヨ、『類題青藍集』

姫路の秋元安民《やすたみ》の撰。安政六年刊。姫路を中心に西国の歌人の歌を採る。尊孫は序文に「家に仕ふる中臣正蔭が近きころかのわたりにものしけるたよりに、此集の草稿を送りて、はし書ひとふでくはへてよとたのみおこせたる」と書く。中臣正蔭の仲介があったのであろう。出雲では杵築、松江の四十六人。巻頭歌は尊孫である。

タ、『嘉永三十六歌撰』

同じく姫路の秋元安民の撰。嘉永期生存の歌人三十六人の撰集で、尊孫（歌題千鳥）、島重老（歌題契恋）の二人の出雲歌人が載る。

レ、『都洲集《みやこじましゅう》』

薩摩の八田知紀撰。安政三年刊。香川景樹の桂園派の歌集でありながら、尊孫の「松上霞」の歌一首を採る。

ソ、『当世百歌仙』

石見の多田清興《きよおき》撰。安政二年刊。父多田景明が撰んだ歌稿の中よりその歿後に清興らが整理したもの。巻軸歌に「祝言」の題で「あめのしたひさしきことのためしには君ヶ代をこそひくべかりけれ　出雲宿禰尊孫　天日隅

宮御杖代彦　出雲杵築」の歌一首がある。

ツ、『近世三十六人撰』

本居大平の『近世三十六人撰』の後を受ける形で安政三年から元治元年まで、高階一族によって編まれた十篇に亘る三十六人撰である。三編（安政四年高階生津磨撰）に千家俊信と森爲泰の二人が載る。生津麿《はぶつまろ》は京の人で富永芳久の『出雲風土記假字書』に跋文を記している。四編（安政五年高階氏恒撰）には尊孫、五編（安政六年高階晴緒撰）には尊澄、芳久、六編（萬延元年高階光恒撰）には島重老、八編（文久二年、高階惟光撰）には藤原古徳女《ことじょ》、出川道年の歌が載る。

ネ、『藤のしなひ』

肥後熊本の藤崎八幡宮奉納歌集（嘉永二年）で、中島広足閲とある。尊孫、尊澄らの出雲関係者の歌が殆どが広足門下の歌の中で異彩を放っている。

ナ、『類題千船集』

伊勢石薬師の佐佐木弘綱の編。元来難波の萩原広道の撰になるが、途中で弘綱に依頼したもの。初編（萬延元年刊）に出雲歌人は尊孫、尊澄、守手の三人であり、二編（萬延元年刊）には三人増（千家冨子、中言林、若槻照房〔松江〕）。三編（慶応二年刊）には一人増（千家俊雅）と少ない。然し、尊孫一人を取りあげてみると、初編には七首、二編九十七首、三編百十五首と、合計二百二十一首となり、この数はこの歌集で五人目の位置。

ラ、『類題玉藻《たまも》集』

三河の村上忠順《むらかみただまさ》の編。初編（文久三年）、十二人が載る。序文は尊澄で「木ノ国人よりこひおこせたるに」よって序文を記したと書く。これは忠順と交友があった紀州の書店阪本屋との関係による。二編（慶応二年）には四十人増。忠順の手記『玉藻集記』は、二編編纂の費用記録であり、その文久元年十二月十八日条に、「出雲のり　出雲千家国造」とあって海苔が贈られていることが判る。松江の森為泰《もりためひろ》との交遊があったことも出雲との繋がりを深くした。

ム、『詠史河藻集』

同じく三河の村上忠順編。（文久二年）『詠史歌集』に倣い歴史上の人物を題に詠んだ歌集で十七人が見える。

ウ、『元治元年千首』

村上忠順編。西田惟恒の年々歌集が『文久二年八百首』で絶えたあとに、惟恒と交友があった関係から編輯したもの。出雲歌人は九十二人。なお『文久二年九百首』は惟恒の編輯草稿があったようであるが未刊。

ヰ、『玉籠集』

上州の飯塚久敏《いいづかひさとし》の編。文久三年刊。久敏（久利とも）は橘守部・冬照《ふゆてる》の門で、両毛や信濃に門人を擁した。出雲は尊孫はじめ杵築の歌人十四人を採っているが、その交遊はどこを接点としたのか疑問が残る。

ノ、『近世名所歌集』

西田惟恒の一族たる、京の堀尾光久の編。刊記は嘉永四年辛亥五月とある。（跋文は嘉永三年六月）近世の歌人八百十七人の名所の歌、二千五百四十二首を載せる。初編（嘉永四年）には、杵築松江等出雲歌人は三十三人見える。二編（安政元年）には出雲歌人五十六人と多い。

オ、『國學人物志』

これも西田惟恒の一族たる、西田惟昌によって安政六年以降に刊行された国学者の人名録。ここには八十八人の現存故人をも含めた出雲の歌人国学者の人物名がある。

ク、『類題嵯峨野集』『千代古道集』

先掲の村上忠順の撰。京都警護の為に嵯峨野へ出張った折を契機として編んだ撰集。明治二年刊か。出雲歌人は六十五人と多く、類題の和歌集に出雲歌人が採られた

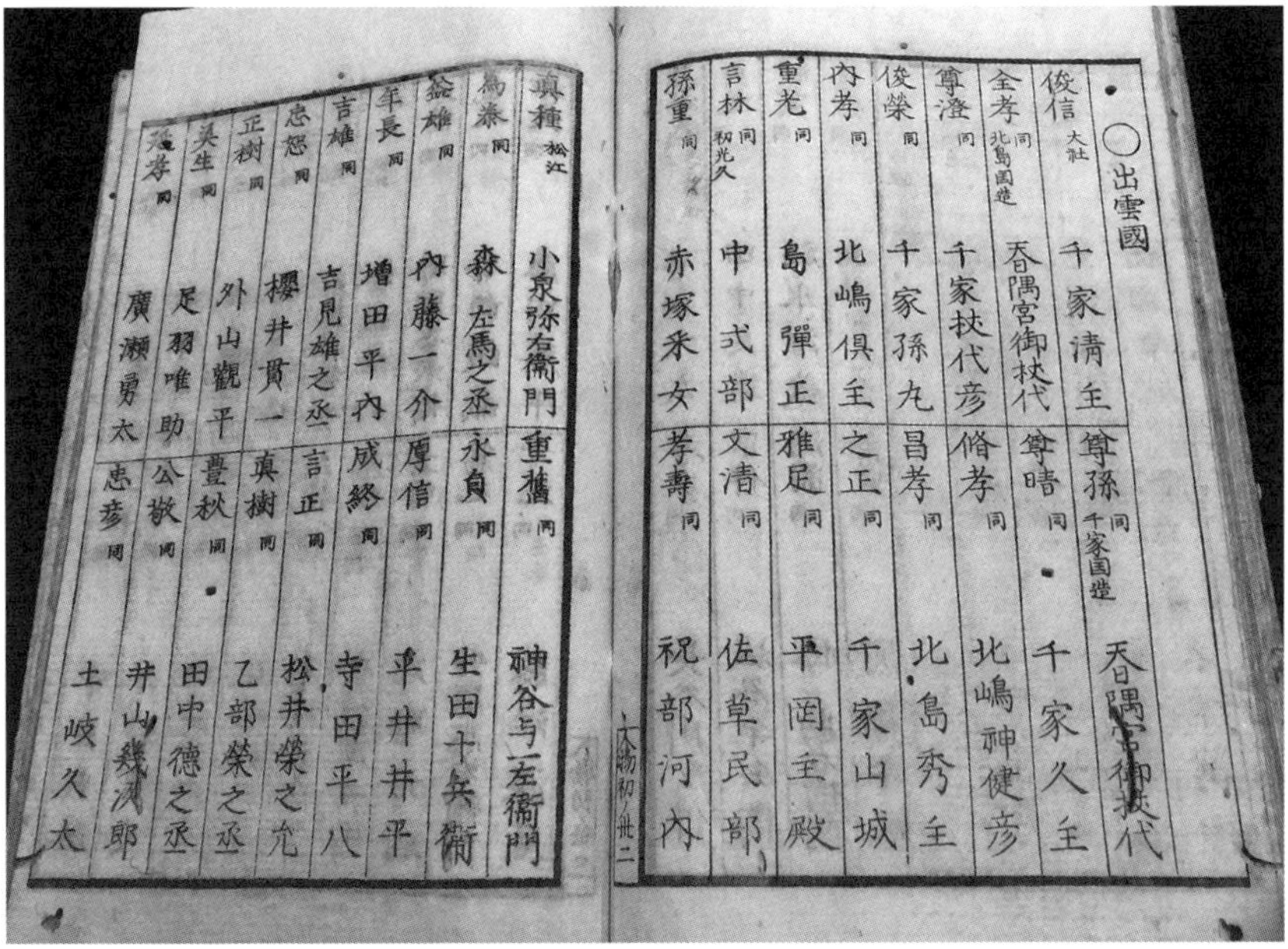
○出雲國
俊信 大社 千家清主 尊孫 同 千家国造 天日隅宮御杖代
全孝 同 北島国造 天日隅宮御杖代 尊晴 同 千家久主
尊澄 同 千家杖代彦 脩孝 同 北嶋神健彦
俊榮 同 千家孫丸 昌孝 同 北島秀主
内孝 同 北嶋倶主 之正 同 千家山城
重光 同 島弾正 雅足 同 平岡主殿
言林 同 初光久 中式部 文清 同 佐草民部
孫重 同 赤塚釆女 孝壽 同 祝部河内
真種 松江 小泉弥右衛門 重舊 同 神谷与一左衛門
為泰 同 森左馬之丞 永貞 同 生田十兵衛
益雄 同 内藤一介 厚信 同 平井井平
年長 同 増田平内 成終 同 寺田平八
吉雄 同 吉見雄之丞 言正 同 松井榮之允
忠恕 同 櫻井貫一 真樹 同 乙部榮之丞
正樹 同 外山觀平 豊秋 同 田中德之丞
漢生 同 足羽唯助 公敬 同 井山幾次郎
延孝 同 廣瀬勇太 忠彦 同 土岐久太

國學人物志　出雲國の部　筆者所蔵

最後の最盛期のものである。村上忠順の和歌控草稿に「鶴山社中歌」として尊孫、尊算、尊賀の歌がある。これによれば、鶴山社中や松江の歌壇が明治初年に健在であったことを示している。なお忠順は『千代古道集』（未刊、但し碧洞沖叢書として油印刊行）を編んでいて、その巻頭歌は千家尊孫である。この後島重老が明治三年に歿し、六年正月には尊孫が帰幽し、十一年には尊澄も帰幽。杵築歌壇は指導者を失うこととなる。また松江に於ても明治八年には森為泰《ためひろ》が歿し同様な事態となる。

ヤ、**『月波集』**

明治になって中央に召された近藤芳樹の編で新暦に対応した歌題の撰集である。明治七年刊。尊福の歌がある。

マ、**『明治開化和歌集』**

佐々木弘綱編。明治十三年刊。出雲歌人は十二人。

ケ、**『類題採花集』**

物集高世《もづめたかよ》が『類題春草集』の三篇として考えていた撰集。幕末に書店が火災で焼け、版下がなくなったため新たに編んだと言う。明治十四年刊。出雲歌人は八人である。

以上三十一種の全国歌壇の撰集から、出雲歌壇に関係する歌人がどの程度認識され、また歌を採られているか、その数だけを挙げておいた。尤も歌の巧拙が問題ではあるが、その点は今回は含まなかったが、この数だけでもいかに全国の歌壇（歌人）が幕末の出雲歌壇の存在に一目置いていたことがわかるであろう。

三　出雲における出板

先述した通り歌集、撰集の編輯刊行は出板と流通と言う経済機構の中でなされ、歌壇や歌人の名を弘めることに相乗効果があったことが言えよう。ここでは出雲、殊に杵築における出板書店についてみてみる。

杵築の出板

大社の鎮座地である杵築における、徳川時代後期の出板・印刷の業者についての詳細は未詳である。御札や縁起、また案内や引札などが盛んに作られ、参拝者に提供されたことを考えると、当然出板関係の店はあったであろう。少なくとも板木を彫る職人は存在したはずである。一冊の書物を刊行するにも、原稿を書く→版下の作成→板木の彫刻→校正→刷り→丁合い→製本→販売という過程や多くの段取りが必要であり、容易なものではなかった。本の出板に関しては個人で出板する私家版の他、江戸、京、大阪の三都には書林仲間が組織され、幕府への取次や許可、また重版の禁止などの規定があって、言わば厳重に管理されていたのである。その後紀州若山（和歌山）などの地方都市にも出板の書店が出来、新たな組織を作り、出板組織として成長したのである。地方の出板書店はこのような傘下に加わることが必要であった。

杵築における出板書店は一枚刷は姑《しばら》くおいて、書物としては現在のところの初見は、先述した千家尊孫の『比那能歌語』（天保九年十一月）であり、奥附に「弘所」として「雲州杵築和泉屋助右衛門／同松江尼崎屋喜三右衛門／伯州米子佐々木屋平八／大坂心齋橋通順慶町柏原屋清右エ門」の四店が名を連ねている。ここに「杵築和泉屋助右衛門」と言う名が見出される。

杵築の和泉屋助右衛門

この後約二十五年ほど嘉永期までの出雲関係の刊行書物の奥付にこの名を見出す事ができるが、実態に関しては不明な点が多い。『手銭家文書』によると書店の他に酒類の販売もしていた事が判る。姓は内藤であって屋敷は杵築四つ角に存した。願立寺の檀家（明治八年離檀）で、その一族と思しき墓石は残存しているが、その詳細は不明である。一説に明治初年に杵築を離れたとも言う。尤も地方の出板書店が必ずしも出板作業をしていたわけではなく、奥付にある提携板元との連携により板木の彫刻や印刷は腕のよい職人のいる上方でなされたのであろう。それでもなおそのような弘所としての書店があったことはそれだけの流通があったと言うことなのであろうと思われる。以下、和泉屋助右衛門の名が見出される書物の奥付を挙げ、三都の書店との繋がりを考えたい。

①**『類題八雲集』**

書肆弘所、江戸日本橋須原屋茂兵衛／大坂心斎橋河内屋儀祐／同柏原屋清右衛門／紀州和歌山阪本屋喜一郎／尾州名古屋永楽屋東四郎／雲州松江尼崎屋喜總右エ門／同大社和泉屋助右衛門／京都寺町佛光寺上ル近江屋佐太郎の八店。

②**『類題杵舎集』**

『類題八雲集』同様の奥付、但し近江屋の所在が「京都寺町六角下ル」となっている。

③**『出雲國名所歌集』初編（嘉永四年）**

奥附書林、京恵美須屋市右衛門／江戸英大助／紀州坂

本屋大二郎／雲州和泉屋助右衛門／大阪心斎橋通博労町河内屋茂兵衛の五店。表紙見返しには「浪華岡田群玉堂梓」とあり、群玉堂は河内屋茂兵衛の屋号。

④『近世名所歌集』初編

堀尾光久編。蔵版主は菱の舎こと紀州の西田惟恒。地縁のある紀州の阪本屋喜一郎、同大次郎が板元、奥附には京都丸屋善兵衛以下江戸二軒、大坂二軒の他尾州名古屋、阿州徳島、備州岡山、藝州廣嶋、雲州松江、同杵築肥州長崎が各一軒、紀州若山二軒の書名がある。松江は尼崎屋喜惣右エ門、杵築は和泉屋である。

⑤『出雲國名所集』富永芳久編

本書の奥附は『出雲國名所歌集』の二編（後述）のものを左半分のみ流用。ノドの部分下に「出哥二附二」とあり、二編奥附と同板である。序文によれば本書は嘉永五年撰である。次項参照。

⑥『出雲國名所歌集』二編富永芳久編

京都の恵美寿屋市右衛門ほか、江戸、紀州、若山、尾州名古屋、濃州大垣、奥州會津若松、阿州徳嶋、播州姫路、備前岡山、藝州廣嶋、雲州松江、同杵築、肥前長崎、肥後熊本、長州萩、大阪心斎橋各一軒の、計十六店の名が記されている。出板は初編同様に岡田群玉堂河内屋茂兵衛。松江、杵築の書肆名はここにもあるが、松江が尼崎屋喜三右エ門とある。（嘉永六年撰、刊年は安政三年）

⑦『類題眞璞集』千家尊孫

奥附には、「弘所」として若山（帯屋、坂本屋）、姫路（灰屋）、名古屋（永楽屋）、江戸（須原屋、岡田屋）、京都（近江屋、恵比須屋）、大坂（柏原屋二軒）と伴に「出雲大社　和泉屋助右衛門」が書店として名を連ねている。同じ尊孫の『自点眞璞集』（慶応刊）には和泉屋の名を見出せない。

⑧『常磐集』山内繁樹

本居大平門の紀州の山内繁樹の歌集。嘉永六年刊。弘化三年に七十三で歿し、その子繁憲の元にあった歌稿を、教え子の熊代繁里が纏めた。板元は若山の阪本屋大次郎、同喜一郎であり、他に京都が出雲寺文治郎以下二軒、江戸二軒、大阪四軒、尾州名古屋、紀州若山、勢州松阪、阿州徳島、藝州廣嶋、備州岡山、雲州杵築、肥州長崎各一軒の計一八軒の名がある。雲州杵築は和泉屋助右衛門である。（熊代繁里『安芸の早苗』には阪本屋を同族と書いている）

⑨『餌袋日記』本居大平の紀行文

　明和九年三月に十七歳の大平は本居宣長の供として、吉野の花見のため畿内巡歴の旅に出た。この折の宣長の紀行文が『菅笠日記』で、これは早い時に板となって世に出たが、大平のこの折の紀行は、大平の歿後も放置されていた。それを嗣子内遠が見出したもので、「文庫のすみに残れるを尊澄宿禰の松壷に便につけて見せまゐらせしかば、やがて板にもゑらすべくとしひて乞ひ給ふ」（同書内遠跋文）とあり、千家尊澄が出板を促した。板元は大阪の河内屋茂兵衛となっていて、他に京、江戸、紀州若山、尾州名古屋、奥州會津若松、阿州徳島、備前岡山、播州姫路、雲州松江、同杵築、肥州長崎、肥後熊本各一軒の計十三軒の書肆名がある。その何れも先にあげた『出雲國名所歌集』他の書物と重なる。（他に『花のしづ枝』にも和泉屋の名があるものがある。後述）和泉屋の名を見出すのは嘉永七年刊の本書を以て終る。和泉屋の廃業も考えられなくもないが依然不明のままである。何れにせよ和泉屋は売広め店であり、単独での出板はしていない点を抑えておく必要がある。

河内屋茂兵衛（群玉堂）と菱屋久八郎（萬巻堂）

　この他に出雲関係者の歌書、歌集の刊行は大坂、名古屋の書店を通じてなされている。出雲大社の社家は御師《おし》（大きな神社では神職が御師と称して年に数度各地の檀家を巡回して神札などを配布した）として地方都市へ配札に趣いたのであり、その都度書店にも立ち寄る機会もあったのである。そのようなことから関係が持たれたのであろう。安政期以降の富永芳久の関係する書物、即ち安政三年刊の『出雲風土記假字書』『丙辰出雲國三十六歌仙』『丁巳出雲國五十歌撰』『戊午出雲國五十歌撰』などは、みな大坂の河内屋茂兵衛（群玉堂）を単独に板元としている。冨永家蔵芳久苑萩原廣道書簡には芳久と河内屋との関係を示す一文がある。

　一方千家尊澄の関係する書物は尾張名古屋の菱屋久八郎（萬巻堂）を板元としている。それは安政二年の序の、尊澄とその師岩政信比古との問答録『櫻の林』（二編まで刊行）、尊澄の『歌神考』などである。いずれも尊澄と尾張の国学者との交流が序跋文から伺え、その関係によることが明らかである。また尊澄の『松壷文集』三巻は名古屋の奎文閣永楽屋正兵衛を板元とし、『花のしづ枝（出雲國杵築現存五十歌仙）』は「装巻所南虞陽《なごや》迎歓堂」が板元である。（これも市岡和雄が跋文を書く架蔵本書の奥付は白だが、「花のしづ枝／出雲國百歌仙嗣出／安政丁巳正月／京恵美須屋市右衛門／江戸山城屋佐兵衛／大阪河内屋茂兵衛／尾州名古屋　菱屋久八／雲州和泉屋助右衛門」とあるものがある。この巻末の作者姓名録欄外に「萬巻堂史雄識」とある。『類題鴨川集』四編に、史雄の歌を載せ、その姓名録には「史雄尾張名古屋菱屋久八」とある。『花のしづ枝』には萬巻堂菱屋久八（九八郎）が深く関わっていることがわかる。そこで考えなければならないことがある。尊澄の師は本居内遠であり、内遠は尾張の書肆菱屋九八郎（濱田孝祖）の子で、書店を他に譲り若山の本居家に入ったのである。安政二年に内遠は六十四歳で歿したが、この時の菱屋の当主久八郎＝萬巻堂史雄との関係はどうであったのであろうか。その縁は浅からぬものであったことはここからも判ろう。国学者歌人の書肆に関するネットワークを見直すべきである。

むすびに

　幕末期の出雲歌壇は、出雲大社を背景にして国造千家尊孫の存在により全国的に知られたものとなった。大社の神職でもあり、御師をも兼ねた尊孫の門人たちは檀家への配札の年回りの折りに、全国の歌人や出板元に立ち寄り、情報の蒐集や発信に努めたのであった。当然ながらそこには大社と言う宗教的な権威も付随していたのである。それゆえに明治維新後、尊孫の帰幽や神社の改革などにより、急激な凋落を迎えざるを得なかったのである。

　指導者を失い、また時代の急激な変化の波に呑まれた出雲歌壇は、また新たな形になっていくのである。これは何も出雲だけに限られたものではなく、全国的なものであった。あれほど盛んであった国学と言う実に学際的で文献学的な学問も、西洋の学問移入の前に次第に顧られなくなり、更に細分化して行く運命にあったことと同じであった。時代は出雲歌壇の輝きを残しつつ、尊孫の孫、千家尊福を中心として新たな動きとなっていくのであった。

参考文献

拙著『徳川時代後期出雲歌壇と國学』
拙著『村上忠順論攷』

◎本原稿は歴史的仮名遣で書かれていたが、編集の都合上著者の許可を得て現行の仮名遣に改めさせていただいた。

第4章

出雲俳壇と女性の文芸活動（第4回講座）

出雲俳諧史と大社俳壇

伊藤善隆

桑原視草氏は、『出雲俳句史』（私家版、昭和十二年九月）に、「明治以前の出雲俳壇は全国的地位から云へば甚だ低くかつた」と厳しい意見を記している。しかし、手錢記念館所蔵資料の調査の結果、出雲の俳人たちは、百蘿が持ち帰った去来の伝を保ちながら、その時々の全国的な俳壇の動向にしっかり同調していたことが判ってきた。そもそも、化政期以後の俳諧に関する研究は、全国的にみてもまだまだ少ない。出雲俳壇の分析が、その解明の糸口になる可能性があることを指摘した。

いとう・よしたか

昭和四十四（一九六九）年東京都に生まれる。早稲田大学大学院博士課程退学。博士（文学）。早稲田大学文学部助手、国文学研究資料館リサーチアシスタント、湘北短期大学教授などを経て、現在立正大学准教授（文学部）。専門は日本近世文学。

【編著書・論文等】

『芭蕉』（コレクション日本歌人選34、笠間書院）、『元禄時代俳人大観』（共著、八木書店）、『俳諧手鑑 ふぐるま集』に見る近世俳人の手紙文化」（『立正大学文学部論叢』一四〇）、「多色摺の源流―林羅山の詩箋資料―」（『図説 江戸の「表現」浮世絵・文学・芸能』八木書店）

はじめに

出雲といえば和歌発祥の地として知られる。では、俳諧はどうであったか。じつは、江戸時代の出雲地域の俳諧活動は、これまであまり注目されず、したがって不明な点も多く、その評価も残念ながらあまり良いものではなかった。ところが、近年の調査により、出雲には、じつは豊かな俳諧文化が育まれていたことが分かってきた。

一　従来の研究成果

出雲俳諧に関するこれまでの研究から、本稿ではとくに以下の文献を参照した。

・桑原視草『出雲俳句史』私家版、昭和十二年九月（だるま堂限定版、昭和五十八年四月）
・大礒義雄『岡崎日記と研究』未刊国文資料刊行会、昭和五十年十月
・桑原視草『出雲俳壇の人々』だるま堂書店、昭和五十六年八月
・大礒義雄「高見本『岡崎日記』『元禄式』の出現と去来門人空阿・空阿門人百羅」『連歌俳諧研究』87号、平成六年七月

本稿は、右の研究成果を基に、近年実施された国文学研究資料館の基幹研究「近世における蔵書形成と文芸享受」（代表・大高洋司、平成二十三〜二十五年度）以降明らかになってきた諸事象の報告である。なお、本稿の性格上、拙稿「俳諧史の中の出雲・大社・手錢家」、及び、田中則雄他「シンポジウム江戸力〜手錢家蔵書から見る出雲の文芸〜パネルディスカッション」（どちらも『平成26年度出雲文化活用プロジェクト実施報告書』所収）の内容と重複する点があることを、お断りしておく。

二　出雲俳人の評価と俳諧史上の位置づけ

まず、これまでの出雲俳人たちに対する評価を確認してみよう。先行研究のなかでも、桑原氏の『出雲俳句史』は通史として重要である。しかし、同書は近代以前の出雲俳諧に対して、大変厳しい評価を下している。

之を要するに明治以前の出雲俳壇は全国的地位から云へば甚だ低くかつたと云はなければならぬ即ち《ママ》これ等の俳人にして日本俳諧史上にその名を残すほどの者は一人もない。

（『出雲俳句史』「第一章　概説」）

この厳しい評価は、郷土愛に安易に溺れることのない桑原氏の禁欲的な態度の表れである。と同時に、これまでの俳諧研究一般に見られる価値観を共有したものでもある。つまり、研究の中心は芭蕉であって、芭蕉に直接関わらない俳人たちの研究は等閑視される傾向にあった。とくに、明治になって正岡子規が月並調を批判して以来、幕末・明治の旧派は全く評価されない。そうした俳諧研究の価値観を、桑原氏も共有しているのである。

俳諧史は、概ね以下の時代区分で説明される。それぞ

れの特徴と出雲俳諧の動向を、ここで大まかに確認しておこう。

①室町俳諧…宗鑑と守武。近世俳諧の発生期。
②貞門《ていもん》俳諧…貞徳とその一門。俳諧人口の広がり。
③談林《だんりん》俳諧…宗因と西鶴たち。言語遊戯の徹底化。
④蕉風俳諧…芭蕉と蕉門俳人。文学性を高めた。
⑤享保～宝暦期…都市俳諧と地方俳諧。
⑥明和～天明期…蕉風復興運動。「中興期」とも。
⑦化政期…俳諧の大衆化。一茶などが活躍。
⑧天保～幕末期…俳諧の大衆化。月次《つきなみ》句合の流行。
⑨明治期…幕末以来の「旧派」と子規らの「新派」。

結論を先に述べれば、②以降に本格化する出雲の俳諧は、他の地域の俳諧と比べてとくに遜色はない。③～④の時期には風水が出て、いわば「全国区」で活動した。⑤～⑦の時期には、手銭家の季硯《きけん》や冠李《かんり》、広瀬百蘿の活動があった。⑦以降については、まだ調査が充分でないが、出雲でも当時の俳壇の動きに歩調を合わせた活動があったことが確認できる。とすれば、桑原氏のように否定的に評価する必要は全くない、と私は考える。

三　元禄以前の出雲俳人たち

元禄以前（貞門・談林時代）の出雲俳人について、桑原氏は松江に宗岷《そうみん》という俳人がいたとしている。

談林俳諧の盛んであつた頃、松江には宗岷があつた。

　　淋しさにたへたる秋の寝酒かな　　宗岷
　　　　　（『出雲俳句史』「第二章　元禄前後」）

出典は示されていないが、この句は「《松江》宗岷」の作として、沾徳《せんとく》編『誹林一字幽蘭集《はいりんいちじゆうらんしゅう》』（元禄五年）に入集することが確認できる。しかし、他の諸書を確認すると、この松江宗岷は、じつは京都住の松江姓の俳人であった。たとえば重頼《しげより》編『時勢粧《いまようすがた》』（寛文十二年）、同『大井川集』（延宝二年）、同『武蔵野集』（延宝四年）には、いずれも「京之住」「松江宗岷」として入集している。

なぜこうした誤認が生じたのか。原因は、桑原氏が参照した野田別天楼「山陽山陰俳諧史」（『俳句講座』第十巻、改造社、昭和八年三月）が、そもそも間違えていたからである。別天楼は、『誹林一字幽蘭集』の宗岷を松江の俳人だと誤認していた。その誤りを、桑原氏は引き継いでしまったのである。

あらためて諸書に出雲俳人を求めると[1]、重頼編『毛吹《けふき》草追加《ぐさついか》』（正保四年）に「出雲之住　正盛」が入集しているのを始め、如才編『伊勢《いせ》正直集《しょうじきしゅう》』（寛文二年）に十三名、重頼編『佐夜中山集《さよのなかやましゅう》』（寛文四年）に一名、梅盛《ばいせい》編『落穂集』（寛文四年）に二十八名、湖春編『続山井《ぞくやまのい》』（寛文七年）に一名、梅盛編『細少石《さざれいし》』（寛文八年）に十二名、重頼編『時勢粧』（寛文十二年）に九名、種寛編『誹諧作者名寄』（寛文年間刊）に一名、維舟《いしゅう》編『大井川集』（延宝二年）に二名、風虎《ふうこ》編『桜川』（延宝二年）に二名、素閑編『伊勢《いせ》躍音頭集《おどりおんどしゅう》』（延宝二年）に四名、重安編『糸屑集』（延宝三年）に一名、維舟編『武蔵野集』（延宝四年）に一名、立圃・友貞編『唐人躍《とうじんおどり》』（延宝五年）に一名、それぞれ入集することが確認できる。

となれば、近世出雲俳人の劈頭を飾る人物は、『毛吹草追加』（正保四年）に入集する「正盛」である。同書にはつぎの二句が入集する[2]。

薫来る梅花は春の日あひ哉　　正盛（春・梅）

見ると聞とちがふ木葉の時雨哉　正盛（冬・木葉）

なお、『毛吹草追加』の句引に拠れば、同書には「京之住」が四十九名、「泉州堺之住」が十二名、「摂州大坂之住」が四十二名、「武州江戸之住」が二十一名、それぞれ入集しているが、他地域は、全て五名未満である。当時の文化の中心は、三都と呼ばれる江戸・京・大坂だった。この入集者数も、その時代的状況の反映である。出雲からの入集が一名であったとはいっても、他地域に比べて特段に「低い」と厳しく言う必要は全くない。

付言しておけば、元禄以前の出雲俳人でとくに注目されるのは、『落穂集』に入集する黒沢弘忠（慶長十七年～延宝六年）である。弘忠は、通称三右衛門、石斎と号した儒者で、松平直政の出雲入国から三年後の寛永十八年三月十六日に召し抱えられ、世子綱隆の教育を任されたことが知られている。

続く元禄期には、風水《ふうすい》（？～宝永六年）の活躍が顕著である。風水は、芭蕉・西鶴・露沾《ろせん》・其角《きかく》・嵐雪・去来・等躬《とうきゅう》などの当時の有名諸家と同じ俳書に入集する履歴を持っている。とくに、不卜《ふぼく》編『続《つづき》の原《はら》』（貞享五年刊）上巻の句合に入集し、松濤《しょうとう》と番《つが》えられて芭蕉の判を受けたことはよく知られている。風水の活動範囲が出雲にとどまらない理由は、神事に関する事で、出雲と江戸との間を長年往来していたためであるという。また、その俳歴も比較的長い。その確実な俳歴は、『稲莚《いなむしろ》』（貞享元年正月）以降、没年の宝永六（一七〇九）年までの二十五年である。交遊関係に関しては、伊丹の鬼貫《おにつら》と親交を結んだことが知られている。

風水は、いわば「全国区」の俳人であり、元禄期の俳人として重要な存在である。しかしながら、まだまだ不明の点が多い。今後、新たな資料の発見など、研究の進展が望まれる。

四　享保・宝暦期の出雲俳人たち

芭蕉没後の俳諧は、大きく都市系（其角《きかく》系など）と地方系（美濃派・伊勢派など）に分かれて活動する。都市系俳諧は、やがて大名点取俳諧《だいみょうてんとりはいかい》へと発展した。その大名たちの点業（句を採点する仕事）を独占的に受けるために、主に其角や沾徳の流れを汲む都市系の俳人たちが結成していた同業者組合的な組織が「江戸座」である。

地方系俳諧には、大きく美濃派（支考《しこう》系）と伊勢派（乙由《おつゆう》系）がある。地方行脚の俳人たちにより、それぞれの地方基盤を築こうとする動きが活発になった。

この時期の出雲俳諧について、桑原氏は「中絶」していたとして、一気に天明期へと記述を進めている。

風水以後しばらく中絶して天明前後になると、松江に松平雪川があり、杵築に広瀬百羅、同浦安並びに明治以前に於ける唯一の女流俳人松井千代がある。
（『出雲俳句史』「第一章　概説」）

ところが、出雲も全国的な俳壇動向の例外ではなく、「中絶」はしていなかったことが、手銭《てぜん》記念館所蔵資料で明らかになった。以下に記すように、この時期、重要な役割を果たしたのは、手銭家三代目の白澤園季硯《はくたくえんきけん》（正徳二年～寛政三年）とその弟の徳園人冠李《とくえんじんかんり》（兵吉郎長康、享保四年～寛政八年）である。

（一）行脚俳人の来雲―節山の出雲滞在

まず注目すべきは、地方行脚の俳人たちの活動である。手銭記念館には『俳諧之伝系《はいかいのでんけい》』、『誹要弁《はいようべん》』、『俳諧すがた見』という伝書（俳諧の教えを記した本）が残されており、元文四（一七三九）年の夏から秋頃、淡々《たんたん》門の節山《せつざん》が出雲に滞在して、地元の俳人たちに俳諧を指導していたことが明らかになった。また、『萬日記《よろずにっき》四』（安永年間、手銭記念館蔵）に、元文年間の鷺神社奉納額の写しとして、杜千・節山らの連句が載ることも判った。

節山の師である淡々（延宝二年～宝暦十一年）は、松木氏、大坂の商家の生まれだが、江戸に移住し、芭蕉の高弟の其角に師事。やがて宗匠となり、其角の没後に京都に移った。そこで、江戸風の点取俳諧を上方に流行らせることに成功して、一大勢力を築いた。弟子が多く、その後の俳壇にも大きな影響を与えた。

大内初夫『近世九州俳壇史の研究』（九州大学出版会、昭和五十八年十二月）によれば、節山は讃岐丸亀の出身、一時京都に住んだが、享保末年頃から宝暦末年頃までには九州に移っており、以後同地に滞在したらしい。豊後鶴河内の雪舟留錫《せっしゅうりゅうしゃく》の地に草庵を結んでいたこと、豊後日田の野坡《やば》系の俳人たちを淡々系に帰依させたことが明らかにされている。とすれば、節山の大社滞在は、九州への旅の途中だったのかもしれない。

また、手錢記念館には、竹翁《ちくおう》の伝書の零本（元文六年二月奥）、華庵《かあん》の伝書『嵯峨時雨巻《さがしぐれのまき》』下（延享四年秋奥）も所蔵される。竹翁、華庵ともに経歴等は未詳だが、おそらく節山と同様の目的で大社に来たのだろう。つまり、行脚俳人によって蕉風俳諧が伝播していった過程には、確実に出雲も含まれていた。なお、手錢記念館には、節山みずからが「行脚節山」と署名した短冊も残されている。

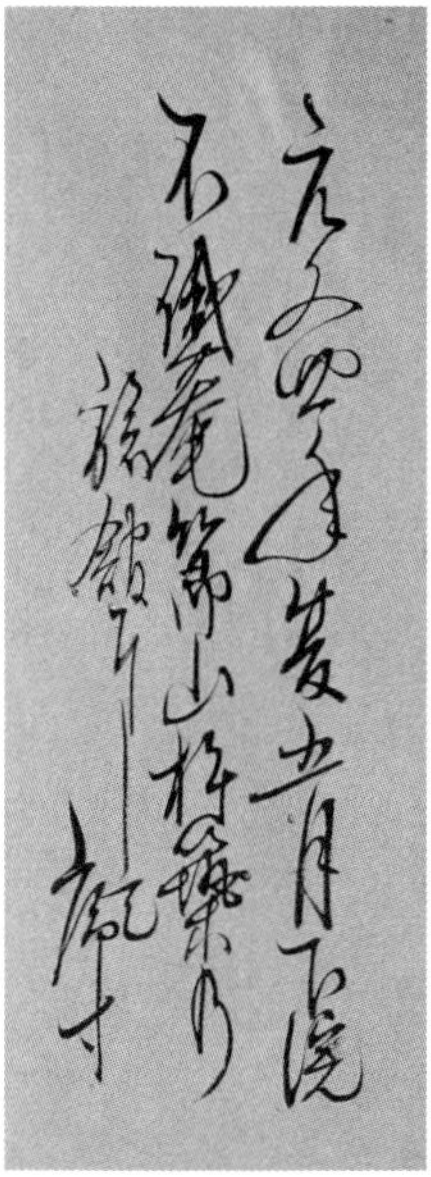

写真１『誹要弁』
（節山署名部分）

（二）季硯・冠李の活動―淡々系から美濃派へ

節山が去って後、残念ながら、季硯や冠李が淡々系の有力俳人として活動をした形跡や、節山が再度出雲を訪れたことは確認できない。では、どうしていたのか。

大礒氏は『岡崎日記と研究』で、美濃派の雲裡坊《うんりぼう》編『蕉門名録集《しょうもんめいろくしゅう》』（宝暦二年）に、季硯・冠李・李夕・五渓・素川・飄尾《ひょうび》・文裏・呂植《ろしょく》・雲坡の発句が「大社連中」として入集することを指摘している。

出雲州　　大社連中

しら梅やいつれの枝を銀河　季硯
蕨にはへつらひもあり梅の花　李夕
白梅や去年の氷柱のしつくより　五渓
しら梅や木の下住のほし月夜　冠李
ゆつり状書て老たる柳かな　季硯

野あそひの袂にのこるすミれ哉　素川
糸ゆふのつなく隙なきひはりかな　三刀屋　魯什
梅か丶にけふも暮たり芝のうへ　石泉
（『蕉門名録集』春之部）

右では、季硯・冠李ら大社の俳人が、魯什・石泉ら三刀屋の俳人と一列で入集することに注目したい。三刀屋の俳人は後々まで美濃派として活動を続けるが、大社の俳人は、やがて美濃派とは別に活動するようになる。つまり、この入集状況から、宝暦初年頃はその活動が未分化だったことが判るのである。

他に、やはり美濃派の沾耳坊《せんじぼう》編『七十子《しちじゅうね》』（寛保三年奥、芭蕉五十回忌追善集）には冠李の入集が、沾耳坊編『梅日記』延享二年刊には、冠李・杜千・柳波・五渓・関山が大社の俳人として入集することも確認できた。

さらに、季硯たちが、石見の美濃派俳人である芙川《ふせん》（別号、魚坊《ぎょぼう》）と親交を結んでいたことも確認できる。季硯の句稿『蒲萄棚《ぶどうだな》』（写本、宝暦八年五月奥、手錢記念館蔵）には、つぎの一節がある。

心あへる友を得て新に俳情を得たり
ゆきたけも同しはたへの袷哉　季硯
右は大田芙川子へ対す時

季硯たちが美濃派に入門したことを明確に示す資料は、発見されていないが、以上の事例を見れば、彼らは美濃派俳人として活動していたと考えることができる。

五　明和・安永・天明期

この時期は「中興期」と呼ばれ、寛政五年の芭蕉百回忌に向けて、様々な芭蕉顕彰活動、いわゆる蕉風復興運動が展開された。その立役者として知られる蝶夢《ちょうむ》は、安永八年に出雲大社に参詣、「雲州紀行」を残した。それによれば、三月廿二日に、木次、今市を経て「杵築の町」に入り、「赤塚といふ神官の家」に宿泊して、翌廿三日に参詣、その日も同じ宿に泊まり、廿四日には松江の「小豆沢といふ人」を尋ねて饗応を受けた。「此人の父は常悦とて和歌の道に長ぜし人にて、都にも住て古きよしみなればなり」と記している。蝶夢が、出雲の歌壇で重要な活躍をした小豆沢常悦《あずきざわじょうえつ》と知り合いだったとは興味深い。しかし、残念ながら、蝶夢と大社俳壇との交流はなかったようだ。

この時期について、桑原氏はつぎのように記している。

天明時代は云ふまでもなく芭蕉歿後の堕落的傾向に反抗して蕉風復帰の革新的気運が盛んな時代であつて、出雲俳壇に於ても芭蕉に直参せんとする意気の下に緊張してゐた様子がはつきりと見受けられる。而して当時活躍したのは松江の松平雪川とその兄雪羽、杵築の広瀬百羅とその子日々庵浦安であり又しげ女も寛政享和の頃その才媛をうたはれた。

（『出雲俳句史』「第三章　天明前後」）

右の引用中に名前が挙がる俳人のうち、しげ女については、ごく最近（平成二十八年）、自筆稿本『槃草《たらいぐさ》』が蒲生倫子氏によって発見された。以下では、百蘿と雲州松平家の俳諧について解説を加えておきたい。

（一）中興期俳人としての百蘿

百蘿《びゃくら》（享保十八年？～享和三年）は、出雲大社の社家（千家家の代官役）広瀬氏の生まれで、その母は手錢家の二代目当主である茂助長定の娘である。昭和三十七年に大社で「広瀬百蘿顕彰展」（大社町教育委員会主催）が開催され、『広瀬百蘿顕彰展記念誌』が刊行されるなど、地元では以前から著名である。しかし、その名前がよく知られるようになったのは、大礒氏の『岡崎日記と研究』以降である。

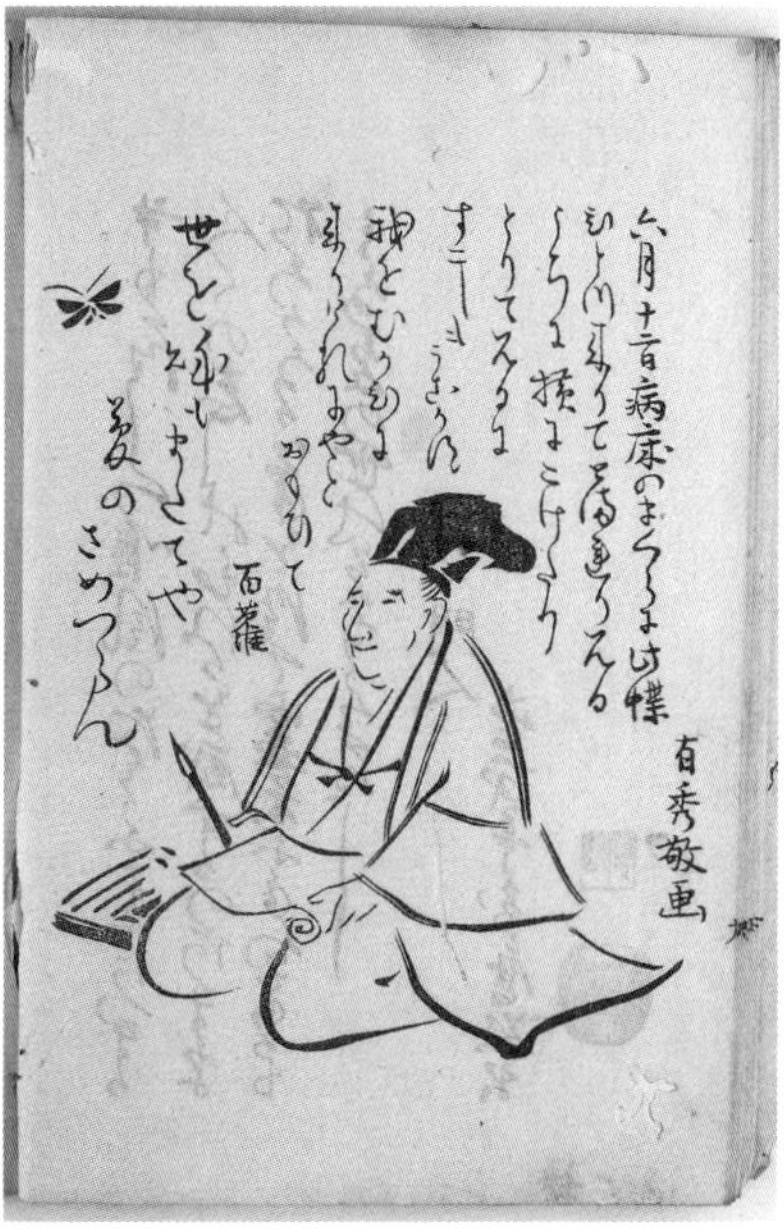

写真２『あきのせみ』所載、有秀画百蘿肖像

宝暦九年の初め頃のことだが、百蘿は京都で得た去来の伝を大社に持ち帰ってきた。知人の左助（俳号、訥子）の仲介により、宝暦八年七月から約四か月間、京都の岡崎にいた空阿《くうあ》（去来の甥というが、大礒氏は庶子ではなかったかと推測している）という人物の許に通って俳諧の教えを請い、去来の伝書を授けられたのである。その経緯や、百蘿と空阿の問答、季硯と百蘿との問答を記録したものが『岡崎日記《おかざきにっき》』である。大礒氏によって、はじめ儀満持矩《ぎまもちのり》による写本（明和元年奥）が、のちに出雲市下古志町の高見家に伝わっていた写本（「天ノ上」

巻）が発見され、研究が進められた。

『広瀬百蘿顕彰展記念誌』に載る「広瀬百蘿略伝」に拠れば、百蘿は十九歳の時に上京し、神学、漢学、歌学などを学び、在京中に宋屋、竿秋、嘯山、移竹、蝶夢などと交流があった。また、息子の日々庵浦安《にちにちあんうらやす》（明和二年～弘化四年）が書き記した「追善句募集文の草稿の一部」には「獅子庵一派（筆者注、美濃派）の俳風をも習学し、後には貞徳貞室の余流を尋ね、鬼貫、言水等の流をくめる人々にも交遊して其道の風をこゝろむるに、古今に其宗を得たる人は、唯はせをの翁ひとりなりと覚知して、是を我家の先師とあふぎ、翁の名句をのみ朝夕心にそめて其意味をあまんずるに、おほくは不易の体なれば是をもはらに学ふべきをと、終に世上の流行をはなれて芭蕉一流の風騒となれり」とある。

　以上の経歴を見ると、百蘿は他の有名な中興期の俳人と比べても遜色のない特徴を備えている。すなわち、中興期の俳人の特徴としては、芭蕉復帰を唱えたこと、一派一系の師弟関係に縛られず各自が自由に活動して個性を伸張させたこと、行脚によって交遊を広げたこと、優れた俳論を展開させたこと、同時代に流行した文人趣味の影響で古典や漢詩などの教養を重んじたこと、等々が指摘される。百蘿は、上京して学問を修め、京都の諸派の俳人たちと交流し、その結果、俳諧に独自の価値観を持って、芭蕉を尊重するに至る。そして、『蕉門誹諧大《しょうもんはいかいたい》意《い》　ふもとの塵《ちり》』（安永六年二月奥）や『極秘誹諧初重伝《はいかいしょじゅうでん》』などの俳論を残している（共に手錢記念館蔵）。百蘿は右の特徴をほぼ備えていると言えるのである。

　「略伝」には、著述した神書、歌書、誹書、雑書などが数百巻あったが、それを書店に鬻《ひさ》いで活計の便りとすることはなく、書蔵に秘め置いて他見を許さなかったとある。残念ながら、百蘿の著作は、さほどは現存が確認できない。しかし、今後、関連する資料が発見される可能性に期待したい。手錢記念館には、百蘿の俳文を集めた写本『さりつ文集』（寛政元年奥）が残されていることも付記しておきたい。

（二）大社俳壇の動向

百蘿の特徴は、美濃派と支考に批判的なことだ。たとえば、「今世間にはやる俳風は、全先師（筆者注、芭蕉）の風にあらず。美濃一流の新風也。専俗語を用ゆる流義にて、詞にひとつ物ずきをいひ出して、世にはやり物とせり。（中略）さるがゆへに、俗に浮世俳諧といひ、又はいかいの商人といへるは、此類也」(『ふもとの塵』)、「彼支考ガ古今抄ニアル芭蕉ノ序文ト云ハ、全偽作イツハリニ相違ナヒゾ」(『誹諧初重伝』)、「支考ナドハ文筆ノ達者、天晴才子ノ様ナレドモ、鼻ノ先学問テ有タト見ヱル」(同前)、「支考位ナ学シヤ共ノ知タコトデナヒ」(同前)、「支考ナドガ百人ヨツタレバトテ、貫之公ノ大才ニ及ブコトデハナヒ」(同前)と記している。

ここで興味深いことは、季硯ら大社俳人たちの帰趨である。先に指摘したとおり、はじめ大社の俳人たちは美濃派に接近していたが、以後は百蘿と活動を共にするようになる。後々、百蘿の系譜は、子の日々庵浦安、孫の蘭々舎茂竹《らんらんしゃもちく》(文化十四年〜慶応三年)と引き継がれ、手銭家の系譜は、季硯と冠李から、四代の敬慶、五代の衝《しょう》冠斎有秀《かんさいありひで》(明和八年〜文政三年)と続くが、手銭家と広瀬家との関係が親密であったことは、百蘿の追善集『あきのせみ』(文化二年)に有秀が「門人」として序文を寄せ、有秀の追善集『追善華罌粟《はなげし》』(文政四年)に浦安が跋文を寄せていることからも想像できる。両家は、たんに血縁であるという以上に、共に大社俳壇の指導的立場を占めていたのである。また、手銭記念館には、蘭々舎茂竹が「落柿舎五世」と署名した芭蕉画像が残っており、茂竹の代になっても、去来からの系譜が大事なものであると認識されていたことが判る。

なお、魚坊の師である以哉坊《いさいぼう》(美濃派以哉派)は、『鳳巾《いかのぼり》の晴《はれ》』(安永三年自序、同六刊)の旅で益田までやって来たが、出雲まで足を伸ばすことはなかった。同書には、魚坊が益田まで面会に行ったと記されている。以哉坊が出雲に立ち寄らなかったのは、もちろん筑紫行脚が目的だったからだが、仮に立ち寄ったとしても、すでに大社の俳壇と美濃派の関係は薄くなっていたはずだ。

それから約二十五年後のことだが、古梁坊雨岡《こりょうぼううこう》(美濃派再和派《さいわ》)は『桜《さくら》の首途《かどで》』(享和三年序)の旅で出雲を訪れた。松江・加茂・八代・木次・三刀屋・今市・大津・宍道・大社・平田などを巡り、各地の美濃派俳人たちと交遊したが、大社では自分で句を詠んだだけで、地元の俳人たちと交遊することはなかった。美濃派と大社俳人は、それだけ疎遠になっていたのである。

(三) 雲州松平家と江戸座

先に引用した桑原氏『出雲俳句史』には、松江の雪川《せっせん》(衍親、為楽庵、宝暦三年〜享和三年)と雪羽《せつう》(七代藩主治郷、不昧、宝暦元年～文化十五年）の名が挙げられていたが、両者の父である雪淀《せってん》（六代藩主宗衍、享保十四年～天明二年）、雪羽の息である月潭《げったん》（斉恒、露滴斎、宗潔、寛政三年～文政五年）も大名俳人として知られる。

　大名は参勤交代で江戸に滞在することが多かったため、国許の俳諧ではなく、江戸の俳諧に遊び、江戸座の俳人を贔屓にした。江戸で俳諧を通じて、大名同士で交際したのである。桑原氏はつぎのように指摘している。

　雪川の俳句の師匠といふか、指導的存在といふか、とにかく雪川俳句に大きな影響を与へた人は、伊勢国神戸の城主本多清秋であった。清秋は俳号で、本名は本多忠永といひ、享保九年五月十七日生れ、文化十四年五月十七日卒で、（略）清秋と雪川の親しかった関係や、その句文を通して見る時、彼等の指導にあたったのは小栗旨原であると考えられる。

（『出雲俳壇の人々』）

　清秋《せいしゅう》は九十四歳の長寿を保ち、大名俳人たちの指導者的な存在であったが、雪川たちとは茶道を介しても親しかったようだ。この清秋が贔屓にした江戸座の俳人が小《お》栗《ぐり》旨原《しげん》（享保十年～安永七年）である。

旨原は江戸の人で小栗氏、百万坊《ひゃくまんぼう》、また伽羅庵と号した。江戸座の超波の門人である。雲州松平家は、この旨原系の俳人を庇護していたことが諸資料で確認できる。

　たとえば、旨原の句集『風月集』（安永五年）を見れば、その句の前書に「雲州公の高門にのそむ時」、「雲州公の御供して」、「雲州公侍座」、「初て雲州公へまいりし時」、「雲州公御家督譲り給ひし時」、「雪淀公侍座即席」などと、しばしば雲州公が出てくる。

　また、旨原の伽羅庵を継承した麻中の『春帖集』（文政三年、手錢記念館蔵）の巻頭には、露滴斎月潭の句が載る。旨原没後四十年以上経っても、雲州松平家は歴代にわたり、旨原系の俳人を庇護していたことが判る。

　そうだとすれば、雪淀の短冊や雪淀の句を記した懐紙帖（大坂の五彩堂矩洲の批点）が手錢記念館に伝来することは、日頃の活動を共にしていた結果ではなく、何か

写真３　雪淀短冊「天津雁時雨のいとに琴柱かな　雪淀」

の機会に殿様から拝領したものと考えるのが適切であろう。繰り返しになるが、大社の去来系と大名俳諧の江戸座系は、異なる系統であるからである。

六　化政期〜幕末期

桑原氏は、この時期についてつぎのように記している。

> 化政時代に於ては簸川郡布智村に椎の本花叔があり松江に奈良井元朝がある。而して彼等の句風は大体中央に於ける当時の俳風と大差ない。
> （『出雲俳句史』「第一章　概説」）

> 幕末時代には松江に山内曲川、裏辻耕文があり、杵築に広瀬浦安の子蘭々舎茂竹、春日信風、田中安海、古川凡和、加藤梅年等があり能義郡に母里藩主松平四山及び比田村に若槻楚青がある右の内杵築の俳人はいづれも百羅の流れを汲んだが総じて当時の俳句は後年正岡子規が月並と称して軽蔑したもので見るべきものが甚だ乏しい。而して此時代を代表する者は曲川である。
> （『出雲俳句史』「第一章　概説」）

（一）椎の本花叔

桑原氏が名前を挙げたうち、大社俳壇にとって重要な人物は、椎《しい》の本花叔《もとかしゅく》（安永三年〜文政七年）だろう。『雲陽人物誌』所載の伝[3]によれば、花叔は、幼時に魚坊、のち江戸に出て雪中庵に俳諧を学んだ。さらに、雲水となって諸国を巡り、希言、蕉雨に出会い、蕉雨の師である士朗に入門した。その後、飯田に古志庵を結び、また諸国を遊歴していたが、父の没後は出雲に戻り、出雲大社の「配札」に従事する傍ら、諸国を巡って俳諧を修学した。この「配札」を「広瀬何がし」に頼んで世話をしたのが、山本一釣《いっちょう》だった。やがて、花叔は古志に庵を結び、そこにあった椎の古木と芭蕉の「先頼む椎の木もあり夏木立」の句に因み、椎の木塚（石碑）を建て、椎の本と号した。その記念の集が『椎のもと』で、序文は一釣、跋文は浦安である。なお、花叔三回忌追善集『夢路農葉桜《ゆめじのはざくら》』の編者の一人は浦安、序文は一釣である。つまり、花叔は浦安と縁の深い俳人であった。行脚して諸俳人と交流し、故郷に戻って芭蕉顕彰の石碑を建てるという経歴には、中興期俳人の特徴の名残を見ることができる。

（二）俳諧の大衆化―手紙と月次句合《つきなみくあわせ》―

化政期を過渡期として、俳諧は大きな変化を遂げる。その変化を一言でいうなら、「大衆化」である。大衆化を支えた二つの大きな要素は、「手紙による全国的な俳人同士の交流」と「月次句合の流行」である。

化政期には、俳人同士の文通が盛んになり、手紙による全国的規模の交流が大流行した。その動きを裏付ける資料が、長斎編・米彦校『万家人名録《ばんかじんめいろく》』（文化十年）である。同書は、当時の俳人六百余名の肖像画とその賛句を収録し、大本五編五冊という堂々とした体裁で出版された。巻頭には千種有政と富小路貞直の二人の堂上公家が載るが、以下は身分や職業も様々である、有名宗匠も載るが無名の素人が大多数を占め、大人の男性だけでなく、女性はもちろん、子どもも入集する。

同書は、諸家から寄せられた序文を複数掲載するが、そこでは、俳諧仲間との交わりを「有隣のよろこび」（如泥序）と言い、同書に全国の俳人の情報が細かく記載されていることを称賛する（志宇序・瑞馬序）などしている。つまり、「俳諧を媒介とした交友関係の構築」という出版の目的が、関係者に明確に共有されていたのである。同書以後、幕末・明治期に至るまで、多くの人名録や俳人の肖像画入り句集が刊行されることとなった。

そして、俳人同士の手紙の遣り取りには、句の遣り取りが伴う。その際に利用されたのが、自分たちの句を一枚の紙に印刷した「俳諧一枚摺《はいかいいちまいずり》」である。歳旦・春興・秋興・追善・嗣号披露など、様々な目的で製作された。錦絵のような売物ではなく、俳人同士で交換するものである。古くは元禄末年頃から製作が始まるが、とくに多く製作されたのは化政期以降である。

また、化政期以降、爆発的に流行したのが、月次句合である。主催者は、毎月の締切日や題などの必要な情報を記した募句《ぼく》チラシを配り、発句を募集する。応募者は、これに従って入花料《にゅうかりょう》（投句料）を添えて投句する。集められた句は宗匠が選句し、定例日になると開巻《かいかん》（選句結果の公表）して、入選句を丁摺《ちょうずり》と呼ばれる摺物にして配布する、というものである。広く一般の投句作者を対象にしたもので、高点句には景品を与えるなど営利的な催しであった。これを毎月開催するので「月次（月並）」なのである。俳諧の普及に大いに貢献したが、後に正岡子規が「月並調」として非難したことはよく知られている。

以上のような俳壇の動向を反映して、「俳人番付」も流行した。相撲の番付の形式にならって、全国の俳人を格付けしたものだ。文通するにしても、句合に投句するにしても、有名俳人への興味関心は必然的に生じてくる。現存が確認できる古い俳人番付は寛政期のものだが、とくに多く残っているのは天保期以降のものである。

　さて、こうした全国的な俳諧の動向の中にあって、出雲の俳人たちはどのように活動したのだろうか。まだ調査が充分ではないが、判る範囲で指摘しておきたい。

　まず興味深いのは、『万家人名録』に、浦安と有秀の句と肖像画が載っていることだ。手銭記念館所蔵の『万家人名録』には、「有秀様」と書いた熨斗が貼られた包紙も残っている。つまり、有秀は入花料を出して自分の肖像と句を載せてもらい、出来上がった本を送ってもらったのである。浦安と有秀は、俳人同士の交遊の拡大という全国的な俳壇の動きに、積極的に参加していたのである。

　また、手銭記念館には、「清地連」の俳諧一枚摺が所蔵されている。その板木が残っているのも貴重である。自分たちのものだけではなく、三刀屋の美濃派をはじめとする他派の摺物も所蔵されている。

　なお、限られた調査の範囲だが、人名録と番付で確認できた出雲俳人の名前を、以下に挙げておこう。『諸国《しょこく》俳人通名録《はいじんつうめいろく》』（嘉永四年）には、龍尾《りゅうび》・蝉羅《せんら》・花暁《かきょう》・粂《くめ》

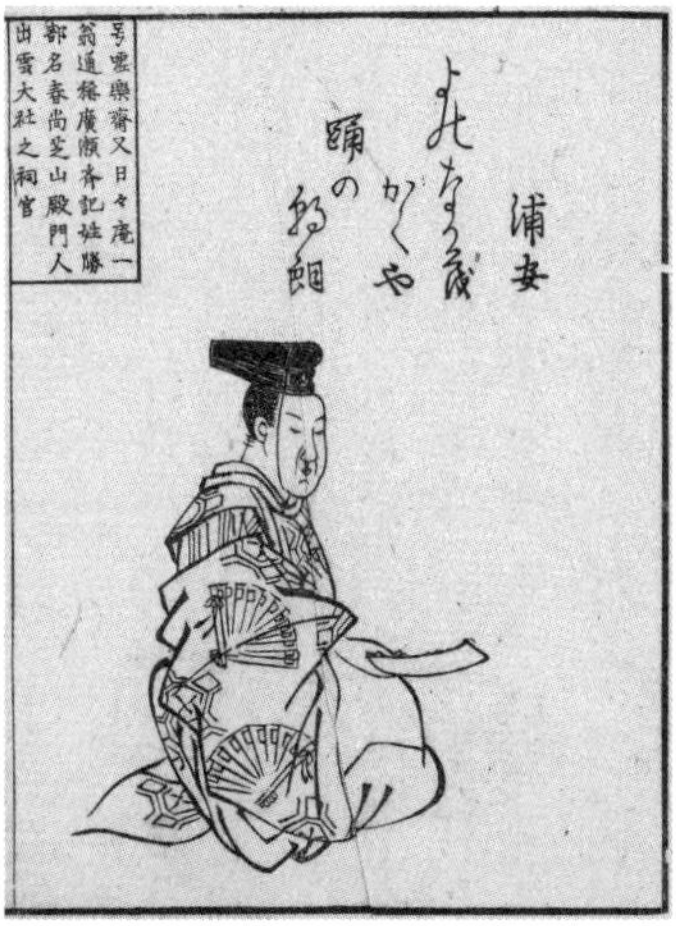

写真４　『万家人名録』より浦安（部分）

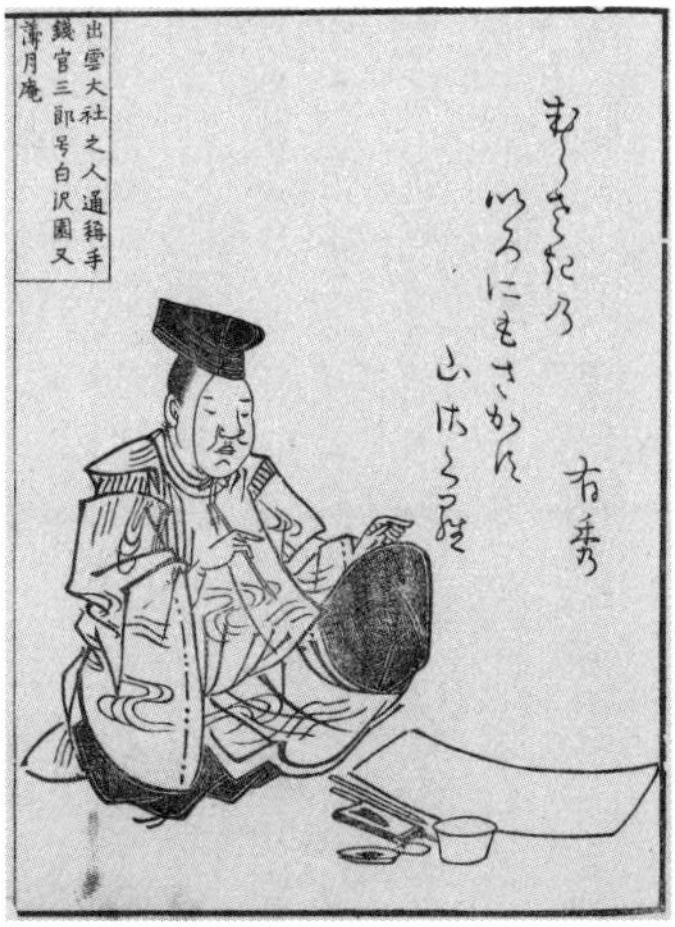

写真５　『万家人名録』より有秀（部分）

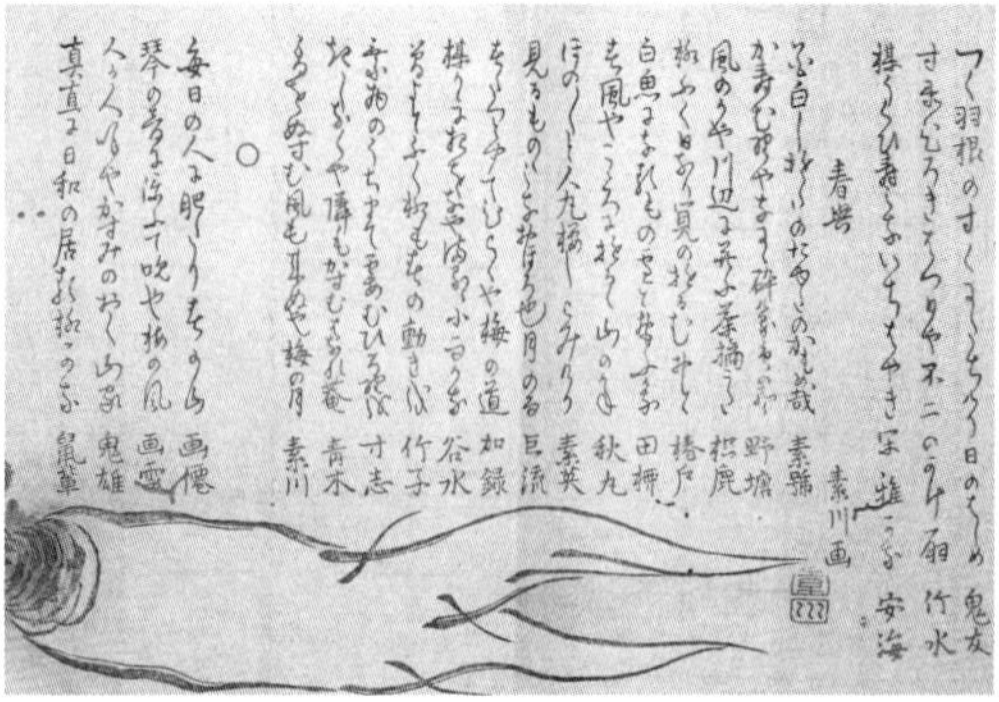
写真６　「清地連　歳旦一枚摺」

人《ひと》・蓼雨《りょうう》・秀翠《しゅうすい》・馬《ば》得《とく》・浦安《うらやす》・安海《あんかい》・六《ろく》村《そん》・完台《かんだい》・百齢《ひゃくれい》・春《はる》彦《ひこ》・尺山《せきざん》・千丈《せんじょう》・眉《び》英《えい》・雲和《うんわ》・完曠《かんこう》・鳳吹《ほうすい》・一緘《いっかん》が、「諸《しょ》州《しゅう》正風俳生番附《しょうふうはいせいばんづけ》」（天保六年七月刊、東大洒竹文庫蔵）には「イツモ　花叔」が、「諸国正風俳諧《しょこくしょうふうはいかい》高名鑑《こうみょうかがみ》」（天保八年以前刊、東大洒竹文庫蔵）には「花叔　クワシク　雲州」が、「蕉風俳諧《しょうふうはいかい》名家競《めいかくらべ》」（安政二年刊、個人蔵）には、其鳳《きほう》・鵞川《がせん》が載る。

月次句合に関しては、手銭記念館に募句チラシが残されていることを指摘しておきたい。「大社箱奉納四季発句合」というもので、天保四年の六月が投句の締切。米子や松江、平田や今市といった広範囲の俳人たちが関わった句合である。「入花一句八銅」とあるので、一句あたりの投句代金は八文、つまり現代で言えば、百円か二百円程度であった。それで、巻頭（一等賞）に選ばれると「扇子」と「龍門上下一具」（絹の裃）、巻軸（二等賞）は「縞縮緬」、以下、十等までは「郡内」（郡内織）、二十等までは「緋毛氈」、三十等までは「ハカタ帯」、四十等までは「木綿壱疋」、百等までは「木綿壱反」、二百等までは「宗匠扇面壱」（宗匠が揮毫した扇面一枚）が景品としてもらえた。興味深いのは、チラシに「八雲庵代選　皇都　霍巣夙也評」とあって、本来は松江の八《や》雲庵《くもあん》龍尾《りゅうび》が撰者であるところを、京都の夙也《しゅくや》に代撰を依頼するとして広告していることだ。つまり、月次句合は、三都（江戸・京・大坂）の宗匠と地方の俳人たちとを繋ぐ機能も果たしていたのである。

たとえば、松江の山内曲川《やまのうちきょくせん》は、京都の荒木万籟《あらきばんらい》と文通を重ね、その縁で門人となったと言われている。その万籟は、もともとは丹後宮津の人だが、月次句合の判者として京都で活躍していた蒼虬《そうきゅう》の弟子となった。とすれば、蒼虬・万籟・曲川という繋がりは、以上に述べた「大衆化」の結果として結ばれたものと見ることができる。つまり、先述した都市俳諧と地方俳諧も、この「大衆化」に次第に呑み込まれていくことになるのである。

おわりに

以上、本稿では、桑原氏『出雲俳句史』の記述に拠りながら、近年の調査で判明した事実を中心に、出雲、とくに大社の俳諧を中心に解説を加えた。繰り返しになるが、桑原氏のように出雲俳壇を否定的にとらえる必要はまったくないと考える。その時々の全国的な俳壇の動向と歩みを同じくしながら、しかも去来の伝を保ち続けたという独自性は、むしろ高く評価されて良いと考える。なお、化政期以後の俳諧については、残念ながら研究がまだまだ少ない。出雲俳壇の分析が、その解明の糸口になる可能性は充分にあることを指摘して、本稿の結びとしたい。

【注】

1 『元禄時代俳人大観第三巻』(八木書店、平成二十四年三月)所収の松澤正樹編「付録　貞門談林俳人大観　人名索引」を参照した。なお、検索結果の一覧は、「俳諧史の中の出雲・大社・手錢家」に掲載した。

2 『毛吹草追加』の引用は、岩波文庫『毛吹草』(昭和十八年十二月)による。

3 山﨑真克氏『椎の本花叔編『雲陽人物誌』翻刻』(私家版、平成二十五年九月)を参照した。

※なお、図版は手錢記念館所蔵資料による。

〈付記〉

本稿は、基幹研究「近世における蔵書形成と文芸享受」以降、山陰研究プロジェクト「山陰地域文学関係資料の公開に関するプロジェクト」(二〇一三〜二〇一五年度、代表・野本瑠美)、同「山陰地域文学関係資料の研究」(平成28年〜平成30年度、代表・野本瑠美)、JSPS科研費「「人を結びつける文化」としての俳諧研究」(平成26年〜平成29年度、研究課題番号26370259、代表・伊藤善隆)、同「化政期俳諧再評価のための新研究」(平成30年〜平成33年度、研究課題番号18K00296、代表・伊藤善隆)による一連の研究成果である。

手錢記念館の調査にあたっては、手錢家の皆様に特段のお世話に預かりました。また、手錢記念館の佐々木杏里様には、細部にわたり懇切なご教示を賜りました。記して感謝申し上げます。

手錢《てぜん》さの子と女性の文芸活動

佐々木杏里

ささき・あんり
公益財団法人手錢記念館　学芸員
昭和三十四（一九五九）年京都市生まれ。同志社大学文学部文化学科卒業。平成五年より手錢記念館に学芸員として勤務。館蔵資料の保存、調査、展示作業の傍ら、島根大学山陰研究センター山陰研究プロジェクトの一員として、手錢家文芸資料の調査研究に関わる。

杵築文学に関する調査研究はここ数年で随分深まってきたが、その中でも女性の文芸活動については、まだまだ資料も少なく、端緒についたばかりであろう。手錢家には、杵築文学に関連する資料が多く伝来する。これらの資料を基に、江戸時代中期から後期にかけて行われた女性の文芸活動の流れと、手錢さの子の文芸活動について考える。

一　手錢家と杵築文学

手錢家は、一七世紀終わり頃から大社に住まいし、現在十一代を数える家で、初代の晩年から酒造業を営み、江戸時代を通じて酒造業を主としながらいくつかの家業を営む傍ら、十数年をかけて海岸沿いに防風林を植林し、殖産興業に熱心に取り組み、御用宿、杵築六ヶ村の大年寄なども長く勤めた。

出雲大社とは、酒屋として御神酒を醸造し納めていただけでなく、幕末まで千家家近習格、御台所勘定方として遇され、深い関わりを持っている。

手錢家には、手錢記念館に寄贈された美術工芸品の他に、江戸時代の文書、典籍類も多く伝来しているが、その中には杵築文学に関連する版本や写本、和歌、俳句、俳諧の連歌、漢詩などの短冊、詠草、摺り物等が膨大に存在していることが分かり、手錢記念館と島根大学山陰研究センターが共同で、平成十七年から調査研究を続けている。

この調査研究によって、代々の手錢家当主が杵築文学の中心メンバーの一員として精力的に勉強、創作していたこと、手錢家資料が江戸時代中期から後期までの杵築文学活動の展開と状況について見渡す事の出来る質と量を持っていることが分かってきた。

　手錢さの子は、この杵築文学に加わり多くの作品を残している女性である。

　手錢家七代・有鞆《ありとも》の妻であったさの子（一八一三～一八六二）は、出雲市今市町の旧家・直良《なおら》家に生まれ、十四歳で手錢家に嫁ぎ、文久二年八月に数え年五十歳で急逝した。舅である有芳《ありよし》も直良家から養子に入っており、夫　有鞆とはいとこになる。

　有鞆とさの子夫婦は、島重老《しましげおい》や広瀬茂竹《もちく》（廣瀬百蘿《ひろせびゃくら》の孫、日々庵浦安《にちにちあんうらやす》の子。落柿舎《らくししゃ》五世を名乗る）、中臣典《なかとみてん》膳《ぜん》（典膳は、和歌は中臣正蔭《おおかげ》、狂歌は古志抜足《こしのぬけたり》、俳句は半漁舎六村《はんりょうしゃろくそん》などの名で残している。俳句、狂歌では指導者としても著名である）らと極めて親しく、俳句と和歌両方に励んでおり、殊にさの子は、多くの句集、歌集に入集している。

さの子肖像

二　杵築文学と女性の文芸活動

　廣瀬百蘿を中心とした蕉風俳諧の隆盛と、小豆沢《あずきざわ》常《じょう》悦《えつ》の指導を受けて和歌活動が盛んになった一八世紀後半から、本居宣長に学んだ千家俊信《せんげとしざね》（明和～天保）に教えを受けた千家尊孫《たかひこ》、島重老、富永芳久《とみながよしひさ》らが核となり、主に和歌で全国的な広がりを見せて盛り上がった幕末まで百年余り。この間、多くの句集、歌集が編まれたが、そこには、出雲大社に関わる人々（国造《こくそう》家、上官、神官など）、大社や周辺の裕福な町人（商家、豪農など）、武士、僧侶と様々な立場の人たちの名前が和歌、俳諧、俳諧の連歌などにまたがって見られ、人々が身分やジャンルにこだわらず、開放的に創作活動を楽しんでいた様子が窺われる。

　しかし、杵築文学全体を見通すような研究や資料は未だ多くはなく、まして女性の文芸活動についてまとめたものは少ない。

そこで、まずは江戸期の文芸・芸能資料等に名前が載る女性約一二、〇〇〇人を都道府県別に掲載した『江戸期おんな表現者事典』（編・桂文庫　監修・柴桂子　現代書館）から、出雲地方の女性の文芸活動を見てみることにしよう。

この事典で島根県の部に掲載されている女性は約三百名で、多くが文芸関係史料からピックアップされているが、そのうち旧松江藩の女性は約九十名にすぎない。

数字で較べると、掲載されている三分の二が石見部の女性ということになるが、その大半は『石見俳諧資料集』（一九九三）『石見俳諧資料集　二』（一九九五）（いずれも工藤忠孝 編）に発句の掲載された女性であった。

石見地方の文芸活動、特に俳諧活動については、一枚摺や句集をまとめた『石見俳諧資料集』『石見俳諧資料集2』によって、ある程度関係者、流れ、傾向が見えているのに対して、出雲地方の近世俳諧については、手銭家資料の調査研究以前には、桑原視草による『出雲俳句史』『出雲俳壇の人々』である程度言及されているのみであり、そこでも極めて低い評価を下され、その後は放置されていたと言っていい状態であった。

『江戸期おんな表現者事典』に掲載される人数の差は、俳諧研究の差をそのまま現していると言えるだろう。

話を戻すと、事典に記載される大社・出雲の女性はのべ三十名で、内訳は和歌が二十八名、俳諧が二名（松井しげ、手銭さの子）となっており、さの子は唯一、和歌と俳諧両方に秀でたと書かれている。

それでは具体的な資料から、女性の活動について見てみよう。

三　江戸時代中期（一八世紀）の和歌活動

一八世紀前半の和歌資料としては、『清地草《すがぐさ》』と『神《かみ》始言吹草《はじめことぶきぐさ》』が挙げられる。「奉納和歌の世界」、「『神始言吹草』の歌人たち―佐太神社の奉納和歌―」（いずれも、芦田耕一著『「出雲歌壇」覚書』より）を参考に、女性歌人を拾い出してみる。

『清地草』は、出雲大社に奉納された歌集で、一〇四八首が収められている。入集歌人四百七十三名のうち地元松江藩からの入集者は二百三十二名、そのうち女性は十名で、出雲の人となっているのは【濃子（都築林親娘）／馬庭宗清妻／租慶法尼】の三名である。

『神始言吹草』は佐太神社に奉納された歌集で千五百首が収められている。入集歌人は五百五十五名で、地元から四百六十一名、そのうち女性が十四名いるが、出雲からは一人も入集していない。

手銭家資料の中には、『高角社奉納百首和歌』と題された歌集の写しがある。これは、小豆沢常悦が願主となって安永二（一七七三）年三月十八日、高角社（益田の柿本社）千五十年祭祀にちなんで奉納したものらしい。

収められているのは、国造、大社町人、松江藩上級武士などほぼ地元の人々の歌ばかりで、女性は【三保子、与位子（千家俊秀妻か？）、民子、甲斐子、多久子】の五名が見えるが、名前だけで姓も省かれているため、人物の特定はまだ出来ていない。

この頃、大社町の裕福な町人らが小豆沢常悦を師として熱心に和歌を学んでいたことが、『愛屋免《あやめ》日記（明和九年』（一七七二～）『安永二卯月三日開講　百人一首聞書』（一七七三）（いずれも手銭家資料）などによって具体的に分かってきたが、これらの資料の中には女性の名前は見えない。

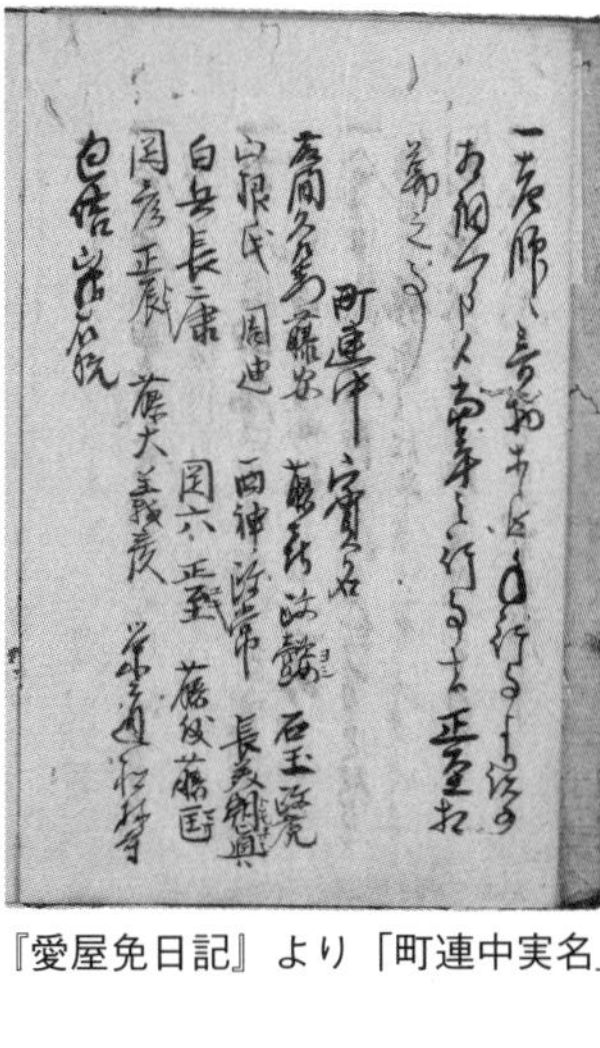
『愛屋免日記』より「町連中実名」

四　江戸時代中期～後期の俳諧活動

手銭家資料から、江戸時代中期から後期にかけての俳諧活動を見てみよう。

一八世紀前半の俳諧については、全体的な状況がようやく少し見えてきたところであり、具体的な活動について言及するだけのデータがないのが現状である。

一八世紀後半の俳諧資料としては、『時津風《ときつかぜ》』（寛政四（一七九二）年刊）『良夜吟《りょうやぎん》』（寛政九（一七九七）年）が残っている。

『時津風 ―奉納雲陽美穂神社誹諧之発句　雲陽松江

未暁菴冨英選―』には、【雲州杵築女　ちか】が出雲の女性として唯一入集している。この句集には、冠李《かんり》（手銭兵吉郎　三代手銭季硯《きけん》の弟）以外に馴染みのある百蘿門人らの俳号は見当たらないので、美濃派中心の句集である可能性が高い

一方『良夜吟』（仮綴じ一帖）は、寛政九年八月十五日（一七九七）と日付のある、広瀬百蘿門人らの発句集で、日御碕連、宇龍連、松江連、平田連、鷺連、杵築北連、同西連、同東連、同南連、同濱連、同月連の句が並ぶ中に、「日御碕女連」として【重、久、市、結、桜】の五人、「濱女連」として【滋、久米、茶遊、直、千賀、露】の六人が句を寄せている。このように、一八世紀後半になると、あちこちで連が出来るほど俳諧を楽しむ女性が増えていたことが分かる。

それから数年後の資料として、『あきのせみ』（文化二（一八〇五）年刊）『赤人社奉納誹諧之発句』（文化六（一八〇九）年仮綴じ一帖）の二つがある。

『あきのせみ』は、広瀬百蘿追善集として編まれた句集だが、【繁子　鶴里、こと】（森連）、【みな】（中連）、【志け】（南連）、【智竜《ちりゆう》院　茶遊、相模、なを、千賀】の十名の女性の句が載っており、幾人かは、『良夜吟』と重複している。このうち、智竜院の句の前に「兄君の別れをおしみて」とあることから、智竜からなをまでは百蘿の妹と思われる。また、千賀の句には「会者定離のならひも今老のもの忘れして」と詞書がつく。

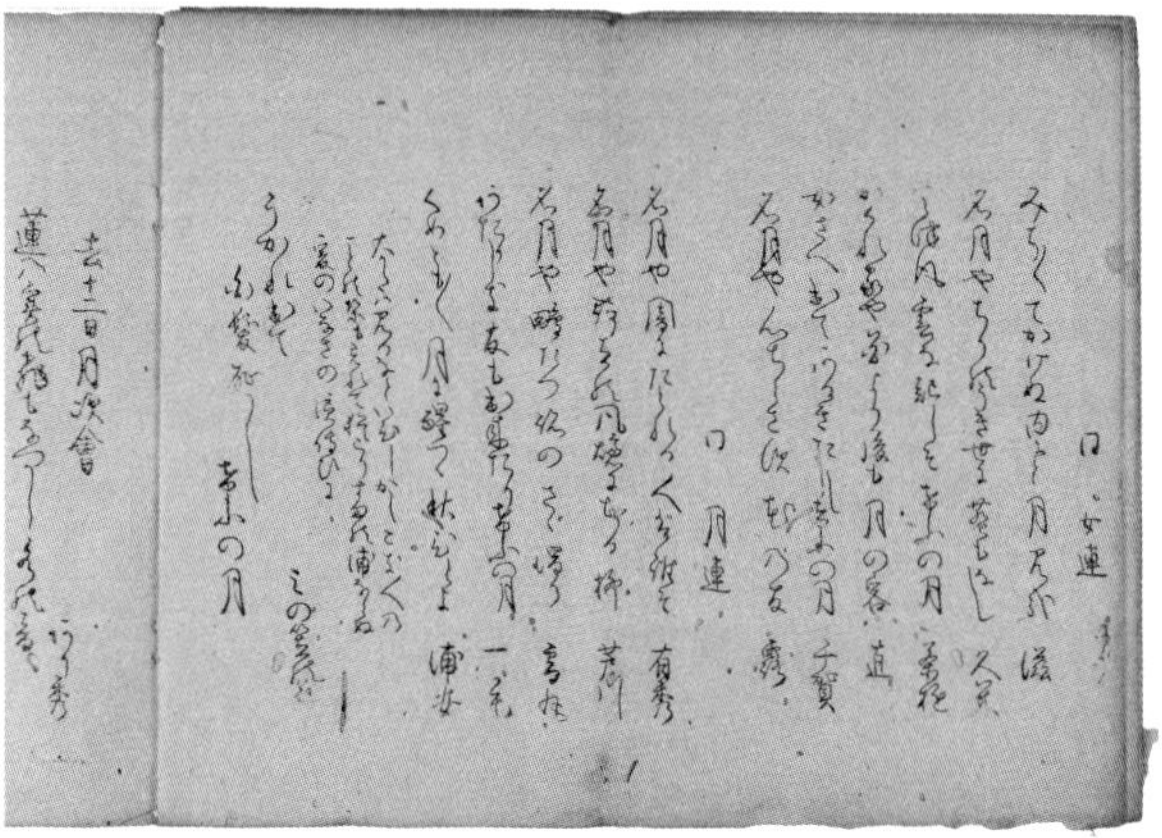

『良夜吟』（寛政九年）

『出雲俳壇の人々』に、

広瀬千賀は、京都で近衛家の政所に仕えていた女性

で、明経博士舟橋則賢卿の御奥豊真院のとりもちで、百蘿が妻に迎えた。文化十年（一八一三）に没す。

（『出雲俳壇の人々』より）

とあることから、この女性は、広瀬百蘿の妻　千賀であろう。

『赤人社奉納誹諧之発句』は、日々庵浦安の筆跡と見える草稿で、「赤人社」とは、大社町杵築西に今もある、山辺神社ではないかと思われる。

句を寄せている七九人は、江戸、大坂など遠方の四名と【松江　智竜】を除いては、現・出雲市に含まれる地域の人々ばかりで、【杵築　なを、松江　智竜、平田　茶遊、杵築　つゆ、杵築　むろ、猪目　つる、杵築　ちか、松井氏　志け】と、女性七人の句が見える。

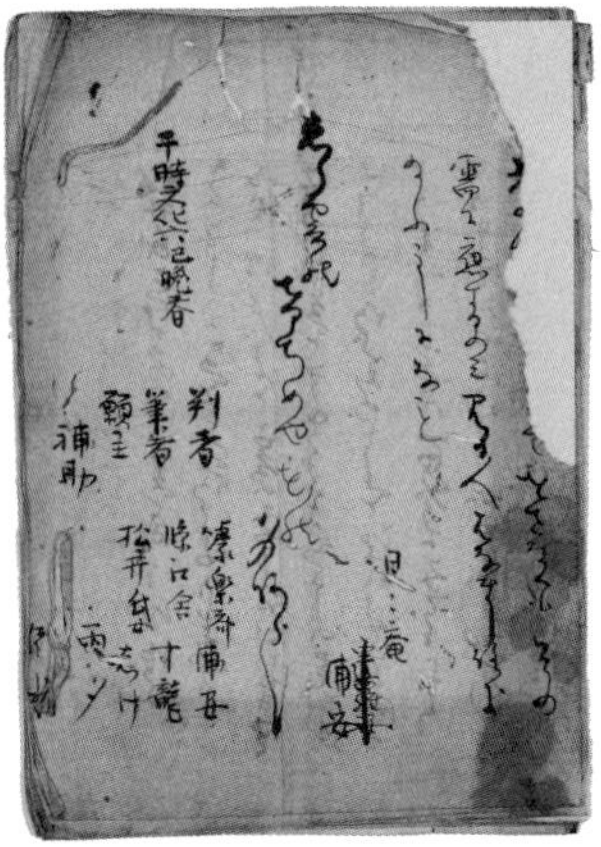

『赤人社奉納誹諧之発句』刊記

この奉納句集は、刊記に「于時文化六己晩春、判者・日々庵浦安、筆者・臨江舎寸龍　願主・松井氏女志け」とあることから、『出雲俳句史』（桑原視草著　昭和二十五年）等に、「近世唯一の女性俳人」と書かれている、松井しげの発願による奉納発句であることが分かる。

願主である松井しげについて、『出雲俳句史』（桑原視草著）には

明治以前に於ける唯一の女流俳人　松井しげ女が出て、天明・寛政・享和の頃、その才媛をうたわれ、我が出雲俳壇に不滅の光を放っている。

と書かれている。

『大社町女流文人顕彰展記念誌』（昭和三十三年十一月一日～三日　於・大社町公民館）には、

元文二年（一七三七）神門郡常楽寺村生まれ。父は伊藤五左衛門。小土地の廻船問屋　本松井屋三代長右衛門に嫁ぐ。

広瀬百蘿について俳諧を学び、天明五年、四十九才で夫と死別、以後家事は息子に譲り、俳諧、茶道を専らとするが、次第に俳名が高まり、加賀の千代女

に擬して「出雲千代」と呼ばれた。文化十四年、八十一才で没す。墓地は小土地　延命山円通寺

しげ女は美人でしかも貞淑であったので、母が病むと手を尽くして看護したが、遂に及ばなかったので

　　蚊を追いし団扇も投げて涙かな

と嘆き、又その弟に先立たれては

　　朝顔の花やおくれし露の身も

と詠んだ。

しげ女の句は、その著『栞草《しおり》』に収められているが、そのはしがきに世にさまざまの花有て蓮は泥の中より清らかなる姿をなし、牡丹は岩の上に在ても ふくぶくしき花の形をそのふ。されはそこをゑりて生ふるのかと思へば昔の人の言葉にも植えて見よ花のそだたぬ里もなしとやらん。したふていろいろの花の種をひらいて茶園の片すみにまきちらし洗濯の水をこぼして養いとしよすかある時の気のしみとなしぬ。故に栞草と名付けはべる、と述べている。

とある。

これら、松井しげについての逸話は、殆どが引用の積み重ねであり、しげの実像がわかるような同時代の記述や根拠となる一次資料、しげの直筆資料はほとんどない。

しかし、平成二十八年十二月、しげの自筆句集『槃《たらい》草』が出雲市立海辺の多伎図書館に所蔵されており、これが誤って『栞草』と伝えられていたことが紹介された。（蒲生倫子「まついしげ女「栞草」―翻刻と考察―」『山陰研究　第9号』二〇一六年）

一九世紀半ば、文政・天保以降の俳諧資料から出雲地域の女性の名を探してみると、『春帖集《しゅんちょう》』（文政三年）には、【神門郡　とみ、大社連　三那、平田連　美知】、『ひ乃川集』（安政五年）には【大社　鶴寿女、同　鶴栄女、同　久栄女、同　美津女、同　久つる女】らの名が見える。

このうち、『ひ乃川集』に見える名は、他の手錢家資料にはないことから、手錢家が親しんでいた百羅以来の系統とは別系統の俳諧社中に属していた女性達だったのではないかと思われる。

五　江戸時代末期の和歌活動

江戸時代末期、毎年のように出版されていた杵築文学の歌集から杵築の女性の名を拾い上げると

『類題八雲集』（天保十三年）　千家しの子・佐草さか子・千家いへ子・廣瀬なほ子・島八重子・千家富子・千家栄子・千家与位子
『丙辰出雲国三十六歌仙』（安政三年）　手錢さの子・千家富子・北島善子
『出雲現存五十歌仙・花のしづ枝』（安政四年）　千家栄子・千家富子・手錢さの子・千家いへ子
『丁巳出雲国五十歌撰』（安政四年）　千家護子・千家富子・北島善子・手錢さの子（跋文のみ）
『戊午出雲国五十歌撰』（安政五年）　直良みき子・北島民子・手錢さの子
『出雲国名所歌集第一輯』（嘉永四年）　佐草栄子・富永さよ子
『出雲国名所歌集第二輯』（嘉永六年）　北島善子・手錢さの子
以上の名前がある。
　千家富子・栄子・しの子・与位子、北島善子・民子は国造家、島八重子、佐草栄子・さか子、富永さよ子、千家いへ子は社家の家族ということが分かっている。このように、多くの女性が松江藩士の妻女か、大社の神官の妻や娘で、俳諧のような明らかな町人の女性は少ない。
　当時、千家・北島両国造家は、公家など京都のしかるべき家から妻を迎える事が多く、彼女らは当然和歌の素養があったと考えられる。
　島、佐草、富永らは杵築文学を牽引した中心人物であった。つまり、殆どの女性は和歌と日常生活とが密接に結びついた環境にあったと言えるだろう。
　直良みき子はさの子の母で、数少ない町人の出ではあるが、『出雲国皇学者歌人学係累初編』に千家尊孫の門人として名前が挙がっている。さの子が文芸活動に親しんだのは、母の影響が大きかった事が想像できる。
　直良家は下郡《したごおり》なども務めた家であったが、みき子がどういう人だったのか、どういう環境に育ったのかは、今後確かめる必要があるだろう。

六　杵築文学におけるさの子の存在

さの子は、このような女性達と対等に歌を詠み、頻繁に入集している。

　まして、『丁午出雲五十歌仙』では、依頼されて跋文を担当している。手錢家に残された、編者である富永芳久へ宛てた手紙の下書きは、跋文を依頼されたことへのとまどいと喜びに満ちあふれている。その思いがそのまま綴られた跋文からは、歌を選ばれる事以上の喜びがあったことが推察される。

わざわざ一介の商家の、しかも女性に跋文を依頼するのは随分と異例な事だろう。これは、様々な事情があったとしても、まずはさの子が歌人として評価されていたからだと考えて良いのではないだろうか。

さの子が残した『かたかたのせうそこうつし』と題された綴りには、冨永芳久、田中清年《きよとし》（俳号・千海、安海）、中臣典膳、佐草美清《よしきよ》、千家尊澄《たかずみ》など、様々な人との手紙のやり取りが筆写されている。ここには、文学を学ぶ上での様々な助言や指導が記されており、杵築文学に関わった人々の、文芸活動に対する姿勢や考え方などを知る意味でも大変重要な資料なのだが、文言の端々からは、さの子が彼らの助言を真摯に受け止めて文芸活動に取り組んでいたこと、それもあってか彼らから随分かわいがられ、大切に遇されていたことが見てとれる。

　……さてひと日歌の題をたてまつり置しに、かすおほきをもいとひ給はて残るくまなくこよなうおかしくもよみつらね給ひておくりものし給ふをみもてゆけは、めもさむはかりおもしろうう け給はり侍りぬ

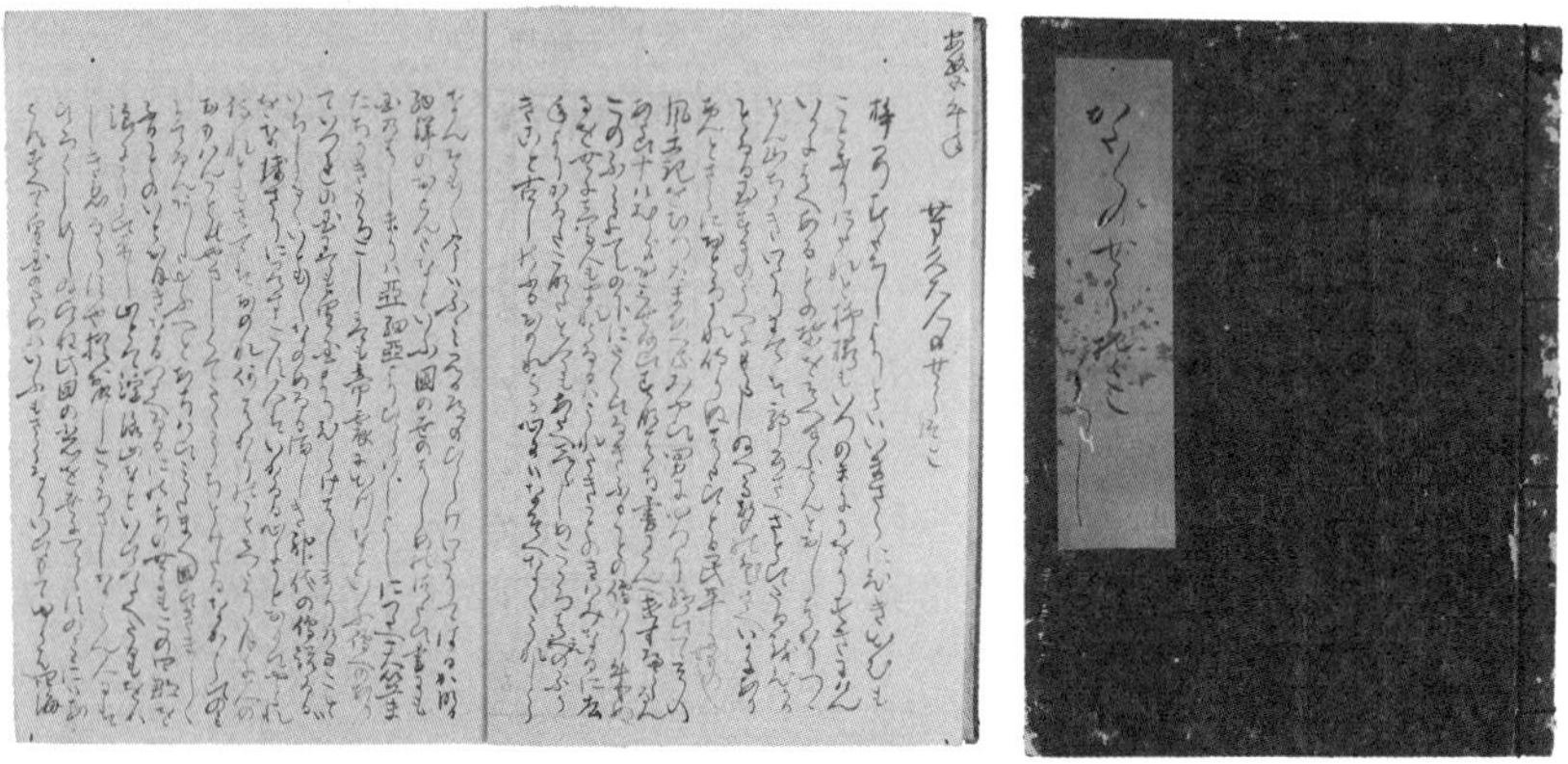

『かたかたのせうそこうつし』

……（千家尊澄よりさの子宛消息『かたかたのせうそこうつし』）

さの子が残した自筆資料の中に、『ふたみのしほ』と題された発句詠草、『朝宵草』と題された和歌詠草がある。

『ふたみのしほ』には、春夏秋冬の順で発句千百七十二句がまとめられており、巻末の数ページには、新たに加えられた句や文久元年五月の詞書が見える。

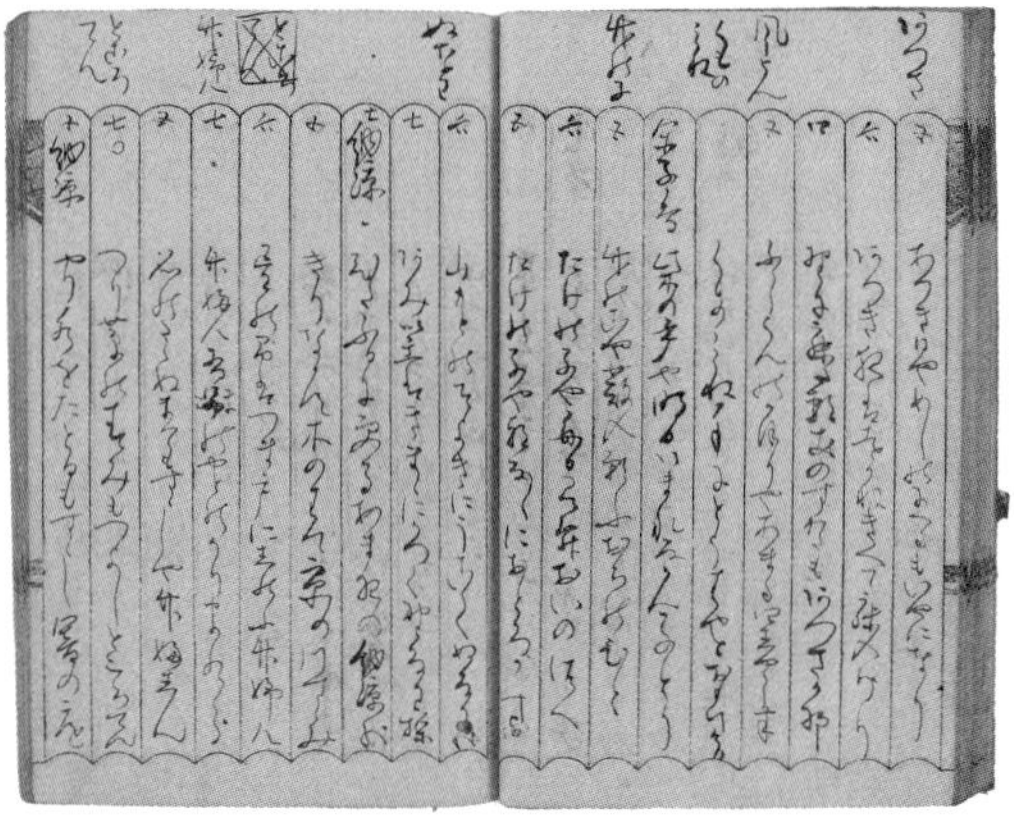

『ふたみのしほ』

『朝宵草』には、春夏秋冬恋雑の順で四百二十五首の和歌がまとめられ、巻末には、文久二年春の詞書のある歌などが、新たに書き加えられている。

これらのことからこの二冊は、五十歳を迎えたさの子が、自身の作品を何らかの形でまとめようと、没する直前まで手を入れていた、自選集の下稿ではないかと思われる。

残された多くの詠草、『かたかたのせうそこうつし』に残るやりとり、素人によるものとは思われない肖像画、葬儀に関する記録などからは、さの子が歌人・俳人として、高く評価されていたこと、和歌、俳諧、川柳、

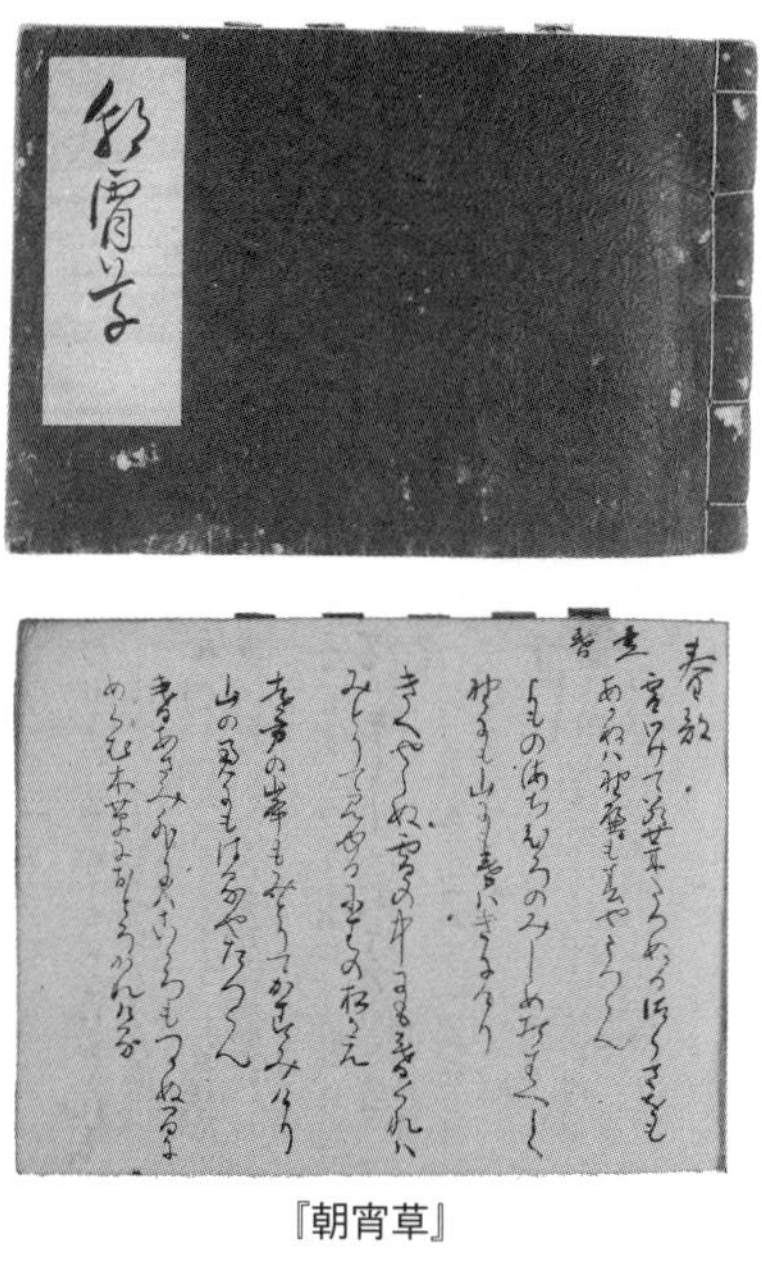

『朝宵草』

狂歌と自由に作れる環境にあったことが見てとれる。

そのような女性が存在できる自由さ、懐の深さが、杵築文学にはあったということでもあるのではないだろうか。

最後に

今や、たった百数十年前にこのように大規模で質の高い文学活動が杵築を中心にして繰り広げられていた事は、地元の人達からも忘れ去られている。

『ふたみのしほ』や『朝宵草』が人目に触れる形で残されたなら、さの子が長命でいたならば、杵築文学の女性達がもう少し注目されたかもしれないし、また、さの子に続く一般の女性歌人がもっと現れ、杵築文学はより幅広く展開するようになったかも知れない。

さの子は、自身の作品を何らかの形でまとめ、おおやけにすることが出来ないまま急逝する。その後数年で明治維新が起こり、環境はすっかり変わってしまい、杵築文学全体を見渡すような研究はあまりされずに時が過ぎてしまった。

しかし、しげやさの子以外にも、活躍していた女性達がいる可能性は高い。

松井しげの『槃草』のように、まだどこかでひっそりと眠っている資料があるだろう。今後、文芸を生き生きと楽しむ女性達の姿を伝える資料が、数多く見つかる事を願っている。


最後にさの子が残した発句と歌をいくつか挙げる。

ちる紅葉見てはあふむく山路哉
さひしさをむしろに包む住居哉
所望する風呂はさめたりしかの声

さくら
桜見のさくらなき家でやすみけり
かねの音に咲くや初瀬の山さくら

詠草から三首
寄魚恋　鮎すらもおちくるせにそあるものをなとわか恋のうかふせのなき
寄花恋　うき人の桜かさねのいつつきぬいつかとくへき花の下ひも
女といへる題にて　唐衣たちぬふわさに少女子のせわき心をつくしつるかな

山家五月雨　人とはぬかたやまさとのさみだれは身もくちぬべくおもほゆるかな（丙辰三十六歌仙　八番）

恋の歌　恋わびて年ふるまゝに口なしのしたぞめごろもくちやはてまし（花のしづ枝　三十七番）

秋朝　うき秋といへど一日のはじめなりあしたは物もおもはざりけり（戊午五十歌撰　二十四番）

海辺眺望　出雲潟藻苅塩焼く海人の子は誰がみるめにもいとまなげなり（出雲国名所歌集第二輯　百十番）

さの子短冊「寄花恋　うき人の桜かさねのいつつきぬいつかとくへき花の下ひも

【参考文献】

工藤忠孝編『石見俳諧資料集一』（一九九三年）、『石見俳諧資料集二』（一九九五年）石見地方未刊資料研究会

芦田耕一『「出雲歌壇」覚書』（二〇一一年）

芦田耕一・原豊二・山﨑真克編著『『類題八雲集』―翻刻・解説と作者索引―』（二〇〇九年）

芦田耕一編著『出雲国の四歌集』（二〇〇七年）

出雲文化活用プロジェクト『平成26年度出雲文化活用プロジェクト報告書』（二〇一四年）

伊藤善隆「翻刻・手錢記念館所蔵俳諧伝書（二）―手錢記念館所蔵俳諧資料（四）―」（『湘北紀要』三六号、二〇一五年）、「百韮追善集『あきのせみ』―手錢記念館所蔵俳諧資料（三）―」（『山陰研究』第七号、二〇一四年）

桑原視草『出雲俳句史』（一九七八年）、『出雲俳壇の人々』（一九八一年）だるま堂書店

蒲生倫子「まついしげ女「琹草」―翻刻と考察―」『山陰研究　第九号』二〇一六年）

原青波『出雲歌道史』（一九四〇年）凮明荘

中澤伸弘『徳川時代後期出雲歌壇と國学』（二〇〇七年）錦正社

桂文庫編『江戸期おんな表現者事典』（二〇一五年）現代書館

大社町教育委員会『大社町女流文人顕彰展記念誌』（一九五八年）

第5章

江戸後期に、杵築文学が隆盛になったのはどうしてか？
（第5回講座・シンポジウム）

江戸後期に、杵築文学が隆盛になったのはどうしてか？

（第五回講座・シンポジウム）

日　時　平成二十九年三月十八日㈯十三時

場　所　大社文化プレイスうらら館

基調講演　田中　則雄（たなか　のりお）

島根大学　教授

シンポジウム

シンポジスト　田中　則雄

島根大学　教授

〃　西岡　和彦（にしおか　かずひこ）

國學院大學　教授

〃　岡　宏三（おか　こうぞう）

島根県立古代出雲歴史博物館専門学芸員

〃　佐々木杏里（ささき　あんり）

公益財団法人手銭記念館学芸員

コーディネーター　芦田　耕一（あしだ　こういち）

島根大学　名誉教授

（役職名は平成二十九年年三月のもの）

田中　則雄◉島根大学教授（法文学部）

昭和三十八（一九六三）年、鳥取県鳥取市生まれ。京都大学大学院文学研究科博士課程修了。博士（文学）。島根大学法文学部講師、助教授を経て、二〇〇六年から現職。島根大学法文学部山陰研究センター企画室長兼任。日本近世文学専攻。

【編著書・論文等】

『京都大学蔵大惣本稀書集成　第五巻・軍記』（臨川書店、一九九六年）、『雲陽秘事記と松江藩の人々』（松江市教育委員会、二〇一一年）など。「読本における尼子史伝」（『山陰研究』第五号、二〇一二年）、「地方における実録の生成―因幡・石見の事例に即して―」（岩波書店刊『文学』二〇一五年七・八月号）など。

西岡　和彦◉國學院大學教授（神道文化学部）

昭和三十八（一九六三）年、兵庫県に生まれる。國學院大學大学院博士課程後期修了。國學院大學文学部・日本文化研究所兼任講師を経て現職。専門は神道思想史。

【編著書・論文等】

『近世出雲大社の基礎的研究』（大明堂、のち原書房）、『大社町史』中巻（共著・出雲市）、『出雲大社の寛文造営について』（共著・島根県古代文化センター）

岡　宏三◉島根県立古代出雲歴史博物館専門学芸員

昭和四十一（一九六六）年、島根県に生まれる。青山学院大学大学院修士課程修了。島根県古代文化センター、島根県立博物館を経て現職。専門は近世社会文化史。

【編著書・論文等】

『近世日本の海外情報』（岩田書院）、『出雲大社の御師と神徳弘布』（島根県古代文化センター）、『出雲大社　日本の神祭りの源流』（柊風舎）

佐々木杏里◉公益財団法人手銭記念館学芸員

昭和三十四（一九五九）年、京都市生まれ。同志社大学文学部文化学科卒業。平成五年より手銭記念館で学芸員として展示全般、所蔵作品の整理研究、蔵書調査を行っている。近年は、手銭家蔵書を足がかりとした杵築文学に関する調査研究に加わり、和歌と俳諧を中心に調査中。

芦田　耕一◉島根大学名誉教授

昭和二十一（一九四六）年二月に大阪市住吉区に生まれ、育つ（本籍は兵庫県丹波市）。神戸大学大学院文学研究科修了。一九七八年に島根大学に赴任し、三十三年間在職する。現在、島根大学名誉教授。

【編著書・論文等】

『六条藤家清輔の研究』、『清輔集新注』、『江戸時代の出雲歌壇』。

基調講演

大社・手銭家蔵書を通じて見る出雲の文芸活動

……田中則雄

江戸時代後期の杵築文学隆盛の様相を知ろうとする際、杵築の商家手銭家に伝わる蔵書が手掛かりになる。この蔵書の最大の特色は、同家歴代の人々自身が、出雲地方の歌壇、俳壇の中に身を置き、文芸活動を実践しながら集積したものであるという点である。従ってこの蔵書に残された様々な痕跡から、杵築を中心とする文壇の人的ネットワーク、そこで行われた活動のありようを窺い知ることができるのである。

たなか・のりお
昭和三十八（一九六三）年、鳥取県に生まれる。京都大学大学院博士課程修了。博士（文学）。島根大学講師、助教授を経て現職。専門は日本近世文学。島根大学法文学部山陰研究センター企画室長を兼任し、山陰の古典文学に関する研究プロジェクトに取り組んでいる。
【主要著書・論文】
『京都大学蔵大惣本稀書集成　第五巻・軍記』（臨川書店、一九九六年）、『雲陽秘事記と松江藩の人々』（松江市教育委員会、二〇一一年）、「読本における尼子史伝」（『山陰研究』第五号、二〇一二年）、「地方における実録の生成―因幡・石見の事例に即して―」（岩波書店刊『文学』二〇一五年七・八月号）

はじめに

江戸時代後期に杵築文学が隆盛になったのはどうしてかという問題を考えるにあたり、「蔵書」が大きな手掛かりになる。あたかも江戸時代中期から後期にかけて、杵築の商家手銭家において、大量の書物の集積がなされていた。ただしこれは決してコレクター的趣味によるものではない。同家歴代の人々自身が、出雲の歌壇、俳壇の中に身を置き、文芸活動を実践しながら蔵書を形成していったのである。書物の中には多くの蔵書印や書き入れが残り、当時著名な歌人、俳人たちから教えを受けた痕跡も見える。

したがって、手錢家の蔵書を分析することによって、江戸時代後期の出雲地方における文壇の様相を窺い知ることができる。そこから見えてくるのは、特に出雲大社が文芸活動に関しても拠点となっていたこと、また和歌、俳諧を教える指導者がいてその周囲に人が集い、文芸の〝場〟ができていたこと、出雲の人々にとって和歌を学ぶ際には『出雲国風土記』が強く意識されていたことなどである。

なお手錢家蔵書に関しては、次の三つのプロジェクトにおいて調査研究を行ってきた。

島根大学法文学部山陰研究センター・山陰研究プロジェクト（二〇〇七年度～、現在継続中）

国文学研究資料館・基幹研究「近世における蔵書形成と文芸享受」（二〇一一～二〇一三年度）

文化庁・文化芸術振興費補助金事業「出雲文化活用プロジェクト」（二〇一四年度～、現在継続中）

即ち、芦田耕一、佐々木杏里、伊藤善隆、久保田啓一、山﨑真克、原豊二、野本瑠美、小川陽子の各氏との共同研究である。以下、文中に記した所以外においても、研究メンバーによる論考や直接の示教に大きく拠りながら記述していることをおことわりしておく。

一　手錢家歴代と蔵書形成

まず、手錢家歴代について、佐々木杏里氏の調査に基づいて略述する。手錢家は初代の喜右衛門長光《おさみつ》が、貞享三（一六八六）年、白枝（出雲市高松町）から大社の地へ移り商売を始めたのがその起こりである。屋号を白枝屋と称し、酒造業を中心に、米、材木、木綿の商いなど、広く商売を行った。松江藩の御用商、御用宿（本陣をも含む）を務め、また出雲大社との関わりも深く、江戸時代後期には千家家近習格の扱いを代々受けた。文芸活動との関連が見えるのは、三代季硯《きけん》（一七一二―一七九一）からである。季硯は、生死の境をさまよう大病をした際に白山の使いの狐が夢に現れて助かったとして白山を信仰したと伝えられ、白三郎《はくさぶろう》と称し、また「白澤園《はくたくえん》」の号を用いた。蔵書にも白三郎、白澤園の書き入れや印が残る。そのあと四代の敬慶《けいけい》（一七三二―一七九六）、五代の有秀《ありひで》（一七七一―一八二〇）、六代の有芳《ありよし》（一七八九―一八四三）、七代の有鞆《ありとも》（一八一〇―一八六七）、その妻さの子（一八一三—一八六二）へと続く歴代が文芸活動に携わり、八代安秀《やすひで》のところで明治を迎える。

さて手銭家の蔵書は、全体で約六五〇点、一二〇〇冊から成る（今後の調査でさらに増える可能性がある）。蔵書印や書き入れの残る書物が多く、これらがどのような過程を経て集積されたのかを推定するための手掛かりとなる。以下、冒頭に掲げたプロジェクト研究の成果によりながら、蔵書形成の過程を概観する。

まず冠李《かんり》という人物が持っていた一群の書物がある。蔵書印で最も多く見られるのが写真1に掲げた「冠李」印であり、また写真2の「岱青楼《たいせいろう》冠李印」もある。写本『蕉門俳諧 有也無也之関』奥書に「延享四年八月十八日 手銭冠李」と記すことから（写真3）、この人が江戸中期頃に活動した人であること（延享四年は一七四七）、手銭氏であることは把握していたが、それ以上の詳細は不明であった。然るに近年、ご当主夫人手銭裕子氏が同家墓所の中に冠李の名を記す墓碑を発見され、これを手掛かりに調査が行われた結果、三代季硯の弟、兵吉郎長《なが》康《やす》（一七一九—一七九六）であることが判明した。

三代季硯は、前述した号「白澤園」の蔵書印を用いる（写真4）。続く四代敬慶も同じ「白澤園」の印を用いる（写真5）。

写真1　冠李蔵書印

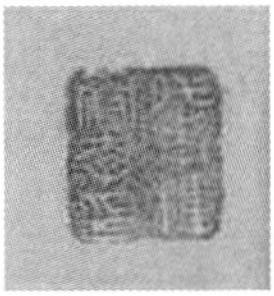
写真2　冠李蔵書印

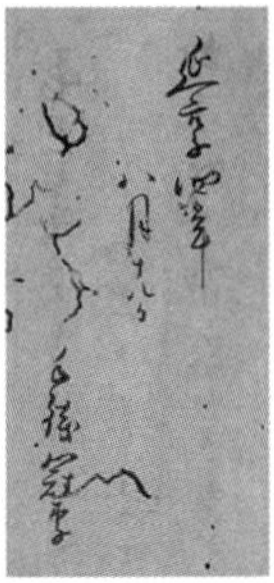
写真3　手銭冠李の奥書

写真4　季硯書き入れと蔵書印（「白澤園」）

写真5　敬慶書き入れと蔵書印（「白澤園」）

五代有秀も「白澤園」の蔵書印を用いる（写真６）。この有秀の蔵書には、先ほどの冠李から引き継いだものがある。『おくのほそ道』版本（写真７）には、まず冠李の前出二種の蔵書印が捺してあり、その上に被せるようにして有秀が、「四方隣蔵書／白澤薗」と墨書きし、自分の所蔵となったことを記している。なおこの本、他の箇所に「有秀蔵書」の書き入れがあり、また筆跡から見ても、この墨書きは有秀によるものと判断される。

写真８は、『蕉門俳諧極秘聞書』に収める有秀による「神文」。その最後に「寛政八丙辰歳六月日　手銭官三郎／有秀在判」として「冠李尊師　百蘿尊師　両宗匠」と記している。即ち冠李は、有秀にとって従祖父（祖父の弟）でありつつ、俳諧の師でもあったことから、蔵書を譲られたものと推測できる。なお百蘿《びやくら》こと、広瀬百蘿については後に触れる。

また写真９は、季硯から有秀へと引き継がれたもので、まず下側に「季硯之印」と捺され（写真では不鮮明で読みづらい）、後にその上部に「有秀」と捺された。なお側にある「白澤薗蔵書／四巻之内」は有秀の筆跡である。以上のように、三代から五代にかけてまとまった量の書物が集積されたこと、そして書物の継承も行われたことが確認できる。

続く六代有芳は、『書物軸物目録』なるものを作成して、蔵書の整理点検を行ったという点で注目すべきである（写真10）。まず「仏書」「画書」「軍書」などと、分

写真６　有秀書き入れ（「衡冠斎」）と蔵書印（「白澤園」）２種

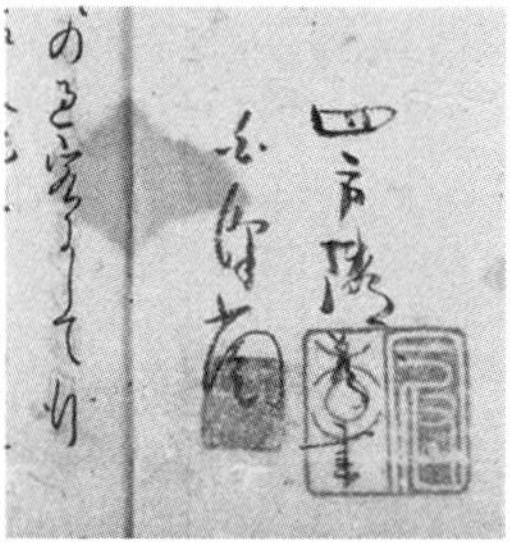
写真７　冠李蔵書印２種の上に有秀書き入れ（「四方隣蔵書／白澤薗」）

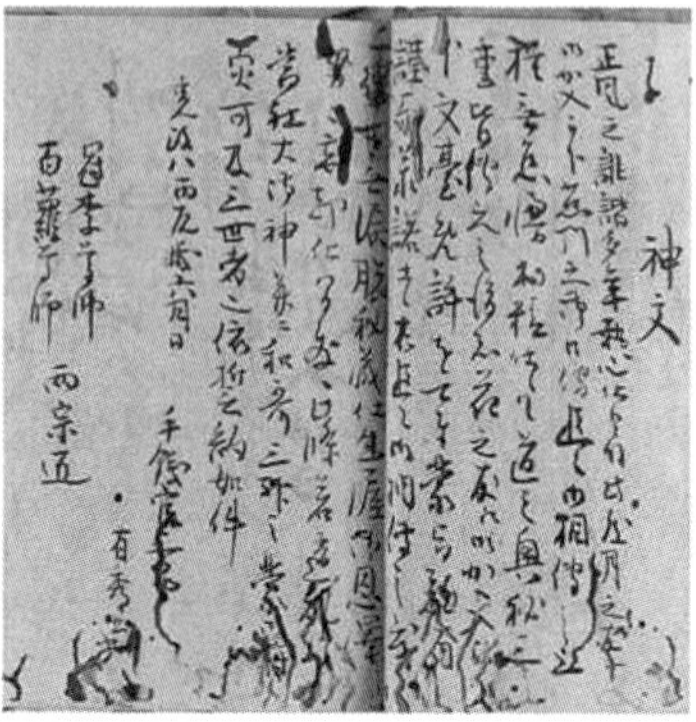
写真８　有秀による「神文」

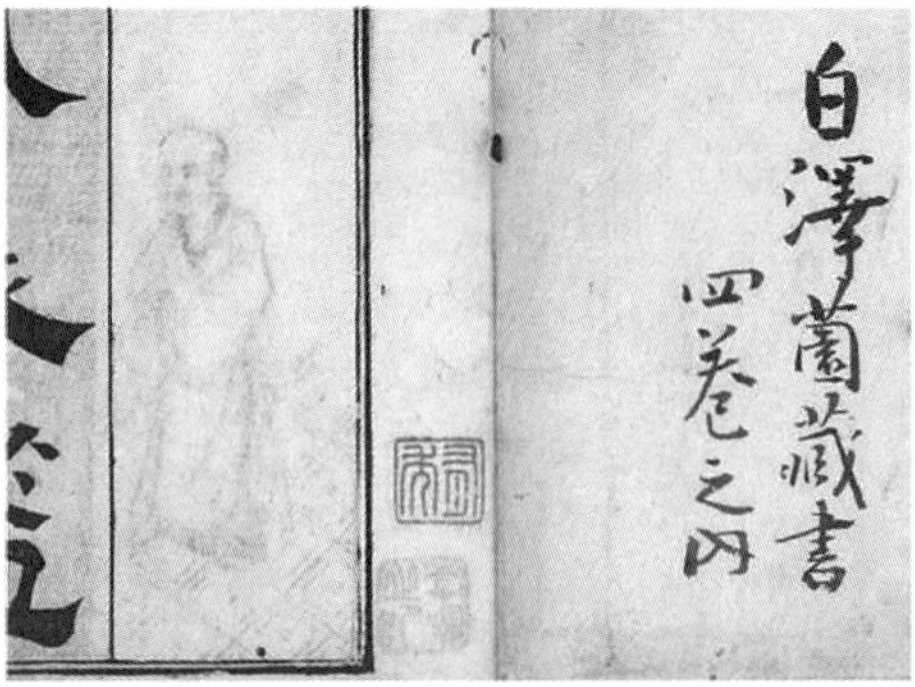

写真９　季硯蔵書印の上部に有秀蔵書印、書き入れ「白澤薗蔵書」

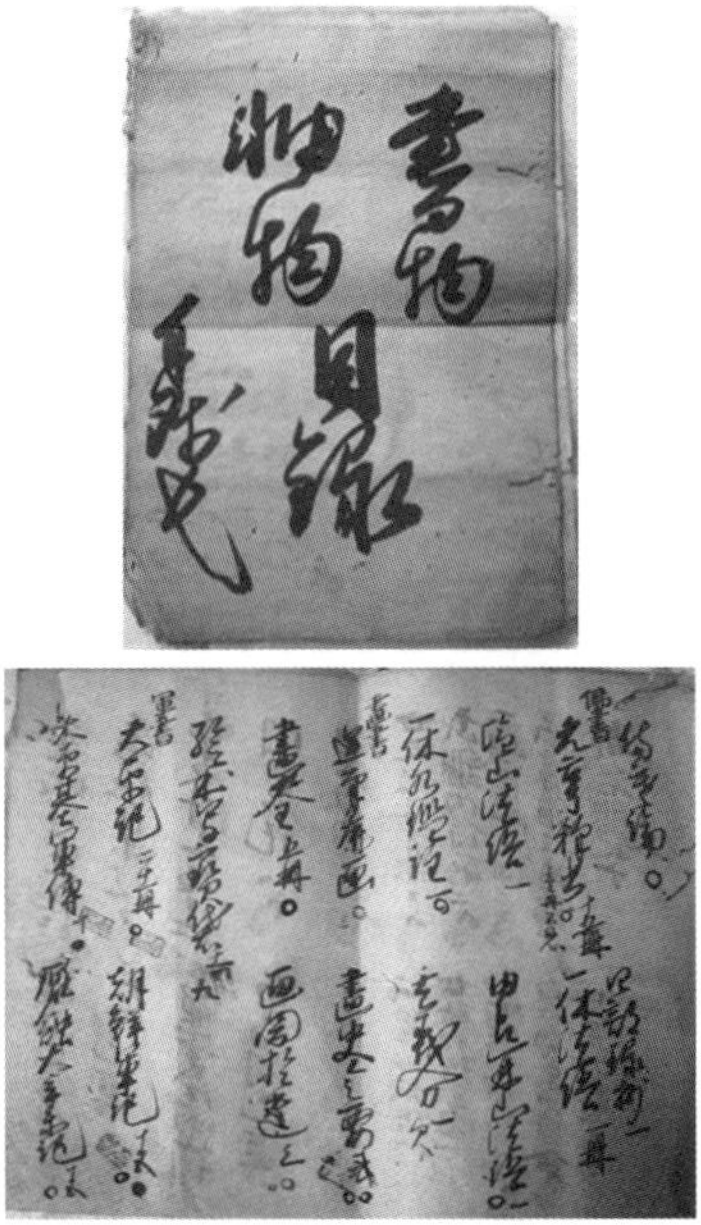

写真10　有芳筆『書物軸物目録』

類項目を設け、それぞれに該当する書名を書き上げている。仏書に分類される「元亨釈書《げんこうしゃくしょ》」を例に取れば、「十五冊」と冊数を記し、また「壱冊不見《いっさつみえず》」と、所在の状況を書き入れている。また書目によっては、「引合」という印を捺している。これは、現物と対照しつつ点検を行ったことを示すものであろう。なおこの目録に見える書目について、現存書目と合致するものも多いが、一方目録にのみあって現存しない書目、またその反対のものもある。その事情の解明は今後の課題である。有芳の蔵書印は、写真11の「白枝屋」、「手銭知英」である。

このあと七代有鞆、その妻さの子と続く。有鞆には写真12の書き入れと蔵書印、さの子には写真13の書き入れがある。さの子については、後に文芸活動の項で取り上げる。この後も江戸時代最後の八代安秀に至るまで集書は続けられた。安秀には書き入れと「手銭満平」の蔵書印（写真14）がある。

二　文芸活動と蔵書

以上のようにして蓄積された蔵書全体について、その構成を見ると、和歌、俳諧の書が際立って多いことがわ

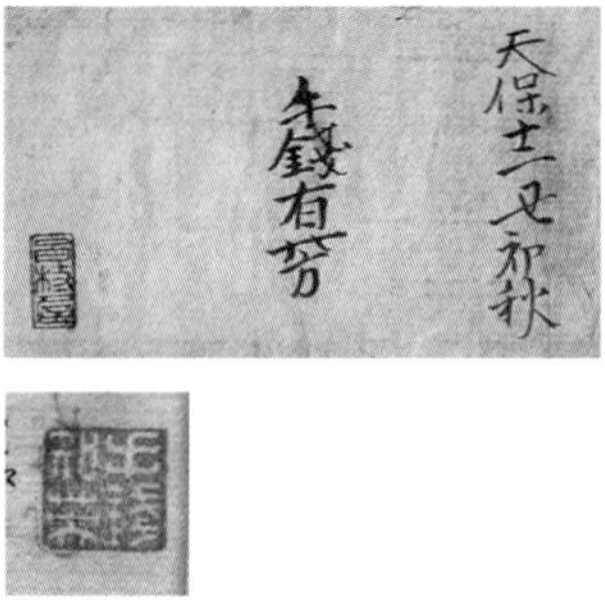

写真11　有芳書き入れと蔵書印（「白枝屋」）、蔵書印（「手錢知英」）

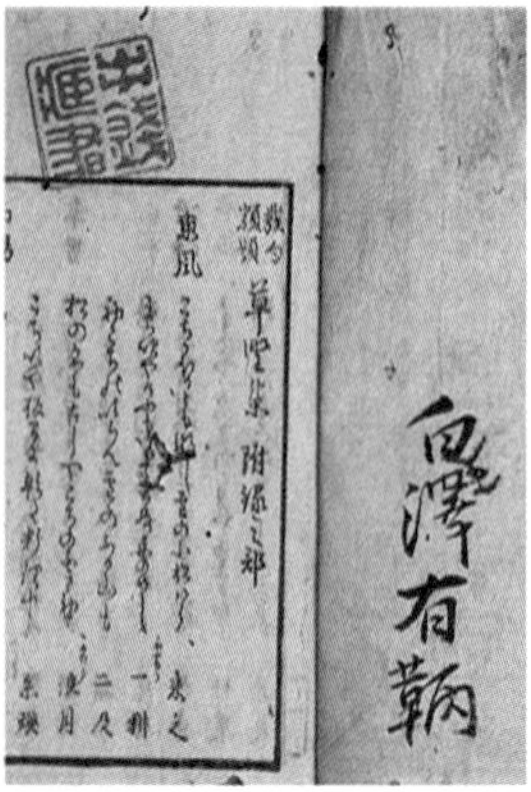

写真12　有鞆書き入れと蔵書印（「手錢蔵書」）

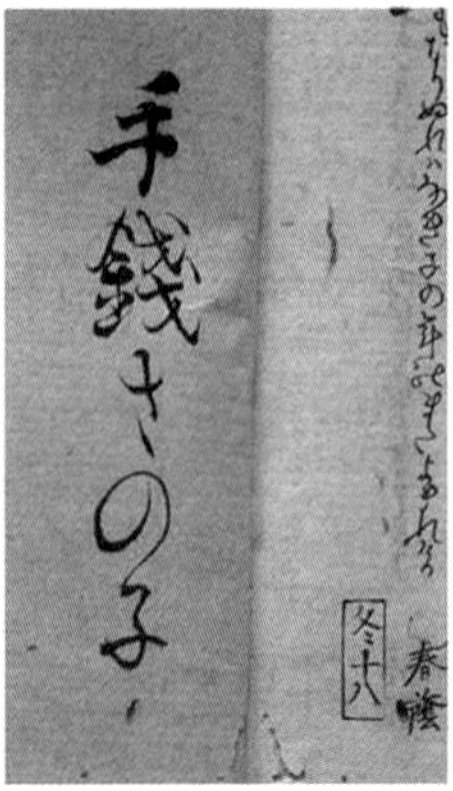

写真13　さの子書き入れ

かる。即ち全六五〇点のうち、和歌が五八点、俳諧が一六六点を占める（ただし刊本の歌論書、俳論書などと共に、当家の人々による和歌、俳諧の草稿なども一括して数えている）。そして他の文学ジャンル（漢詩文、随筆、紀行、実録、謡曲、浄瑠璃など）、さらに文学以外の各領域（歴史、語学、漢学、仏教、神道、囲碁、将棋、絵画、華道、書道、刀剣、料理、教育、教訓、医学、薬学など）にまで広く及んでいる。

　このような蔵書蓄積の背景として、一つには、藩の本陣をも命ぜられる格の商家に求められる教養という点があったと考えられるが、それに加えて、江戸時代の出雲地方で特に和歌・俳諧を中心とした活発な文芸活動が行われ、これに手銭家の人々が加わったということが関係

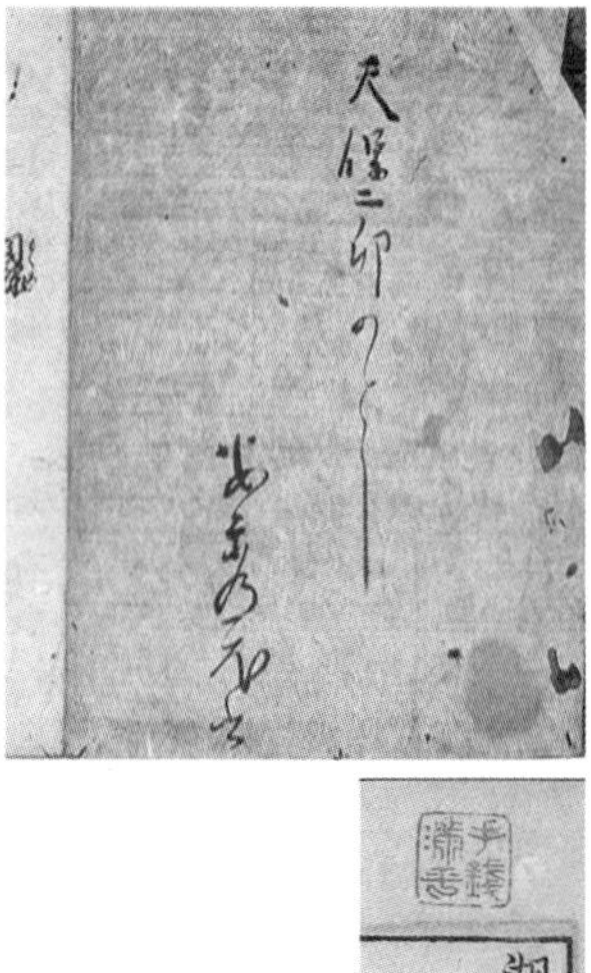

写真14　安秀書き入れと蔵書印（「手錢満平」）

していると思われる。以下、手銭家歴代の文芸活動の跡を辿りつつ、出雲地方特に杵築の文芸活動との関わりを考えてみたい。そのピークは二つあり、最初は三代季硯～五代有秀の時代、次は七代有鞆の妻さの子の時代である。

（一）三代季硯～五代有秀の時代

手銭家三代～五代の時期における文芸活動は、和歌の小豆沢常悦《あずきざわじょうえつ》（一七〇六―一七七六）、俳諧の広瀬百蘿《ひろせびゃくら》（一七三一―一八〇三）との深い交流のもとで行われた。

小豆沢常悦は松江の人。師は、京都で二条家流の和歌を学び出雲に移り住んだ釣月《ちょうげつ》（一六五九―一七二九）である。常悦は杵築の地へも赴いて和歌を教授した。広瀬百蘿は出雲大社国造千家家の代官役であった広瀬家の出身で、京都に出て俳諧を学び、当時の著名な俳人たちと交流するが、最終的には蕉風《しょうふう》（芭蕉の俳諧）を拠り所とする。出雲に帰ってからは、俳諧のほか、和歌、神学、国学などを人々に教え、また国造北島家の学問師範も務めた。京都に滞在中の宝暦八（一七五八）年、洛東岡崎に住む空阿《くうあ》（去来《きょらい》の門人）のもとを訪れ、約四か月にわたって俳諧を学んだ。その内容を記した『岡崎日記』が有名である。以下この常悦・百蘿との関わりということを軸に、手銭家三代～五代の文芸活動について見ていく。

まず三代季硯の活動について。和歌の創作として、詠歌の短冊が残る。また常悦の編によって安永二（一七七三）年高角社《たかつの》（島根県益田市の高津柿本神社）に奉納された『高角社奉納百首和歌』に、手銭季硯の名で詠が収められている（写真15）。なおこの奉納和歌には、ちょうどこの頃松江藩の六代、七代藩主に仕えて藩政改革を実行したことで有名な中老の小田切尚足《おだぎりひさたり》、家老の朝《あさ》日郷保《ひさとやす》らの詠も見えている。また俳諧に関しては、発句を記した短冊を多く残している。中に「病後吟」と題して「暇乞《いとまごい》した名月をけふの月」という同じ句が書かれた短冊が三枚ある（写真16）。前述した、生死の境をさまよう大病の折に白山の狐による夢のお告げがあって助かったという、その時に同じ短冊を何枚も作成し親交ある人に配るなどした、その残りであろうかと推測する。「こうして生きて今日のこの美しい月を再び見ることができるとは」という感慨を詠み込んだものであろう。また弟の冠李、広瀬百蘿と共に巻いた歌仙『俳諧短歌行』（宝暦九（一七五九）年）、『俳諧之連謌《れんが》』（同十年）もあ

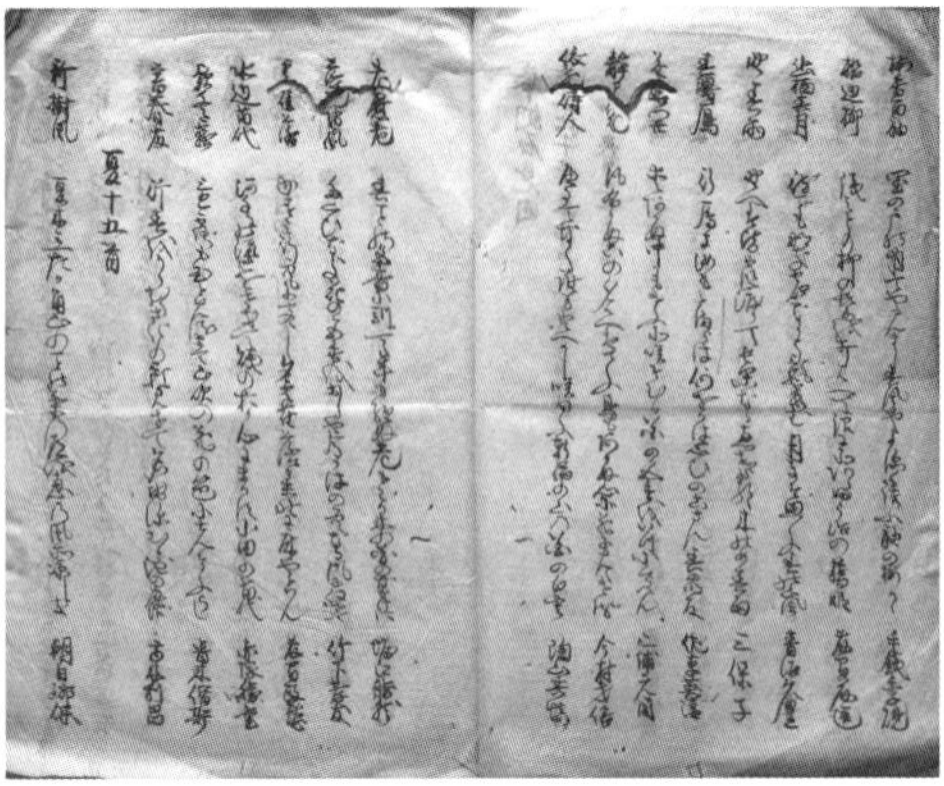

写真15　『高角社奉納百首和歌』

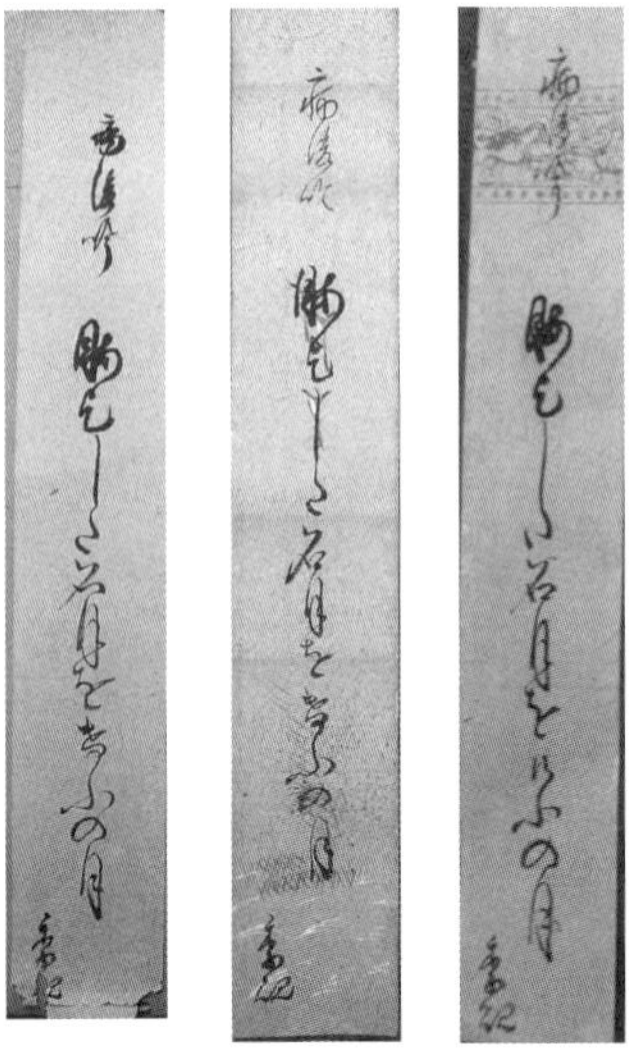

写真16　季硯「病後吟」短冊

る（写真17）。

冠李（季硯の弟長康）に関して。和歌では、前掲の『高角社奉納百首和歌』に詠歌が収められる。俳諧に関して、兄の季硯、広瀬百蘿と歌仙を巻いていることは前述の通りである。『萬《よろず》日記』（当家に関わる公的、私的行事や折々の出来事などの記録）の、寛政八（一七九六）年、四代敬慶死去の記の中に冠李の詠んだ追悼句が収められている（佐々木杏里氏示教）。また、『俳諧本式幷《ならびに》色紙短冊之事』には、書写した本文の奥に、「冠李」印と共に「延享元年甲子仲秋十四日写之」の記がある。また『画家筆要秘記』にも、同様に「冠李」印と共に「天明二年寅晩夏書写之」の記がある。このように写本作成の業にも努力している。

以上掲げた季硯・冠李・敬慶に関して、久保田啓一「手銭家歴代の和歌活動―歌壇史上の意義を中心に―」において、季硯の残した『愛屋免《あやめ》日記』等に拠りながら、明和九（一七七二）年杵築の地に「松方会」と称する和歌の会が結成され、そこに手銭家のこの三名も中心メンバーとして参加したこと、そこに師として招かれたのは常悦であり、二条派堂上歌学が本格的に講ぜられたことが解明された。

次の四代敬慶については、専ら和歌に関する業のみが認められ、短冊や一枚物のほか、季硯・冠李と同様に、『高角社奉納百首和歌』にも一首が収められている。

　五代有秀は、先ほど挙げた「神文」（『蕉門俳諧極秘聞書』所収）に、冠李、百蘿を「両宗匠」と称していたが、俳諧の活動が顕著であり、短冊も多く残している。有秀は百蘿が没した時の追悼集『秋の蝉』に序文を寄せており、その草稿が残る（写真18）。なお刊本になった段階では（文化二（一八〇五）年）、文章が大きく改められている。また刊本には有秀が描いた百蘿の肖像画も収められた（写真19）。後に有秀が没した時、俳諧仲間たちが集って『追善　華罌粟《はなけし》』（文政四（一八二一）年刊）を編んで追悼したことからも、彼が出雲俳壇において高い地位にあったことが窺える。また和文の制作にも取り組んでおり、自作の和文を集めた写本『もくづ集』（文化四（一八〇七）年）が残る（写真20）。

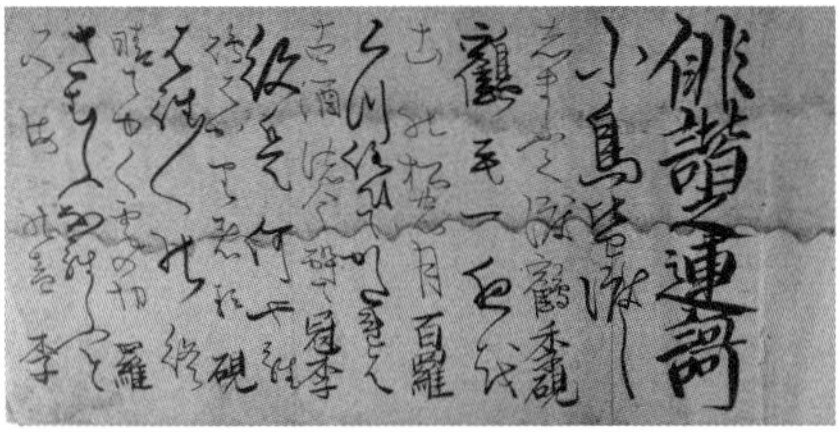
写真17　季硯、百蘿、冠李『俳諧之連謌』

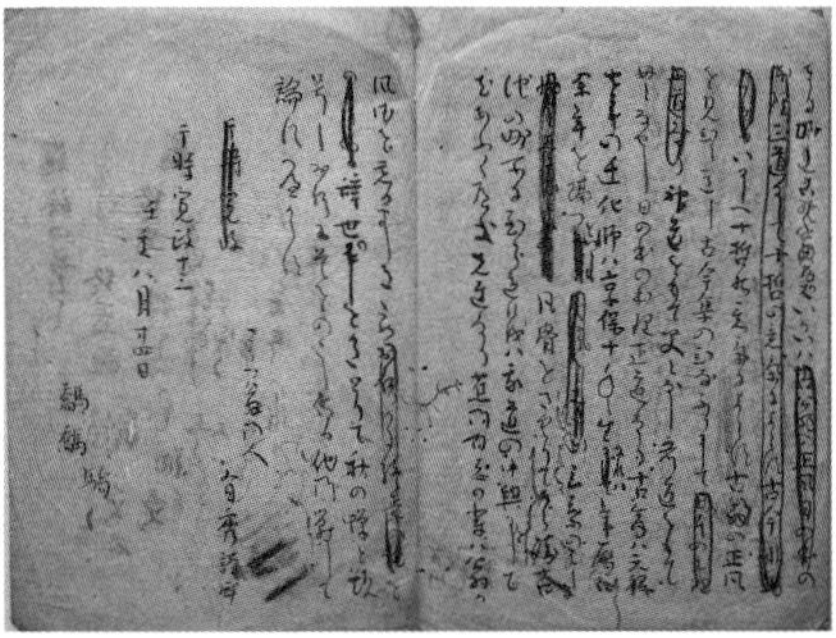
写真18　有秀『秋の蝉』序文草稿

　なお伊藤善隆「俳諧史の中の出雲・大社・手銭家」には、季硯と冠李が当初、淡々《たんたん》（松木氏。大坂の俳人）門の節山と交遊を有していたことが資料からわかるが、後に杵築の俳壇は美濃派（支考《しこう》の俳系）に属するようになること、そして百蘿が空阿から学んだ去来系の俳諧を出雲に持ち帰った頃（ちょうど前掲『俳諧短歌行』、『俳諧之連謌』の成った宝暦九、十（一七五九、六〇）年頃）から去来系が広まっていったことが述べられている。有秀の時代に至ると、百蘿の影響力はますます強くなり、去来系の俳諧が定着していったのである。

　以上のように三代から五代にかけて、手銭家の人々は、和歌の常悦、俳諧の百蘿と深い交流を持ちながら文芸活動に携わっていた。前述したこの時期の蔵書形成は、この文芸活動と一体となって行われたものと見ることができる。

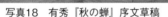

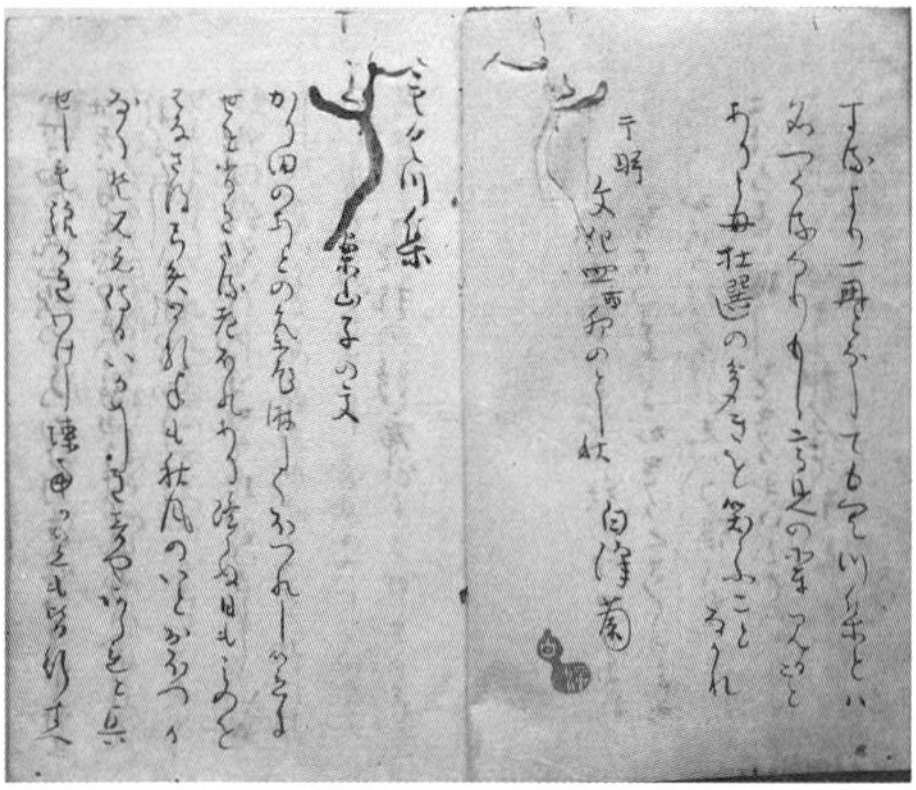

写真20　有秀『もくづ集』

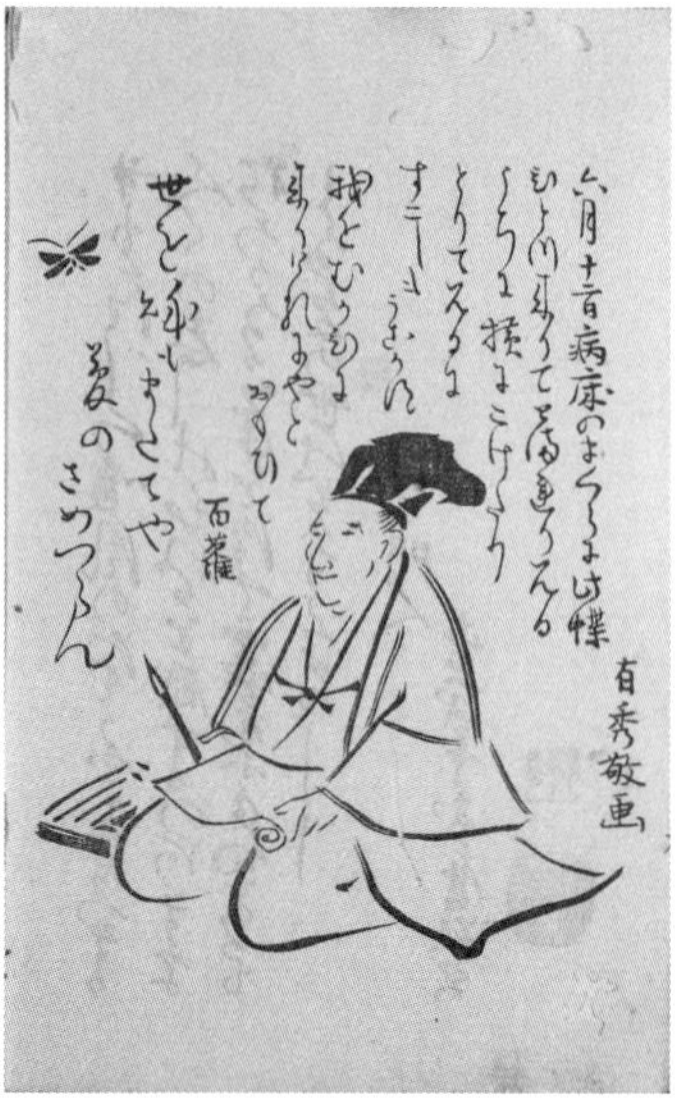

写真19　刊本『秋の蝉』、有秀による百蘿像

なお次の六代有芳については、その俳諧活動を短冊などに見ることができる。一方で漢詩を作ることにも努めていたことが、残された短冊や一枚物によって知られる。続く七代有鞆は和歌の短冊を残している。そしてその妻さの子の活動に至るが、これについては前述したように第二のピークと見なされるので、次に項を改めて述べる。

（二）七代妻さの子の時代

江戸時代後期の出雲歌壇

さの子は当時の出雲地方の文芸の中枢にあった人々と、特に和歌を中心として交流した。江戸時代出雲地方の和歌に関する状況については、芦田耕一著『江戸時代の出雲歌壇』に詳述されている。

江戸時代後期出雲地方の和歌活動は、出雲大社を中心にして行われていた。前掲の釣月と常悦の活動以来二条家流が中心であった出雲の地に、本居宣長《もとおりのりなが》門に学んだ千家俊信《としざね》（一七六四―一八三一。出雲大社別当）によって宣長古学と鈴屋《すずのや》派和歌が導入され、その門下から出た千家尊孫《たかひこ》（一七九六―一八七二）、島重老《しげおい》（一七九二―一八七〇）らによって歌風の変化がもたらされ、出雲の和歌活動自体が活発化する。さらに富永芳久（一八一三―一八八〇）、千家尊澄《たかずみ》（一八一〇―一八七八）の精力的活動が加わって、幕末期〝出雲歌壇〟が形成される（以上、芦田前掲書による）。

さて手銭さの子は、この出雲歌壇の一員として文芸活動を活発に行っていた。以下、その具体的ありようを、近年新たに発見されたさの子自筆の書簡書きとめ類（写真21）によって考察する。

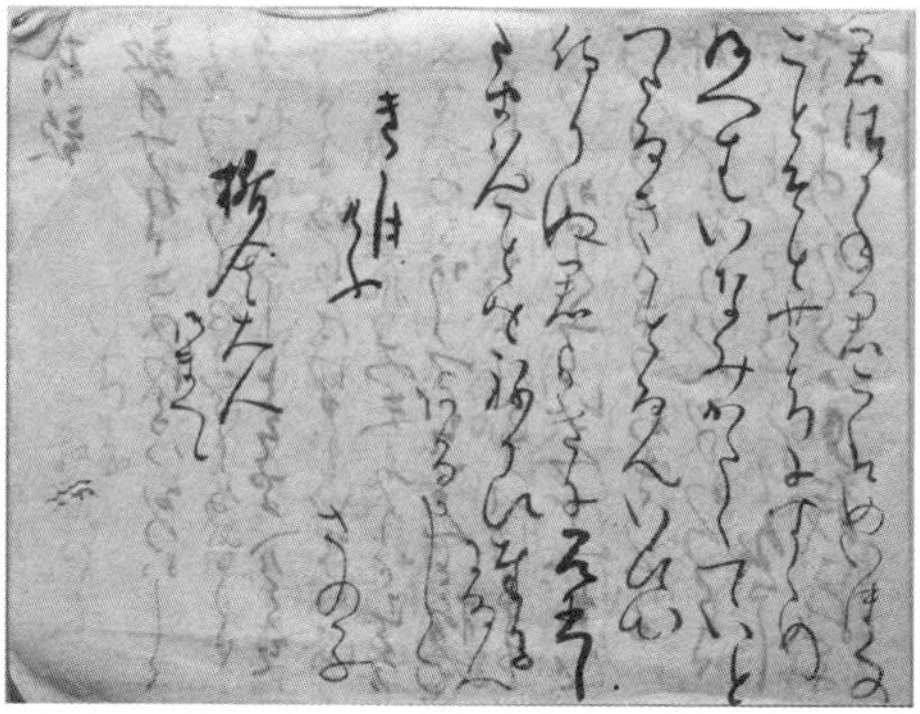
写真21　さの子書簡（富永芳久宛て）

さの子の文芸活動と蔵書

まず、さの子と富永芳久との文芸的な交流について見る。巻首に『ちとせの舎《や》御せうそこ』と記す、さの子自筆の書簡書きとめがある。千歳舎《ちとせのや》は千家尊澄のことであるが、実際には富永芳久はじめ尊澄以外の人物に関わる書簡をも併せ収めている。そこに「安政五年五月計《ばか》り芳久大人《うし》の元へ遣《つかは》しけり」とする、さの子から芳久に宛てた書簡がある（安政五年は一八五八）。さの子が芳久の風土記の著書（『出雲風土記仮字書《いずものふどきのかなふみ》』など）を民平（古川氏）経由で入手し、それを親しき者に与え、得た値を芳久に送ったことを述べる。これを承けて「おなじく返事」とする芳久書簡には、さの子のこの取り計らいに感謝しつつ、自分は、風土記が古言を伝える重要な書であることを知る人が少ないことを大変遺憾としてきたが、貴方が去年より方々の人に自分の風土記の著書を届け紹介してくれたことがとても嬉しいと述べている。

ひと日民平にものせし風土記をむつたまあへるみやび男にゆづり給ひて、そのあたひ十八ひらおこせ給ひ、すなはち書肆《しょし》へ遣すべうなん。このふみよ、天の下にたぐひなきふることの伝はり来ぬるを、世にしる人もまれらなるはうれたきことのきはみなる

に、去年よりかなたこなたと人にもあたへしらしめ
給へるこゝろばえのふかきこと、いにしへしのぶる
おのれらが心にはなぞへなくうれしうなん。

これに続けて、風土記を重要と考える所以について、自説を詳しく語っている。芳久はさの子を、自分の風土記に向ける熱意を理解してくれる人と見なしているのである。なお芳久には、『出雲国名所集』（安政三（一八五六）年）という出雲の地名一覧、また『出雲国名所歌集』（初編嘉永四（一八五一）年、二編安政三年）という出雲の歌枕を詠んだ和歌集の著作があるが、そこでは風土記に見える地名が強く意識されている（芦田前掲書『江戸時代の出雲歌壇』参照）。芳久は風土記を、出雲の古き歌枕への関心を呼び起こし、詠歌へ導いてくれる存在としても重んじていたのである。

次はやはりさの子自筆の、『かたがたのせうそこうつし』と題する書簡書きとめから掲げる。「楯《たて》の舎《や》君のもとより」（「神有月三日」とある。前掲の書簡と同じく安政五年か。）は、楯の舎（芳久）からさの子に宛てたもので、書物をめぐるやり取りのことが記されている。都の書肆から書物を取り寄せ、契沖《けいちゅう》の『和字正濫抄《わじしょうらんしょう》』、橘《たちばな》守部《もりべ》の『心の種』、近藤芳樹《こんどうよしき》の『寄居歌談《ごうなのうたがたり》』を手に入れたと言う。

此ほどはみやこの書やよりとりどりにめづらかなる
書どもみせ侍るを、さこそは御めにとまれるふみの
おほかりなめとおしはかり侍りてなん。契沖の和字
抄、守部がこころのたね、芳樹がうたがたりなど、
めづらしとには侍らねどいささかととのひ侍りぬ。

文久元（一八六一）年長月二十日のものとする「よし久君よりかへし」（『かたがたのせうそこうつし』所収）は、芳久からさの子に宛てたもので、さの子が『和字正濫抄』を返却してきたので、次は何がよかろうかと思っていたところ、松江から「たにざく」（短冊）に歌を書いて届けてきたので、これをお貸ししようと言う。

かへし給ひし和字正濫抄にひきかへめづらしき書を
だにとおもひ給ふれど、ちりのみつもる文机のあた
りにはことふりたるもののみにて、しみさへすみか
をもとめがちになん。何をがなとわけ見る折しも、
松江のかたよりたにざくといふものに歌かきて給は
りければ、そをだにとすなはちまゐらせ侍りぬ。

以下は、さの子が芳久編の歌集の跋文を書くことをめぐってのやり取りである。『手中心おぼへ』と前表紙に記す仮綴じ本に、さの子が芳久宛てに認めた書簡の下書

きがある。芳久は、出雲国人の和歌を集めた三部作『丙辰出雲国三十六歌仙』（安政三（一八五六）年）、『丁巳出雲国五十歌撰』（同四年）、『戊午出雲国五十歌撰』（同五年）を刊行している。この書簡の中で「三十六歌仙のしりへ書《がき》」と言うが、実際にはさの子が跋文を書いたのは第二の『丁巳出雲国五十歌撰』であり、これのことと思われる。ここでさの子は、芳久から跋文を書くように言われたことに恐縮しながら、「よきに見直したまはんことをねがひ奉る」と添削を求めている。

三十六歌仙のしりへ書をおのれにせよとのたまひつるよし承り、いといとかたじけなくうれしく侍れど、あまりにおこなるわざにし侍れば、はづかしく、幾たびもじし（辞し）侍りしを、清とし君、清かね君、こはめいぼく（面目）のことぞと、せちにすすめ給へば、いなみ（否み）がたくて、いとつたなきことなんいひ出侍りぬ。君よきに見直したまはんことをねがひ奉るになん。

これに対して「卯月中比《なかごろ》同じ人の御かへし」とする芳久書簡（『かたがたのせうそこうつし』所収）では、さの子の草稿がよく書けていることを褒めた上で、さらにこう直すべきかと思う所を添削しておいたので、修正した上で早々に届けてくれるようにと述べている。

さても歌仙のしりへ書おもしろくもをかしくものし給へるかな。もしはかうもやとおもひ給ふるふしもかい出侍りぬ。あらぬことには侍らんを、とり直し給ひていかでいかでとくとくおこせたまひね。

さの子はまた、「よし久君へ返し」（『同』所収）において、近年の歌集と自分との関わりを述べている。

さきつ日はうるはしくこまやかなる御かへりごと、見奉るさへいとかたじけなきに、まいておととしの弐百首めぐませたまひ、いといとうれしう、此比《このごろ》は是《この》冊子見侍るに、おもしろき歌どもにて、わがえせうたのなきぞ中々に心やすく侍る。こぞのにはをのがもくはひさせ給ふよし、いとはづかしくとりかへしつべうもおもひ給ふるになん、はた五十歌仙のしりへがきも清左君のつてにて君よきにはからひ給はりしよし、いといとうれしくは思ひ給へながら、あまりに月日たちし事ゆへ、先つ日の文にもわざとかきもらしつ。

「おととしの弐百首」は、西田惟恒《これつね》編の『安政二年百首』、または『安政三年二百首』を指すかと推測する。ここには自分の下手な歌が入っていないかったので安堵したと言う。「こぞ（去年）の」とは、前掲した芳久編三部作の第一『丙辰出雲国三十六歌仙』で、これにはさの子詠歌が収められている。そのことを「をのがもくはひさせ給ふよし」（私の歌も加えて下さった）と言っている。そして「五十歌仙のしりへがき」が、前出の『丁巳出雲国五十歌撰』跋のことと見られる。さの子は自分の入集を面映ゆいこととしながら、芳久から跋文執筆を勧められたことを光栄と受けとめているのである。なおここに見える清左《きよすけ》とは、前掲広瀬百蘿の孫茂竹《もちく》の歌人としての名である。

　さて芳久の指導は『源氏物語』に関するところにまで及んだ。「富永君よりかへし」（同じく『かたがたのせうそこうつし』所収）には、北村季吟による注釈書『源氏物語湖月抄』（延宝元（一六七三）年成）を見るべきこと、帚木《ははきぎ》巻、殊に雨夜の品定めが根本であることを説く。

　　はた去年のぐゐんじ（源氏）の注書見給ひそめぬるよし、湖月抄とあはせみたまひなば、はやくあきらめ給ひぬべし。されど先生ときこゆる人もかたきふしにいふなる書なれば、まづひとわたりに見給ひて、ははきぎの巻をとく見たまひね。しなさだめなん五十四帖のむねとあるくだりと承り侍る。げにおもしろくもをかしくも侍るかな、などきこゆるものから、千尋のそこのふかきあぢはひは、いかでかくみしるべき。定家の中納言も、源氏みざらむ歌よみはむげのことなりとかのたまひし。うたまなびのためにもかぎりなくいとよきふみになん。

「源氏みざらむ歌よみ」云々は、正しくは藤原定家ではなく俊成の言であるが、ここでの芳久の助言から、詠歌の営みとの関連の中で物語の教えも行われていたことが知られるのである。

　以下、千家尊澄に関わる書簡について見る。『ちとせの舎御せうそこ』に次の尊澄書簡がある。宛名は記されないが、ここでは一旦さの子宛てと解する。まず、歌の題を与えたところ、すべて見事に詠んで届けてきたことを褒めた上で、昨夜、島重老（前出）のもとへ遣わしていた歌の巻が返ってきたので、貴方にお貸ししようと述べている。

　　さてひと日歌の題をたてまつり置しに、かずおほきをもいとひ給はで残るくまなくこよなうおかしくもよみつらね給ひておくりものし給ふをみもてゆけば、めもさむばかりおもしろううけ給はり侍りぬ。

さてさいつころ島重老がもとへつかはしおきし歌のまき、よべこゝにかへししまま、御かへりごとにそへてたてまつり侍りぬれば、御めにふれさせたまひてよかし。

『同』所収「人にかはりて富永芳久が元に遣しける」は、尊澄に代わって芳久宛てに認めたというもので、書き手の署名はないがさの子によるものと見ておく。前日に芳久の訪問を受けたがちょうど外出していて対面できず、残念であったこと、本居内遠《もとおりうちとお》、加納諸平《かのうもろひら》の短冊を届けてくれたことへの礼、そして芳久所蔵の『古事記』『玉だすき』の閲覧を尊澄が希望しているのでしばらく貸してほしい旨の依頼が述べられている。

我ちとせのやの君（尊澄）の御もとにきのふは御とぶらひ給ひしよし。さりがたきことの侍りて外にものしたるほどにて、たいめ（対面）たまはらざりしは、いとくちをしうなん。名だたる内遠、諸平のたにざくふたひらまでたてまつり給ひしを、いみじうめでさせ給ひぬ。そのよろこびをくりかへしまをせとおほせごとかうぶりぬ。はた君のもたまへる古事記、玉だすきの二典を、わが君見たまはんの御こゝろざし侍れば、しばしかしたまひてよかし。

仮に、一つ前の書簡が直接さの子に宛てたものでなく、またこの書簡の代書者がさの子以外の人であったとしても、このような文芸をめぐるやり取りが彼女の身近で行われていたことは確かである。『ちとせの舎御せうそこ』にはこの他にも、尊澄がさの子に対して、「我大人《う》の御まつり」、即ち師である千家俊信を偲ぶ恒例行事を催すので歌文を寄せてほしい、そのために我が千歳舎を訪うてほしいと述べた書簡もある。

以上挙げたところから、歌文の創作、そのための指導、物語の学び、書物や短冊のやり取りなどが活発に行われていた様を知ることができる。手錢家蔵書には、千家尊孫の『類題真璞集《またま》』『類題八雲集』、富永芳久の『出雲国名所歌集』『丙辰出雲国三十六歌仙』『戊午出雲国五十歌撰』、千家尊澄の『はなのしづ枝《え》』『松壺《まつつぼ》文集』『歌神考』など、江戸時代後期の杵築で生まれた書が多く含まれる。これらは、さの子による文芸活動の実践と連動しながら集積されたものと推定されるのである。

三　散文関係の書目

最後に散文関係の書物について触れる。蔵書の中に、大本《おおぼん》で浅葱色《あさぎいろ》の表紙をもつ、一連の実録写本がある（写真22）。まとめて特別にしつらえられたものと見られる。実録とは、その多くは実在の事件や人物を元としながらも、虚構をも加えて作者の事件人物への評価などを語っていく読み物である。

先に掲げた六代有芳作成の蔵書目録では、これらは「軍書」という括りに分類されている。和歌・俳諧を中心とする文芸の営みの一方で、実録の享受が行われていたことは注目すべきである。概して実録の写本には、貸本屋などで使用された、装本も雑なものが多いが、右の一群の本は、丁寧に作成され、手銭家で大切に読まれてきたものである。実録を単なる通俗読み物とはせず、人生有用な事柄を含む教養の書と見ていたことが推測できる。

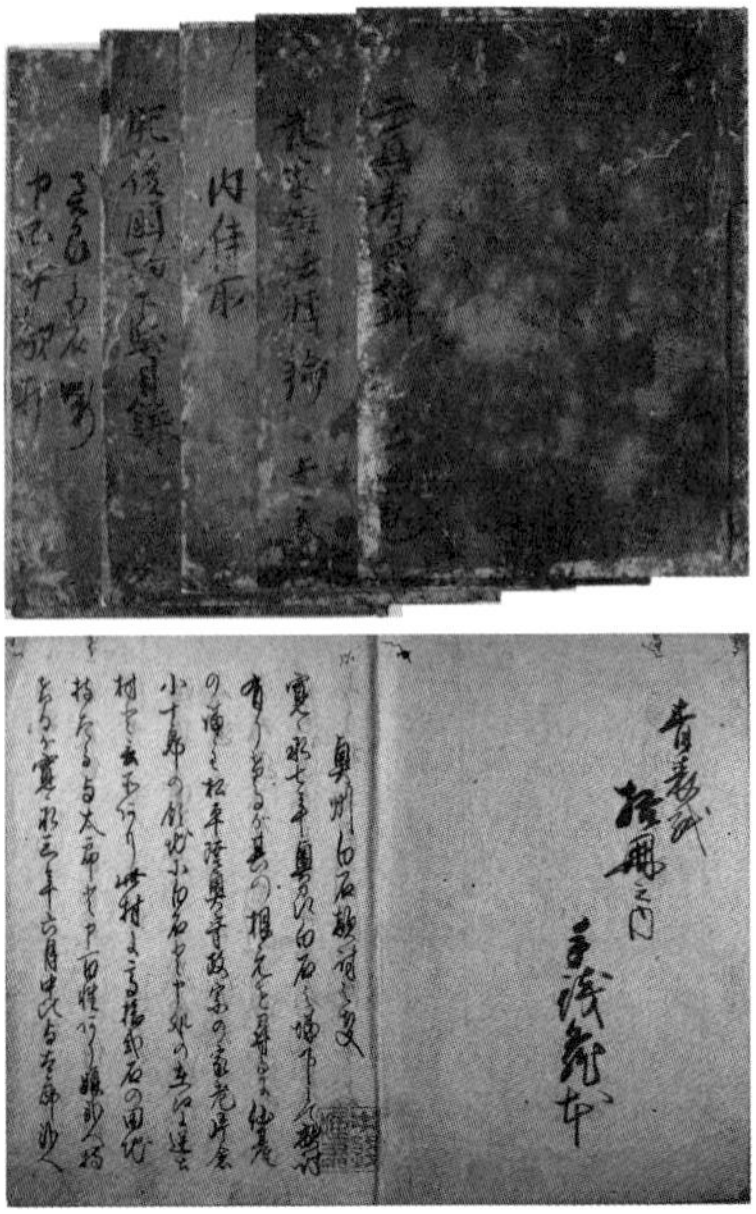

写真22　実録写本

また『雲陽観音馬場《うんようかんのんばば》一代実記』という、杵築の地で作られたに違いない写本がある（写真23）。構成、文体いずれを取っても決して上々の出来とは言えないが、書名からして、明らかに実録という意識で作られている。これは手銭家以外の人の手によって作られたものと推測するが、実録というジャンルの地方読書人への浸透の深さが窺い知れる事例と言える。

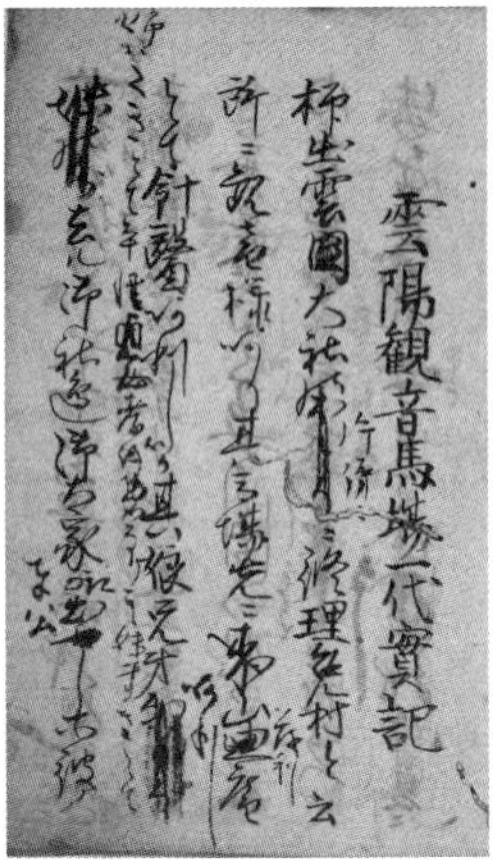

写真23　『雲陽観音馬場一代実記』

おわりに

手銭家は、商業を営みつつ、松江藩や出雲大社とも深いつながりを有していたが、そのことが同家の人々が教養を培った基盤となっている。その蔵書は、代々引き継がれながら蓄積されたものであり、蔵書印や書き入れが多く、また蔵書目録を作成して整理点検を行うなど、自家の文化的財産として守り伝えようとする意識が顕著であった。そして最大の特色は、この蔵書が手錢家歴代の人々による文芸活動と表裏一体の関係にあったことである。

かくしてこの蔵書から、手錢家の周囲に位置する出雲の歌壇、俳壇の人的ネットワーク、そこで行われた活動の様相、また散文文芸を享受する人たちのありようまでを窺うことができるのである。江戸時代後期に杵築文学の隆盛がもたらされた理由は幾つか考えられる。その一つは、文芸活動を先導する師が存在し、その周囲に人が集い〝場〟を形成していたことである。また、出雲大社が学問と文芸の拠点としての役割を果たしたことも重要である。またこの地に『出雲国風土記』があったことは、文芸を志す人々に、古き歌枕への関心と誇りを掻き立てたであろう。今後の更なる調査研究によって、出雲の地における学問的・文芸的風土の探究が進めば、江戸時代後期の杵築の人々が何を思いつつ文芸に励んだかが一層明らかになるであろう。

【参考文献】

芦田耕一『出雲国の四歌集』（私家版、二〇〇七年）
芦田耕一『「出雲歌壇」覚書』（私家版、二〇一一年）
芦田耕一『江戸時代の出雲歌壇』（今井出版、二〇一二年）
芦田耕一・蒲生倫子『出雲国名所歌集』（ワンライン、二〇〇六年）
芦田耕一・原豊二・山﨑真克『類題八雲集―翻刻・解説と作者索引』（私家版、二〇〇九年）
中澤伸弘『徳川時代後期出雲歌壇と國學』（錦正社、二〇〇七年）
出雲文化活用プロジェクト実行委員会『手錢家資料を活用した江戸時代の出雲文化の発掘と再生事業・実施報告書』（二〇一五年）所収
佐々木杏里「特別企画展「江戸力―手錢家蔵書から見る出雲の文芸―」解説」
田中則雄「手錢家蔵書と出雲の文芸活動」
久保田啓一「手錢家歴代の和歌活動―歌壇史上の意義を中心に―」
芦田耕一「江戸時代末期の大社歌壇」
伊藤善隆「俳諧史の中の出雲・大社・手錢家」
芦田耕一「大社地方における文芸環境―「まとゐ」を中心に

して―」（『島大国文』三四、二〇一四年一月）
伊藤善隆「季硯句集『松葉日記』―手錢記念館所蔵俳諧資料（一）―」（『山陰研究』六、二〇一三年十二月）
伊藤善隆「翻刻・手錢記念館所蔵俳諧伝書（一）―手錢記念館所蔵俳諧資料（二）―」（『湘北紀要』三五、二〇一四年三月）
伊藤善隆「百蘿追善集『あきのせみ』―手錢記念館所蔵俳諧資料（三）―」（『山陰研究』七、二〇一四年十二月）
伊藤善隆「翻刻・手錢記念館所蔵俳諧伝書（二）―手錢記念館所蔵俳諧資料（四）―」（『湘北紀要』三六、二〇一五年三月）
伊藤善隆「衝冠斎有秀追善集『追善 華罌粟』―手錢記念館所蔵俳諧資料（五）―」（『山陰研究』八、二〇一五年十二月）
伊藤善隆「翻刻・手錢記念館所蔵俳諧伝書（三）―手錢記念館所蔵俳諧資料（六）―」（『湘北紀要』三七、二〇一六年三月）
伊藤善隆「椎の本花叔編『椎のもと』―手錢記念館所蔵俳諧資料（七）―」（『山陰研究』九、二〇一六年十二月）
伊藤善隆「翻刻・手錢記念館所蔵俳諧伝書（四）―手錢記念館所蔵俳諧資料（八）―」（『湘北紀要』三八、二〇一七年三月）
佐々木杏里「手錢家所蔵連句資料一覧（上）」「同（下）」（『山陰研究』六、二〇一三年十二月、『同』七、二〇一四年十二月）
佐々木杏里「広瀬百蘿選『百人一句』―手錢家所蔵資料紹介（一）―」（『山陰研究』八、二〇一五年十二月）
佐々木杏里「手錢有秀句文集『もくづ集』―手錢家所蔵資料紹介（二）―」（『山陰研究』九、二〇一六年十二月）
小川陽子「翻刻 手錢記念館蔵『烏帽子折屏風』」（『山陰研究』四、二〇一二年十二月）
野本瑠美「手錢家所蔵の古筆資料」（『山陰研究』八、二〇一五年十二月）
田中則雄「手錢家蔵書と出雲の文芸活動」（国文学研究資料館『調査研究報告』三三、二〇一三年三月）

付記

本稿は、『調査研究報告』三三（国文学研究資料館編）、『手錢家資料を活用した江戸時代の出雲文化の発掘と再生事業・実施報告書』（出雲文化活用プロジェクト実行委員会編）に発表した旧稿を元に、その後考察した内容を加えて成ったものである。

シンポジウムの風景（大社文化プレイスうらら館）

シンポジウム 「江戸後期に、杵築文学が隆盛になったのはどうしてか？」

芦田　氏

ご紹介いただきました芦田です。よろしくお願いいたします。

私は三十三年間島根大学にお世話になりまして、楽しく過ごさせていただきました。そして、出雲大社に大いに関係ある『出雲国名所歌集』というものを大社図書館で読む機会がありました。これを通じまして、随分出雲大社と関わることになりました。さらに、先ほどから出ていますが、手銭さんのところの蔵書の調査研究ということを随分させていただいて大変お世話になりました。

そこからこの大社地方は何と刺激的なところだろうと興味をかきたてられた次第です。

今は大阪の住吉に住んでいますが、その近くの住吉大社を散歩するたびに出雲大社のことを思い出します。楽しい出雲大社の思い出を持ち続けています。

さて、ただ今からシンポジウムをはじめたいと思います。

まず講師の先生方をご紹介申しあげます。

シンポジストの先生方（左から西岡和彦・岡宏三・佐々木杏里・田中則雄氏）

手前から西岡和彦先生です。

西岡先生は随分と出雲大社に関わっておられると伺っていますが、今は國學院大學の教授でいらっしゃいます。近世出雲大社研究の第一人者で、出雲大社の造営、遷宮あるいは国学者の千家俊信を通じて、近世神道思想史を研究されています。ご著書には『近世出雲大社の基礎的研究』がございまして、私も参考にして勉強させていただいています。

次は岡宏三先生です。

ご存知だと思いますが、県の古代出雲歴史博物館の専門学芸員でいらっしゃいます。特に近世を中心に、出雲大社遷宮ならびに出雲御師の研究などを精力的に進めておられます。とりわけ出雲御師の布教方法について、岡さんの研究で明らかになりました。随分と参考にさせていただいています。

その次は佐々木杏里さんです。

現在、公益財団法人手錢記念館の学芸員でおられます。

先ほど申し上げました、手錢家の蔵書の調査の時には随分お世話になりまして、文学に関わらず、手錢家に所蔵されている全てに通じていらっしゃいます。生き字引的な存在です。

それから田中則雄先生です。

先ほどご講演いただきましたが、専門は日本近世文学で、特に江戸時代の小説が中心です。上田秋成の『雨月物語』などを中心としておいでです。出身地は鳥取市です。島根大学に赴任されて二十年になりまして、山陰地方の古典籍の資料の調査研究をされています。島根大学法文学部に設けています「山陰研究センター」がございますが、そこが中心となって、山陰地方の文化を研究しています。その中心メンバーとして活躍していただいています。以上です。

それではただ今からテーマに沿いまして「江戸後期に杵築文学が隆盛になったのはどうしてか?」について各々十五分から二十分程度で述べていただきたいと思います。

提案Ⅰ　杵築文学隆盛の歴史的要因を探る

西岡　氏

國學院大學から参りました西岡です。よろしくお願いいたします。

杵築文学隆盛の歴史的要因を探るにあたって、杵築文学と申しますと、先ほど田中先生のお話にございましたように、江戸時代の後期が全国的に有名になった時期でございますので、これからの話は後期が中心になってくるかと思いますが、私は後期はよく存じ上げませんので、後期を迎えるにあたって、前期、中期はどうだったのか。しかも私は出雲大社しか存じませんので、出雲大社を中心にお話をさせていただこうと思います。

私はあまり杵築文学を専門的に勉強する機会はありませんでした。畏友に中澤伸弘という方がいまして、彼が中心になってそれを研究していましたので、あまり干渉をしないで、お互いに関わりのある資料が見つかりますと、情報交換をするだけでありました。ですから専門的には勉強してこなかったのでありまして、お聞き苦しいことがあるかもしれませんが、お許しください。

以前、大社町が『大社町史』を編纂されました。その下巻に杵築文学の隆盛に至る経緯を、当時の執筆者曽田文雄先生がお書きになっています。

その文章を拝読いたしますと、連歌という文学が大社町で盛んであったことに注目されておられます。例えば、細川幽斎という方が、豊臣秀吉の九州征伐に参加する為に、丹後から山陰を通り出雲に、そして九州に合流するわけですが、その山陰の中で出雲大社に、そしてこの地域に寄っています。その時に細川幽斎は大変有名な方ですから、北島国造家、千家国造家の順に連歌の発句を出していただきたいと所望されます。このようにこの地域は連歌が大変盛んであったことから、幽斎が来たら直ぐに発句をお願いしたのであります。

出雲大社で連歌が盛んに行われていたことは、千家克雄編の『出雲国造千家家連歌発句三代集』や『出雲大社御祈禱連歌』という記録から確認できます。

江戸時代まで出雲大社は千家家と北島家の両国造家で運営していました。奇数の月は千家方が出雲大社の祭りを司り、偶数の月は北島方が出雲大社のお祭りをするように、交互に運営していたわけですが、連歌も交互に各国造家で行われていたのです。

資料の六頁上段に、一年を通じてどういうところで連歌が行われていたかを書き出してみました。

正月七日に七草粥がございますが、その時に『七種（若菜）連歌』を御殿「連歌ノ間」で行っていました。ただし、普段は連歌を行うときは、連歌の神様である菅公、すなわち天神さんの肖像画、もしくはその御神名の書かれた掛け軸を床の間に飾り、奉納するというかたちで連歌を行ったわけですが、この正月七日のときは連歌の神様である天神様は掛けなかったそうです。参加した方は、国造と上官と別火（国造に次ぐ独立した高等神職）です。昔は国造の下に本願というお坊さんがいらっしゃり、そして本願と同じような立場にいらっしゃる神主さんが別火さんでありましたが、本願さんは寛文の頃、御造営の最中に追放を受けました。

なお、このような連歌に参加するのは、出雲大社でも一部の高等神職の方のみでした。

正月九日に『宮連歌始』がありました。

この時は、もともと連歌は国造方でやりますから千家方では千家方の国造・上官・別火が、北島方であれば北島方の国造・上官・別火が参加するのですが、『宮連歌』の場合は、『宮』というのは出雲大社ですから北島方の上官もお越しになりました。ただし、実際は向上官のみ参加していたといわれています。

恒例の連歌は毎月二十五日に行われますが、恒例の連歌の最初の正月二十五日は『年頭連歌』と言われ、その時は天神像を掛けたそうです。

ちなみに天神様というのは、連歌の神様として尊ばれたわけですが、実は国造家と菅原道真のご先祖様は同じです。ですから、普通の連歌の神様というような気持ちで床の間に飾られたとは考えられません。菅原道真も国造家も同じご先祖様を持つ家柄であるということでありますから、もう少し親近感があったのだと思います。また、天神信仰といえば中世から出てきますが、近世になると学問の世界でも天神様はかなり大きな力をもちました。

たとえば、出雲大社は寛文の頃に大きな改革をするわけですが、その時に入った学問が朱子学であります。松江藩の儒学者黒澤石斎と一緒に出雲大社の佐草自清《よりきよ》が中心になって、出雲大社の大改革をしていくわけですが、黒澤石斎といえば林羅山のお弟子さんにあたる方で、林羅山といえば天神様を学問の神様として尊敬した方であります。こうしたことからも天神様と出雲大社はかなり親しい間柄にあったと思われます。

正月二十五日に『年頭連歌』が行われた後、毎月二十五日に千家国造家、北島国造家それぞれで連歌が行われました。

十二月二十五日には『歳暮連歌』で一年を締めくくる連歌を行っています。

このように、定期的に連歌が行われ、しかも連歌は百韻連歌でありますから、本格的な連歌を行っていたということになります。

十一月には恒例の連歌はありませんが、大庭、すなわち松江の神魂《かもす》神社で新嘗祭を出雲国造が両家別々に行い、そこで『新嘗会連歌』を行っていました。

このように、連歌が出雲大社の神事、行事に入っていたということは、一年のスケジュールを見ても確認できると思います。

次に挙げましたのは『御火継連歌』であります。出雲国造が襲職するときの儀式に「火継式」というものがあり

提案１

杵築文学隆盛の歴史的要因を探る

國學院大學教授　西　岡　和　彦

はじめに

近世後期杵築文学隆盛の歴史的要因を、千家俊信鈴屋入門以前の出雲大社から探ってみようと思う。

一、出雲大社の連歌と和歌

『大社町史』下巻（大社町、平成七年）「第五編文化編、第一章文学」（執筆曽田文雄氏）は、杵築文学が隆盛に至る経緯を概説している。なかでも連歌において、細川幽斎が大社町を訪ねた時（天正一五年（一五八七）四月二八日・二九日）、両国造家から連歌の発句を所望された事件（『九州道の記』）や、その三年後の天正一八年一一月、毛利輝元が豊臣秀長や秀吉の子鶴松の病気平癒に大規模な連歌を興行し、それに北島国造を始め出雲大社の神職が参加していた事（『天正連歌』藤間家所蔵）から、大社町の文化水準の高さに注目している。

出雲大社の連歌については、千家克雄編『出雲国造千家家連歌発句三代集』（昭和五〇年）、『出雲大社御祈禱連歌』（同五一年）から様子が具体的に伺える。連歌は、両国造家で各々興行されていた。たとえば、「北島殿御家に有来儀おほへのまま書立事」（平井直房編『神道大系出雲大社』神道大系編纂会、平成三年）に、「一　廿五日ニ連歌、とのさまゟさせられ候、其時御月次之衆くちをとり、毎月の連歌在レ之」とあり、幕末期の千家国造方の記録『日記定格』（前掲神道大系）では、左に示した通り、一年を通じて定期的に連歌が興行されていた。

正月七日「**七種（若菜）連歌**」（御殿（国造館）連歌之間、連歌の神天神像の掛物掛けず、国造・上官・別火参加）、正月九日「**宮連歌始**」（出雲大社会所、千家方上官全員、北島方上官は向のみ参加）、正月二五日「**年頭連歌**」（連歌之間、天神像掛ける、国造・上官・別火、百韻連歌）、毎月二五日「**月次連歌**」（年頭連歌と同様、一一月なし）、一二月二五日「**歳暮連歌**」（月次連歌と同様）

また、一一月大庭での新嘗会では、「**新嘗会連歌**」（出立前、月次連歌と同様）や「**御神事連歌**」（三日目留守番の上官・別火例の如く百韻連歌）が行われていた。なお、神事に連歌が興行されるようになった経緯について、国造北島恒孝の火継式を記録した承応三年（一六五四）八月七日の日記（前掲神道大系）に次のように記されている（カッコ内引用者）。

一同日（八日）神魂御法楽之御発句、御作代自清仕候、是ハ文禄二年（一五九三）閏九月七日廣孝御火継之時、佐草吉清御作代之発句仕候例ニまかせて、

日をうけて色を正木のかつらかな　恒孝
露乃めくミの絶ぬ松か枝　自清
天地の時をたかへす秋乃来て　尊国

此御一順御社納被レ成、杵築ヘ御取帰候而百韻御興行被レ成候、御神火御神事ハ国造秘事之斎《モノイミ》ニ候間、連歌ナトハ不相応ニも候ハん歟、然共廣孝吉例と御意とて如レ此ニ候、式例ニては無レ之事ニ候、

上官佐草自清によると、「**御火継連歌**」は、先々代の国造廣孝が吉例として興行したのが最初であった。前掲『出雲大社御祈禱連歌（二）』によると、大規模な神事連歌として、寛文御造営祈念・将軍家綱武運長久・天下太平の祈禱として、各国造館で三日間にわたり千句連歌が興行され、両国造方が合同参加していたのである。

ほかに和歌の会も催されていた。前掲『日記定格』によると、

正月元日「**歳暮歳旦之歌**」（国造千家尊孫・尊澄・尊福らの歌が披露）、正月一八日「**殿中和歌会始**」（殿中＝国造館、前日年行司が惣方へ廻って案内し、国造尊孫・尊澄・尊福以下が出詠）、三月一八日「**和歌月次**」（毎月行われたかは不明）、＊毎月二七日「**和歌当座会**」（尊朝祭日に御霊屋の正明舎へ参拝し歌会、国造以下家族らが出詠。尊朝、天保一一年四月二七日二一歳で帰

シンポジウムの資料より

幽、尊孫の子、尊澄の弟）

連歌は、各国造館の連歌之間で定期的に行われたが、参加者は国造・上官・別火の出雲大社上級神職に限られていた。それに対し、歌会も国造館で催されたが、惣方に案内状が送られたことから、広く大社町民が参加していたことが想像できる。なお、和歌が広く行われたことを示す資料に、千家克雄編『出雲国造千家俊勝室正子　出雲大社・熊野権現社・春日大明神奉納百首和歌集』（昭和五一年）が挙げられる。俊勝は俊信の父、正子は藩士松原定右衛門娘、国造俊秀の実母。

以上から、両国造家を中心に連歌や歌会の催事が頻繁に行われ、いわゆる名もなき連歌師や歌人が生まれ、かつそうした人々が杵築文学隆盛の基礎を築いたことは想像するに難くなかろう。

二、杵築文学隆盛の夜明け前

旧上官赤塚家所蔵資料に、両国造をはじめ近世出雲大社に貢献した方の忌日（亡くなった日）を記した『忌日帳』なるものがある。それを繙くと、国学が流行する以前の大社町の代表的文化は、神道は垂加神道、歌道は二条家流、茶道は細川三斎流で、国造俊勝の弟で東上官の千家長通は、「神道・歌道・茶道」の達人であったという。

神道とは、山崎闇斎流の神道、すなわち垂加神道を指す。また、闇斎流の朱子学を崎門学といい、それを大社町に伝えたのは、『忌日帳』で唯一「先生」と敬称された熊谷常斎であった。彼は闇斎の高弟浅見絅斎の弟子で、彼の弟子松井訒斎は上京して若林強斎の塾（後の望楠軒）に入門し、大社町に蒙養斎という塾を開いて多くの町民を教育した。これにより、大社町と望楠軒との繋がりができた。

大社町の神道である垂加神道を伝えたのは、山崎闇斎の孫弟子玉木正英であった。彼は数名の弟子を連れて出雲大社を訪ねた時、国造以下全ての神職が彼の弟子になったという。その時、正英らは御祭神大国主神の七つの神名に因んで和歌を七首詠んだ。その一部を左に引用する（岸大路洗斎『洗潮斎藻塩草』、松本丘編『垂加神道未公刊資料集　二』皇學館大学研究開発推進センター神道研究所、平成二八年所収）。

七名之和歌（此歌ハ五鰭翁ヲ出雲両国造ヨリ迎玉フ時、大己貴命ノ七名ヲ題ニシテ詠ズル和歌ナリ。此和歌ニ七名ノ伝ヲヲヒタリ。）

大国主神　　　　　　　　五鰭翁正英

ものいいし　草木なびきて　大地の　官治むる　神や国主

その後、国造俊勝と長通の父にあたる東上官千家貞通（国造直治の嫡子）が、上京して正英に師事し、出雲大社に垂加神道を広め、長通は垂加神道を父に習い、葦水と名乗った。

次に歌道は、明珠庵釣月に始まり、弟子の百忍庵常悦によって大社町に広められ、長通は彼に師事して幽深軒と名乗った。「和歌要意伝口授」（赤塚家文書）なる秘伝書の奥書に、それが確認できる。

右者従　清水谷大納言実業卿、先師釣月上座御相伝之書伝来之趣、
　聊無遺漏令伝授者也、
安永二年癸巳首夏良辰　　常悦
　　　千家長通雅丈

茶道は、藩士荒井一掌が不昧公の命で三斎流茶道を修め、弟子の高井草休によって広められ、長通は彼に師事したのであった。

おわりに

千家長通は、俊信以前の大社町最高の文化人であった。その甥にあたる俊信は、前掲『忌日帳』に「古学者、達諸道、高名之御人也」と記された。すなわち、俊信も長通同様、大社町を代表する文化「神道・歌道・茶道」の達人であったのである。その俊信が鈴屋に入門し、国学を受け容れて、大社町の文化水準をより高め、かつ一般化したことで、杵築文学が世に知られ隆盛することになったのである。

－7－

シンポジウムの資料より

ます。これは江戸時代までは神魂神社で行われていましたが、その時にこの『御火継連歌』も行われていたのです。『御火継連歌』が行われ始めたのはいつであるかということを、佐草自清が調査したところによりますと、北島廣孝国造の頃に始まったそうです。ですから、江戸時代に入る前の織豊時代に始まったということになります。それよりも数年前に細川幽斎が出雲大社にやって来ていますから、出雲大社にはかなり早くから連歌が浸透していたといえましょう。

連歌と共に有名なものが和歌ですが、その和歌も行われていたという記録が残っています。ここに挙げました史料は、千家尊孫等の記録でございますので、大社と和歌との関係がどこまで遡れるかということはこれだけではよくわかりません。

ですが、これにより江戸時代の後期には連歌と同じような恒例の和歌会といいますか、歌会も行われていたことは確かでありましょう。

連歌ができれば和歌もできるのは当然で、後に俳諧が盛んになるのも、俳諧は連歌の発句のみのものですから、連歌という基盤があった上に和歌とか後に盛んになった俳諧とかが、出雲大社を中心に大社町で盛んになっていくのは自然の流れだという気がいたします。

ここ大社町は、連歌や和歌だけではございませんから、テーマ「杵築文学の隆盛の夜明け前」と関わるようなお話ができたかどうか心許ないですが、もし後で説明する機会がございましたら、その時に補足させていただきます。時間も参りましたので私のお話はここで閉じることにし、次の岡先生にお回ししたいと思います。有難うございました。

芦田　氏

有難うございました。

今まで、私の反省も含めまして、出雲大社の連歌については実は研究が行き届いていないということがあります。

先ほどご紹介がありましたように、両国造家、赤塚家、小野家、そして藤間家にも連歌資料が残されているということです。ですから、この辺りを我々はもう少し研究する必要があると思います。

次に岡先生よろしくお願いいいたします。

提案2　江戸後期に、杵築文学が盛んになったのはなぜか？

岡　氏

古代出雲歴史博物館の岡でございます。
先ほど西岡先生もおっしゃられたように、本日のシンポジウムは恐らく近世後期を中心に議論することになると思いますが、私もまずは杵築文学の起源について引き続き触れておきたいと思います。
杵築文学の成立の時期については、恐らく室町時代あたりに一つの契機があったと考えております。なぜかといいますと、尼子氏の頃、西暦一五〇〇年前後に、京の都では出雲大社を舞台にした観世弥次郎（長俊《ながとし》）の能「大社《おおやしろ》」が演じられています。これは弥次郎が独自に創作したのではなくて、恐らく出雲から（塩冶五《えんやご》郎《ろう》か？）得た情報を基に創作したのではないか。あるいは出雲大社からの働きかけがあったかもしれないと考えています。
また当時、大社には本願《ほんがん》という、遷宮資金調達のための諸国勧進《かんじん》や、境内の修繕など、財務の役割を担当していた禅僧が屋敷を構え、常駐していました。室町時代は禅僧が活躍した時代で、特に五山《ござん》僧らによる漢詩・漢文学が隆盛していました（五山文学）。また禅僧は幕府の財務管理や外交なども担っておりまして、当時の政治・経済を考える上で不可欠な存在でした。応仁の乱によって京の都が焼け野原となり、諸国の荘園からまともに年貢が上らなくなり、食えなくなったお公家さんや禅僧たちが、知識人として諸国に散らばってゆく現象がみられました。

出雲では南禅寺の高僧・惟高妙安《じこうみょうあん》が長らく尼子経久の庇護を受けたり、河内国光通寺《こうつうじ》の僧・李庵寿璚《りあんじゅきつ》という人物が出雲を訪れ、『出雲国風土記』に「漆仁《しつじ》の湯」として登場する木次《きすき》（雲南市）の湯村温泉に遊びに出かけ、地元の古老の話を基にオロチ伝説とそのゆかりの地を紹介した『天淵八叉大蛇記《あまのふちやつまたのおろちき》』を著したりしています。今でも都会から立派な先生が来ると、田舎では大変尊敬されてもてなしを受けますが、当時も都から禅僧が来ると、尼子氏のような戦国大名、三沢氏のような有力国人らから歓迎され、漢詩文を伝えていたのではないかと思います。このようななかで、大社の本願もその仲介的役割を果たしていたのではないかと思いますが、江戸前期に神仏分離で本願が追放され、本願屋敷も解体されたこともあって、今ではその痕跡は見当たりません。

しかし、国文学の面では、内閣文庫（国立公文書館）に『太平記』（野尻本）が伝来しています。これには天正六（一五七八）年、仁多郡三沢の住人・野尻慶景《のじりよしかげ》が、出雲国造・千家義広《せんげよしひろ》所蔵の『太平記』を書写した旨の奥書があります。野尻本成立より遡ること約三〇年前、永禄六年から八年にかけて（一五六三〜六五）、毛利氏が出雲の過半を手中に収め、富田城攻めを行っていた頃、毛利方の重鎮で後に出雲を領有した吉川元春《きっかわもとはる》は、陣中で『太平記』を書写していました（吉川本『太平記』）。古い時期の『太平記』の写本として研究上よく知られている、一六世紀中頃と末に出雲で書写された、この二つの古写本から当時の出雲の文学受容のレベルが知られ、またこの二つの古写本に相関関係があるのかどうかも気にかかります。

それから、これも西岡先生が触れられました和歌や連歌。これらがなぜ出雲大社において頻繁に行われたかといいますと、本来我が国では、「歌」というものは重要な力、機能を持っていると考えられてきたからです。紀貫之《きのつらゆき》の『古今和歌集』の仮名序でも「力を入れずして天地《あめつち》を動かし、目に見へぬ鬼神《おにがみ》もあわれと思わせ」、つまり天地ばかりか鬼神にも「あはれ」と思わせる、心を揺り動かす力があると述べています。はるか太古の時代には、恐らく思いや願いを歌うことによって神様の心を動かし、聞き届けて下さるよう働きかける伝統があって、それが後々祈りを捧げるものが心を合わせて歌を連ね紡《つむ》ぎ上げる連歌の形をとるようになり、更には三十六歌仙の和歌や献詠《けんえい》の歌を奉納額に仕立てて納める文化に発展していったのだろうと思います。

さて、極く一部の公家、社家、禅僧などが担っていた文芸は、近世に入ると一変して制作し享受する裾野を拡げていきます。その内容も、和歌、連歌だけでなく、俳諧や狂歌、川柳、謡曲など様々なものを嗜むようになっていきます。俳句・川柳にいたっては、村や町の「頭分《かしらぶん》」「親方」といわれるような階層を中心にあらゆる人々によって作られ、楽しまれるに至ったのでした。うちの先祖も、庄屋ではなく補佐役の年寄《としより》を勤めていたことがありましたが、その程度でも下手な俳句を残しています。

このように広く社会に浸透してゆくと、文芸は日常不可欠なコミュニケーション・ツールとしての役割を担うようになっていきます。現在であれば接待ゴルフなんてものがありますが、会合や宴会などの席で、あいさつを兼ねて歌や俳句を作ることが当たり前のように行われました。時代も降るにつれて、婚礼や還暦、新築などに、祝いの歌の一つも作って短冊に認めて贈らなければ恥をかくという風潮がどこでも見られましたから、当時の人々における文芸の受容は、こうしたコミュニケーションを成り立たせる素養としても不可欠とされ、また役割を果したとも言えると思います。

こういう中から才ある和歌や俳諧を作る人、歌学や俳論に詳しい人が現れ、名のある歌人、俳人の門人となり、地元の宗匠《そうしょう》として役割を果たすようになります。出雲大社においても、京の御所や公家、江戸の寺社奉行所をはじめとする幕府の役所、要人と交渉したり取り次いでもらう際に、教養として和歌の一つも詠《うた》えないようでは軽くみられますから、古典を学び、歌道に励まなければなりませんでした。

数年前、私は、コミュニケーション・ツールとして不可欠なものとして、文芸を最も駆使し、ユニークな動向をみせていたのが出雲大社の御師《おし》であったことに気づきました。

「御師」とは、大社の外に出かけていって、大社の御神徳をわかりやすく説いて、人々と神様との縁のなかだちをする役割の神職でありますが、そのお取り次ぎとして数々の神札《しんさつ》、護符を授け、御初穂を納めてもらわなければなりません。人々からすれば、御師の話に共感し、信頼し得てはじめて御初穂を納めようと思うわけで、はるばる出雲大社から御札を配札にやってきたからといって、必ずしもどこでも快く対応してくれるとは限りませんでした。

御師は出雲大社だけでなく、伊勢の御師をはじめ、各地の神社に存在していました。また諸国を勧進してまわる坊さんもいました。信州善光寺の出開帳《でかいちょう》、相州遊行寺《ゆぎょうじ》（清浄光寺《しょうじょうこうじ》）の遊行上人《ゆぎょうしょうにん》も諸国をまわりました。様々な昔のお札が旧家の屋根裏などに残っていることがありますが、諸国へ参詣して授かったものよりも、諸国からやってきた御師、僧、山伏など様々な宗教者から授かったもののほうが多かったのです。御札を授かるたびに御志《おこころざし》を差し出す。少額を差し出すとしても、年に何人もやってくるとなると、相当な金額になります。こうなると、宗教者が訪れても容易には応対しない、または見知らぬ宗教者には米銭を差し出さないことを取り決める村や町も現れました。

御師が人々の信頼を得る上で、有力な手段の一つとなったのが文学をはじめとする教養でした。何しろ中世には、出雲大社はスサノオノミコトがオロチを退治した後に宮を建てた場所、須我《すが》の地とは大社境内の北側「清地《すがち》」にあたる、という説が有力でして、近世以降もスサノオノミコトを御祭神とする素鵞社《そがのやしろ》が鎮座している。当時の人の感覚でいいますと、和歌発祥の地、本家本元からやってきたと考えられた。実際御師は、「八雲立つ出雲八重垣……」の歌を刷り込んだ護符も各地で授けていきます。和歌といえば、高額の御初穂を納めてくれたり、配札に廻る上で口利《くちき》きなど、なにくれと手配してくれる篤志家には、国造様御真筆の和歌の短冊、色紙、掛け軸などが特に授けられることもありました。こうした護符や掛け軸が、今なお全国各地の旧家に伝えられているのを時々目にします。

また先ほど西岡先生がおっしゃったように出雲大社の神職は和歌のみならず連歌もやっていた。ですから御師は行く先々で歌会があればしばしば招かれて壇場《だんば》（壇所。御師の布教先）の人々と懇意になれた。時には壇場の人々から、自分達の歌集を出雲大社に奉納したいと、奉納の取次ぎを委託されることもありました。

これは佐々木さんや田中先生からお詳しい紹介があると思いますが、江戸後期になると、大社においても俳諧が盛んになります。また狂歌も幕末に近付くにつれて人気を集めるようになりました。

先日、出雲市中央図書館の蒲生倫子《がもうともこ》さんから、幕末の頃、大社の歌人たちのあいだでは、お酒好きな「上戸連《じょうごれん》」と、酒より甘党の「下戸連《げこれん》」の二つのグループが出来ていたという面白いお話を伺ったことがあります。下戸連といえば、酒が苦手なことから「山師赤下戸《やましのあかげこ》」という狂歌名を持っていた高浜数馬《かずま》（軍記）という御師が、周防《すおう》岩国を壇

提案2

江戸後期に、杵築文学が盛んになったのはなぜか？

県立古代出雲歴史博物館専門学芸員　岡　宏三

近世「文学」の特質と力

今でこそ「文学」といえば、詩歌、小説など文芸（literature）をいうが、近世までは学芸、学問全般を指す言葉で、狭義には儒者を言った。従って「杵築文学」といえば、和歌俳諧などの文芸のみならず、儒学、国学など学術、茶道、絵画などの芸道をも含めた、門前町・杵築における文化を指すものと考えた方がわかり易い。

一八世紀、それまで江戸・京・大坂や長崎などを中心に展開していた「文学」は、これら都市部で学んだ門人達が諸藩に招聘されたり国許に帰国して私塾を開くことによって地方へと裾野を拡げていった。これを可能にしたのは、地方の経済的に余裕のある農民・町人層（いわゆる出雲地方でいう「頭分《かしらぶん》」）の間で学問や芸道に対する学習意欲が高まったからである。儒学的倫理規範は地域の指導者層として不可欠な素養と見なされるようになり、芸道を嗜むことはまた、格式に箔付けすることにもなったからである。

当時の「文学」はまた、身分的障壁に束縛されない特質を持っていた。公的な場では同席などありえない藩主や家老と農民・町人が、歌会や句会などではともに一つになって楽しむことも珍しいことではなかった。「文学」の自由は、士農工商の差異を超えて心を通わずコミュニケーション・ツールとしての役割も果たしたのである。

やがて地方の各地に形成された「文学」のなかには、大都市に経済・文化が集中する現代と異なって、鈴廼舎《すずのや》塾（本居宣長・国学。伊勢松坂）、春林軒（華岡青洲・医学。紀州西野山）、咸宜園《かんぎえん》（広瀬淡窓・漢学。豊後日田）などのように、地方が学術・人材育成の一大拠点となるケースもみられるようになった。

また全国各地の「文学」はやがて、密接に交流し、情報交換することによって相互に刺激を与え、情報を共有するようになった。この全国レベルでのネットワークが、江戸後期には「輿論《よろん》」（社会への意見）を、幕末には更に進んで国政をも左右する「公論（公議）」（国民的議論）を形成するにまで至る。これを受けて倒幕直後の慶応四年（一八六八）三月、明治天皇が天神地祇に誓約した新政府の基本方針「五箇条の御誓文」では、「広く会議ヲ興《おこ》シ、万機公論ニ決スベシ」が第一条に掲げられ、後の議会政治へと引き継がれてゆくのである。

杵築文学と大社御師

近世の杵築は、米子、松江、浜田など共に、山陰地方の「文学」の拠点の一つとしての役割を果たしていた。と同時に、全国各地に「文学」を通したネットワークを形成していた。その要因としては、諸国から訪れる参詣人や、幕府や朝廷との交渉のため頻繁に江戸・京などを往復した出雲大社の神職などの存在が挙げられるが、従来看過されてきたものに御師の役割がある。

御師の基本的役割は、諸国の持ち場とする壇場《だんば》（旦所）に赴いて

シンポジウムの資料より

わかりやすく神徳を弘め、出雲大社と人々との縁を結ぶことにあった。

布教を進め、信者を獲得するには、第一に壇場の人々の信頼を得ることが大切だ。特にその地域のトップや、顔が利く立場の人物の信頼を得られるかどうかで住民の反応が異なった。壇場に出向くと、御師は役所に出向いて壇場廻りの許可を得、次いで城下であれば家老、藩士、商家の順に、地方であれば代官所や郡役所、各村の庄屋の順に配札をした。藩の受けが良ければ、廻村の際の荷物の運搬を公務として（無料で）扱ってもらったり、村役人の屋敷に留めてもらえた。

御師が地域のトップ、顔が利く立場の人々と親しくなる上で有力なツール、必須の素養となったのが、和歌、俳諧などの文芸である。

例えば周防岩国藩領とその周辺三〇三ヶ村を壇場としていた高浜左仲（定方）は、和歌のみならず、俳号を文雄、狂歌名を山師《やましの》赤下戸《あかげこ》と称し、俳諧、狂歌も善くした。廻勤中の記録（『御供献上《ごくうけんじょう》、代替《だいがわり》ニ付因州岩国廻勤書』（仮称。高浜家文書）によれば、文政四年（一八二一）、岩国藩の家老・皆庄主水《もんど》、同じく香川舎人《とねり》から国造家若君（神健彦。北島全孝《たけのり》）自筆の掛軸の下賜や、出雲大社神職をはじめとする各界の歌人から自邸の松を詠んだ和歌の取り寄せを依頼されている。特に香川家は代々岩国藩における和歌の家としても知られ、「詩歌連誹」を先代左仲を介して大社へ奉納したこともあった。

また豊前小倉藩二三七ヶ村を壇場としていた幕末の田中数馬《かずま》（清年）は、北島国造家から歌会の節の格式同席上座を許されており、俳諧では中臣典膳、古川凡和、加藤梅年とともに八雲俳壇の四宗匠の一人に挙げられ、師の日々庵浦安から杵築蕉門流の正統を継ぐ者として落柿舎《らくししゃ》五世を名乗ったと伝えられるほどの実力者だったが、豊前随一の歌人・国学者として知られた小倉藩士・西田直養《なおかい》をはじめ、可推（中島卯助）、黙居（蜂谷嘉六）ら地元の俳人らと密接に交友していた（古代文化センター調査研究報告書三〇『出雲大社の御師と神徳弘布』）。

さらに伊予宇和島藩と吉田藩にかけて壇場としていた加藤信成は、宇和島藩庁の『記録書抜　伊達家御歴代事記　三』によれば、彼は文化二年（一八〇五）、同一〇年（一八一三）の二度に亘《わた》って神札配布を宇和島藩に願い出て、「御時節柄」領民に倹約と御用金を命じている状況下のため断られている。ところが文政二年（一八一九）の旅日記『宇和鰯家津登《うわいわしえづと》日記』（『島大国文』二七～二九号に蒲生倫子氏よって全文翻刻あり）をみると各地で配札を行っている。同日記によれば、彼は、伊予大洲城下の末光三清次という人物の助言で宇和島城下第一の実力者・長瀧氏に配札の仲介を依頼したところ快諾され、これをきっかけとして各地の有力者の信頼を得、布教ルートを開拓していったのである。彼もまた狂歌を得意としたが、下戸の高浜左仲とは対称的に無類の酒好きで、廻る先々で酒を勧められ、狂歌を所望されている。加藤信成の即興軽妙な狂歌は、気さくで陽気な西予の人々の気性に合致し、出雲大社に対する信仰は、深く親しみをもって浸透していったのである。

−9−

シンポジウムの資料より

場として活躍していました。一方、伊予宇和島とその周辺を壇場としていた加藤信成《のぶなり》という酒好きの御師は、訪れた先でその家の祝い歌や話題などを即興で狂歌にして面白がられ、酒宴でもてなされたばかりか、朝飯の際にも迎え酒、出立の時も送り酒を勧められて、さすがに参ったということが、蒲生さんが紹介された彼の旅日記『宇和鰯家《うわいわしいえ》都登日記《づとにっき》』に書いてあります。

このように、和歌、俳諧、狂歌など、御師におけるコミュニケーション・ツールとしての文芸は、和歌発祥の聖地という出雲大社の伝承、ブランド性を背景として、壇所の人々とのつきあい、人脈づくり、信頼で結ばれた関係を築き上げる上で大きな役割を果たしたと考えた次第です。

芦田　氏

有難うございました。

岡先生は先ほどご紹介しましたように、御師《おし》のご研究のさきがけです。伊勢の方では御師《おんし》という呼び方をしていますが、伊勢の御師はわりと研究が進んでいると思いますが、出雲大社の御師というものは余り知られることはありませんでした。特に今ご紹介がありましたように、御師のいわゆる文学に果たす役割は非常に大きなものがあると私は思っています。

後で伊勢の御師と出雲の御師はどう違うのか訊ねたいと思います。有難うございました。

最後に佐々木杏里さんにお願いしたいと思います。

提案３　江戸後期に、杵築文学が隆盛になったのはどうしてか？

佐々木　氏

手銭記念館の佐々木でございます。岡さんの後で話がとても大変なのですが、よろしくお願いします。

十二月に私は女性の文芸活動ということで話をさせていただきました。その直ぐ後に松井しげの『槃草《たらいぐさ》』という自筆の句集の映像が出てきまして、少しでも触れておいて安心したのですが、随分皆様が松井しげにご興味を持っていらっしゃると聞いて、逆に忘れられたのは松井さんだけではないのだけれど、とちょっと寂しい思いをいたしました。

というのは、今までもお話が出ていますけれど、杵築文学は江戸後期に隆盛を迎えるのですが、その土台となった中期の大社地方の文芸活動については判っていないことが多くて、松井しげも丁度その時期の人ですが、それ以外の人々の名前もほとんど伝わることなく途切れている状態だからです。

先ほど田中先生がご紹介してくださったように、手銭家の蔵書を調べてまいりまして十年くらいになるのですが、一軒の家から出た資料だけでこれだけのことが判ってきたことを思いますと、もっと大社には資料とか蔵書が少しずつでも残されていて、それを今発掘することができれば、大社の文学の流れというものをもっと重層的に見ることができるのではないかと思います。

皆様が大変興味を持っていただいたことはありがたいですし、それが新たな資料の発掘になればいいなと思っています。

今回のテーマは「江戸後期に、杵築文学が隆盛になったのはどうしてか？」ということですが、今まで西岡先生、岡先生がお話しになったように、文学というものは突然誰かが思い立って盛んになるものではなくて、やはり土台がなければ適当なものしか作れません。その基礎が作られたのはやはり江戸中期の地道な文芸活動ではないかと思います。

また手錢家は商家ですから、町民の活動ということで資料から文芸活動を見ていきたいと思います。
その時に江戸中期の中心であったのは、俳諧に関しては広瀬百蘿ということになります。百蘿は松井しげの先生でもありましたし、手錢家の季硯から有秀に至る先生にもなっていますが、この人は『秋の蝉』という追悼集の中でも出ているのですが、商売として俳諧をやっている訳ではないと書かれています。出雲大社に関わりのある方でもありましたし、そのような点で見ますと、商売歌人とか商売俳人ではなく、あくまでも高尚な趣味としてやっていた人が先生に居て、それに習っている人たちもあくまでも趣味として、自分を高める道具として、先ほど岡さんがおっしゃっていた「ツール」として、文学を勉強しようと真摯な態度があったのではないかということが、記念館にある資料からも見えてきます。

それは俳諧も和歌も同じでして、「松方会」という和歌の会の発足の記録がありますが、そこを見ると凄く細かな会式が書かれています。途中で退席してはいけないとか、飲み食いは止めようとか、弁当を持ってきて決まった時間に食べようとか、勝手に休むなとか、今でも使えるような条文が書かれていまして、次はこの題でやりたいなど書かれていて、江戸中期に本当に真面目に勉強しようとする人たちがあって、その人たちが真面目に和歌の勉強をした、古今集とか新古今集とかを学んだ土台が延々脈脈と続いて、江戸後期に町人たちが和歌を勉強するということに関して、ハードルを下げたという一面があると思います。

俳諧に関しては、より商売的な道具の意味合いも多くて、俳諧の伝播というかネットワークというものが、江戸時代の商業のネットワークと殆んど重なるようにあります。ですから、俳諧をやっている、文芸をやっているということは、そのまま商売につながったという点も勿論あります。

それで、そのように勉強した人たちがそのまま代を重ねて、江戸時代後期に続いていくのではないかと思います。
江戸時代後期になりますと、和歌が盛んになってまいりますが、そのときの指導者が千家俊信を師とした千家尊孫とか尊澄、島重老という人たちも舎弟の人です。勿論富永さんもそうですが。

提案３

江戸後期に、杵築文学が隆盛になったのはどうしてか？

公益財団法人手銭記念館学芸員　佐々木杏里

手銭家は貞享三年（一六八六）から大社に住まいしているが、蔵書の形成は、江戸時代中期、手銭家三代（白三郎《はくさぶろう》　号・季硯《きけん》）の頃から本格的になったと見られる。

ここでは手銭家が所蔵する文芸資料から、大社における一般の町民による文芸活動を見てみたい。

江戸時代中期の文芸活動

俳諧に関する資料を見ると、この頃、不識庵節山による淡々系の俳書（元文四年）、続いて、広瀬百蘿《びゃくら》によってもたらされたと考えられる落柿舎《らくししゃ》系の俳書（宝暦年間（一七五一～）が蓄積されている。また、俳諧之連歌の詠草が多い事も特徴かもしれない。

俳諧の連歌を見ると、地元である程度連が出来、定期的に会を行っていたようだ。季硯と、弟冠李《かんり》（兵吉郎）は俳諧ではかなり知られていたらしく、豊前、浪華などから二人を訪ねて来雲した同好の士と、誹諧之連歌を楽しんだ記録も複数残っている。

次に和歌について見ていこう。

「松方会」という和歌の会の発足について記した記録が、「愛屋免日記」という資料の中にある。

「松方会」は明和九年（一七七二）卯月三日に発足した会で、初回は「茂竹庵《もちく》」すなわち広瀬百蘿宅で開かれた。末尾には「町連中実名」として十三人の名があり、それに季硯、手錢家四代敬慶《けいけい》、百蘿など加えるとメンバーは二十名前後いたのではないだろうか。

「奉納石見国柿本社千五十年御祭祀詠百首和歌」（安永二年三月十八日　願主　雲州　沙門常悦《じょうえつ》）には、藩の重臣、両国造家、社家の人々と共に「町連中」と季硯、敬慶、百蘿、十四人の歌も入っている。また、「百人一首聞書安永二年卯月開講　季硯」という百人一首に関する講義録も残っている。

これらの資料から、俳諧活動から少し遅れた安永年間（一七七二～）に、和歌の勉強会が活発になったこと、講師が小豆澤常悦《あずきざわじょうえつ》であったことが分かってきた。

俳諧に較べてより雅《みやび》な（或いは文学的に上位に位置する）和歌が江戸時代後期の大社で一般の人々まで広がる土台は、この時期に作られたのではないだろうか。

江戸後期の文芸活動

手銭家五代官三郎《かんさぶろう》有秀《ありひで》（衝冠斎《しょうかんさい》）、六代白三郎有芳《ありよし》（野塘《やとう》）の時代（化政～天保）は、発句と俳諧之連歌両方の詠草が多く残っているが、七代白三郎有鞆《ありとも》、妻さの子の時代（天保～幕末）には、俳諧之連歌はほとんどなく発句のみとなっていくのも俳諧史の流

－10－

シンポジウムの資料より

れと重なっている。

一枚摺《いちまいずり》、追善集、祝賀集などの出版、或いはそれを目指したと思われる下稿などもいくつも残っており、俳諧は江戸時代中期と同じように、むしろより裾野を広げ、広く楽しまれていたことが見て取れる。

俳諧において手銭家周辺の人々を指導していたのは、広瀬浦安《うらやす》、茂竹《もちく》、中臣典膳《なかとみてんぜん》、田中千海《ちうみ》らだと思われるが、彼らは皆、一方で出雲大社に関わる仕事をしており、俳諧を生業としていたわけではなかった。そして、中臣典膳、田中千海は、俳諧と和歌、どちらの指導も行っていた。

手銭家には、同じ人物によって、同じ点印を用いて添削された俳諧と和歌の詠草が複数残っているが、それらのいくつかは、田中千海（和歌は田中清年《きよとし》）による。

また、中臣典膳（和歌は中臣正蔭《おおかげ》）による、俳諧と和歌両方の指導添削も残っている。

このように、和歌と俳諧を同じ人物が同じように指導する形式、特に和歌を俳諧と同じように点印を用いて指導する形式の資料は、他の地域ではほとんど出ていない。

江戸後期の杵築文学の隆盛において、和歌と俳諧の接近は関連があるのだろうか。

おわりに

手銭家には様々な文芸資料が伝来しているが、その中には酒席の座興で書かれたと見える寄せ書きや、祝儀の寄せ書きが複数ある。

前述した様々な下稿も含めこれらの資料には、千家之正《せんげこれまさ》、島重老《しましげおい》、佐草文清《さくさふみきよ》、赤塚澄景《あかつかすみかげ》、中言林《なかことしげ》といった大社の上官から、富永芳久、田中清年、中臣正蔭、広瀬清左（茂竹）ら師匠でもあった社家の人々、一般の町民までさまざまな階層の人々が、筆をとり、和歌や発句を記している。

和歌にも俳諧にも言えることだが、大社における文芸活動は、特定の階層や身分の人々だけによる閉鎖的なものではなく、さまざまな人々が、それぞれのレベルで楽しむことの出来るゆとりある活動だったように思われる。

そのゆとりはどこから来たのか。

これはあくまで筆者の想像の域を出ないのだが、指導者の多くが、大社に関わる人々で、文芸活動を商売としていなかったこと。学ぶ側に有力な農民、商人が多く、やはりあくまで趣味、教養として向上を目指していたこと。

この二点が大きかったのではないかと思われる。

【参考文献】
『手銭家資料を活用した江戸時代の出雲文化の発掘と再生事業』（二〇一四）
中澤伸弘『徳川時代後期出雲歌壇と國學』（二〇〇七）

-11-

シンポジウムの資料より

やはりお金ではない、仕事ではない、もっと根源的な欲求とか純粋な欲求から文学を学び、文学的な素養を高めていきたいという人たちが先生でいて、その人たちが大変中央での評価が高かったということで、良い先生が地元に居るということですから、高名な遠くの先生と文通みたいなことで添釈をしてもらうというよりは、手の届くところに動いている先生がいて、何でも聞けば教えてくれる環境が大社にあったのではないかと思います。先生に恵まれていて、生徒たちも割と気軽に、けれども真面目に勉強をすることができたということが、大社の江戸後期の状況だったのではないかと思います。

先ほど田中先生がご紹介になった『松壺文集』の円居の話を見ましても、世の中ではそろそろ明治維新かという頃に、皆で集って伊勢物語や竹取物語の話を優雅にしているというと、信じられないような感じがしますが、そのようなゆとりのある生活というか、金銭的なこともですが、精神的にゆとりのある生活をしている人たちがいて、その人たちが大社というところを誇りに思いながら暮らしていたことの一つの証が文芸というものだったのではないかと思うようになっています。

ただ記念館の蔵書をずっと調べてきて、その蔵書から見える大社の文芸というものは判ってきましたが、では周辺ではどうだったのか、他の地域ではどうだったのかということを考えますと、比較する対象というものがあまり無いもので、これが大社の個性なのか、それとも江戸時代の個性なのかはっきり言えませんし、本当に大社が特別だったといえるような資料が出てくればいいなと思っています。

芦田　氏

有難うございました。

佐々木先生の言われたところは、レジュメの最後のところに書いてありますが、大社に関わる人たちは文芸活動を商売としていなかったこと、趣味教養として自分を高めることを目指していたことが、杵築文化が隆盛になった要因ではないかというご説明をしていただきました。

それではただ今からシンポジウムということで、田中先生にも入っていただいて進めていきます。限られた時間でございますが、先生方と「江戸後期に杵築文学が隆盛になったのはどうしてか?」ということを議論してまいりたいと思います。

私の意向でもあり同時に事務局の意向でもありますが、予めシンポジストにこれをしましょうということは言っていません。当てまして失礼なことになるかもしれませんが、事情をご明察していただければと思います。

私の方でまとめてみようと思いましたが、ご発表は各々全て納得されるものなのですが、色々な方面からのアプローチがなされていたと思います。

全体のキーワードとでも申せばよいのでしょうか、そういうものが探しづらいと思っています。そして私の興味に引き付けて探してみますと、江戸後期に盛んになった杵築文学の土台というものを考えてみたのですが、出雲大社が素地としてあります。これは先ほどからお分かりかと思います。それから意外とご存知ないのですが、「風土記」が完全なかたちで残っているのは出雲だけです。播磨などいろいろ残っていますがごく一部分です。完全なかたちで残っているのは出雲だけですから、これは誇るべきものだと思います。先ほど風土記のことの説明がありましたが。

つまり出雲大社があること、風土記が完全なかたちで残っている唯一の国であること、これらに加えるに出雲は和歌発祥の地であるということです。

これは私の専門が平安時代の和歌文学であり、関わりますので、この点で出雲に来て良かったと思っています。「八雲立つ出雲八重垣妻ごめに八重垣作るその八重垣を」という歌が人の世となって最初に詠まれたと言われています。つまり出雲は和歌発祥の地であるということ、これらのものが杵築には素地として残っているのではないかということです。

江戸の後期の文化を担っていた文化人、ここでは社家それから御師、裕福な商人、農民という言葉も出てきたと思いますが、何か他の地域とは違う特徴的なものが見出せないのだろうか、これが有るのか無いのかということも含めて考えたいと思います。

例えば、御師《おし》と御師《おんし》のことで言いましたが、伊勢神宮とどう違うのか。或いは出雲国風土記をどのように考えていたのか、或いはどう関わっていたのか。

それから和歌発祥の地を人々はどのように理解・承知していたのか。つまり、発祥の地だからこそ、和歌、連歌或いは俳諧が盛んになったのだろうというようなことを私は漠然と考えています。

これ以外にもいろいろな要因が関わっていると思います。

要するに杵築的なものがあるのだろうかということです。

このことをシンポジストの先生方に議論をしていただければと思います。

どなたか口火を切っていただければと思います。お願いいたします。

岡　氏

近世の伊勢と出雲大社において、御師、文学のありかたにどのような違いがあったのか、また『出雲国風土記』のような古典をどのように意識していたのか、についてですが、まず御師の規模や待遇についていえば、悔しいですが破格に差がありました。

伊勢の御師の数は、内宮外宮《ないくうげくう》で優に百数十家を数えます。規模の大きい御師ともなると、収容人数が千人にもなる広大な屋敷を構え、壇所からの参詣者に宿泊施設として提供するとともに、参拝の斡旋《あっせん》、太々神楽《だいだいかぐら》を行っていました。これに対して出雲大社の御師は、近世を通じても百家あるかないかくらいで、役割は同様でも宿泊施設の規模はそれほどでもなく、人数が収容しきれない場合は御師仲間や提携する宿屋に泊まってもらうこともありました。また壇所でも、伊勢の場合各地に伊勢宮が勧請されており、駕籠に乗って壇所廻りを行いましたが、大社の御師は供を連れながらも徒歩で廻りました。

文学の面では、伊勢では中世の頃、内宮と外宮が社格をめぐって争いがありまして、それぞれが由緒をめぐって研究を深め、独自の神道を提唱したこともあり、早くから神道をはじめとする書物が集積されていました。一時は戦国の争乱で多くが失われたものの、近世初期に外宮では豊宮崎文庫《とよみやざきぶんこ》が、内宮側では林崎文庫《はやしざきぶんこ》が創設されて大規模なコレクションを形成していました。

これに対して出雲大社でも、伊勢の影響を受けて一六六〇年代の寛文大造営の際に御文庫を設け、造営資金の残余で神道書を買い入れるとともに、その後は全国各地から献納された書籍をこの文庫に収めました。ですから、書籍の収集に努めた点では共通します。

伊勢と出雲の相互の影響といえば、これは西岡先生のほうがお詳しいのですが、江戸中期に千家俊信《としざね》が伊勢松坂の本居宣長《もとおりのりなが》の鈴廼屋《すずのや》塾に入門して、宣長から大変に期待をかけられます。なぜ期待を掛けられたかといえば、彼がライフワークとした『古事記』では、出雲大社の御祭神・オオクニヌシノミコトが重要な役割をしている。国譲りの後、この神の祭祀を掌ったのが出雲国造の祖神であるアメノホヒノミコト。『記紀』とともに古代出雲の神話伝承を伝える『出雲国風土記《いずものくにふどき》』の編纂主任は、第二七代出雲国造・出雲臣広島《いずものおみひろしま》で、その子孫が入門したということで大変目をかけられた次第です。俊信が鈴廼屋塾に入門したのを契機に、それまで垂加神道《すいかしんとう》が主流だった出雲に古学《こがく》（国学）が入り、次いで隣国伯耆の米子にも広められ、俊信が郷里の大社で開いた梅廼舎《うめのや》塾はこの地域の国学の中核拠点となりました。

このようななかで伊勢と出雲は国学を通じて交流を深め、本居家が紀州のお殿様に召し抱えられると紀州とも交流がはじまり、幕末には相互から歌集が相次いで出版されるようになります。

山陰における国学といえば、この頃浜田藩における国学奨励がありました。『古事記』『万葉集』の研究者でもあった藩主松平康定《やすさだ》は宣長に会って聴講したこともあり、家臣の小篠敏《おざさみぬ》も宣長の門人の中でも重きをなしていた一人だったことから、石見浜田も大変国学が盛んだったのですが、次の松平康任《やすとう》が幕府の政争に敗れ、竹島（現在の鬱陵島《うつりょうとう》）密貿易事件が発覚して奥州棚倉《たなくら》へ転封となって、石見における国学の中心は津和野藩に移ります。ですから山陰において、維新まで一貫して国学が盛んに行われたのは大社の門前町・杵築でした。

地域は全く違うけれども、お互いに意識しあいながら影響をあたえていたのも近世の文芸の特色だと思います。例えば岡山の吉備津神社と出雲大社のつながり。吉備津神社の神職・藤井高尚《ふじいたかなお》も千家俊信とはつながりがあり、吉備津神社も伊勢とのつながりを持っていました。人的交流に着目してゆくと、実に様々な地域と色々な形でネットワークが結ばれていたことが浮かび上がってくると思います。

芦田　氏

有難うございました。

田中先生お願いいたします。

田中　氏

岡先生のお話に関連して、藤井高尚の話が出ましたが、高尚は『出雲路日記』の旅で千家俊信を訪ねて大社へやって来ています。そこで、俊信と対面して大変喜んで互いに歌を詠み合っています。ある意味では常識かもしれませんが、そのようなところに、和歌に備わるコミュニケーション、挨拶という要素が表れていると思います。当たり前のようにして歌を詠みます。藤井高尚は松の屋という号で、俊信は梅廼舎《うめのや》でしたね。梅というものは伝統的に花の兄と解釈しますから、梅廼舎のお兄さんのところへ来たという喜びの歌を詠んで、俊信の方は、松の常盤の緑にあやかりたいというようなやり取りをしています。こうして、同じ宣長の門下ですが、同じ文化を共有し合って、和歌でもつながっていく。そしてその背景には杵築の地、和歌の地という意識もありながらではないかと思います。

芦田　氏

有難うございました。

西岡先生、神道思想史の方から見て何かございますか。

西岡　氏

　どのように考えるべきか、大変サービス精神が無くて申し訳ありませんが、私も考えがまとまっていませんで、何故出雲がここまでずっと盛んなのか。他の地域に比べて出雲が突出しているのか、それともどこの地方都市でも出雲のような文化があったのだと考えるべきなのかと。佐々木さんのお話にもありましたが。

　恐らく出雲をやる方は誰もが感じることでしょう。それくらい何でも揃っています。

　日本の文化史に沿って大社の文化史を見ていくと、ほとんど同じようになります。それくらい情報力といいますか、収集力が大社は都から遠隔の地ではあるけれどあったのです。その理由の一つとして出雲大社は外せないと思います。出雲大社がなければ先ず都の方がやって来られることはないわけですから。ただ、出雲大社があるからといって迎え入れる方がしっかりしていないとどうしようもないわけです。ですから、出雲大社だけでは文化というものは残らないし、繁栄もしない。出雲大社のお膝元に生活する人々が敏感に取り入れようとするセンスが良かったのだと思います。

　これをずっと出雲大社とともにこの周辺域の人々も持ち続けてきたということが、都から見て地方といわれても全然遅れていない、文化においては常にトップクラスであり続けたのだと思います。

　例えば、神社の代名詞といえば、今では伊勢・出雲が当たり前のようにお感じになっていらっしゃると思いますが、江戸時代にはそのような発想は一般的ではありません。まして、中世ともなればなおさらです。

　神社といえば大体伊勢・八幡か伊勢・春日、京都の人であれば伊勢・賀茂でしょう。出雲は出てきません。それが今でしたら、京都の人も奈良の人も関係なく全国の人が伊勢と言えば出雲だよね、と言うようになっています。

　これはやはり、そのような伝統文化を復活しようという力が出雲大社にあったことと、同時に今日の主題である杵築文学の力が大変大きかったからだと思います。全国的に出雲というものを知らしめたのには、勿論出雲大社の御師という活動もあったと思いますが、御師の活動というものは、伊勢の御師《おんし》ほどではありませんね。伊勢ほどの活躍はしていません。ですから、勿論広める力はありましたが、やはり広める力は出版文化にかないません。情報が不特定多数に広まるには、歌集などが書物になって全国に広まっていく。勿論営利目的でやっていませんから、関心のある方だけが戴きます。お金のある方が買うのではなく、関心のある方だけが買いますから浸透する密度が高い。受け入れてくれる方の浸透度が高いので、各地のインテリ層が出雲を無視できなくなったのでしょう。それが今に伊勢・出雲といわれるようになった一つの要因だと思います。

和歌発祥云々とか『出雲国風土記』とかという問題もありますが、この辺りで終わります。

芦田　氏

今おっしゃった収集力というのは、例えばどういうようなことで考えたらいいのですか。

西岡　氏

岡先生のお話にもあったように、寛文の頃に文庫ができて全国から貴重な書を奉納してもらえるような媒体がありました。しかし、文庫が有る無しに関わらず、出雲大社に奉納するという機会はそれ以前からあったと思いますし、もう一つ出雲大社は常に都と伊勢にアンテナを張っており、都でどのような動きがあるのか、伊勢でどういったものが流行っているのか、と情報をよく入れていました。大体都で流行っているものは出雲でも恐らく取り入れていたと思います。手銭さんとか藤間さんとか出雲の両国造家とか、そのような家は必ず敏感に察知しては受け入れていたと思います。また、『出雲国風土記』の完全本が日御碕神社にございますが、これは尾張藩から戴いたものです。このように受け入れるだけでなく、いただくことも多くあったのがこの地の特色であります。ただし、受け入れてもそれを活用できない人たちばかりでしたら、奉納だけで宝の持ち腐れになってしまうでしょう。しかし、それを活用できるパワーと実力がこの地には古くからあったのだろうと思います。そこを私共は注目しておきたいと思います。

芦田　氏
有難うございました。
佐々木先生お尋ねしてよろしいですか。
先ほどから出てきていますが、手銭家蔵書を通じて、そこに残っているもの全てを通じて、見えてくる大社というものは何かございますか。

佐々木　氏
答になるかわかりませんが、手銭家の美術品、蔵書を含めていろいろな方が調査にいらしてくださいます。いろいろな分野の方がぜんぜん関係なくいらして、皆さん「どうしてこのようなものがこんなところにあるのか」とおっしゃいます。ということは、今の常識から言えば、地方の外れに有るべきものでないようなものがここに残っていることだと思います。ということは、江戸時代の大社において、そういうものを収集する情報力とか経済力とか判断する知力とかがあったということだと思います。
それは手銭家一軒にあってもしょうがないことで、それを理解する層がある程度大社にあったということではないかと思います。
それは、大社に特別なのか江戸時代の地方というものが今と違う捉えられ方をしなければいけないのかどちらとも言いきれませんが、少なくとも今思うような田舎ではなかった。中央の人がいつ来ても対応できる能力を持った層がきっちりあったのだと思います。手銭家にある蔵書とか文書とか文芸関係の資料を見ていますと、社家の人たちとも上官の人たちとも随分親しく文芸の面では付き合っているということが見えてきますから、社家として町民として身分をわきまえて付き合う場と、対等に楽しめる場があって、そこを上手く切り替えながら、大社の人たちはやっていたのではないか。それは社家側もそうですし、町民の側もそうだったという、その切り替えも楽しみながらやっていたのではないかと想像はできます。それは出雲大社の懐の大きさかもしれませんし、大社の人たちの能力かもしれないと思います。

芦田　氏

有難うございました。

話を変えまして、先ほどのところ、私が申し上げた出雲は和歌発祥の地であるということですが、ここの話でも出てきた釣月《ちょうげつ》という人が、出雲は八雲神詠根本の地でもあるのに和歌が盛んでないということを言いました。彼は江戸の人ですが、京都で勉強をしてそして出雲に下って、歌を教えるということが釣月から盛んになってくるのですが、何か和歌発祥の地が果たしてこの杵築にどのような影響を与えたのか、難しい問題で、私自身もわからないのですが、何かそういうものの影響といいますか、そういうものがあるのかどうか、私自身の興味のあるところですね。ちなみに今大社に住んでおいでの方には失礼な話ですが、和歌発祥の地というのをご存知無いのかなぁというような気がしています。よくこの頃はぜんざい発祥の地といわれていますが、それはともかくといたしまして、和歌発祥の地であるということ、江戸時代の当時の人々は、どのように認識をしていたのかということを考えたりします。前にも言いましたが、それゆえにことさらに連歌があり、和歌があり、俳諧が生まれてきたのかなあと推察していますが、その辺りに関して何かございますか。

例えばこういうことがあるから当時の人は和歌発祥の地であることは知っていたとか。文献的なこと資料的なことがあればご紹介いただければと思いますが。いかがでしょうか。

岡　氏

なぜ出雲大社は和歌発祥の地なのか。これは平安末期から江戸初期にかけて、出雲大社の御祭神・杵築大明神はスサノオノミコトと考えられていたことが挙げられます。この説がオオクニヌシノミコトが御祭神に復した近世になってからも続くのは、『日本書紀』ではこの神はスサノオノミコトの御子神、『古事記』では六世の孫とされており、いずれにしてもスサノオノミコトの後継者と位置づけられています。境内の地が「須我」に音の通う清地であり、そこにスサノオノミコトを御祭神とする素鵞《そが》社もあり、やはり和歌発祥の地は出雲大社であろうという発想は、出雲国外の人でも、『日本書紀』を読む、あるいはそのような知識を持っているレベルであれば容易に理解できただろうと思います。『古事記』の再評価を含め、考証が進むにつれて、須我の地は別の場所ではないかという考えが本格的になるのは、近世も時代が降ってからではないかと思います。

和歌の発祥の地に関連して思い起こされるのは、現在芦田先生がお住まいになっているのは大阪の住吉。住吉大社の神様も歌の神様として名高いのですが、島根でも、柿本人麻呂《かきのもとのひとまろ》、益田高津の柿本神社も有名です。石見西部では歌聖・人麻呂ゆかりの地ということで、幕末にかけて、大国隆正《おおぐにたかまさ》、岡熊臣《おかくまおみ》らを中心に和歌が盛んでした。

余談が続いてすみません。愛知県西尾市の岩瀬文庫、同じく刈谷市中央図書館の村上文庫には、近世の和歌関係、国学関係のコレクションがあります。昔、そこへ行って島根関係の国学者のものを調べたところ、数量的に多いのは杵築文学関係。次いで松江、益田の資料でした。また出版本（和本）の形で収蔵されている数も杵築文学が多く、松江、益田のものの多くは写本でした。つまり杵築文学ではしばしば出版が行われていたことがよくわかりました。

かつて本を出版するのには費用が大変かかりました。写植や現在のデータ渡しと違って、板木に二頁分ずつ一文字一文字彫っていかなければなりません。何十頁もの本を出すとなると、それだけ彫る多額の手間賃はかかりますし、板木もかさばりました。荒木村の庄屋・浜崎観海《はまさきかんかい》は自費で千字文《せんじもん》を考証し、校訂した『千字文攷註《こうちゅう》』を出版していますが、個人で出版することは容易ではありませんでした。幕末には杵築から地元を中心に各地の歌人の歌を収載した歌集が相次いで出版されていますが、版型はいずれも小本（小型本）、コンパクトサイズです。これは人々が和歌にお金を添えて応募したからで、このお金を出版資金に充てたのです。

当時出版といえば、江戸・京・大坂が中心地で、地方でも名古屋、仙台、広島など地方都市が拠点となっていましたが、当時人口五、六千人程度の杵築で、相次いで書籍を出版したばかりか、販売の専門の取次所も存在していたことは特筆すべきことです。田舎でも俳諧の「連《れん》」の人々が宗匠の主導のもとに拠金しあって句集を出すことはありましたけれども、せいぜい一度限りで、何度も出版することはまずありませんでした。

松江や紀州をはじめ、各地に結ばれた国学・和歌のネットワークによって、歌集を相次いで出版できるシステムが杵築には成立していた。このネットワークとシステムこそが杵築文学の強みだったのではないかと思います。

芦田　氏

有難うございます。

今言っていただいた出版ですが当時は大変です。版木がありますがこれを彫らなければいけません。彫り師がいたのだろうか。出来上がったものを刷る刷り師がいたのだろうか。刷るということは難しいですから。そのような人が全部いて、そして最後に製本もしなければいけませんから。そのようなシステムが整備されていたのだろうか。ある人に話しましたところ、各藩に藩札というものがあるので、彫り師、刷り師というものがいた可能性はあるということでしたが、果たしてこの辺りにいたのでしょうか。あるいは京都や大阪に原稿を持って行って印刷してもらったこともあるのかとも想像しています。

同時に、鶴山社中、亀山社中という社中が版権を持っているという話をしましたが、和歌発祥の地であり、出雲で歌が詠まれたから出雲で印刷して出すという思いがあったのではないか、つまり出雲で出版までのすべてがなされたのではないかと考えています。

その辺りに関していかがでしょうか。

西岡先生、和歌と神道との関係について説明いただけますか。

西岡　氏

刷り物についてはよくわかりません。ただし、八雲神詠の「八雲立つ　出雲八重垣　妻ごみに　八重垣作る　その八重垣を」という『古事記』に出てくる歌がございますが、スサノオ命が和歌の神様であるという、今までは住吉様や天神様といろいろな神様が和歌の神様として出てきたのですが、原点は何方だとなると、最初に和歌らしい和歌を詠った神様であるスサノオ様になります。先ほどの岡先生のお話にもありましたが、中世の頃は完全に出雲はスサノオだと思われていましたし、さらに平安に遡っても出雲はスサノオと思われていました。

ですから、出雲大社の神様はスサノオ様ではなくてオオクニヌシ様だということを江戸時代から必死に伝えていこうとするわけですが、それが全国的に浸透していくのは江戸の後期くらいになると思います。

全国の方は出雲イコールスサノオと思っています。出雲大社の方もそれで気分を害するということはなくて、大変関係の深い神様でありますから、出雲と和歌とスサノオという関係がつながるのならば、こんな有り難いことは無いと考えていたのだと思います。

ただ『古事記』の研究が国学者を通じて盛んになってくると、オオクニヌシの神様が『日本書紀』にあるオオナムチの神様に替ってご祭神名に用いられるようになりました。

これがその後の「歌神考《かじんこう》」等で問題になってくるのだと思います。

芦田　氏

有難うございます。

田中先生お願いします。

田中　氏

最近見た資料ですが、鳥取で和歌の研究をされていた山本嘉将先生の旧蔵書で、『玉造より大社へまうでせし道の記』という紀行文、旅行記のようなものがあります。明和二（一七六五）年。ちょうど江戸中期です。これを書いたのが、村瀬加野という女性で、山本先生は鳥取藩のもとで米子を治めていた荒尾氏に仕えた家臣の村瀬鎮栄という人の妻ではないかと推測しています。

米子に居た人ですが、一旦玉造へ行き温泉に入って、そこで思い立って出雲大社へ詣でようということで、斐川の方を通りながら、道中の景色やら詠んだ歌やらを記録したものです。さほど長くない文章ですが、その中に「出雲国はスサノオ命が三十一字（和歌）を詠まれた土地なので大社に是非行きたい」と思ったと述べています。そして大社へ来ましてから、「八雲立つ 出雲の神に詣で来て　恵みを頼む　敷島の道」という歌を詠みます。つまり、神様にお参りをして、和歌が上達しますようにという祈りを込めたのだと思います。これは一七六五年で少し古いのですが、先ほどの西岡先生のお話と合致します。大社に詣で、三十一文字の祖であるスサノオ命に、和歌が上手になりたいと祈ったということだと思います。他にもこのような資料が今後出てくるかもしれませんが、出雲の国以外の人の中でも、出雲は和歌発祥の地であると意識されていたのではないかということが推測されます。

芦田　氏

有難うございました。

岡先生お願いします。

岡　氏

先ほど芦田先生より、三都ではなく、地元杵築で出版が行われたのではないかというお話がありましたが、私はこの場では悪役にまわりまして、その可能性は厳しいのではないかと考えています。せいぜい『歳旦集《さいたんしゅう》』（大社の社家の年頭の発句を集めた数丁の薄い句集）ぐらい。千家俊信の『訂正出雲風土記』とか浜崎観海の『千字文攷註』とかは、上方の版元に版下を送り、出版しています。観海は俊信とは友人関係だったので、そのつてで版元を紹介してもらっています。

書誌学的話ですが、三都ではなく、地方で出版された和本を「田舎板《いなかばん》（版）」といいます。田舎板の特色は、彫りも摺りも粗い点です。出雲札三十三所順礼の案内書が時々この辺りの旧家や寺院に残っていたりしますが、たいていは小本《こほん》の半分ぐらいの大きさ、特小本《とくこほん》で、字は稚拙、摺りむらが目立ちます。こういうのは田舎板で、地元の印鑑を彫る印判屋《いんばんや》が請け負っています。

近年は先に挙げた先代、尾張、広島などで出版されたものにも三都にひけをとらないものがあることが指摘されていますが、出雲ではまだそのレベルに達していなかったのではと思っています。というのは、江戸後期に日御碕神社とその周辺を摺り出した『出雲日御碕社図』という、参詣者向けの摺物《すりもの》は、版元が備前国の西大寺です。

杵築の国学者・歌人たちは、伊勢の本居家やその門人をはじめ、諸国の国学者・歌人とつながりを持っていましたから、彼等の仲介で三都の信頼のおける版元を紹介してもらっていたのではないかと思います。とはいえ断定もできないですけれども。

広瀬百蘿追悼句集の『あきのせみ』は、どこで出版されたのでしょうか？

佐々木　氏

出版は大阪です。

岡　氏

ただし、これは和本ではありませんが、ダイコクさんやエビスさんの摺物や掛け軸、江戸後期には大社の御師が諸国の壇所で盛んに授けています。図柄も多種多様、なかにはB2版ぐらいの大きさの版木が大社コミュニティーセンターに保管されています。このような大型の版木を地元で彫る技能があれば、歌集の版も彫った可能性があります。芦田先生もご著書でご指摘なさっておられますが、鶴山社中など杵築文学の本を取り次いでいた店が大社にあったのですから、出版を地元で手がけていた可能性は更に高まります。

こうなると、私の推測が正しいのか、芦田先生の推測が正しいのか、地元の資料をもっと発掘して、いずれはっきりさせることが出来ればと思います。

芦田　氏

有難うございました。

どちらが正しいか楽しみです。

和泉屋助右衛門という本屋さんが、今銀行のある四つ角のところにあったようです。これは本屋専門ではなくて、小間物屋で一角に本を置いて売っていたようです。

時間が迫ってまいりましたが、佐々木先生一言お願いできますか。

佐々木　氏

大社の地で文学が特別に発展したという具体的な証が出てくると、益々皆様の気持ちも高まるでしょうし、そのようなものが出てくればいいと思います。今回、手銭さの子さんについていろいろ言っていただきましたが、松井しげに関しては『杵築古事記』というものに書かれていたりして残っていますが、江戸後期はさの子さんだけではなく、中臣典膳にしてもその他の人たちにしても、逸話などが殆んど残らず消えてしまっています。明治維新で突然大社のいろいろな伝統が消えていったこともありますが、今だったら追うことができる資料がまだあると思うので、皆様も見つけたら捨てずに、歴博に持っていくとかご協力をお願いして、第二弾、第三弾と発展した議論ができればいいなと思います。

芦田　氏

有難うございました。

佐々木先生のご意見に私も同感です。大社にはもっと資料があると思います。一番怖いのは散逸してしまうことです。

もし何かあるとすれば、岡先生のところに連絡していただいて見てもらうと、貴重な資料が出てくる可能性もありますから。昔の話ですが、旧家にあった古い本を古物商に売ってしまった、何も価値もわからずに。このようなことはよくありまして、とんでもない損失だと思っています。文化的な損失ですから、古い本でも見つかれば連絡していただきたいと思います。

シンポジウムの方はこれで終わらせていただきます。ありがとうございました。

あとがき

いづも財団では、全体テーマを「出雲大社と門前町の総合的研究」とし、五期六年間の公開講座をとおして、出雲文化の特質を系統的、総合的に把握することをめざしている。そして毎年度、公開講座終了後には、講座内容を書籍にまとめて出版している。これまでに、発刊した書籍は次の四冊である。

第一号　「出雲大社の造営遷宮と地域社会（上）」（第Ⅰ期講座（前期）：平成二十四年度）
第二号　「出雲大社の造営遷宮と地域社会（下）」（第Ⅰ期講座（後期）：平成二十五年度）
第三号　「出雲びとの信仰と祭祀・民俗・芸能」（第Ⅱ期講座：平成二十六年度）
第四号　「出雲大社門前町の発展と住人の生活」（第Ⅲ期講座：平成二十七年度）

本書（第五号）は、平成二十八年度に実施した第Ⅳ期講座「出雲地域の学問・文芸の興隆と文化活動」の内容をまとめたものである。①和歌発祥の地という伝承をもつ出雲では、どのような文芸活動が行われたか、②江戸中期に千家俊信が興した出雲国学とはどのような学問か、またそれは当地にどのような影響を与えたか、③江戸後期になると出雲大社に関わる神職や商人の間で、和歌や俳諧が盛んになるがそれはどうしてか、などについて考えてみようとしたものである。

出雲地域の学問・文芸に関する研究は、これまで地元の研究者を中心に、地道に研究が進められてきた。しかし、その対象が個別の事象や人物の業績を中心になされる傾向が強く、時代ごとの学問・文芸の特色が語られることは少なかった。本書は、時代における当地域の学問・文芸の特色を総合的に述べたものである。とりわけ、江戸中期以降、当地域の神職を中心に出雲国学が興り、また和歌も古今伝授の二条流から鈴屋流の「ただごと」（約束事に捉われないで平常のことばでありのまま詠むこと）が重視されるようになり、歌風も変わっていった。本書は、そこのところを、重点的に論じたつもりである。

本書に掲載したそれぞれの論考は、講師先生方が公開講座で行った講演内容に、その後の知見も付け加えて、新たに執筆いただいたものである。多忙な中をご執筆いただいた先生方に、まずもってお礼を申し上げたい。「謎」の解明が新たな「謎」を呼び、これだけの執筆スペースではとても論じきれなかったと思われるが、それぞれテーマごとに論点を示していただいているので、これから研究をめざす人にとっての手がかりとなろう。また、シンポジウムでは、江戸後期に杵築で学問や文芸が興隆をみた理由を討議したものである。前代文学の継承、両国造家を中心にした神職の教養、出雲御師の布教活動との関係、商人たちの教養などの多様な観点から論じられていることに着目してほしい。

最後に、本書は多くの方々のご支援があって初めて刊行することができた。公開講座を共催いただいた島根県立古代出雲歴史博物館をはじめ、出雲大社、千家国造家、北島国造家、手錢白《はく》三郎家、藤間亨《とうまきょう》家など数え上げればきりがない。この場を借りて厚くお礼を申しあげたい。

平成三十年八月吉日

公益財団法人いづも財団
出雲大社御遷宮奉賛会

◈**執筆者**（執筆順）
野本　瑠美（島根大学法文学部准教授）
芦田　耕一（島根大学名誉教授）
西岡　和彦（國學院大學神道文化学部教授）
中澤　伸弘（東京都立小岩高等学校主幹教諭）
伊藤　善隆（立正大学文学部准教授）
佐々木杏里（公益財団法人手錢記念館学芸員）
田中　則雄（島根大学法文学部教授）
岡　　宏三（島根県立古代出雲歴史博物館専門学芸員）

事務局　公益財団法人いづも財団
山﨑　裕二（事務局長）
梶谷　光弘（事務局次長）
松﨑　道子（事務局員）
和田　秀穂（前事務局長）

出雲地域の学問・文芸の興隆と文化活動

発行日　平成30年11月1日
編　集　公益財団法人いづも財団
出雲大社御遷宮奉賛会
発　売　今井出版
印　刷　今井印刷株式会社
製　本　日宝綜合製本株式会社

ISBN 978-4-86611-134-6